ERSHI SHIJI ZHONGGUO XINSHILIUPAI YANJIU

20世纪
中国新诗流派研究

李骞 著

中国社会科学出版社

图书在版编目(CIP)数据

20世纪中国新诗流派研究/李骞著.—北京:中国社会科学出版社,2012.6

ISBN 978 – 7 – 5161 – 0059 – 2

Ⅰ.①2… Ⅱ.①李… Ⅲ.①新诗—文学流派研究—中国—20世纪 Ⅳ.①I207.25

中国版本图书馆 CIP 数据核字(2011)第 177762 号

20世纪中国新诗流派研究		李骞著
出 版 人	赵剑英	
策划编辑	郭沂纹	
责任编辑	丁玉灵	
责任校对	高 婷	
封面设计	四色土图文设计工作室	
技术编辑	张汉林	
出版发行	中国社会科学出版社	
社 址	北京鼓楼西大街甲 158 号 邮 编 100720	
电 话	010 – 64073836(编辑) 64058741(宣传) 64070619(网站)	
	010 – 64030272(批发) 64046282(团购) 84029450(零售)	
网 址	http://www.csspw.cn(中文域名:中国社科网)	
经 销	新华书店	
印 刷	北京市大兴区新魏印刷厂 装 订 廊坊市广阳区广增装订厂	
版 次	2012 年 6 月第 1 版 印 次 2012 年 6 月第 1 次印刷	
开 本	710 × 1000 1/16	
印 张	20.5	
字 数	348 千字	
定 价	45.00 元	

目　　录

第 一 章

导论:20 世纪中国新诗
流派的一个轮廓

一

20 世纪中国文学史上存在着众多的诗歌流派,每个流派对新诗都有自己不同的解释,各流派作为有目的的文学群体,促进了中国文学的发展。文学史上有流派,是文学繁荣的表现。作为一种普遍的文学现象,文学流派使文学呈多元化的发展格局。没有流派的文学史,一定是枯燥乏味的历史,当然也就不可能有"百花齐放"的文学品格。文学流派在中国文学史上源远流长。比如"建安文学"、"竹林七贤"、"边塞诗派"、"公安派"、"桐城派"、"竟陵派"、"阳湖派"……这些不同时代、不同观点的派别,都为中国古代文学的发展立下了不可磨灭的汗马功劳。到了 20 世纪初,尤其是经历了五四运动的洗涤之后,中国文学翻开了崭新的一页,特别是诗歌革命运动,伴随着五四狂飙而进入了一个全新的里程碑时代。诗歌在陈独秀、胡适的"文学革命"的呼唤呐喊中,以全新的主题精神、开放的艺术风格、自由的审美形式,成为中国新文学的伟大开端。

"旧诗已成强弩之末,新诗终于起而代之。"① 朱自清先生高度总结了中国新诗产生的文化背景。中国新诗不仅给中国古代文学画了一个十分醒目的句号,而且开创了一个文学的新时代。中国新诗在发轫之初,很快就完成了从古代规范诗到现代自由体诗的嬗变。经历近百年的发展之后,中国新诗已经和国际诗歌接轨并以自己独特的艺术品位,成为世界诗歌历史上不可缺少的组成部分,而这一切,都与中国新诗各个流派的成功探索密

---

① 转引自吴欢主编《中国现代十大流派诗选》,上海文艺出版社 1989 年版,第 2 页。

不可分。正因如此,我们才有必要对 20 世纪的中国新诗流派做一次认真严肃的历史梳理。

研究中国新诗流派是一个十分诱人的课题,'也是一个艰难的探索过程。首先,什么叫"流派",历来就众说纷纭。其次,文学流派又是如何演变成为文学现象的?它们之间有什么审美关系?有什么内在联系?有的诗歌流派在当时曾经掀起一股文学潮流,但历尽沧桑,又鲜为人知。而有的诗歌流派在当时及以后的一段时间默默无闻,可是过了几十年之后又突然热闹起来,成为研究者们追踪的重要课题。特别是有的诗人同属于几个流派,有的流派是以地域来划分,有的流派没有宣言和组织纲领,只是艺术趣味相投而已。所有这些现象都是很难廓清的,但又都与百年中国文学的历史密切相关。而且,20 世纪的中国文学史之所以是一部鲜活的历史,就是因为它的组成部分——各文学流派以不断开拓进取的姿态丰富了文学自身。

关于文学流派,在理论上很难有一个明晰的定义作出准确无误的解释。作为社会的精神产品,它不是批评家的某种假定,更不是作家们的随意组合。从整体上说,它是一种意识形态领域内的自然现象,它的存在,既有现实的合理性,也有历史的必然性。严家炎说:"所谓'流派',顾名思义,是处在不断变动、发展、变化中的。没有发展变化的流派简直不可想象。"① 虽然严先生针对的是小说流派,但诗歌流派、戏剧流派、散文流派以及其他文学样式的流派又何尝不是如此?

过去我们研究文学流派总是和政治紧密挂钩,甚至从庸俗的社会学角度去评价文学流派的地位和艺术价值,这是一种误导。文学流派不同于政治上的党派,文学流派的产生、发展、直至消亡,都是艺术规律的必然结果。因此,研究文学流派只能依据审美规律去把握其内在的含义。尽管某些流派隐含着鲜明的政治色彩,甚至有自己的政治主张,但也不能从政治学的定义上去理解,而只能从文学社会学的审美层面上去作出评价。

就 20 世纪中国新诗流派而言,它的产生总是具备一定的时空条件,它的发生发展并不是孤立存在的,而是有着强大的文化背景。"文化背景"不仅仅是文学传统变革的明证,还包含了文化观念、文学形式在文学领域内的曲折表现。如果从民族文化的角度去探源,应该说近代文学史

---

① 严家炎:《中国现代小说流派史》,人民文学出版社 1989 年版,第 4 页。

上的"诗界革命"是 20 世纪中国新诗流派的大背景。如果没有黄遵宪、梁启超等人在文化上的推陈出新,中国现代新诗的发展不会如此快捷,也就不会有陈独秀、胡适等人的"文学革命"。当然,中国新诗的彻底解放开始于 1917 年。自陈独秀、胡适等人在《新青年》上倡导"文学革命"的主张,要替中国民众创造一种新的"国语的文学"、"活的文学"以后,中国新诗才开始向自由化诗体迈开了艰难沉重、而又十分彻底的第一步。中国的旧体诗词,两千年来一直稳如泰山地作为中国文学的正宗而神圣不可侵犯。然而,五四运动之后,专讲声律格调的旧体诗已经遭到了《新青年》的批判。尽管当时新诗"还摆脱不了许多人的怀疑",但是作诗的人却很多,"自北京到广州、自上海到成都,多有新诗的出现"①。可以说,五四新文学的发展,"新诗充当了革命变革的先导"②。陈独秀、胡适等人从理论上给中国现代文学开辟了道路,而新诗则最早为这种革命的理论作出了探索性的实践。"诗体革命"的主张最早是由刘半农提出来的,他认为中国古代诗应该进行改革,一是破坏旧韵,建立新韵;二是增多诗体。刘半农进一步解释道:"诗律愈严,诗体愈少,则诗的精神所收之束缚愈甚,诗学绝无发达之望。"③ 胡适、刘半农不仅在理论上提出主张,还躬亲实践,写了许多优秀的白话诗,并促成了以《新青年》为阵地的早期白话诗派的形成。

文化背景的变迁对文学史的影响是一种有意识的精神净化。两千多年来,中国古体诗一直沿着格律、声调、典故的方向发展,所谓"六经字所无,不敢入诗篇"。五四新文学后,新的诗体取而代之。以一种新的艺术形式卓立文坛,并造就了众多的诗歌流派。被刘半农称为"假诗世界"的中国古体诗已成为历史,而新诗的势头则如决堤之河,波澜壮阔,奔流千里。陈独秀、胡适、刘半农对形式僵化的旧体诗的挑战,是中国诗歌发展史上的一次深刻革命,也是一次对中国文化背景的革新。在这样的文化背景下,新诗流派才得以产生和繁荣。这次诗歌革命,无论内容还是形式,相对旧体诗而言,都是彻底的变革。胡适主张"诗体大解放",他认为,古诗词"形式上的束缚,使精神不能完全自由发展,使良好的内容

---

① 胡适:《谈新诗》,见《中国新文学大系·建设理论集》,上海文艺出版社 1984 年版。
② 孙玉石:《中国初期象征派诗歌研究》,北京大学出版社 1983 年版,第 9 页。
③ 刘半农:《我之文学改良观》,见《新青年》第 2 号第 6 卷。

不能充分表现，若想有一种新内容和新精神，不能不先打破那些束缚精神的枷锁镣铐"①。康白情则强调新诗要有别于旧诗，要具有创造精神，他说："新诗的精神端在创造。世间文学的天才，努力探寻宇宙的奥蕴，创造成就新诗，努力修养，创造自己成一个新诗人！"② 康白情主张用文学探索宇宙的奥蕴，具有一种诗歌的超前意识。而创造自我则又是诗人个人的极端目标。康白情的理论文章《新诗底我见》在早期诗界革命中有较大影响，之后的两年内，作新诗的人多了，而新诗流派则遍及大江南北。

闻一多说："在新时代的文学运动中，最值得揣摩的，是新诗的前途。"③ 闻一多先生说的"揣摩"是指对新诗的研究和探索。的确，从新诗诞生开始，对于新诗的研究也就开始了。早期白话新诗形成不久，探讨新诗的人逐渐增多。其中最有影响的文章是俞平伯的《诗底进化还原论》。这篇文章受俄国托尔斯泰的《艺术论》的影响，认为"诗是人生的表现，并且还是人生向善的表现。诗的效用在于传达人间的真挚、自然，而且普遍的感情，而结合人和人的正当关系"④。这篇文章从人性向善的角度探讨了新诗的效用，无论是当时或现在都具有很深刻的内涵。而稍后成立的"为人生"的"文学研究会"，不能不说是受其影响的一个派别。

新诗流派的另一个文化背景是异质文化。五四运动以前及之后的几十年间，世界上不同国家、不同民族、不同文学观念都对五四新文学有着深远的影响。就各个流派而言，意象派、象征派、唯美派、未来派、自由派等众多的派别纷至沓来，被中国诗人借鉴和吸收。异域诗歌流派对中国新诗的影响主要有两个阶段：第一个阶段是五四运动以后；第二个阶段是1949 年之后台湾地区的诗歌及 1976 年以后的中国当代诗歌。这两次异域诗歌的冲击和影响，都促进中国新诗在各个时期产生了不同的人生态度和艺术追求的诗歌流派。比如法国的象征派对李金发等人象征诗派的影响；西方颓废诗歌对台湾 20 世纪 60 年代诗坛的影响；国外现代派诗歌对"朦胧诗"派及之后的"新生代"诗人的影响……五四新诗刚刚诞生之初，作为一种新的文学现象，不能不对"世纪末果汁"（鲁迅语）进行广泛的吸收。正如孙玉石先生所说："在五四文学革命初期，由于反对封建思想和传统势

---

① 胡适：《谈新诗》，见《中国新文学大系·建设理论集》，上海文艺出版社 1984 年版。
② 康白情：《新诗底我见》，见《少年中国》第 1 卷，1919 年第 9 期。
③ 闻一多：《文学的历史动向》，《当代评论》1943 年 12 月。
④ 俞平伯：《诗底进化还原论》，见《诗》1922 年第 1 号。

力的斗争需要，还在尝试期的新诗，主要尽着反对旧体诗，提倡白话诗；反对旧道德，提倡新道德的战争责任。因此它所吸收的外界的艺术养分，侧重的是富于反抗和叛逆精神的浪漫主义与现实主义的诗歌。"① 新诗的先驱们，为了新文学的迅速壮大，毫无保留地把外国的新诗不加选择地介绍翻译到中国。这种广泛的"横移"虽然对中国传统文化的传播有着制约的因素，但从历史的角度来看，五四的新诗启蒙者们更多的是考虑战斗的需要，他们鼓吹和介绍外国文学，目的是建立新的中国文学，由改造而建新，由融会而变异，最终构成了鲜活的百年中国新诗流派史。

新中国成立以后，中国大陆的文学起初主要是受苏联文学的影响，但不久，由于"左"的文化政策的干扰，外国文学一概被称为"资本主义"和"修正主义"，被排斥在国门之外。而此时的台湾，由于资本主义经济、政治、文化的大量入侵，使一些有志的文学家对台湾当局的所谓"反共文学"进行了彻底的抛弃而转向西方文化。于是形成了台湾 20 世纪五六十年代的现代新诗的丰富层面。诸如纪弦等人创立的"现代诗社"，余光中等人创办的"蓝星诗社"，洛夫等人创办的"创世纪诗社"等。而这些诗歌流派，尽管有时打着恢复民族文化的旗号，但都是西方文化全盘化的结果，大部分诗作从形式到内容都染上了西方诗歌中"精神崩溃"的现代病。由于意识形态和生存价值的西方化，无形中为西方现代诗歌在台湾扎根提供了良好的土壤。台湾的现代主义诗歌就是在这样的文化背景之下产生的。

进入 20 世纪 70 年代末，中国大陆的改革开放又使得一度被排斥的西方文化涌进国门。尤其是 20 世纪 80 年代中期，各种外国文学流派如雨后春笋般在中国生长。于是，"朦胧诗"及之后的各路"新生代"诗人都在寻找自己的模拟蓝本，诗人的智性沉湎于西方诗歌的源泉，诗的概念和诗歌的知识领域在"横移"中求得证实和解答，而"母体"文化则被诗人冷落一边。如果说五四新诗的启蒙者们是为了建设新文学的需要，那么 20 世纪 80 年代的中国诗人对西方诗歌的寻求则是为了"补课"。因为十年"文化大革命"的禁锢使他们发育不正常，文化素养苍白可怜。因此，他们开始觉醒时，便自觉地将"自我意识"带进诗歌创作。从本质上说，自我意识是一种无与伦比的个性精神，作为审美体验的需要，也不失为一

---

① 孙玉石：《中国初期象征派诗歌研究》，北京大学出版社 1983 年版，第 53 页。

种诗歌创作的手段，但不完全是诗歌的奥妙。20世纪80年代后的中西诗学的冲撞，一方面使中国新诗的个性得到张扬与解放，另一方面也使诗歌坠入了危险的歧途。

无论是纵向的发展还是横向的结合，都是文学史整体的组成部分。文学的发展既需要对自己民族文化的继承发扬，更需要吸收外来文化的营养。一个诗人或一个诗歌流派，对自己本民族的认识和借鉴外国文化，总体上讲是一个相辅相成的辩证统一过程。人类文化从低级到高级的发展表明，越是世界化的就越是现代化的。20世纪的中国新诗流派的形成发展，当然是许多诗人共同努力的结果，但如果没有近代文学的诗界革命，没有五四先驱们的文学革命运动，没有外国诗歌的"横移"，中国新诗的历史绝不会如此辉煌夺目。

二

中国新诗文体的转变，基本上是从胡适、刘半农、沈尹默、周作人等早期"放脚体"派开始的。之后，创造社的郭沫若在此基础上作了进一步的改变。后来的"象征派"代表李金发、"新月派"代表徐志摩，对新诗的文体进行了创造性的实践。在新诗文体的审美变革中，早期"放脚体"派的胡适、刘半农等人的新诗，开自由诗文体先河，是中国新诗的最初萌芽，也是中国新文学的开始。胡适说："诗需要有具体的方法，不可用抽象的说法。凡是好诗，都是具体的，越偏向具体越有诗意诗味。凡是好诗，都给我们的脑子发生一种——或许多种——明显逼人的影响，这便是诗的具体性。"① 胡适所谓的"具体"，其实就是"写实"。在胡适、刘半农等人的影响下，最初的新诗以"写实"为主要特征。早期"放脚体"派虽然没有共同的文学宣言和主张，但以《新青年》为核心，团结了一大批"敢为天下先"的诗人，如刘大白、王统照、玄庐、朱自清、宗白华、周作人、康白情、俞平伯、鲁迅等。这些诗人自觉地用新诗为武器，突破旧文学的樊篱，构架新的中国文学。从这个意义上说，他们是一个较大的松散的诗歌派别。主张"具体"的做法不独胡适，康白情在《新诗底我见》中也主张"具体"的写法，他认为新诗"应把作者的具体

① 胡适：《谈新诗》，见《中国新文学大系·建设理论集》，上海文艺出版社1984年版。

印象具体地写出来"①。最初的写实派的风格是从旧体诗中脱胎换骨而来，因此在技巧上还不是十分成熟。不过，这种状况没有维持多久，以郭沫若为代表的"创造社"诗人，把早期的写实风格推进到浪漫主义的感情激流之中。

早期浪漫主义诗人主张"自我表现"。他们认为，诗是人性的表现，是情感的表达。郭沫若不无偏激地说："文学是赤裸裸的人性的表现，是我们人性中一点灵明的精髓所吐放的光辉，人类不灭，人性就永恒存在，真正的文学是永有生命的。"② 郭沫若的文学观已经不是改良主义，而是上升到"人性"的高度。主张文学作品，尤其是新诗，应该以表现人的原始感情为主。成仿吾甚至认为："如果我们把内心的要求作一切文学上创作的原动力，那么艺术与人生便两方面都不能干涉我们，而我们的创作便可以不至为他们的奴隶。"③ 很明显，创造社的诗人们对早期写实派的平实纪事风格已经不满意，他们力求创造一种新的表达自我感情的诗歌风格，而这种风格的原动力便是人性。以郭沫若的诗集《女神》为代表，创造社的浪漫派诗人们将早期的写实诗体引向情感表达。这次诗文体的转变，从诗的艺术上更进一步突破了传统古诗的樊篱，诗开始由描写过渡到再现。

20世纪20年代中后期，李金发和以他为代表的初期象征派诗歌，在早期写实派和浪漫派的基础上，对新诗的文体进行了一次成功的探索。初期象征派虽然没有一个共同的刊物为核心，但是在诗歌风格上却大体相似，尤其是从创造社最后走出的三位诗人穆木天、冯乃超、王独清，其诗歌风格更近似象征主义。这一流派的诗人受法国象征派的影响，主张通过诗去暗示和超越现实的理想世界，以艰涩、难以破译的语言宣泄情感的孤独。就其内容而言，李金发等人的诗是一种人生的悲观厌世情绪和对超现实梦想的追求。迷茫而神秘的象征派，力图通过诗歌文体的创新而达到诗歌表象的丰富性和多样性。从创作实践上去审视，应该说象征派独树一帜的诗歌文体，加速了中国新诗的发展。当然，在现代文学史上关于李金发等人的象征诗派的评价，历来就有争议，尤其是新中国成立初期出版的现

---

① 康白情:《新诗底我见》，见《少年中国》第1卷，1919年第9期。
② 郭沫若:《论文学的研究与介绍》，见《时事新报·学灯》1922年7月27日。
③ 成仿吾:《新文学之使命》，见《创造周刊》1923年5月20日。

代文学史教材，几乎没有做过正面评价。然而，任何一个诗派的产生总是有其内在的合理性。无论是社会背景、文化渊源，还是人文环境、审美理想，总是有一种起主要作用的因素促使这一现象产生，而文学史就应该对此作出公正、客观的评价。早在 20 世纪 30 年代，对象征派的诗就有过争论。朱自清的文章可以证明："现在似乎有些人不承认这类诗是诗，以为必得表现微妙的情境才是。另一些人却以为象征派的诗只是玩意儿，于人生毫无用处。这类争论原是多年解不开的旧链环。就事实上看，表现劳苦生活的诗与非表现劳苦生活的诗历来就并存着，将来也不见得让一类诗独霸。那么，何不将诗的定义放宽些，将两类兼容并包，放弃正统观念，省了些无效果的争执呢？"① 事实证明，朱自清先生的先见之明是正确的，只有兼容并包，各种流派充分发展，文学史才会绚丽多彩。如果我们避开急功近利的庸俗社会学，从诗歌的本体意义和诗歌的叙述性去探究象征派诗歌，那么至少可以得出这样的结论：象征派诗歌隐约的叙述文体，是中国新诗史上一次成功的探索。

中国新诗文体的又一次转移，是中国诗歌会的成立而促成的。这个诗歌流派是"左联"领导下的一个文学团体，于 1932 年 9 月在上海诞生。当时，国民党正对共产党实行严酷的军事打击和文化"围剿"，而日本帝国主义又连续发动了"九一八"事变和"一·二八"事变。阶级矛盾和民族矛盾异常激烈。在这种政治背景下成立的中国诗歌会，主张用诗歌"去配合反帝、抗日、反封建的革命斗争"②。他们对中国新诗坛"还是那么沉寂，一般人在闹洋化，一般人又还是沉醉在风花雪月里"③ 感到不满，主张诗歌要"成为大众歌调"，"我们自己也要成为大众中的一个"④。于是，中国新诗文体又开始向简单化、歌词化、大众化蜕变。这次诗歌文体的转移，主要是为反帝反封建服务，其战斗性作用是非常明显的。这种文体有一定的号召力和影响力，后来的"街头诗朗诵"、"墙头诗运动"、"民歌体"，乃至 1958 年的"'大跃进'新民歌运动"都是中国诗歌会的"翻版"。

---

① 朱自清：《新诗的进步》，见《新诗杂话》1936 年第 2 卷。

② 任均：《略说一个诗歌流派——中国诗歌会》，见《中国现代文学思潮讨论集》，人民文学出版社 1984 年版。

③ 参见《中国诗歌会成立缘起》，见《新诗歌》1933 年第 1 期。

④ 参见《新诗歌发刊词》，见《新诗歌》1933 年 2 月。

新中国成立后,诗体的转变从政治抒情诗开始。此后中国新诗的文体有过两次较大的转变:即"朦胧诗"派和之后的"新生代"。

新中国的成立,使中国新诗进入了一个新的历史时期。当代诗歌的萌生期主要是歌颂时代、赞美英雄。诗歌的时代性和现实性代替了诗人自己的个人风格,缺乏艺术表现的多元化。不仅没有流派产生,而且诗歌的形式单调,艺术表现力苍白,以致发展到后来的"古典 + 民歌"的单一诗体。

当代新诗文体的真正解放开始于"朦胧诗"派。中国政治发生根本性变革后,诗人们仿佛才从十年一梦中醒来。改革开放使人们的各种观念发生了变化,而在这种形势下诞生的"朦胧诗"派,在不到10年的时间,走完了西方现代主义诗歌70年的发展历程,重新建构了中国新诗的多元化格局。"朦胧诗"派不同于20世纪20年代的象征派,它以开放性的诗体出现在诗坛,打破了新中国成立以来甚至新诗70余年的稳定状态和统一形式。"朦胧诗"最有价值的部分是诗人主体意识的觉醒和对"人"的价值的关注,诗歌在开放性的现实生活中寻求自身存在的价值。新的价值观和新的审美观决定了"朦胧诗"叙述模式的开放性和立体性,使诗的内涵和外延更贴近生活。"朦胧诗"派以批判意识和忧患意识为表达核心,以通感、超感觉、艺术变形、幻觉、错觉、语言的反逻辑,代替政治抒情诗的明白流畅;以表现诗人灵魂深处的自我情绪和感觉印象的真实,代替现代新诗"再现生活"的反映论。"朦胧诗"派诗体的觉醒和解放,代表了当代新诗以人为核心的诗体美学的开始。

"朦胧诗"派之后的"新生代"诗群,既是对"朦胧诗"的否定,又是对"朦胧诗"的补充和发展。在诗歌艺术审美特征上,"新生代"诗有四点超越:第一,让通俗的口语入诗;第二,让原生态生活作为诗歌精神的表达核心;第三,语言的冷抒情;第四,熟词的陌生化用法。"新生代"诗人侧重写普通人生的生命体验,这一点恰好弥补了"朦胧诗"中的个人英雄主义色彩和浓厚的"我不下地狱谁下地狱"的政治忧患意识。"新生代"诗人的诗更贴近生活,其诗体的审美目标就是要冲淡和破坏两千年来中国诗歌的语言质感及其审美感受。他们的诗歌总是以直觉色彩来组织作品,以一种内在的节奏自然地释放诗人的感情,原始的生活形态被直觉地表现。就诗的外形而言,"新生代"诗有着较大的自由度,但是也有值得探讨和进一步深化的问题,尤其是"新生代"诗人们宣言响亮,创作贫乏的遗憾，还有待诗人们作出更大的努力。

三

百年中国新诗的成就是有目共睹的，这是五代诗人共同努力的结果。

新诗史上的第一代诗人，是两千年中国封建文化的叛逆者，他们以一种彻底决裂的态度告别古老的中国封建文化。这一批人，无论他们后来新诗创作的成就如何，毫无疑问，他们是中国新诗史的奠基人，是现代文明的盗火者。历史将会永远记住他们的名字：胡适、刘半农、刘大白、沈尹默、玄庐、王统照、周作人、康白情、鲁迅、俞平伯、朱自清……第一代诗人的诗大多处于白话诗的发展阶段，是以一种崭新的革命诗体而出现的。正如胡适所说："新文学必须有新思想做里子，文学革命先要做到文学体裁的大解放，方可以用为做新思想、新精神的运输品。"① 他在《尝试集》自序中对自己的新诗如实评价："我这本集子里的诗，不问诗的价值如何，总都可以代表这点的精神。"② 就当时的新诗状况而言，虽然写诗的人不多，收获却是可观的。第一代诗人的探索努力，为中国新诗的发展铺了一条金光灿烂的道路。如今要论新诗，要研究新诗，当然只能从光荣的《尝试集》及其同时代的诗歌现状开始。作为新诗史上的第一部白话诗集，《尝试集》是整个现代文学史必须首先打开的第一册书。第一代诗人的诗虽然艺术风格各不相同，但有一个总的出发点，即用真实感情作诗。如胡适的《蝴蝶》、《人力车夫》，沈尹默的《月夜》，刘半农的《教我如何不想她》，周作人的《过去的生命》，刘大白的《布谷》……从艺术上分析，这些诗似乎没有什么特殊的审美价值，但却完全打破了中国古体诗的一切陈规陋习，做到了感情上的随意发挥。没有这些"盗火者"的艰苦尝试，中国诗歌又会朝什么方向发展呢？如果说中国新诗史是一个群星灿烂的艺术殿堂，那么第一代诗人的努力便是这座殿堂的牢固基石，没有这些坚固而又闪光的基石铺垫，任何新诗流派的发展都是不可能的。

在第一代诗人的影响下，第二代诗人大约在 20 世纪三四十年代开始在诗坛上闪耀发光。第二代诗人的诗更具有高深的艺术价值和广博的思想

---

① 胡适：《我为什么要做白话诗》，见《胡适文集》第 9 卷，北京大学出版社 1998 年版。
② 胡适：《尝试集·自序》，上海亚东图书馆 1920 年版，第 2 页。

内容,他们自觉地把诗歌同整个中华民族的命运结合起来,从历史文化的高度俯视中国的现状。这一代诗人的杰出者有艾青、臧克家、冯至、戴望舒、卞之琳,以及"七月诗派"、"九叶诗派"等各路诗歌大军。第二代诗人是中国现代文学史上群星灿烂的时期。作为第一代诗人的补充,第二代诗人完成了中国新诗在诗体语言上的完全过渡,把中国新诗发展的高峰推向了一个前所未有的繁荣时期。如果说第一代诗人给中国新文学注入了新的思想,那么第二代诗人在诗的艺术形式上为中国新诗体的转变留下了宝贵的精神财富,他们担负起了繁荣现代新诗的历史使命。第二代诗人所处的诗歌环境,是一个诗派林立、风格多样化的时代。良好的诗性氛围和苦难的现实生活极大地激发了诗人的创造性精神。他们的诗既有时代气息的注入,又具有个人的独特风格;既有诗歌精神的自由创造,又有对现实生活的沉重感受和认识。

第三代诗人是和新中国一起歌唱的诗人群。尽管他们的杰出代表早在20世纪40年代就开始作诗,但就成就而言,他们的诗歌应当属于当代文学的范畴。由于各种历史原因,第三代诗人没有形成文学史上的流派,但是他们之中的佼佼者郭小川、李瑛、公刘等人还是用诗的形式为中国新诗增添了新的内容。由于"左"的文艺思潮的干扰,第三代诗人的诗作总是被一种简单的政治行为所包容。他们的诗往往是对政治的简单图解和注释。尽管如此,郭小川、李瑛、李季、阮章竞等人的诗歌创作还是有着独立的诗性意义,尤其是李瑛的"军旅诗"和李季的"石油诗",在某种意义上弥补了中国新诗的不足。

崛起的第四代诗人是在地下刊物《今天》的旗帜下形成的,其代表人物有北岛、舒婷、顾城、杨炼、江河、芒克等人。这一代诗人的创作始于20世纪70年代末期,成熟于80年代初期。这一群诗人的生活经历与人生经验和过去的几代诗人有所不同,他们所受的政治考验是十分复杂的。这群诗人是过去通常所说的"生在新社会,长在红旗下"的一代。他们不具备第一代诗人改造中国文化的远大理想,也不像第二代诗人那样经历过血与火的战争考验,更不会有第三代诗人远大的政治热情。这一批诗人的少年时代是在一种单纯的政治信仰中度过的,正因如此,在"文化大革命"到来的最初阶段,他们都狂热地奉献出了政治热情。然而,随着"知识青年上山下乡"的开始,他们被赶到了生活的最底层,和日出而作、面朝黄土、背负苍天的中国农民一道生活。随着和平年代的政治风雨的摧残，他们昔日改天换地的理想开始破灭。城市阶级斗争的残酷和农村满目疮痍的土地，使他们清楚地认识到，过去的政治信仰是如此的简单和盲从，而自己竟然在一种政治骗局中生活了若干年。于是，他们开始怀疑一切，在怀疑中重新寻找人生的坐标，这才有了北岛的《回答》和舒婷的《一代人的呼声》。我们必须承认，20世纪的中国现代诗人，太热衷于他们的时代带给他们的不幸和有害的迷惘。"朦胧派"诗人也是如此，一切都破灭后，他们在迷惘中思考，在痛苦中探寻，残酷的现实终于推翻了他们曾经坚信不疑的政治理想。醒来之后，面对中国当代文坛的废墟，他们才考虑如何选择诗的艺术突破口。中国当代新诗发展到"文化大革命"时代，崇高审美的诗歌艺术被空洞、教条的口号所代替，诗的出路在哪里？人生的出路在哪里？"朦胧派"诗人在地下刊物《今天》上用诗作出了回答。

与第一代诗人有相似之处，以"朦胧诗"为代表的第四代诗人的出现，曾经引起过长达五年之久的激烈争论。所不同的是"朦胧派"诗人所处的年代是一个政治较为开明的改革开放的年代，尽管争论有时充满了火药味，但最终却受到青年人的热烈欢迎。至此，第四代诗人所开创的"朦胧诗"作为一种新的诗歌革新运动被写进文学史。然而，正当人们渴望这一次新诗潮有更大的发展，希望诞生更厚重的诗篇时，"朦胧诗"却出现了衰退现象。虽然那个时代给予他们太多的苦难，他们的生活积累也比较丰厚，但他们的诗歌艺术经过一段时间的闪光之后，大都精疲力乏，似有"江郎才尽"之嫌。尽管至今仍有作品问世，其艺术个性却都停留在初创阶段。在这样的情况下，更年轻的一代诗人，即第五代诗人开始了新的探索。

第五代诗人通常又称为"后朦胧诗人"、"后生代诗人"、"后现代诗人"……笔者认为，从其大胆探索的勇气上审视，称之为"新生代诗群"更贴切。这一代诗人的人生经历很简单，他们之中除极少数人（如于坚）之外，绝大多数人都没有经历过"上山下乡"，更不用说"文化大革命"。"朦胧诗"争论最激烈的时候，他们之中的佼佼者于坚、海子、尚仲敏、韩东、李亚伟等人正在大学念书。由于在大学时代直接与西方现代主义文学接触，因而一开始他们就对众说纷纭的"朦胧诗"进行了彻底的否定。他们不仅从观念上批判"朦胧诗"，而且用大量的创作实践来证明他们不是"朦胧诗"的影子。比如韩东的《有关大雁塔》、于坚的《尚义街六号》等作品。第五代诗人是一群散乱的聚合体。派别众多,旗帜林立。从北京到云南,从上海到成都,大江南北,长城内外,都有第五代诗人探索的足迹。根据《诗歌报》与《深圳青年报》1986年10月联合推出的"中国诗群体大展"的数字统计,活跃在诗坛的流派多达70余个。然而,经过20多年的淘洗后,泥沙俱下,剩下的派别并不多。而且从创作实绩上总结,第五代诗人群体中的众多流派,大都是宣言很洪亮创作却很萎缩,但无论如何,第五代诗人以他们的存在宣布了一个诗歌新时代的到来。

四

文学流派不仅是一种文学现象,同时也是一种重要的文化现象和社会现象。作为一种群体审美意识,文学流派还提供给我们研究文学史的一个新的角度和视野。诗歌创作固然是诗人个体的自由精神创造,但是诗人要实现自己的审美价值,必然要通过一种社会化过程。诗歌作为感情的精神结晶,首先是各种社会因素互相交会的产品,是诗人和他所处时代的各种关系交流的结果。诗歌流派是一定条件下的群体组合,是具有相同美学志向的诗人的集体意识的交叉融会,既代表了一种文学倾向,也代表了一种政治倾向和思想力量,同时又是某一时期文学主潮的具体表现。

一个审美群体的形成,必然隐含有丰富的社会内涵,比如政治的、哲学的、经济的、伦理道德的等诸多因素。因为群体的形成是主动的自觉,是一种审美意识的集体表达。因此,这个群体自然要面对各种外在的社会关系,有时甚至是社会因素对诗人们进行集体塑造。在20世纪中国新诗运动中,几乎很少有单纯文学意义上的流派,它们总是与特定的时代背景和政治思想紧密联系。尽管每个流派都有自己独立的审美王国,有自己的艺术志趣的小圈子,但作为一种文学事实,每一个流派都无法割舍与特定时期相依相存的社会关系。如果说文学史是一台运转的机器,那么诗人就是这台机器上单个的零件,而流派则是这台机器运转的链条。流派的形成如同一种契机,它为诗人们提供了集体展示的机会,并作为群体力量进入社会,充当社会发展史上的一个重要角色。

对20世纪中国新诗流派的研究,是认识文学发展历史的一个重要内容。文学史是一部活的历史,是由众多分散聚合的单元构成的有机整体,各种流派的存在和相互补充，是文学向前发展的动力。"百花齐放，百家争鸣"的方针，是文学艺术发展的内在规律，而每一个流派都是百花园中的一朵小花。只有各个流派的相竞产生和发展，形成一种新的群体组合现象，文学史才会灿烂生辉，丰富多彩。只有对文学流派的微观观察，才会有对文学史的宏观把握。当我们对诗歌流派作冷静描述的时候，便考虑到把这种静态描述融合到整个文学史中进行思考，把诗歌流派的剖析同当时的各种政治思潮结合起来，以求文化背景与文学现象的客观统一。尽管这种探索有较大的困难度，但笔者坚信，只要坚持不懈地努力，总会给20世纪中国新文学史的研究提供一种不成熟的思路。

中国新诗流派既是一种固定的文学现象，同时又具有变化的因素，有时这种变化近乎于无政府主义。比如属于"新潮"诗群的朱自清，同时又是"为人生"文学研究会的重要成员；创立"小诗派"的冰心，同样是文学研究会的一员得力干将；冯至早期并不是"象征派"，但到20世纪40年代又归属此派，而"创造社"的冯乃超、穆木天、王独清后期又归为象征派。有时同一文学团体的诗人不属于同一流派，而同一个流派的诗人又在不同的文学社团。按理，同一文学团体的诗人，由于有着大体相同的文学主张，有共同的文学刊物，理当属于一个流派，但是由于各种具体的原因，往往各社团、各流派中，你中有我，我中有你。这种混乱，是文学史不断进步的表现。由于特殊的历史文化原因，中国现代诗人很难长久地属于某个流派，他们的选择是间歇性的。李金发曾经是文学研究会的会员，但不久他又创立了象征诗派，其艺术风格与文学研究会的宗旨大相径庭；胡也频早期接近象征派，后来又转向现实主义。总之，这种变化使20世纪中国新诗史显得格外复杂，但却在客观上造就了文学史的多元化发展。文学流派的流动性打破了过去文学史上的各种陈规陋习，无形中使中国新文学史的构架变得丰富多彩。

笔者对20世纪中国新诗流派的划分，主要从新诗的实际出发，在充分尊重史料的同时，按个人的审美理想进行选择。首先，笔者认为用阶级来划分流派是不确切的，因为诗歌是一种超阶级的情感行为。而且在现代文学史上，许多诗人都脱离了原来的阶级地位而成为中国现代社会中的独立群体。

其次，不能用政治立场和政治行为来划分诗歌流派。尽管诗歌流派在形成过程中包含一定的政治观念，具有某种政治色彩，甚至某些诗歌流派长久地和政治纠缠在一起,但这并不代表它们的文学成就。事实上,中国新诗从兴起的那一天开始,诗人们都自觉地关切国家的前途和民族的命运,尤其是到了抗战时期,作诗如投戈,已经成为诗人们的共同政治意识。用诗歌去对抗黑暗,这是所有诗人的自觉立场。所以在剖析某一流派时,不必更多地强调个人的政治立场,这只会把文学史引向歧途。笔者认为,对新诗流派的划分,更多要从诗歌风格、审美趣味着手,这样可能不会被一些历史表象所迷惑,不管诗人之间的政治观点是否貌合神离,不管他们的阶级立场是否势不两立,只要他们共同拥有一种创作欲望,并且都用诗歌证实这个流派的存在,那么他们就是一个有艺术目的的文学群体。基于这样的考虑,笔者认为,中国的20世纪新诗史上存在以下的诗歌流派。

(1)早期白话新诗派,或称之为"放脚体"诗派。代表人物有胡适、刘半农、刘大白、沈尹默、康白情、周作人、鲁迅。代表作品有胡适的《尝试集》、康白情的《草儿》、刘大白的《旧梦》等诗集。这一流派的诗人主要以《新青年》为阵地。

(2)"为人生"的写实派。这一流派的成员来自"文学研究会"的"雪朝"诗人群。以朱自清、俞平伯、周作人成就较大。此外,徐玉诺、郭绍虞、叶绍钧、冰心、郑振铎、庐隐等人也是这个流派的重要成员。代表作有朱自清等人的诗歌合集《雪朝》、《眷顾》,朱自清的《踪迹》,俞平伯的《冬夜》、徐玉诺的《将来之花园》、周作人的《过去的生命》。这一流派的共同之处是强调文学"为人生",诗歌文体则是描写多于抒情的自由体。

(3)"小诗派"。以冰心、宗白华为主将形成的一个流派。"小诗"之风从1921年兴起到1925年渐衰,这是中国新诗初创时期风靡一时的诗歌运动。代表诗集有冰心的《繁星》、《春水》,宗白华的《流云》。此外,"湖畔派"诗人合集《湖畔》也有小诗之风。"小诗派"主要受周作人翻译的日本俳句和冰心翻译的泰戈尔的《飞鸟集》的影响。其书写内容往往是一片树叶、一朵流云、一丝情绪、一句哲理。

(4)创造社的浪漫主义诗派。诗派成立于1921年6月。代表诗人有郭沫若、田汉、成仿吾、冯乃超等人。代表诗集有郭沫若的《女神》,成仿吾的《流浪》,冯乃超的《红灯集》。1929年2月,该流派自动解散。该流派的口号是"为艺术而艺术",艺术上则追求"自我表现"。

（5）"湖畔派"诗人。这是早期新诗中专作情诗的一个团体。由汪静之、冯雪峰、应修人、潘漠华四人创立。代表诗集有四人合著的《湖畔》、《春的歌》，汪静之的《蕙的风》。这一流派倾心于对爱情作天真幼稚的浪漫主义描写。

（6）"新月"格律诗派。代表人物有徐志摩、闻一多、朱湘等人，以《晨报·副刊》和《新月》月刊为阵地。这个流派中的成员，其政治立场、人生观、世界观都有较大差异。但在诗歌的创作中却都比较倾向"新格律"体，有意追求"三美"。在各流派中，新月派成绩卓著，诗集颇丰，恕不一一列举。

（7）初期象征派。与其他流派不同，这一流派没有鲜明的理论主张，也没有一个固定的中心刊物，其理论主张散见于诗人各自的文章中。代表人物有李金发、姚蓬子、冯乃超、王独清、穆木天。其中，胡也频前期属于此派，冯至后期归属此派。代表诗集有李金发的《微雨》、穆木天的《旅心》、冯乃超的《红纱灯》、姚蓬子的《银铃》、胡也频的《也频诗选》等。

（8）现代派。该派因《现代》杂志而得其名。以戴望舒、施蛰存、何其芳、卞之琳、李广田、金克木、徐迟等人为代表。这个流派将中国传统的诗歌审美趣味与西方浪漫主义情调相结合，形成了中国化的象征主义诗歌。诗集很多，概不赘述。

（9）"中国诗歌会"。主要发起人是穆木天、杨骚、任均、蒲风。主要成员有关露、王亚平、芦荻、柳倩等人，各地会员总共 200 多人，以《新诗歌》为阵地。这一流派诗歌的共同主题是反帝反封建，诗歌风格是一种"大众化"的现实主义。

（10）"七月诗派"。以胡风主编的《七月》、《希望》、《七月诗丛》为阵地而团结在一起的诗人群。主要成员有艾青、田间、绿原、鲁黎、曾卓、牛汉、邹荻帆、彭燕郊等人。该派坚持现实主义的创作原则，主张文学创作同血与火的战斗相统一。

（11）晋察冀诗群。这一诗群有着鲜明的政治主张，是解放区诗歌创作中的重要群体。这个流派的主要成员是延安"街头诗运动"和"墙头诗运动"的倡导者。如田间、蔡其矫、邵子南、方冰、魏巍、管桦等人。"晋察冀诗群"曾经组织过"战地社"等诗歌社团，出版有《诗建设》周刊。因为这群诗人长期活跃在抗日前线的晋察冀边区，故而得其名。他们的诗具有高度的政治热情，所有内容都是抗日杀敌，形式上具有民歌风格。其中方冰的《歌唱二小放牛郎》广为流传。这个流派诗人众多，其中由魏巍主编的《晋察冀诗抄》收集了 38 位诗人的作品。该流派的诗歌风格虽然单一，但是却使中国新诗从个人的诉说走向火热的民族抗日前线。

（12）"新民歌体"。"新民歌体"派诗人是在毛泽东《在延安文艺座谈会上的讲话》之后出现的歌唱大众、为大众服务的一个诗潮。李季的《王贵与李香香》、阮章竞的《漳河水》、袁水拍的《马凡陀山歌》代表了"民歌体"新诗的成就。

（13）"九叶"诗派。这一派是 20 世纪 40 年代后期九位青年诗人围绕上海出版的《中国新诗》、《诗创造》两个诗刊而形成的一个诗人群落。这一派别的诗人将中西方诗学融为一体，一定程度上提高了中国新诗的表现力度。这一流派没有共同的宣言和理论主张，就是"九叶"的命名也是 30 多年后，由袁可嘉作序的《九叶集》在江苏人民出版社出版后才得以正名的。这个群体分别由辛迪、陈敬荣、杜运燮、杭约赫、郑敏、唐祈、唐湜、袁可嘉、穆旦九人组成。

（14）台湾"现代诗社"。以 1953 年 2 月纪弦在台北创办《现代诗》为开端，又以他于 1956 年 1 月在台北发起成立"现代派"为高潮。主要人员有白萩、罗门、方思、郑愁予、羊令野等 80 余人。他们的口号是"推动新诗的现代化"，强调诗的纯粹性。

（15）台湾"蓝星"诗社。1954 年 3 月成立于台北，代表人物有余光中、钟鼎文、覃子豪、周梦蝶、夏青等人。该派诗歌重视抒情性，是"新月派"的继续。理论上反对"现代派"的"横的移植"论。影响较大的诗人是余光中、周梦蝶。

（16）台湾"创世纪"诗社。1954 年成立于高雄的海军基地。由军中诗人洛夫、张默发起，后有痖弦、叶维廉、管管、商禽等人加盟。他们提出"新民族诗型"的口号，反对"现代派"的"诗歌横移论"，不赞成"蓝星社"的"纯情"风格。以《创世纪》为文学阵地。

（17）台湾"葡萄园"诗社。1962 年成立，由文晓村、陈毓华、蓝云等青年诗人组成。他们的口号是"创造有血有肉的诗章"[①]。该诗派虽

---

① 台湾《〈葡萄园〉发刊词》，1962 年 7 月。

然未成大器，但却是台湾乡土诗运动的发起者，在文学史上有一定的开拓意义。

（18）"笠"社。成立于 1964 年 9 月，是台湾具有很大影响的乡土派诗歌群体。阵容强大、声势壮观、群众意识强。该诗派力主维护乡土精神，强调对现实的批判性。代表诗人白萩、吴晟、赵天仪、桓夫、林亨泰、林焕章、巫永福、杜国清、蒋勋等人。

（19）台湾后生代诗群。进入 20 世纪 70 年代，台湾诗坛诗社林立，新人辈出，据不完全统计，台湾青年诗人创立的诗歌社团和诗歌刊物有50 余种。其中影响较大的有"龙族"诗群、"草根"诗社等。这次台湾诗歌主潮是台湾民族文化的回归，是乡土意识的一次彻底觉醒。代表诗人有吴晟、向阳、罗青、施善继等。

（20）"朦胧派"诗人。孕育于 20 世纪 60 年代末 70 年代初，成熟于70 年代末 80 年代初，以食指 1969 年写的《我的最后的北京》为开端。1978 年地下油印刊物《今天》将一些知青诗人团聚在一起。他们是北岛、舒婷、顾城、江河、杨炼、芒克、食指等人。之后各大学的大学生刊物又培养了一批"朦胧诗人"，如北大的《未名湖》、人大的《林园》、北师大的《初航》、吉林大学的《赤子心》。"朦胧诗派"是"不合理时代的合理产儿"[1]，是"新的美学原则的崛起"[2]。

（21）"新边塞诗派"。20 世纪 80 年代初期以抒写西北风情为主题的现代诗群，以昌耀、杨牧、周涛、张德益、林染、李云鹏、潞潞、何来为代表。他们用现代意识去评价大西北独特的自然风光，追求一种力量之美，体现了一种新的审美思索和审美判断。

（22）"新生代"诗群。这是一个散居在全国各地的诗人群落。当"朦胧"诗潮渐进尾声，开始被文坛接纳时，数以百计的诗歌社团以民间团体的方式出现在全国各地。经过十多年的筛选、淘汰，成绩较突出、影响比较大的有于坚、韩东、小君、丁当的"他们"诗派；周伦佑、蓝马、杨黎、尚仲敏等人创立的"非非主义"；王寅、陆忆敏等人成立的"海上诗群"。其中对当时诗坛具有冲击力的是"大学生诗派"。他们率先喊出了"打倒北岛"、"Pass 舒婷"的口号，提出了告别"朦胧诗"的艺术主

---

① 谢冕：《失去了平静之后》，《诗刊》1980 年第 12 期。
② 孙绍振：《新的美学原则在崛起》，《诗刊》1981 年第 3 期。

张,并不定期出版《大学生诗报》。但是,随着于坚、尚仲敏走出校园,这个诗派无形中宣布解散。"新生代"诗群敢于在理论上标新立异,而且"如决堤的洪水,气势汹汹,滚滚而来"①。然而,历史在严酷地选择诗人,大潮过后,数以百计的诗歌社团退到了历史的后面,只留下了极少数敢于探索,守得住寂寞的诗人。

当我们对中国新诗流派的轮廓进行粗线条的扫描后,不难发现,20世纪的中国现代诗人们,都拥有自己的山峰山脉,一座座小山,一个个山头,堆积成了中国新诗的雄阔大山。正是这风格百态的各种流派,组合成一部鲜活丰厚的20世纪中国新诗史。而我们所要做的就是对这些风格千姿的诗歌派别作出科学的总结,找出各个流派发展壮大的外部因素和内部因素,为中国新诗走向灿烂的21世纪做一点推波助澜的工作。

---

① 吕周聚:《评"中国诗坛1986:现代诗群体大展"》,《诗歌报》1987年第1期。

第二章

"放脚体"派：初期新诗的写实实验精神

— "放脚体"释疑

在五四文学革命的旗帜下，诗歌是革命的劲旅和急先锋，诗歌革命的成功，诞生了白话自由体新诗，结束了两千多年的文言文时代。诗歌革命不仅是语言和文体的革命，更是一次思想革命。从此，中国新诗翻开了辉煌灿烂的一页，白话文学成为正宗的中国语言文学。

笔者之所以把早期的写实诗称为"放脚体"诗派，主要是从文学语言形态的角度提出的。从文学的客体、主体、本体的意义上讨论，文学都是语言的艺术。以胡适为代表的新诗运动就是最先从语言上冲出了古典诗的重围的。1917 年 2 月，《新青年》发表了胡适的《白话诗八首》，这是诗歌文体的一次划时代的创举，虽然在艺术上浅显一些，但作为语言的革命，无疑是对中国正宗的古典诗一次猛烈的挑战。中国古典诗歌自上而下都是文言文写作的，并作为一种正宗的文学典范，一直是中国知识分子阶层骄傲的本钱。但是胡适却敢冒天下之大不韪，另辟蹊径，用白话来代替具有两千多年生命的古体诗，这既是对中国旧文化的怀疑，也是一次语言行动的觉醒。当然，诗体的解放并不是目的，目的是要用解放的诗体来传播精神的自由。正如胡适自己所说："若想有一种新内容和新精神不能不先打破那些束缚精神的枷锁镣铐。因此，中国近年的诗运动可算是种'诗体的大解放'。"[1] 正是有了"诗体的大解放"，新诗才以她鲜活的生命力而放任发展，才具有完美的审美力量，才能够揭示人性的内在奥妙。

继胡适的《白话诗八首》之后，《新青年》又在 1918 年 1 月推出胡

---

[1] 胡适：《谈新诗》，见《中国新文学大系·建设理论集》，上海文艺出版社 1984 年版。

适、沈尹默、刘半农等人的《白话诗九首》。从此以降，新诗在很短的时间内风靡全国。胡适、刘半农等人就是从新的形式上入手，用白话诗的写实叙事性代替空虚的、矫情的、无病呻吟的古诗词。在胡适等人的带动下，新文化的先驱者们很快形成了一个以《新青年》为核心的诗群。这个诗群的力量是巨大的，从根本上改变了文坛的面貌。从《新青年》开始，中国诗歌步入了一个新的时代。当然，新诗并非一帆风顺，它同样受到了各种怀旧势力的围攻。"学衡派"、"甲寅派"都以一种团体的力量来阻止新文学的发展。在这样的情形下，新文学要得到发展，靠个人的力量显然是力所不逮。正是如此，先驱者们才在求大同、存小异的思想基础上集合成群体，共同为新文学的发扬光大出谋划策，《新青年》诗群就顺其自然而诞生。这个群体是一个战斗的群体，其共同目标是反对旧文化，开创新文学。作为新文学的中流砥柱，历史将永远记住他们的名字：陈独秀、胡适、蔡元培、钱玄同、李大钊、刘半农、沈尹默、周作人、吴虞、刘复、高一涵……1919 年 11 月，《新青年》发表了"新青年杂志社宣言"：

> 本社具体的主张，从来未曾完全发表，社员各人持论，也往往不能尽同。读者诸君或不免怀疑，社会上因此发生误会。现当第七卷开始，敢将全体社员的共同意见，明白宣布，就是后来加入的社员，也共担负此次宣言的责任。

这是一种群体意识的自觉倾向。这个具有变革精神的宣言，传达出了文学的新的集体信息。一个在《新青年》旗帜下的战斗群体已经构成。

关于"放脚体"，胡适是如此解释的：

> 我现在回头看我这五年来的诗，很象一个缠过脚后来放大了的妇人，回头看她一年一年的放脚鞋样，虽然一年放大一年，年年的鞋样上总带着时代的腥气。我现在看这些少年诗人的新诗，也很象那些缠过脚的妇人，眼里看一班天足的女孩子跳上跳下，心里好不妒羡![1]

---

[1]　胡适：《尝试集》四版《自序》，上海亚东图书馆 1921 年版。

胡适开创的"放脚体"犹如一把剪刀，把中国诗歌的历史整整齐齐地剪成两截。如同草川未雨所言，从陈独秀、胡适掀起"文学革命"以来，"其中的诗体最得了一次剧烈的大解放，自然也最惹起反动派的张目"①。"放脚体"诗作为诗歌历史的分水岭，表明了旧诗时代业已结束，新诗时代已经开始。

胡适等人开创的"解放体"要达到什么目的？他在《谈新诗》中作了明确回答："第一，打破五言七言的格式；第二，打破平仄；第三，废除押韵。"② 这三点都是侧重于从语言形式上突破旧诗的樊篱，重新建立语言自然、音节自由、格式自由的新诗，达到"话怎么说，就怎么写"③的审美形式。

严格地说，以胡适、刘半农、沈尹默为代表的"放脚体"诗，不能算一个真正的流派，但"放脚体"却是中国新诗的先潮，是一次中国诗歌的彻底革命。它一方面背负着旧的文学规范，另一方面又不断地打破新的形式和内容。诚然，"放脚体"并非一个纯粹的诗歌流派，其诗歌的风格也各有千秋，但就其诗的形式和内容而言，无一不是"我写我口"（黄遵宪语）的典范。"放脚体"的诗人们虽然在诗歌理论上各有所持，但在革新旧诗的主张上却是一致的，而且他们有着共同的艺术理想：以一种开放的文化势态，打破中国诗歌固有的艺术领域，以一种按捺不住的自我发展的深刻欲望，冲击着中国的古老传统文化。从这个意义上说，"放脚体"又何尝不是一个诗歌流派呢？

二 刷洗过的旧诗：胡适与《尝试集》

白话的确立，只是符号的认定。至于这种新的符号是否能够完成诗歌的表情达意，有待于诗人用创作实践来证明。最早尝试新诗的胡适、刘半农、沈尹默等人，他们既有古典诗歌知识的积累，又大量阅读过西方现代诗。两相比较，他们决心走出旧诗的窠臼，取法西方新诗，走一条中西合璧的道路。胡适的《尝试集》就是在这样的环境中诞生的。

---

① 草川未雨：《中国新诗坛的昨日今日和明日》，上海书店 1985 年版。
② 胡适：《谈新诗》，见《中国新文学大系·建设理论集》，上海文艺出版社 1984 年版。
③ 周作人：《新文学源流》，岳麓书社 1989 年版，第 106 页。

1917 年是中国新诗史上的重要一年，这一年《新青年》第 2 卷第 6 号上刊登了胡适的《白话诗八首》。分别是《朋友》、《赠朱经农》、《月三首》、《他》、《江上》、《孔丘》等。这些诗虽然用的是白话文，但在诗的格式上仍然有旧诗五言、七律的痕迹，有"旧瓶装新酒"的味道，是"新旧诗转换期的见证"[①]。就诗歌的写法而言，胡适的《白话诗八首》比古代是一大进步，但诗作本身并未彻底摆脱古典诗的阴影，甚至因袭了一些旧文学的规范，比如《朋友》一诗（收入《尝试集》时改为《蝴蝶》）：

> 两个黄蝴蝶，双双飞上天，
>   不知为什么，一个忽飞还。
> 剩下那一个，孤单得可怜。
>   也无心上天，天上太孤单。

就意境上分析，这首诗同杜甫的《绝句》有相似之处。从诗的表面看，"两个黄蝴蝶，双双飞上天"与"两个黄鹂鸣翠柳，一行白鹭上青天"有异曲同工之妙。当然，胡适的《尝试集》虽然未摆脱旧诗的阴影，但是内容却有新意，至少在表意上要自由得多。"蝴蝶"这一固定的意向已经从旧诗的格局中脱颖而出，被赋予新的美学意义，并非梁祝"化蝶"的暗示和象征。

胡适和他的诗友们深受旧诗的熏陶，而且大部分人都作过旧诗。旧诗强大的丰富性和包容性压迫着他们灵感的发挥。所以"放脚体"诗派的诗人在尝试白话新诗的创作时，始终难以甩掉旧诗的影响。以胡适的《尝试集》而论，其中的许多诗作在格式上仍有旧诗的框架，比如《中秋》就是用七言写成的：

> 小星躲进大星少，
> 果然今夜清光多！
> 夜半月从江上过，
> 一江江水变银河。

---

① 谢冕：《新世纪的太阳》，时代文艺出版社 1993 年版，第 38 页。

这首诗的节奏和韵调,都明显有旧诗规范的投射。而且,"夜半月从江上过"是从"夜半钟声到客船"演变而来,"一江江水变银河"则是"一江春水向东流"的变体。旧诗的思维方式和审美习惯,形成一种无意识的压力,不期而然地在"放脚体"派诗人的创作中表现并呈现出来,使得诗人们提笔作诗时,诗性智慧的幻觉中,古诗词的艺术魅力依然存在于他们的思维之中。对此,胡适有如下论述:

> 新体诗是中国诗自然趋势所必至的,不过加上了一种有意的鼓吹,使它短时间内猝然实现,故表面上有诗界革命的神气。这种议论很可以从现有的新体诗寻出很多证据。我所知道的"新诗人",除了会稽周氏兄弟之外,大都是从旧诗、词、曲里脱胎出来的。①

在胡适看来,初期的白话诗人,除了周作人外,其余的诗人都没有脱离古典诗、词、曲的枷锁。这就是说,诗人不是不明白自己的"新体诗"中有旧诗词的影子,只是一时难以摆脱。从另一个侧面看,初期的白话诗人的诗歌实践是很谨慎的。尽管诗人不是屈从古文化的精华,而是要彻底挣脱旧式诗词的牵制,创造一个全新气质的新诗,但是,传统文化的大环境到底还是制约了诗人们的创造力。

再看胡适的《江上》:

> 雨脚渡江来,
> 山头冲雾出。
> 雨过雾已收,
> 江楼看落日。

这只是传统的白话诗,是一种接近旧诗的白话诗,只不过少了旧的韵味,多了平仄押韵的自由。又如他的《十二月五夜月》的第一句"明月照我床",很显然是从李白的"床前明月光"和王安石的"明月何时照我还"脱胎而来。这类诗在《尝试集》中比比皆是。据笔者粗略统计,以

---

① 胡适:《谈新诗》,见《中国新文学大系·建设理论集》,上海文艺出版社 1984 年版。

下诗作均是白话诗的气质，传统诗的格式：《朋友》（后改名为《蝴蝶》）、《中秋》、《江上》、《十二月五夜月》、《沁园春》、《病中得冬秀书》、《"赫贞旦"答叔永》、《生查子》、《景不徙篇》、《朋友篇》、《文学篇》、《百字令》、《如梦令》、《久雪后大风寒甚作歌》、《哀希腊歌》、《自杀篇》、《老树行》、《满庭芳》、《临江仙》、《送梅觐庄哈佛大学》、《相思》、《秋声》。这些诗或五言七言，或短歌小令，或赋或曲，总之，全是古诗框架中的白话诗。作为新诗史上"吃螃蟹"的《尝试集》，整部诗集中不能不说是弥漫了传统的"缠脚时代的血腥气"（胡适语）。就是《尝试集》的书名也是从陆游的"尝试成功自古无"的诗句得来的。不过，与陆游的意思正好相反，胡适的"尝试"是成功的，而且功不可没。

　　《尝试集》是"放脚体"的代表诗集，虽未完全跳出古诗的形式圈子，但从诗作中，我们已经感受到了诗人自我的独立抒情。早期新诗的审美目标是创造性精神的审美释放，是对古典诗的集体叛逆。《尝试集》作出了榜样，这部诗集中的一部分诗作，虽然其物质外壳有五言、七言的句法，但诗歌的内涵却倾向于向外表达和诉说，是自由的吟唱。就连诗人也这样说道："这些诗的缺点就是仍用五言、七言的句法。句法太整齐了，就不会有语言的自然，不能不有截长补短的毛病，不能不牺牲白话的字和白话的文法来迁就五七言的句法。"[1] 不仅如此，这部诗集的诗作依然保持有旧诗中铿锵有力的节奏。胡适试图在旧诗的外形下作努力的探寻，但他毕竟背负着沉重的中国传统文化，他挑战的对象是统治中国两千多年的正宗诗歌。他一方面勇往直前地倡导新文学，另一方面又不得不考虑"国粹"的维护者。这一点我们从他在1917年4月9日写给陈独秀的一封信中找到了答案：

　　　　此事（指提倡新文学——作者注）之是非，非一朝一夕所能定，亦非一二人所能定，甚愿国中人士能平心静气与吾辈同力研究此问题，讨论既熟，是非自明。吾辈已张革命之旗，虽不容退缩，然亦决不敢认吾辈所主张必是，而不容他人之匡正也。[2]

---

[1] 胡适：《尝试集》再版《自序》，上海亚东图书馆1920年版。
[2] 刘心皇：《现代中国文学史话》，台北中正书局1978年版。

　　胡适虽然大张旗鼓地为"革命文学"呐喊，但最初的信心似乎显得不足。这也是《尝试集》中存在旧文化因素的缘由。当然，胡适的革命态度并没有被旧文化所吞没，在他的号召下，一批有志新诗歌的诗人聚合在《新青年》周围，以群体的力量实现了革新文学的理想。

　　早在《新青年》创刊之前，胡适对传统文化的改革就有了一些不成熟的思考，还在美国哥伦比亚大学读研究生时，就开始探索中国诗歌的出路问题。他在给友人的信中说："诗界革命何自始？要须作诗如作文。琢镂粉饰丧元气，貌似未必诗之能。"他还说："小人行文颇大胆，诸公一一皆人英，愿公傮力莫相笑，我辈不作腐儒生。"① 胡适在国外就鼓吹白话，反对文言文，但靠个人的努力是不可能实现的。胡适在哥伦比亚、哈佛、康奈尔几所大学的留美学生中为白话辩护，但收效甚微，而且常常陷入单枪匹马的尴尬境地。正当他孤立无援时，国内的《新青年》支持了他的学说，并发表了他的《文学改良刍议》。这篇激进的文章一经刊出，便立即获得了群体共鸣，成为新文学革命的最早宣言。

　　胡适说："我做白话文学，起于民国纪元前六年。"② 也就是说，胡适早在 1905 年就试图用白话文作诗了，而《尝试集》的诗作约作于 1916—1919 年，这就不难看出胡适的"放脚体"诗中为什么会有旧诗的套路。尤其是作为先河之作，对新诗有什么样的格式，新诗该怎样作，还没有固定的文本标准，所以只有先"放脚"。虽然难为情，如同"踩高跷"，但到底是一次诗体的大解放。对于"旧瓶装新酒"的"放脚体"诗，冯文炳看得很透彻，他说："有些初期做白话诗的人，后来索性回头做旧诗去了。就是白话诗的元勋胡适之先生，他还是对于旧诗填词有兴趣的，我想他还是喜欢那个。"③ 这段论述颇为中肯，一语道破了"放脚体"的天机。

　　必须说明的是，胡适的《尝试集》并非都是具有"血腥味"的诗作，这部诗集中的另一些诗，显示出了解放出来的活力。像《鸽子》、《老鸦》、《老洛伯》、《你莫忘记》、《应该》、《一颗星儿》、《威权》、《乐观》、《上山》等诗作，不仅完全脱离了旧诗的格式，而且所创造的诗歌审美客体具备了新诗的自由愉悦色彩。如《一颗星儿》：

---

　　① 《中国新文学运动史料》，光明书局 1934 年版。
　　② 胡适：《尝试集》再版《自序》，上海亚东图书馆 1920 年版。
　　③ 冯文炳：《谈新诗》，人民文学出版社 1984 年版，第 22 页。

我喜欢你这颗顶大的星儿,

可惜我叫不出你的名字,

平日月明时,月光遮尽了满天星,总不能

遮住你。

今天风雨后,沉闷的天气,

我望遍天边,寻不见一点半点光明,

回转头来,

只有你在那杨柳高头依旧晶晶地亮。

冯文炳认为:"这样的诗,都是作诗人一时忽然而来的诗的情绪,因而把它写下来。这个诗的情绪非常之有凭据,作者自己拿得稳稳的,读者在纸上也感到切切实实。"① 这就是说,胡适的这首诗是在受到外在的情景物象刺激而引出灵感冲动而完成的。美国诗人、批评家泰特(Allen Tate)说:"诗的刺激是如何以组织我们的冲动、以朝向行动这样一种方式来引出反映。"② 这是从应用心理学的逻辑思维来理解诗的创造过程。假如用这个原理去论证胡适的《一颗星儿》,那么,作为被表达的客体的"星儿"便是这首诗创作的内在契机,也就是冯文炳说的:"忽然而来的诗的情绪。"诗的末尾记道:"八年四月二十五日夜。"这说明胡适的这首诗是在夜深人静时完成的,诗人望着天宇深处的一颗明亮的星星,由这颗星又想起了人生的某一位伴侣,触景生情,于是一蹴而就。诗中被美化了的事物——星星,就是诗歌实践智性的完美表达。这类诗在胡适的有"血腥气"的"新诗旧作"中也有,比如前面提到的《朋友》,胡适有过如下说明:

有一天,我坐在窗口吃我自做的午餐,窗下就是一大片长林乱草。远望着赫贞江,我忽然看见一对黄蝴蝶从树梢飞上来;一会儿,一只蝴蝶飞下去了;还有一只蝴蝶独自飞了一会,也慢慢的飞下去,去寻找他的同伴去了,我心里颇有点感触,感触到一种寂寞的难受,所以我写了一首白话小诗,题目叫做《朋友》(后来才改作《蝴蝶》)。这

① 冯文炳:《谈新诗》,人民文学出版社 1984 年版,第 9 页。

② 雅克·马利坦:《艺术与诗中的创造性直觉》,生活·读书·新知三联书店 1991 年版,第 53 页。

种孤单的情绪，并不含有怨枉我们的朋友的意思。我回想起来，若没有那一班朋友和我讨论，若没有那一日一邮片，三日一长函的朋友切磋的乐趣，我自己的文学决不会经过那几层大变化，决不会渐渐结晶成一个有一系统的方案，决不会慢慢的寻出一条光明的大陆来。①

这一段记事意在阐明作诗的过程，见蝴蝶飞而触动灵感，又想起志向不同的朋友，于是便将这种怨情释放出来。诗作虽然还是五字一句，但只是一种材料的表述形式，思想的运载工具。形式是旧的，内容却是新的。尽管诗性意义总是或多或少地受到形式的束缚，但是诗人的情感倾向的表达却是自由的。

《尝试集》所表现出的挣脱传统方式的强烈愿望，显示了中国文化选择的新趋向，尽管这部诗集有许多不尽如人意的地方，但毕竟是一次勇敢的、彻底的尝试。从史学意义上说，它揭开了中国新诗艰难的一页。正是《尝试集》的出现，白话作为中国新诗语言的运载工具开始得到确认。在此之前，虽然也有人提倡诗歌的革新，但并没有提供一种诗歌的样式和中国新诗写作的蓝本，而《尝试集》做到了。从《尝试集》伊始，中国诗歌的审美目标更为开阔、更为辽远、也更为自由了。

三　新诗:思想革命的直接符号意义

打破旧文学的陈规戒律，是《新青年》诗群共同的目标，只有集成一体，个人力量才会得到最大的发挥。从旧文学迈向新文学，不仅是简单的语言形态的突破，更是文化观念的突围，文学价值的更新和转移。自《新青年》发表胡适的《白话诗八首》后，并非诗人的陈独秀、李大钊、周作人也相继在《新青年》发表新诗。很显然，他们的目的不是为了写诗而写诗，而是为了给刚刚诞生的新诗壮声威，使新诗形成一股群体的冲击力，如同鲁迅所说，他作诗是为了给新诗"敲边鼓"。中国古代诗歌，是两千年来无数优秀诗人创作实践的深厚积淀，其运作方式不仅十分完备，而且丰富多彩，要想冲破这一凝聚数千人、流传两千年的艺术经典，个人的力量是无法实现的。正因如此，《新青年》的先驱们才在大致相同

---

① 胡适:《逼上梁山》，见《中国新文学大系·建设理论集》，上海文艺出版社 1984 年版。

的审美理想策动下集成群落，向旧诗发出了挑战。新诗革命的成功，同时也是新文学革命的成功，更是思想革命的成功。诗体的解放，意味着中国知识分子文化观念的全面更新。《新青年》是一个传播新思想的刊物，把发表新诗放在一个特殊的位置上，说明在先驱者们的心目中新诗与他们追求思想革命的意愿是一致的，所以当胡适率先用白话作诗后，一批有识之士云集《新青年》，开始了带有思想革命意义的诗歌创作。从诗作的阅读中，我们可以看出《新青年》诗群都在进行一种诗歌文体的试验，这种试验是在自觉自愿的心态下完成的。这一点，稍后的冯文炳有过较为中肯的论述：

> 　　首先我要敬重那时他们作诗的"自由"。我说自由，是说他们作诗的态度，他们真是无所为而为的作诗了。他们可真是要怎么做便怎么做了。康白情还做过旧诗，乃至他感觉要自由的写他的新诗，旧诗那一套把戏他自然而然的丢在脑后了，他反而从旧小说中取得文学活泼，因此他有他的抒写的自由，好像他本来应该写那些新诗，只是好容易才让他写了。这一来便很见中国新诗运动的意义，真有人从这里得到解放，而且应该解放。①

　　冯文炳认为，康白情及其《新青年》诗群的诗歌创作都是追求一种思想和艺术的解放，彻底地与旧诗决裂，而诗歌则是作为思想运载的媒介和工具。冯文炳特别提到了这一群体作诗的"抒写自由"。这种自由显然有推动社会思潮发展的动机，也就是用作诗的自由来达到印证思想革命的必然性。如同谢冕先生所说："在初期白话诗创作中，因为他们的追求与五四的启蒙、救亡这两个主题基本相关，于是一旦白话诗出现了，有识之士便想用之于启蒙，一部分新诗人很快地用这个新诗体来表现民众的疾苦以及他们的同情心。"② 五四的先驱者们考虑得更多的是对中国社会的改造，对中国人的灵魂的启发教育。因此，诗人在写新诗的过程中，总是随时调整自己的诗与社会问题发生关系。比如《新青年》曾经把平民的疾苦作为关注的焦点。于是这一个群体的诗人便写了许多反映人民苦难的

---

① 　冯文炳：《谈新诗》，人民文学出版社 1984 年版，第 111 页。
② 　谢冕：《新世纪的太阳》，时代文艺出版社 1993 年版，第 46 页。

诗，并在诗中赞美劳动人民的崇高品质。如《新青年》第 4 卷第 1 期分别刊登了胡适和沈尹默的同题诗《鸽子》和《人力车夫》。就主题精神而言，两首《人力车夫》都是对下等劳动人民的关怀和体恤，是人道主义思想的艺术体现。沈尹默的《人力车夫》写了在寒冷中艰苦生存的车夫们的悲惨命运，坐在车上的人"个个穿棉衣/个个袖手坐/还觉风吹来/身上冷不过"。而卖苦力为生的车夫却穿着破烂的单衣，在寒风中艰难地行走，"汗珠儿颗颗往下坠"。旧时代的两种生活的极端对比，道出了一幅贫富悬殊的生活画面。初期的《新青年》诗群，把各种生活在社会下层的小人物作为表现的对象，倡导人道主义思想，直面现实，抗议社会的不公正。在他们的诗中，有人力车夫、贫苦农民、失业工人、小商小贩、乃至穷困潦倒的知识分子……如刘半农的《一个小农家的暮》、《铁匠》，玄庐的《十五娘》，刘大白的《布谷》，刘延陵的《水手》，康白情的《画家》、《妇人》等作品，都表现了人性平等的主题。

笔者认为，初期白话诗群的审美目标主要还是以唤醒国民沉睡千年的灵魂为最高宗旨，这是回响在诗人们主观创作中的集体经验，通过诗歌诊断时代弊端，激发国民的自我解放意识，这是新诗最早的直接符号意义。诗歌作为思想革命的载体，表现出强烈的反封建倾向和民主主义思想。胡适的《权威》，鲁迅的《人与时》，康白情的《别少年中国》，刘半农的《学徒苦》，刘大白的《卖布谣》、《收成好》，都具有反封建权威，倡导民主思想的愿望。尤其是胡适的《威权》，其象征意义是再明显不过了：

> 权威坐在山顶，
> 指挥一班铁索锁着的奴隶替他开矿。
> 他说："你们谁敢倔强？
> 我要你们怎么样就怎么样！"
>
> 奴隶们做了一万年的工，
> 头颈上的铁索渐渐的磨断了。
> 他们说："等到铁索断时，
> 我们就造反！"
>
> 奴隶们同心合力。

一锄一锄的掘到山脚底。

山脚挖空了。

权威倒撞下来,活活的跌死。

诗中高高在上的"权威"是束缚中国几千年封建专制文化思想的象征,也是封建帝王的隐喻。诗中有意识地表达了奴隶创造历史的主题思想,再次用诗证明:人民是一切专制权威的掘墓人。"挣断铁索"的奴隶,只要他们同心合力,将"山脚底挖空",那么,"坐在山顶上"的"权威倒撞下来,活活的跌死"!以胡适为代表的"放脚体"诗派,已经把新诗革命的意义同反封建的宏大思想主题融合在一起。

1919 年 5 月 2 日,因"外交失败"而引发的五四爱国运动爆发。这次运动将新文化运动推向了前所未有的高潮。新诗在五四狂飙运动中,成为救亡启蒙运动的重要文学载体。五四运动不久,《新青年》除了刊登胡适的《威权》之外,还刊出了李大钊的富有战斗精神的诗作《欢迎陈独秀出狱》,这是新诗又一次向黑暗挑战的暗号。同一时期还有刘半农的《D——!》、周作人的《东京炮兵工厂同盟罢工》,这些诗都具有叛逆精神,是思想革命的重要武器。

五四运动后,新诗突飞猛进。《新青年》诗群日益壮大,一些研究哲学、社会学、考古学、乃至自然科学的知识分子,争先恐后地涌入新诗坛。除了前面所说之先驱者外,孙少侯、沈玄庐、陈子诚、陈建雷、陈绵、陈南土、汪静熙、徐雉、徐玉诺、黄婉等人也在《新青年》上发表新诗。有了更多的同盟者加入,新诗的基础更加坚实,新诗的道路更加广阔。新诗作为思想革命的产物,它生动地记录了 20 世纪初期中国划时代的思想革命精神。新诗之所以新,就是因为它代表了新的希望和新的时代精神,即彻底的反封建性。

就文艺领域的其他体裁而言,新诗革命的成功更为困难。尤其是新诗要用白话体、自由体,彻底抛弃旧诗的格律格调,更为传统文化的维护者们所不允许。但是,"放脚体"诗群的先觉者们攻破了重重包围,开创了从形式到内容都别具一格,从诗意到主题都具有创造性的一代诗风。

"放脚体"诗派的试验精神是伟大的,没有它的拓荒,就没有走过百年新诗的历史。

第三章

早期写实派:"为人生"的
现实主义诗潮

一 "为人生"的旗帜下的文学活动

派中有派,这是新文学发展史上的实际情况。既然文学是社会生活的特殊反映,这就决定社会生活的丰富性、复杂性必然带来文学流派之间的错综复杂关系。文学流派之间的包容性和彼此消涨起伏,是一种常见的文学现象。从这个意义上去分析"人生派",认真探索该派的历史渊源及其趋势流变,至少有着正本清源的作用。

"人生派",或称为"为人生的艺术派",对它的解释有两种观点:第一种是指以文学研究会为核心的"人生派",这是一种狭义的诠释;第二种是包含早期《新青年》、"新潮社"及后来的"语丝社"、"莽原社"、"未名社"。因为这些社团都信仰"为人生"的文学观。这是广义的对"人生派"的解释。

笔者认为,不能孤立地从时代的横切面去分析某一流派的兴衰沉浮,更不能因为共同拥护一个相同的文学口号而划为一个流派。应该在尊重历史事实的基础上,还历史的本来面目。文学研究会作为一个有组织的文学团体,不仅有共同的组织原则,有共同的简章,还有自己的刊物为阵地,而且创作实践都是在"为人生"的旗帜下进行的。当然,文学研究会的许多成员都来自《新青年》和"新潮社",但这只是一种时代的承续关系。周作人既是《新青年》的理论旗手,又是"新潮"的支持者,他的《人的文学》是"人生派"理论的一面旗帜,但在《新青年》时代并没有因此而形成一个流派。1917 年 10 月至 1918 年 11 月,北京大学的学生在陈独秀的支持下成立了"新潮社",并创办了《新潮》杂志。主要成员有傅斯年、罗家伦、杨振声、俞平伯、康白情。"新潮"的出现,壮大了

《新青年》的队伍,继承了早期诗歌的写实主义作风,使刚刚尝试不久的新诗站稳了脚跟,突出新诗在新文化运动中的特殊地位。《新青年》和《新潮》确实促进了"为人生"的文学研究会成立,而且《新青年》和《新潮》的一些人后来又加入了文学研究会。尽管有其创作的连续性,但从流派本身而论,却不是一家。"新潮"的诗人应该是"放脚体"派的成员,这正如胡适所说:"新潮社的几个新诗人——傅斯年、俞平伯、康白情——也都是从词曲里变化出来的,故他们最初的新诗,都带着词曲的音节。"①"新潮社"尚且如此,"语丝"、"莽原"、"未名"三个社团就更不用说了。

早期"人生派"的成员绝大部分都是文学研究会中的诗人。文学研究会是20世纪中国文学史上的第一个现实主义文学流派,其功绩主要是小说创作,但诗歌的成就也不可低估。1922年6月,文学研究会丛书之一的新诗集《雪朝》由商务印书馆出版。这部诗集收入了文学研究会八位诗人的新诗,他们是朱自清、周作人、叶绍钧、俞平伯、徐玉诺、郭绍虞、刘延陵、郑振铎。这部诗集虽然是众多诗人的合集,但在主题表达和艺术表现上都基本上遵循"为人生"的宗旨。这一诗派之所以成为"人生派",主要是缘于文学研究会的宣言。

文学研究会酝酿于1919年11月。当时,瞿秋白、郑振铎、许地山等人在北京创办《新社会》旬刊,由于提倡民主,反对专制,不久被当局政府查禁。正当他们决心再创办一个振奋民族精神的刊物时,茅盾接编了《小说月报》,于是便决定利用这份杂志宣传新思想。为了更好地达到改造社会的目的,他们还决定以《小说月报》为阵地,组织一个文学社。经过一段时间的准备,1921年1月,文学研究会在北京中央欧诺公园(今中山公园)正式成立。

文学研究会最初的发起者有12人:周作人、沈雁冰、郑振铎、王统照、朱希祖、叶绍钧、孙伏园、蒋百里、许地山、瞿世英、耿济之、郭绍虞。正式成立时已有21人,到1927年已发展到173人。影响较大的诗人如刘大白、刘半农、朱自清、冰心、庐隐、徐玉诺、王以仁、梁宗岱都成为该会的中坚力量。而风格与"为人生"相异的徐志摩、李金发、朱湘等人,也都在文学研究会的名册上留下了自己的名字。

---

① 胡适:《谈新诗》,见《中国新文学大系·建设理论集》,上海文艺出版社1984年版。

　　文学研究会成立之初，新文学刚刚诞生，而在"为人生"的旗帜下竟能招徕众多的参与者，足见文学研究会的宗旨具有较大的吸引力。1921年 1 月，《小说月报》第 12 卷第 1 号和《新青年》第 8 卷第 5 号，都分别刊登了《文学研究会宣言》，宣言由周作人起草并经鲁迅过目，代表了文学研究会对文学的基本态度。

　　　　将文艺当作高兴时的游戏或失意时的消遣的时候，现在已经过去了。我们相信文学是一种工作，而且是于人生很切要的一种工作；治文学的人也当以这事为他的终身事业，正同劳农一样。所以我们发起本会，希望不但成为普通的一个文学会，还是著作同业的联合的基本，谋文学工作的发展与巩固这虽然是将来的事，但也是我们的一个重要的希望。

　　这篇宣言是文学研究会对文学的基本态度，即对人生的冷静剖析，注重文学的人生价值观。这种文学"为人生"的鲜明立场，得到了新文学界的广泛支持。

　　文学研究会在宣言中对文坛提出了三种意见：（1）"联络感情"；（2）"增进知识"；（3）"建立工会著作的基础"。在这种求实的文学精神之下，进一步提出了"写实主义的文学"[①]。这种"为人生"的写实文学，实际上是周作人"人的文学"的进一步深化。早在 1919 年，周作人就提出"人的文学"观，他认为，"用人道主义为本，对于人生诸问题，加以记录研究的文字，便谓之人的文学"[②]。至于如何写人，周作人提出了两种思路：第一"是正面的，写这理想生活，或人间上达的可能性"；第二"是侧面的，写人的平常生活，或非人的生活，都很可能有研究之用"[③]。所谓"理想的生活"实际上是指人的情感在文学作品中的具体表现，也就是作者根据生活的内在逻辑而虚构的生活。而"平常生活"则是指对生活的原始记录。作为文学研究会的重要发起人，周作人的文学观对其成员有较大的影响力。此后，瞿秋白、茅盾都成为"人生派"方面

---

① 郑振铎：《文艺丛谈》，见《小说月报》第 12 卷，1921 年第 3 期。
② 周作人：《人的文学》，见《新青年》第 6 卷，1918 年第 1 号。
③ 同上。

的重要理论家。瞿秋白认为:"人生既生于社会之中,人的思想就不能没有反映社会中阶级利益之痕迹,于是社会学科中之各流派,往往具有阶级性,比自然科学更加显著。"[1] 瞿秋白的"人生"理论尽管比周作人更鲜明,带有很强的无产阶级的革命性,但仍是从周作人的《人的文学》一文中派生出来的。在"为人生"的旗帜下,文学研究会提出了一系列的文学主张。其中最突出的是按照生活的本来面目再现生活。"人生派"的理论家们考虑得更多的是可观现实对作家主观创作的决定性影响,从生活的客观性去理解美的本质和文学的源泉。这一点,从茅盾起草的《〈小说月报〉改革宣言》就能窥见其端倪:

> 写实主义文学,最近已衰歇之象,就世界观之立点言之,似以不应多为介绍;然国内文学界情形而言,则写实主义之真精神与写实主义之真杰作实未尝有其一二,故同人以为写实主义在今日尚有切实介绍之必要;而同时非写实的文学亦应允其量输入,以进一层之预备。

不难看出,文学研究会的文学写实的倾向是主张文学反映生活的客观性,理论地揭示事物的本质,描写出生活中具体的独立形象。茅盾甚至认为:"新文学的写实主义,于材料上最注重精密严肃,描写一定要忠实;譬如佘山必须至少去过一次,必不能放无的矢。"[2] 在茅盾看来,作家对描写对象必须有感官上的真实了解,如果连起码的感性知识都没有,那么所表现的必然是无的放矢。在谈到作家创作时的生活背景时,茅盾提出:"表现生活的文学是真文学,是于人类有关系的文学,在被迫害的国度里,更应该注意这社会背景。"[3] 茅盾的论述,不仅代表了文学研究会的立场,同时对现实主义在新文学运动中的发展有着理论上的奠基作用。

关于诗歌的写实性,文学研究会的发起人之一叶绍钧有这样的阐述:"假如没有所谓的人类,没有人类这么生活着,就没有诗这东西……一切源泉也就是诗的源泉,说诗却要说生活,这并非要达到作诗的目的才说到生活,乃是生而为人,不能不说到生活。"[4] 叶绍钧把诗的源泉放在生活

---

① 瞿秋白:《新寓言》,《新青年》季刊1923年第3卷。
② 茅盾:《什么是文学》,《中国新文学运动史料》,上海书店1982年版。
③ 茅盾:《社会背景与创作》,《中国新文学运动史料摘编》,北京出版社1985年版。
④ 叶绍钧:《诗的源泉》,见《诗》1923年第1卷第5号。

的立论上，提出"充实的生活就是诗"的论点。叶绍钧认为，生活充实丰富的人写出来的诗是"真诗"、"好诗"，而生活空虚的人写出来的诗则只有诗的形式，而缺乏诗的内容。这些观点，对文学研究会的诗人及其创作产生了广泛影响。

人生写实派不仅提出写实主义的主张，还用自己的创作实践来证明其理论的正确性。1922年1月，文学研究会在上海创办了《诗》月刊。这是新文学史上的第一个新诗专刊。《诗》月刊虽然只存在一年零四个月，但却发表了500余首新诗20多篇诗论，为中国新诗的发展奠定了坚实的基础。

俞平伯的长篇理论文章《诗底进化还原论》，也基本上代表了"人生派"的观点。在谈到诗与人的关系时，俞平伯认为："诗是人生的表现，并且还是人生向善的表现。诗的效用在传达人间的真挚、自然而且普遍的感情，而结合人和人的真正关系。"[1] 俞平伯不但提出了人的文学的观点，同时具体论述了诗歌如何表现人生。他说："平民性是诗的主要质素，贵族的色彩是后来加上去的，太浓厚了，有碍于诗的普遍性。故我们应该另取一个方向，去'还淳反朴'，把诗底本来面目，从脂粉堆里显露出来。"[2] 俞平伯的"平民性"的观点，是"人生派"诗歌转向无产阶级大众化的理论基础。另外，他的《诗的方便》、《诗的新律》等文章，从理论上探讨了新诗的美学风格，对新诗的发展起到了导向的作用。

"为人生"的文学虽然不是文学研究会的首创，但是文学研究会成立以前，"为人生"的观点并没有成为某一流派的共同旗帜，而只是作为周作人的个人观点存在。文学研究会成立以后，很快就成为"人生派"的理论中心。该会的《文学旬报》和被该会掌握的《小说月报》，都成为宣传"人生派"理论和发表"人生派"作品的主要阵地。所有拥护"为人生"的新文学运动的参加者，或成为文学研究会的会员，或为该会的刊物撰稿。经过文学研究会有组织的活动，"人生派"盛极一时，达到了文学流派史上罕见的高潮。"为人生"成为文学研究会的一面旗帜，把拥护者都聚集在这面旗帜下，推动了新文学的向前发展。

---

[1] 俞平伯：《诗底进化还原论》，参见《诗》1922年第1号。
[2] 同上。

二　"人生派"诗歌的写作特征

"人生派"的诗歌创作取得了前所未有的成就。

五四时期的大部分诗人都属于"人生派"。周作人、刘半农、刘大白、朱自清、俞平伯、冰心、王统照、徐玉诺、叶绍钧、刘延陵、梁宗岱、徐雉,这些人有的曾是《新青年》诗群中的中坚,而现在又成为"人生派"的重要诗人,这是诗人对文学进行重新选择的结果。

"人生派"的诗人在创作上有以下几个特点。

第一,抒写诗人对现实生活的感受,反对虚饰现实,反对文学上的矫情,主张描写朴实的人生。

"人生派"强调生活的真实体验,感情抒发直率而大胆。情调自然,文采朴实,诗情一泻而出,不做刻意的雕琢。正如郑振铎所说:"我们要求'真率',有什么话便说什么话,不隐匿,也不虚冒,我们要求'质朴',只是把我们心里所感到的坦白无饰地表现出来。"① 这是郑振铎给文学研究会八位诗人的合集《雪朝》作序时所讲的,可以说是《雪朝》这本诗集中的诗歌总体美学特征,也是"人生派"诗歌的总体美学倾向。所谓"真率"就是直抒胸臆,让诗人的情感原原本本地暴露于诗中,例如徐玉诺的《火灾》:

> 没有恐怖——没有哭声——
> 因为处女们和母亲早已被践踏得
> 像一束乱稻草一般死在火焰中了。
> 只有热血的喷泼,喝血者之狂叫,建筑的
> 毁灭,岩石的崩坏,马声……
> 轰轰烈烈的杂乱的声音碎裂着。
>
> 没有黑夜和白昼——
> 只有弥满天空的黑烟红火,翻反的
> 尘土焦灰流荡着

---

① 郑振铎:《〈雪朝〉序言》,商务印书馆 1922 年版。

> 我们昏睡，东倒西歪地挣扎……
> 我们脚下是死的放着热烈蒸气的
> 朋友，兄弟姐妹的身首；呼吸的是
> 含着焚烧新人的香气，我们喝的是母亲的血……
> 没有诗，只有快要酸化的心的跳动

从感情功能上看，这首诗是一首血与泪的控诉。诗人的主观意志强烈地渗入表现客体，进行原始的情感判断，对黑暗的现实给予真实的揭露和批判。诗中的"火灾"是当时的社会现象，诗人进行明晰化处理后，将其概括为社会弊病，以图引起人们的疗效。黑格尔说："啼哭在理想艺术作品里也不应是毫无节制的哀号。"①"人生派"的诗歌，对病痛的人生的剖析是非常冷峻的，诗人面对惨淡的社会，自然有一定的情感产生，但诗人从不任这种情感泛滥，而是客观地写出现实的真面目。

诗的诞生过程，也就是诗人情感的具体审美过程，"人的每一种激情，每一种心境，每一种体验都是有自己的速度节奏"②。诗的写作是以生活为基础，而千变万化的生活总是影响着诗人的情绪。作为主体的诗人本身也具有审美感情，因此，诗人因客观世界而引起的情感变化自然也就是诗的表述对象。"人生派"的诗歌，要求主体情感与客观现实相吻合，即生活必须内化为诗人的情感形态，以求达到抒情的"真率"。如郑振铎的《我是少年》：

> 我是少年！我是少年！
> 我有如炬的眼，
> 我有思想如泉。
> 我有牺牲的精神，
> 我有自由不可捐。
> 我过不贯偶像似的流年，

---

① 黑格尔：《美学》第 1 卷，商务印书馆 1984 年版，第 204 页。
② 斯坦尼斯拉夫斯基：《演员的自我修养》第 2 卷，人民文学出版社 1958 年版，第 238 页。

我看不贯奴隶的苟安。

我起！我起！

我欲打破一切的威权。

诗中塑造了一个"热血少年"的真实形象，一个敢于打破一切威权的勇敢者。在写作上，诗人审美情感的节律不曾中断，一蹴而就。

第二，"人生派"的诗歌描写多于抒情，这一点与浪漫派有着本质的区别。

在表现手法上，"人生派"的诗人自觉地接受了胡适的"话怎么说，就怎么写"① 的影响，追求质朴平易，清新优雅的诗风，有一种散文化的倾向。许多诗人落笔无拘束，任意挥洒，让情感摆脱文字的纠缠，而创造朴实的意境。叶绍钧的《春雨》就是一首典型的由描写入笔的诗作：

霏霏的几天春雨，登楼远望，烟树迷离。

那洋泾港畔的平田，早披上绿绒衣。

还记去年初夏，看农夫插秧在那里；

还记稻穗经风，宛如大海碧波无边际；

还记农夫割了串串黄金穗，舂作粒粒珍珠米；

——这都是眼前的事体！

霏霏的几天春雨，平田又披上绿绒衣。

转眼间如箭光阴，又到麦秋天气。

稻哩！麦哩！轮流更替，同在一块田里。

是无穷的生机！是无穷的地利！

这是一幅自然的江南春雨图。诗人所描写的都是"眼前的事体"，不夸张，不做作，还生活本来的颜色。诗中的意境是物化形态的有序化组合，而不是诗人情感的内化结构，因而显得淡远深邃。诗中的"春雨"、"平田"、"麦浪"，都是原生态描述，不曾有人为的色彩。

"人生派"诗歌的审美指向是很明确的，他们试图通过对现实的单一平实的描写，来达到整体的效果。徐玉诺的《将来之花园》写法上是直

---

① 胡适：《〈尝试集〉自序》，上海亚东图书馆 1920 年版。

叙的，语言平淡松散，但意境却是完整的，而且表达了"人生苦闷"的主题。王统照的《静境》则是通过描写叙事而追求单纯的美。艾青认为："单纯是诗人对于事象的态度的肯定，观察的正确，与事象全体能取得统一的表现。它能引导读者对于诗得到饱满的感受和集中的理解。"① 这对于我们理解"人生派"的诗歌美学风格，确实是一种启悟。因为"人生派"的诗很少有情感的思考，都是客观的单纯摹写。如王统照的《静境》：

> 月光照在深黑的水中，
> 松声微动在疏星的光里，
> 只听到水鸟拍翼的声音，
> 只听到迟缓的细语。
>
> 散着的花香，
> 吸着的清气，
> 在夜之静境里，
> 在心的沉涩的飘荡里！
>
> 波纹被灯光耀动；
> 并且耀动了我的心迹。
> 香草为温风吹拂；
> 并且吹拂了我的烦虑。
> 但有一种深沉的感动，却仍然附着在我心底！
>
> 静境啊！
> 静的一切啊！
> 我何尝愿抛弃你！
> 只是要使人如何能常常留恋你？

诗人表现的是对"静境"的向往和留恋，通过对"静境"的单纯描

---

① 艾青：《诗论》，花山文艺出版社 1991 年版，第 17 页。

写,寄予丰富的内涵。诗中虽然流动着诗人的主观情感,但更多的是对"静境"这一现实作客观冷静的描写,思恋之情则是从描写中自然而然地流露出来。

俞平伯的《冬夜之公园》更是别具一格:

> 鸦都睡了:满园悄悄无声。
> 惟有一个,突地惊醒,
> 这枝飞到那枝,
> 不知为甚的叫得这般凄紧!
> 听他仿佛说道,
> "归呀!归呀!"

这是最后一段。前两段具体地描述了公园里冬夜的情景,而且是作叙述性的解释。最后用静中有动的描写概括冬夜公园之凄凉景色,增厚了诗的氛围,具有平淡出奇的美学效果。"人生派"诗歌的美学风格如同一幅朴拙的写意画,淡淡的抒写中,包含了对人生的哲学思考,对生活的认真评价。

第三,"人生派"的诗歌表现的是生活的直观,是一种客观的外部描写。

即便有抒情,也是通过对事物的描述来实现,而且是内心深处情绪的直接披露,这也是为了综合地表现人生的需要。按"人生派"的主张:"文学作品的制成应当用作者的理想来应用到人生的现实方面。文学一方面描写现实的社会和人生,另一方面从描写的里面表现出作品的理想。其结果,社会和人生因之改善,因之进步,而造成新的社会和新的人生。这才是真正文学的效用。"[①] 这种写实主义的精神,对后来诗歌创作有一定的影响。

由于关切现实,着眼于现实,在形式上就显得自然而明白清楚。叶圣陶的《浏河战场》逼真地描述了战争带给人民的灾难。而他的另一首诗《五月三十日》则呼唤人们参加战斗:

---

① 耿济之:《〈前夜〉序》,商务印书馆 1921 年版。

> 大家拿出一颗心来，
> 大家牵起两只手来，
> 我们不孤单呀，
> 我们气方壮。
> 心心融和为大心，
> 手手坚持成坚障。
> 要扑灭那恶鬼的猖狂，
> 要洗濯公理人道固有的辉光。

　　这是一首"干预人生"的诗，呼吁人们共同起来战斗，"心心融和为大心"，只有集体的力量，才能改造社会，改善人生。茅盾认为："文学者表现的人生应该是全人类的人生"，其"思想和感情一定的属于民众的，属于全人类的，而不是作者个人的"①。"人生派"的诗歌就是本着改善人生的目的而创作的。因此，他们的作品没有无病呻吟的矫情假意，而是注重诗歌的社会价值。当然，"人生派"的一些理论对写实主义、自然主义的理解有些混乱，但他们在诗歌创作上却紧跟时代步伐，反映重大历史事件，表现人民的疾苦。这种写实色彩，已经具备现实主义的写作特征。

　　在写实中抒情，将写实的话语转化为诅咒的话语，这是"人生派"诗人郭绍虞的短诗《咒诅》的特征。这首诗本着对生活现实评价的真实性，通过写实向外表达和诉说，体现了对现实人生的批判意义：

> 咒诅的诗，
> 咒诅的歌，——
> 咒诅的文学——
> 怎能写得尽诅咒的人生呢？

　　在宣言中，文学研究会称文学是"人生很切重的一种工作"，郭绍虞的《咒诅》却发出了"人生是无法写尽的，因为该咒诅的社会和人生实

---

　　①　茅盾：《文学和人的关系及中国古来对文学者身份的误认》，见《小说月报》1921年第12卷第1号。

在太强大了"的呐喊。

　　无论如何，"人生派"的诗歌把描写对象从狭小的圈子里解放出来，让诗人和诗作面对广阔复杂的社会，直面各式各样的人生，这是新诗的一大进步，也是思想革命的一次超越。

三　"人生派"的主要诗人：朱自清——俞平伯——徐玉诺

　　"人生派"的诗歌显示了现实主义的理性光辉，其创作实绩必然是20世纪的宝贵精神财富。像朱自清的诗集《踪迹》和长诗《毁灭》，徐玉诺的诗集《将来之花园》，俞平伯的诗集《忆》，王统照的诗集《童心》，以及该派8位诗人的合集《雪朝》，都是具有代表性的诗集。但就诗歌创作而言，对新诗发展作出贡献的则是朱自清、俞平伯、徐玉诺等人。

　　朱自清是文学研究会诗歌的集大成者。他作诗的时间是1919—1926年，除长诗《毁灭》外，他的诗主要收入《雪朝》（与他人合著）和《踪迹》两本诗集中。从1919年11月20日在《晨报》上发表《小鸟》开始，到1926年《晨报副刊》发表《战争》，不到七年的时间共发表了40多首诗。尽管从数量上看似觉少了些，但写作态度之严肃，诗歌质量之高，却又是现代诗人中少见的。谈到诗歌创作，朱自清说："十年前正是五四运动时期，大伙儿蓬蓬勃勃的朝气，紧逼着我这个年轻的学生，于是乎跟着大家的脚印，也说说什么自然，什么人生。"① 作为文学研究会的重要诗人，朱自清的诗比较关注社会人生的重大变化和对自然景色的客观摹写。

　　朱自清最早发表的短诗《小鸟》，通过对"小鸟"自由欢快的描写，表达了五四青年冲出封建樊笼的喜悦心情。诗人这样写道：

> 他们仿佛在说："我们活着，
> 便该跳该叫。
> 生命给的快乐。
> 谁也不会从我们的手里夺掉。"

---

　　① 朱自清：《朱自清文集·论无话可说》，开明书店1953年版。

"小鸟"的拟人化描写，表达了五四青年充满自信、乐观的理想和自由的时代精神。

抒情长诗《毁灭》描写了五四运动退潮后，一代青年悲怆、徘徊的思想情绪，从生活的真实感受出发，典型地描写动荡之后，知识分子探索人生的苦闷情怀。面对人生的岔路口，诗人用诗来回答怎样选择人生，怎样走自己的路。面对生活的诱惑和纠缠，诗人从迷茫、孤寂的心理状态中醒悟过来，不作无益的冥想。诗人坚定地喝道：

> 摆脱掉纠缠，
> 还原一个平平常常的我！
> 从此我不再仰眼看青天，
> 不再低头看白水，
> 只谨慎着我双双的脚步；
> 我要一步步踏在泥土上，
> 打上深深的脚印！

社会的动荡大潮到来时，诗人没有退缩，而是以谨慎、踏实的脚步，"一步步踏在泥土上"。决心在错综复杂的社会土壤里"打上深深的脚印"，走出一条坚实而平凡的人生之路。《毁灭》是旧我的"毁灭"，一个平凡、自由的"自我"在"毁灭"中新生。长诗《毁灭》的文本意义在于展示了处在黑暗社会中的知识分子，在压抑心理状态下痛苦地寻找光明出路的愿望。诗人对"自我"的认识，是五四之后知识分子蜕变新生的真实写照。客观上，社会是一个不可知的深渊，但诗人的理想之光并没有因此而陷入绝境，而是让复杂的世界来充实自己的内心，厌弃现实而又执著于现实，痛恨生活又向往生活。在这种矛盾的描写中，诗人的主观进取精神脱颖而出，独立于诗之外。

《毁灭》发表在 1923 年 2 月的《小说月报》上，诗人在序言中说："六月间（指 1922 年 2 月——作者注），因湖上三夜的畅游，教我觉得飘飘然如轻烟，如浮云，丝毫立不住脚跟。当年颇以诱惑的纠缠为苦，而亟亟求毁灭。情思既涌，心想留些痕迹。"① 诗人因"飘飘然如轻烟，如浮

---

① 朱自清：《朱自清文集·论无话可说》，开明书店 1953 年版。

云”的自然景色，而悟到了五四大潮之后一部分青年“立不住脚跟”的现实生活，于是挥笔完成了这首具有划时代意义的抒情长诗。状景物之美，抒时代之情，不愧为五四之后开拓新诗之路的长篇佳作。

朱自清的另外一些短诗如《赠 AS》、《送韩伯画往俄国》、《血歌》等作品，表现了诗人向往光明，追求真理的崇高情怀。尤其是描写“五卅”惨案的《血歌》，具有深刻的社会内涵：

> 你们的血染红了马路。
> 你们的血染红了人心！
> 日月将为你们而躲避；
> 云雾将为你们而弥漫！
> 风必不息地狂吹；
> 雨必不息地降下。
> 黄浦江将永远地掀腾！
> 电线杆将永远地抖颤！
> 上海市将为你们而地震！

这是一个爱国者的慷慨之作，激昂之作。在荡气回肠的抒情氛围中，鞭笞罪恶者的暴行，赞美为光明而牺牲的勇士。从中不难看出一个正直知识分子的铮铮骨气。

朱自清的诗抒发的情感是实实在在的，没有装腔作势的基调。正如他自己所说：“现在的诗歌既负上自觉的使命，它得说出人人心中所说的而不能言的，自然就不注重音乐而注重意义了。”① 朱自清更重视诗歌的内容所起的作用，自觉地在诗中表现人生，他的诗歌以思想内容著称。早期的《小鸟》、《光明》、《满月的光》，形式自由，风格清流，但却留下了时代的痕迹和诗人追求真理的足迹。稍后的《宴罢》、《侮集》、《风尘》则冷静地刻画了不同身份的人的心理世界，并折射出人物内心深处的时代气息。而《雪歌》、《战争》、《给死者》更是浸透着沉重的社会责任感，悲愤之情充溢字里行间。

俞平伯在诗歌理论上的贡献是突出的，在新诗创作上更是勤奋。从

① 朱自清：《朱自清文集·论百读不厌》，开明书店 1953 年版。

1918年5月在《新青年》上发表处女作《春水》开始,他一共写了200余首新诗,出版了《冬夜》、《西还》、《忆》三部个人诗集。此外,还与朱自清等人合作出版了《雪朝》及诗文集《杂拌儿》。这些诗集在新诗史上有着广泛的影响,特别是《冬夜》,是新诗史上的第三部个人诗集,对推动新诗的发展起到了推波助澜的作用。

《冬夜》1922年3月由亚东图书馆出版,收集了诗人1918年12月至1921年12月的新诗58首。这部诗集中的新诗在思想艺术上都有着诗人独特的个性,是早期新诗的重要著作。这是一部关切人生世相的诗作,正如诗人所说:"诗以人生圆满而始于圆满,诗以人生的缺陷而终于缺陷。人生譬之时波浪,诗便是那船儿。诗底心便是人底人,诗底声音便是人底声音。"① 这部诗集里的诗大部分是反映人生的诗篇,《打铁》、《挽歌》、《最后的烘炉》是表现"平民风格"的代表作,也是诗人加入文学研究会以后的作品。在艺术上,《黄鹄》、《潮歌》、《孤山听雨》、《凄然》、《绍兴西廊头的半夜》、《春水船》等诗作,其表情达意比较纯熟,尤其是对自然风光的客观描写达到了出神入化的境界。如《孤山听雨》的后三段:

> 凉随着雨生了,
> 闷因着雷破了,
> 翠叠的屏风烟雾似的朦胧了,
> 有湿风到我们底衣襟上,
> 点点滴滴的哨呀!

> 来时的划子横在渡头。
> 好一个风风雨雨。
> 清冷冷的湖面。
> 看他一领蓑衣,
> 把没蓬子的打鱼船
> 划到藕花外去。

---

① 俞平伯:《〈冬夜〉自序》,亚东图书馆1922年版。

雷声殷殷的送着，
雨丝新了，近山绿了，
只留恋的莽苍云气，
正旋在西泠以外，
极目的几点螺黛里。

　　俞平伯善于用白描的手法写出生活中的意境，这主要得益于他古诗词的深厚功底。这首诗将现实中的风景与诗人的心境统一起来，"听雨"过程便是情景交融的完成。恬淡旷远的心绪与雨过天晴后的澄净山色，共同点染出诗歌的美学品格。

　　形式上，俞平伯追求无拘无束的表现方式。结构自由，句式自由，没有固定的模式，但又尽量避免散文的直白。如《北归杂诗》、《小劫》、《植树节杂诗》，诗节或大或小，句式或长或短，诗韵或有或无，一切均出于表达的自然。他认为，新诗"因有真实，便不能不自由了，惟其自由，才能够有真正的真实"①。为了达到"真实"，俞平伯的诗从视觉、构图、句式，都是一种自由整合体。

　　徐玉诺的诗是"人生派"诗歌理论的实践性创作，其诗集《将来之花园》于1922年由商务印书馆出版，这是新诗史上的第五本个人诗集。作为文学研究会的重要成员，他的部分诗作还收入了该会的丛书《雪朝》之中。诗集《将来之花园》有一个大致的共同主题：不管将来的人生是一个多么美丽的花园，但是现在被生活重压的民众是永远也享受不到的。

　　徐玉诺的诗，表现的是人生的苦闷与理想的不一致。比如《紫罗兰与蜜蜂》，其象征意义十分明显。"蜜蜂"象征忙忙碌碌的普通劳动者，"紫罗兰"则代表人生的美好境界。"蜜蜂"成天疲乏地工作，却一点儿也尝不到生活的真味。这首诗对人生的不公平进行了理性的批判，劳苦者享受不到人生的美，尝不到一点儿真实甜蜜的人生滋味。徐玉诺的诗往往能够一针见血地抨击社会制度下的人生不平等。一些人辛辛苦苦地劳作，日子却过得民不聊生；一些人寄生在千万人的血汗之中，不劳而获，却过着糜烂腐化的生活。

　　美好的人生总是不可企及的，而苦闷却充斥着人生，这是徐玉诺诗中

---

　　①　俞平伯:《〈冬夜〉自序》，亚东图书馆1922年版。

经常出现的生活的两个极端。《花园里边的岗警》最为典型。诗中的花园阳光灿烂，环境幽静，清风拂来，眼里的牡丹花散发出诱人的浓香。然而，这一切对于那个机械心枯的小岗警察来说却熟视无睹，形同虚设。这个"一次一次换退"站立的站岗警察心疲乏了，生硬地、没精打采地站着。诗人、画家经过花园，无不惊叹景色的优美，感叹时间的宝贵。警察却心如枯井，总是感到一分钟比一年还长。理想和人生是如此的不协调，人总是被现实生活所困扰，无法实现艺术作品里的人生愿望。

徐玉诺的诗歌风格和其他"人生派"诗人一样，都是直叙的白描，叙述多于抒情。《火灾》、《快放的花苞》、《铁匠的音乐》，都是在平淡松散的叙述中，表现人生的艰难和苦闷，从不同的角度折射社会面貌。《我告诉你》、《可怕的字》、《燃烧的眼泪》则显示出质朴的写实色彩。这和"人生派"的理论主张是一致的。

第四章

小诗派:灵魂息憩的绿洲

一 "小诗"运动与"小诗"群

1921—1924 年间,诗坛上掀起了一场"小诗"运动,并逐渐形成了一个引人注目的"小诗"群。这个群体,没有统一的组织纲领,也没有共同的理论主张,当然也没有核心报刊为阵地。"小诗"群是一个散乱的、以创作实践为聚合准则的群体。文学研究会的周作人和郑振铎是"小诗"运动的最早鼓吹者。周作人的论文《论小诗》、《论日本的小诗》是"小诗派"形成的理论先导。在《论小诗》一文中,周作人对中国文学史和世界诗歌史上短诗现象作了深刻的剖析,对希腊、印度的宗教短诗及日本的"短歌"、"俳句"都进行了颇为翔实的分析。周作人认为,小诗"这种小幅的描写,在画大堂山水的人看去,或者是觉得无聊也未可知,但是如上面说过,我们在日常生活中,随时随地都有感兴,自然便有适于写一地的景色、一时的情调的小诗的需要"①。小诗的勃兴,在周作人看来,是因为这种文体随时随地都可以"写一地的景色、一时的情调"。周作人的论断很符合小诗产生的时代背景。

"小诗"运动的出现有以下几个理由。

第一,五四运动退潮后,大批知识分子没有看到革命的曙光,信仰出现了危机,不同程度地陷入了苦闷彷徨之中。狂热的冲动和激烈的呐喊之后,只剩下了自我的思索。当他们开始对自己的人生观、世界观进行冷静的反思之后,便发觉现实与理想是如此的不和谐。前途的渺茫使他们开始从内心深处寻找抒情方式,于是如周作人所论:"让个人抒发情思,满足

---

① 周作人:《自己的园地·论小诗》,晨报社 1923 年版。

自己的要求也是很好的事。"① 现实没有答案,只有从灵魂深处去寻找人
生息憩的绿洲,于是,生活中的一草一木、一花一石都成了诗人们情感寄
托的载体。由于是一种自我情绪的挥洒,短而小的诗歌形式便成为诗人们
抒发内心感情的最佳工具。"小诗派"的集大成者是冰心,她的《繁星》、
《春水》是现代文学史上两本著名的"小诗"集。谈到自己的创作,冰心
说:"我写《繁星》,正如跋言所说:因为看泰戈尔的《飞鸟集》,而仿用
他的形式,来收集我零碎的思想。"② 在形式上以泰戈尔的短诗为仿写蓝
本,而诗歌的精神却是意在收集自己"零碎的思想"。这"零碎的思想"
是什么?就是五四运动退潮之后对人生的思考和探索。"小诗派"的另一
位重要诗人宗白华是这样叙述他的"小诗"产生过程的:

> 往往是夜里躺在床上,熄了灯,大都会千万人生归于休息的时
> 候,一颗战栗不寐的心兴奋着。静寂中感觉到窗外横躺着的大城在喘
> 息,在一种均匀的节奏中喘息,仿佛一座平波微动的大海,一轮冷月
> 俯照这动极而静的世界,不令有许多遥远的思想袭来我的心,似惆
> 怅,又似喜悦;似觉悟,又似恍惚。无限幽凉之感夹着无限热爱之
> 感。似乎这微涉的心和那遥远的自然同那茫茫的广大的人类打通了一
> 道地下的深沉的神秘的暗道。在绝对静寂里获得人生最亲密的接触。
> 我的《流云》小诗多半是在这样的心情中写出的。往往是在半夜的
> 黑影里爬起来,扶着床栏,寻找火柴,在烛光摇摇中记下那些别人不
> 甚重视而我私自却很宝爱的小诗。③

小诗产生的过程,就是人生探索的过程。诗人们的冲动有着特殊的文
化背景,1920 年 5 月宗白华在德国佛兰府大学哲学系学习,后转入柏林
大学学习美学。对于这样一位在国内经历过五四狂潮的诗人,到了异国他
乡自然不会沉默,而是"期待着一个更有力的人类的到来"④。然而"光
明"并没有如期而来,于是便开始了长久的思索。"小诗"集《流云》就
是这种思索的结果。

---

① 周作人:《自己的园地·论小诗》,晨报社 1923 年版。
② 冰心:《冰心诗集·自序》,开明书店 1943 年版。
③ 宗白华:《我和诗》,见《文学》第 8 卷第 1 期。
④ 同上。

大革命退潮以后，诗人在现实中无法找到理想的归宿，在苦闷的生存环境中，精神上的自我安慰便成了诗人人格涵养的重要组成部分，于是，都不约而同地找到了"小诗"这一能引起诗人和读者共鸣的艺术形式。

第二，小诗之所以成为风靡一时的诗歌体裁，还因为它自身的形式能够自由抒发诗人的主观审美情感，完全符合新文学打破旧的镣铐、实现诗体大解放的目的。"小诗"刚刚出现，胡适就在理论上提出了"不拘格律"的主张，他说："不但打破五言七言的诗体，并且推翻词调曲调的束缚；不拘格律，不拘平仄，不拘长短，有什么题目，做什么诗；诗该怎么做，就怎么做。这是第四次的诗体大解放。"①"小诗派"的出现，正好适应诗歌革命的潮流，是中国新诗体的又一次大解放。旧的束缚被冲毁使人无拘无束的自由天性得到了发挥，人生的感触，内心的私语，情感的波澜，都需要一种自由的审美形式来倾诉，"小诗"的成功实践便是这样的结果。正如周作人所云："如果我们怀着爱惜这在忙碌的生活之中浮到心头又复随即消失的刹那感觉之心，想将他表现出来，那么数行的小诗便是最好的工具了。"②"小诗"的灵活自由，晶莹剔透，为新诗的解放推波助澜。这样一来，新文学运动的最早几年，"小诗"成为"最流行的诗之一"③ 也就不足为奇了。

第三，"小诗"的兴盛有它独特的审美源头。《诗经》中的短歌、乐府中的小曲、唐绝句、宋元小令，都是"小诗"体的模拟对象和传承实体。宗白华这样说："后来我爱写小说，短诗，所以承受唐人绝句的影响。"④ 周作人甚至称俞平伯的短诗《忆游杂记》是"真正的乐府精神"⑤。这说明，中国传统的文学渊源对"小诗派"的诗人有着直接的影响。另外，外国短诗的大量翻译，为五四新诗人打开了另一扇审美形式的大门，找到了又一模仿的文本。1921 年，周作人翻译了日本的"短歌"和"俳句"，还写文章介绍这种文本的审美特征。周作人认为，日本的"短歌"和"俳句"是一种独特的审美文体，"虽不适于叙事，若要描写

① 胡适：《谈新诗》，见《中国新文学大系·建设理论集》，上海文艺出版社 1984 年版。
② 周作人：《自己的园地·论小诗》，晨报社 1923 年版。
③ 梁实秋：《新诗的格调及其他》，《诗刊》创刊号，上海新月书店 1931 年版。
④ 宗白华：《我和诗》，见《文学》第 8 卷第 1 期。
⑤ 周作人：《自己的园地·论小诗》，晨报社 1923 年版。

一地的景色，一时的情调，却很擅长"①。周作人不仅翻译介绍，还自己创作这种类型的小诗。在他的影响下，很多诗人如朱自清、俞平伯都撰文讨论短诗的形式，并亲自作了尝试。特别提出的是郑振铎翻译的印度诗人泰戈尔的《迷途之鸟》（即《飞鸟集》——作者注），对部分新诗人产生了极大影响，这种用智慧和情感编缀而成的珍珠，这种随意挥洒的感情音符，使五四新诗人为之倾倒，冰心、徐玉诺等诗人争相仿写这种文体。冰心在80岁高龄回忆这段诗缘时，还那样的翔实自若。这是《繁星》和《春水》产生的文化背景。泰戈尔的小诗文体结构，是冰心清隽灵动的小诗的中国化体现。

"小诗"作者蜂拥而起，很快形成了一个跨越文学社团的"小诗派"。他们没有共同的文学主张，却用共同的创作实践实现了这个流派的诞生。文学研究会的周作人、冰心、朱自清、俞平伯、王统照、郭绍虞、徐玉诺都进行过"小诗"的创作实践。创造社的郭沫若、邓均吾；湖畔派的汪静之、冯雪峰、潘漠华、应修人也是"小诗"创作的中坚；新月派的徐志摩、闻一多、朱湘、邵洵美、陈梦家，也尝试过"小诗"的实践性创作；此外，宗白华、康白情、刘大白、何植三又是一个对"小诗"创作进行实验并取得成就的群落。"小诗派"的异军突起，表明了这种文体虽短小，却具有表达的精练性和内涵的丰富性。

关于"小诗派"，草川未雨有这样一段论述：

> 小诗——新诗兴起后的小诗，是指流行的一行至四行的新诗，这种诗的内容情感是瞬间变化的，其成形在于即刻，表现刹那间的感兴，这种性质的诗体，在中国文学里"古已有之"，如传说的周以前的歌谣差不多都很简单，不过三四句，《诗经》里许多篇用叠句式的，每章改换几个字，重复咏叹，也就是如现在的小诗。只因它同其他诗词一样的被拘束在文言文与韵的两重束缚之下，不能自由发表，所以也不免受到湮没，自此次诗体解放后，小诗又应了需要而复兴了。②

---

① 周作人：《自己的园地·论日本的小诗》，晨报社1923年版。
② ［日］草川未雨：《中国新诗坛的昨日今日和明日》，上海书店1985年版，第48页。

他还说："小诗制作从冰心女士的《繁星》、《春水》起，辗转模仿之作很不少……"① 草川未雨的论述，基本上符合"小诗派"产生的历史条件。事实上，在中国新诗历史的各个时期都有致力于小诗创作的诗人。比如谢采江的诗集《野火》、海音社的《短歌丛书》、"延安街头诗运动"、"朦胧诗"派的顾城、"新生代"诗群的海子等都对这种文体进行过探索。这说明"小诗"是具有生命力的。

"小诗"是一场诗歌文体的革命，它的成功，再次证明了新文学革命的必然胜利。

二　冰心：爱与人生的幻想和追求

在"小诗"运动中，冰心是一位成功的探索者。1923 年商务印书馆出版了她的《繁星》和《春水》，两部诗集共收小诗 300 多首。这些诗是在泰戈尔的影响下的"杂感式"的"零碎思想"的忠实记录，是五四新诗青春期的纪念，一度被称为"繁星体"，在诗坛上有较大的影响，是"小诗派"的杰出代表作。

泰戈尔小诗的清澈凄美的风格，直接影响了冰心的诗歌创作。关于这一点，冰心在《遥寄印度诗哲泰戈尔》中说道："你以快美的诗情，救治我天赋的悲哀"，你"以超卓的哲理，慰藉我心灵的寂寞"②。她的所有小诗，都是在泰戈尔"超卓的哲理"的诗情影响下完成的。温柔的忧愁包含着深刻的哲理，是冰心小诗的主要风格。她的诗固然没有一泻千里的澎湃之情，但却像涓涓细流，激起了诗坛的点点涟漪，直接或间接地折射出时代的光泽。正如谢冕先生所说："冰心的那些来自女性内心的清隽灵动的碎片的闪光，正是一九一九年太阳反照出的奇观。"③ 冰心的小诗，既是诗人感情的私语披露，也是一个时代精神的艺术表达。

冰心是文学研究会的代表诗人，她始终把人生作为文学追寻和表现的目标。在《繁星》和《春水》中，诗人努力改良人生，探索人生的价值，诗人用她那纤细蕴藉的女性心理，去感化旧时代的黑暗生活，以短小精悍

---

① ［日］草川未雨：《中国新诗坛的昨日今日和明日》，上海书店 1985 年版，第 50 页。
② 冰心：《我的文学生活·闲情》，北新书局 1922 年版。
③ 谢冕：《新世纪的太阳——二十世纪中国诗潮》，时代文艺出版社 1993 年版，第 48 页。

的抒情方式，表达诗人的忧虑和愤怒。

尽管冰心从小生活在宁静富裕的家庭环境中，很少接触社会的阴暗面，但由于诗人亲身经历了五四运动，对现实生活有了进一步的了解，因而在作品里直接或间接地反映了社会的面貌，"漏出了人生的虚无"。恰如诗人所说："生活中的经验，渐渐加强，我也撷到了生命花丛中的尖刺。"① 冰心写作的契机是大时代的形势所驱动，对此，诗人有一段专门的说明：

> 我开始写作，是一九一九年，五四运动以后。那时我在协和女大，后来并入南京大学，成为燕大女校。——五四发起时，我正陪着二弟，住在德国医院养病，被女校的学生会，叫回去当文书。同时又被选上女学界联合会的宣传股。联合会还叫我们将宣传的文字，除在会刊外，再去找报纸发表。我找到《晨报》副刊，那时我才正式用白话试作，用的是我的笔名婉莹，发表的是职务内应作的宣传的文字。②

这就是说，冰心的创作动机最先是作为"女学界联合会的宣传股"的任务而开始的，而且是在五四大潮到来时。从这个意义上考察，冰心的文学道路自然是以追求人的解放，寻找理想的人生为其开端。具体到诗歌创作上，就是以抒写灵魂的自由，打破两千多年来的诗歌格局，用诗的审美形式关注人的命运，尤其是青年人的命运。

> 小小的命运，
> 　　每日的转移青年；
> 命运是觉得有趣了，
> 　　然而青年却多么可怜呵！
>
> ——《繁星·一四〇》

诗人对青年人命运不幸的指控，也就是对支配青年人的旧的习惯势力的责难。青年人的命运与青年人的追求是如此的不合拍，其原因就是

---

① 冰心：《寄小读者·四版自序》，北新书局 1938 年版。
② 冰心：《冰心诗集·自序》，开明书店 1943 年版。

"小小的命运"掌握在专制者手里。而青年的可怜就在于统治他们的社会是残酷无情的,他们把折磨青年作为一种"有趣"的游戏,如此,青年的命运只有"每日的转移"。冰心从青年与社会的矛盾中,写出了青年人在现实生活中不能选择人生,无法冲破专制势力的孤寂痛苦心情,触及了五四退潮后社会现实中的青年人生的深层次问题。

诗歌是抒情的文学,诗歌最具有美学个性的是诗中有一个特殊的抒情主人公,而且,这个主人公不是诗人自己,是一代人的抒情思维的具体概括。当诗人通过诗歌的审美秩序建立人的情感结构时,情感意识必然转化为艺术的形象。请看冰心的这一首小诗:

> 我的心呵!
> 你昨天告诉我,
> 　　世界是换了的;
> 今天又告诉我,
> 　　世界是失望的;
> 明天的言语,
> 　　又是什么?
> 教我如何相信你!
>
> ——《繁星·一三二》

诗中的"我"当然不是诗人自己,而是五四运动以后一代青年人的写真。面对社会的瞬息万变,人无所适从。现实生活无规律可循,当然也就带来了信心的紊乱,人生的不可知。

诗歌艺术就是智性的一种创造性的完美倾诉,并在倾诉的过程中发现生活的方式,追踪人生的真谛,传送时代的信息。冰心的小诗的诗性意义是内在的,面对现实的深刻描述,对人生行为的艺术消解,在"小诗派"诗人中确实独树一帜。

> 风呵!
> 不要吹灭我手中的蜡烛,
> 我的家还在这黑暗长途的尽处。
>
> ——《繁星·六一》

现实的险恶，时刻要扑灭光明的到来，而人生的家又在"黑暗长途的尽处"，漫漫长夜，愈显人生的艰险曲折，苦难多灾。这首小诗的结构意义就在于，诗中的抒情主人公是清醒的，但总是逃不脱黑暗现实的这张人生大网。愈是知道不能接触人生的障碍，灵魂深处就愈加孤独和痛苦。

有时，冰心在揭示人生苦难的同时，还不时引起人性的警觉意识，以劝慰的语调，去诉诸探索着。

> 小麻雀！
> 　休飞进田陇里。
> 田野里，
> 　遍地弹机
> 　正静静的等着你。
>
> ——《春水·一一一》

人生的道路布满陷阱，稍不小心便误入歧途而不能自拔。诗中的"小麻雀"是自由的象征，但是这种自由的背后，却有着杀机在静静地等着。

"小诗"之所以成为冰心早期的审美情感形态，成为冰心怒而不哀的诗歌审美风格，自然是取决于"小诗"这一诗歌形式更能迅速地表达诗人的思索和追求，表达诗人渴望人性解放的呼吁。

> 阳光穿进石缝里，
> 　和极小的刺果说：
> 　"借我的力量伸出头来罢，
> 　解放了你幽囚的自由！"
> 　树干儿穿出来了，
> 　坚固的磐石，
> 　裂成两半了。
>
> ——《繁星·三六》

人性解放如同真理的阳光，最终必然冲破一切阻挡者设下的栅栏，哪怕是"坚固的磐石"，也必然"裂成两半"。在诗人看来，只要坚持追求，向往光明，哪怕是弱小者，也能够推翻压在头上的大山，获得人性的彻底解放。

爱的主题，善良的人性之光，中国古典文化的深厚修养，使冰心的小诗显示出淡淡的哀愁美。哀而不伤的诗歌主旨蕴涵着希望的阳光，寄寓人生的无限美好。

> 青年人！
>   只是回顾吗？
>   这世界是不住的向前呵。
>
> ——《春水·八七》

这是时代的激流在诗人心灵里产生的反响。向前走，不退缩，是五四的突进精神，是社会的呼唤，人民的重托。冰心就是这样用诗来唤起青年人的斗志，激励青年面对苦难的现实，勇敢地走自己的人生之路。

冰心创立"小诗派"时，其世界观仍然是民主主义的博爱思想。正如茅盾所说："她在家庭生活里看到了'爱'，而在社会生活这大范围里却看到了'憎'。"[①] 尽管如此，冰心依然按照自己的博爱观去改良社会，用善良的愿望去描写人生，因此，她的"小诗"作品里总荡漾着一股泛爱的诗歌精神。

对爱的讴歌，是冰心《繁星》、《春水》两部诗集的重大主题。诗人笔下的爱主要是"母爱"、"童心"之爱、自然之爱。当然，这种对爱的描写，客观上同样具有反封建的意义。因为封建社会的禁欲主义是爱的天敌，是人性自由的无形锁链。只有五四以后，人们的爱美之心才得到正常发挥，而冰心则在"小诗"创作中肯定人类之爱的可能性和必然性，以泛爱思想否定无爱的人生现实。

> 人类呵！
>   相爱吧，

---

① 茅盾：《冰心论》，见《作家论》，生活书店 1936 年版。

> 我们都是长行的旅客，
>
> 向着同一的归宿。

　　　　　　　　　　　　——《繁星·十二》

　　爱是人的本能，是人性欲望的自然发展，是人类进化、世界发展的原动力。冰心认为，只要人类真诚相爱，就能到达美好的彼岸。

　　初期新诗的生命力来源于对情感的直接抒写，这是冰心的小诗在新诗史上的历史意义。她用"小诗"来弹奏人类相亲相爱的和谐精神，就诗歌内容而言，和五四退潮是同步的。无论是"母爱"还是其他的爱，都是理想世界的淋漓表现，都是爱的人生哲学的发扬光大。

> 母亲呵！
>
> 天上的风雨来了，
>
> 　　鸟儿躲进它的巢里；
>
> 　　心中的风雨来了，
>
> 　　我只躲到你的怀里。

　　　　　　　　　　　　——《繁星·一五九》

　　"心中的风雨"指的是人生的内在创伤，而唯一的躲避处便是母亲的怀里。"母亲"的意义自然不是指某一位生身之母，而是所有善良的中国母亲的聚合体。

　　冰心对大自然也倾注了爱。山、水、花、草在她的诗中都是有生命的，具有人的认知能力和爱的情怀。

> 一般的碧绿，
>
> 只多些温柔。
>
> 西湖呵，
>
> 　　你是海的小妹妹么？

　　　　　　　　　　　　——《春水·二九》

　　大自然历来是人的精神和谐的对应物，造化的神奇，使自然与人的心灵世界发生同构，拟人化的西湖寄托了诗人对爱的赞美。诗意的笔调，表达了回归自然的理想境界。

冰心的爱的理想,是她自己的人生经历和社会经验的必然结果,她笔下的理想人生,总是以和谐的主体想象世界为主。当然,诗人也表现了人生的苦难,但更多的是对这种苦难的超越,这或许就是冰心的"小诗"最独特的审美视野。

三 宗白华:"白云流过,便是思想片片"

宗白华是在五四高潮到来时步入诗坛的,尽管他后来是以学者著称,但在当年却是以清新明丽的抒情短诗而闻名诗坛。1923 年亚东图书馆出版了他的短诗集《流云》,这部诗集是继冰心的《繁星》、《春水》之后,"小诗派"的又一部重要诗集。宗白华的小诗以精深的表达和洗练的语言为主体风格。虽然没有对时代风云的变幻作出应有的反映,但却对人生、对自然、对广阔无限的宇宙作了哲理的抒情思考。尤其是在新诗的审美风格上,《流云》的贡献比同时代的诗集有着不可估量的作用。

宗白华的小诗大部分作于 1922 年 6 月到 1923 年 8 月这段时间,都发表在《时事新报·学灯》上,而且都是在国外写的,是诗人思想情绪的体现。这些诗形式短小,自由灵活,用简短的文字创造出耐人寻味的意境,印证了宗白华的关于诗歌要有意境的理论主张。宗白华说:"我向来主张我们心中不可无诗意诗境,却不必一定要作诗。"[①] 诗人作为主观审美客体,首先必须心中有诗意诗境,这样在对客体的观照中才会产生真正的诗美结构。"怎样才能做出好的真的新诗体?"[②] 宗白华认为,新诗要达到"能写出"的境地,也还要经过"能做出"的境地,因为诗是艺术,不能完全没有艺术的学习与训练。宗白华把诗的内容分成两个部分,即"形"与"质"。[③] 所谓"形"就是指诗歌的语言文字,诗中的音节和词的构造;所谓"质"就是诗歌的形体所表现出的诗人的感想和情绪。诗意,宗白华认为,要写出真正的好诗和真诗,必须注意两个方面:一方面要作诗人人格的涵养;另一方面要作诗的艺术的训练。[④] 宗白华的"小

---

① 《三叶集》,亚东图书馆 1921 年版。
② 宗白华:《新诗略谈》,见《少年中国》第 1 卷,1920 年第 8 期。
③ 同上。
④ 参见〔日〕草川未雨《中国诗坛的昨日今日和明日》,上海书店 1985 年版。

诗"就是在这样的理论指导下完成的，所以其风格玲珑剔透，明丽鲜活，兼之以朴素优美的情绪，就更加经得起反复的咀嚼。

宗白华短诗艺术的表现功力很深厚，确实具有"白云流过，便是思想片片"的艺术高度。由于宗白华当时正在德国柏林大学专修哲学和美学，因而他的短诗中又有着哲学的抒情意蕴，美学的自然精粹。诗人常常借助蓝天碧云、星群彩虹、绿荫花草来抒发对自然的爱、对生命的探索、对光明的向往。将哲理融化入诗，在自然风光的抒写中浸透了诗人的人格修养和美学理想，拓宽了五四新诗表现的天宇。

"泛神论"是宗白华《流云》中常见的共同主题。郭沫若曾经说过："白华是研究哲学的人，他似乎有嗜好泛神论的倾向。"① 诗集《流云》中描写大自然的篇幅较多，在这一类诗中，大自然总是披着神秘的外衣，而诗人却在大自然的生命里自由地驰骋。这也是五四运动时期思想个性解放的必然结果。因为诗人在现实生活中无法实现自我个性解放，只好赋予自然以生命力，使自我愿望通过自然来实现。比如他的《信仰》：

> 红日初生时，
> 我心里开了信仰之花；
> 我信仰太阳，
> 如我的父！
> 我信仰月亮，
> 如我的母！
> 我信仰众星，
> 如我的兄弟！
> 我信仰万花，
> 如我的姊妹！
> 我信仰流云，
> 如我的友！
> 我信仰音乐，
> 如我的爱！

---

① 《创造十年·二》，《郭沫若文集·文学编》，人民文学出版社 1982 年版。

我信仰
一切都是神！

诗中弥漫着泛神论的主题思想，一切自然都是神的表现，一切自然都是"我"的表现。以自然为父亲、为母亲、为朋友、为爱人……"我信仰一切都是神，我信仰我也是神"。将自我切入大自然中，让理性的束缚不再成为人性的枷锁，让人性自由自在地抒发，心灵没有羁绊，个性得到张扬。

宗白华的诗总是通过具体可感的事物来寄寓深刻的意蕴，将诗的艺术氛围和哲理的光辉融为一体，给人以哲学的智慧启悟和美学的愉悦享受。诗人总是把自然现象中感悟到的启示与人生联系起来，通过理智的观照转化为诗的艺术形式。

我们并立于天河下，
人间已落沉睡里。
天上的双星，
映在我们的两心里。
我们握着手，看着天，不语。
一个神秘的微颤，
经过我们两心处。

——《月的悲吟》

这首诗不在于语言的流畅清秀，也不是清丽的意境创造，而在于诗中个人的心灵去创造出宇宙的万能。"我们并立于天河下"，这是物我合一的体现，是自然与人的高度统一。自然的内部存在于人心灵的内部之间的相互联系，正是泛神论哲学的精髓，而宗白华的小诗，就是力图去揭示这种物我联系的生命显现。

诗人笔下的大自然是宁静、柔和的，以委婉的笔调颂人性之爱，追求比现实生活更完美的境界，颂扬理想中的纯净社会。这一点，与冰心的小诗集《繁星》、《春水》有相通之处，只不过宗白华的诗中泛神论的哲学色彩较浓。诗人善于将人生、将生命演化到自然之中，两者结合得越是紧密，诗中的自然之美便越是强烈，诗的艺术的审美愉悦或审美感知便越是

纯粹、越是深刻。即便是写生命的各种过程，同样赋予其泛神论的情绪，
例如《我生命的流》：

> 我生命的流，
> 是海洋上的大波，
> 永远照见了海天的蔚蓝无尽。
> 我生命的流，
> 是小河上的微波，
> 永远映着两岸的青山碧树。
> 我生命的流，
> 是琴弦上的音波，
> 永远绕住了松间的秋星明月。

　　诗使人的生命和自然的结合得以实现，结果是自然所散发出的象征
意义，使生命之花绚丽多彩，自然因人的生命的切入更加富有活力。
"生命之流"因饱含着自然的情感而更加具有朝气。
　　自然和人的关系是相互包容的，人对自然的入侵，自然对人的庇护，
使诗的美感更加协调。自然与自我的结合，表现了宗白华较高的诗歌审美
洞察力。而"万物皆神"，则使自然物质的形体与人类灵魂的精神既相互
牵连，又相互补充。自然之神与人的心灵的交流，并非宗教原因，而是对
生命奥妙的沉思。

> 太阳的光
> 洗着我早起的灵魂。
> 天边的月
> 犹似我昨夜的残梦。
>
> ——《晨·一》

　　精确地说，诗人宗白华在短诗中创造的是一个简单的客体，但这客体
包藏的却是思想的深邃。诗的艺术成了人与太阳、与月亮交流的工具，因
为只有忘却自我，诗歌艺术中的象征性才能体现诗人的思想。

理性的光，

情绪的海，

白云流过，便是思想片片。

是自然的伟大吗？

是人生的伟大吗？

——《晨·一》

自然与人生的伟大在于两者都具有理性穿透力。"白云流过，便是思想片片"，这是生命对自然的无限扩张，是人性释放之后显现出的精神力量。

宗白华的小诗潜心发现人与自然的内在统一，并赋予其柔美的典型形式，在生动活泼的画面中，描绘了人与自然的经合合一。就是人间的两性之爱，也灌注了泛神论的哲学思想，如《园中》：

我走到园中，

放一朵憔悴的花，

在她的手上，

我说："这是我的心，你取了罢！"

他战栗的手，握着花，清泪滴满花瓣，

如同朝露。

我低着声说：

"你看着我的心，她有了生意了！"

自然之花和心灵之花共同以一个相同的审美视角出现在诗的画面里，自我情感的爱的因素和自然之花构筑在统一的意境中，被描绘的客体转化为诗人主观情感的一部分，使得诗中爱的主题更意味深长。

《流云》中提到"太阳"这一自然客体的诗句非常多。这一方面是诗人歌颂光明的原因，而更多的则是人的生命的另一种形式的象征。这一点，宗白华是这样解释的：

当月下的水莲还在轻睡的时候，东方的晨星已渐渐地醒了。我梦魂里的心灵，披了件辞藻的衣裳，踏着音乐的脚步，向我告辞去了。

　　我低声说道："不嫌早么？人们还在睡着呢！"他说："黑夜的影将去了，人心里的黑夜也将去了！吾愿乘着晨光，呼集清醒的灵魂，起来颂扬初升的太阳。"①

　　"初升的太阳"是新的生命的开始，而"梦魂里的心灵"所要从事的，就是要为这壮丽的新生时代讴歌。"黑夜的影将去了，人心里的黑夜也将去了"，剩下的便是人与自然和谐相处的生命空间。

---

① 宗白华：《流云·自序》，亚东图书馆 1923 年版。

第五章

创造的浪漫派:自我情绪的膨胀
和诗体的彻底解放

一 "内心要求"的自由组合形式

创造社 1921 年 6 月成立,1929 年因被当局查禁而解散。在 8 年的文学实践活动中,创造社取得了很高的成就,对文学史的发展有着巨大的影响。尤其是以郭沫若的《女神》为代表的成就,开创了中国新诗浪漫主义的先河,真正实现了诗体的彻底解放。

1921 年 6 月下旬的一天下午,在日本的中国留学生郭沫若、郁达夫、张资平、陶晶孙、何畏、徐祖正等聚集在东京郁达夫的寓所,对以前的郭沫若、郁达夫、成仿吾等人酝酿成立文学社一事进行了自由发言式的谈论,这是创造社的筹备阶段。初期的创造社,是想办一份纯文学的刊物,命名为"创造",以"声援国内的新文学运动"①。后来几经演变,成为一个"有自由的组织"②的文学团体,一个自由地结合、自由地创作的文学流派。

1921 年 9 月下旬,上海《时事新报》在显要位置,以《纯文学季刊〈创造〉出版预告》为题,报道了创造社诞生的信息,这是创造社首次在国内登台亮相。1922 年 5 月 1 日,该派机关刊物《创造季刊》正式创刊,由郁达夫担任主编。1923 年 5 月,经郁达夫建议,又创办了《创造周报》。7 月 21 日,创造社又在《中华日报》上创办了《创造日》周刊。1925 年又出版了《洪水》,1926 年又创办了《创造月刊》。后来陆续创办了《文艺批判》、《幻洲》、《流沙》、《思想》、《新思潮》等杂志。此外,

---

① 郭沫若:《创造十年》,《郭沫若文集·文学编》,人民文学出版社 1982 年版。
② 郭沫若:《创造社的回顾》,《文艺讲座》第一册,1930 年 4 月 30 日。

创造社还编辑出版了"创造丛书"、"辛夷丛书"。

创造社前期的重要成员有郭沫若、郁达夫、成仿吾、张资平、田汉、郑伯奇、何畏、邓均吾、徐祖正、陶晶孙、王独清、倪贻德；后期的成员有李铁声、龚冰庐、冯乃超、李初梨、彭康、朱镜我、杨正宗、李一氓、史伯允、穆木天、蒋光慈、阳翰笙、周全平、叶灵凤、潘汉年、洪为清、严良才。其中王独清、冯乃超、穆木天三人不久又转入"象征派"。

在现代文学史上，文学研究会和创造社都被认为是"组织较广，历史较久，影响最大而对立强烈"①的文学流派和团体。针对文学研究会"为人生"的艺术，创造社提出了"为艺术而艺术"的口号。由于该社的主要成员大部分留学于日本，深受 19—20 世纪欧洲浪漫主义的唯美主义诗歌的影响，这是创造社初期崇尚"艺术至上"的主要原因。他们努力创造新的文学，使"火山之将喷裂，宇宙之将狂飙"②。这种高扬"自我"的精神，是早期浪漫派诗歌追求的美学目标。

关于创造社的组织形式，《创造季刊》第 1 期和第 2 期在由郭沫若撰写的《编辑余谈》上有这样一段话：

> 但在我们这个小社，并没有固定的组织，我们没有章程，没有机关，也没有划一的主义。我们是由几个朋友随意合拢起来的，我们的主义，我们的思想，并不相同，也未必强求相同。我们所相同的，只是本着我们内心的要求，从事文艺的活动罢了。朋友们！你们如赞同我们这种活动，那就请来，请来同我们手儿牵着手儿走罢，我们也不要什么介绍，也不给什么评议，朋友的优秀作品，便是朋友超飞过时空之限的黄金翅儿，你们飞来，飞来同我们一块儿翱翔吧！

这种随意的组合形式，具有浪漫主义的主观色调，而"超飞过时空之限"则是浪漫主义奔放气势的表现。

创造社自成立之日起，就高举浪漫主义的旗帜，以"内心要求"和"自我表现"去衡量作家作品。"文学既是我们内心活动之一种，所以我

---

① 郑伯奇：《〈中国新文学大系·小说三集〉导言》，上海文艺出版社 1984 年版。
② 郭沫若：《创造者》，见《创造季刊》1922 年第 1 期。

们最好是把内心的自然的要求作为它的原动力。"① 正是这种强烈的内心冲动，表现"内心的自然的要求"，才产生了杰出的新诗历史上的丰碑《女神》，才有了创造光明的凤凰再生时代。

早在五四前夕，李大钊和鲁迅就热情地呼唤浪漫主义文学，尽管也有一些浪漫主义的作品出现，但没有形成一个大潮，直到创造社异军突起，才形成了一个浪漫主义的诗歌流派。当然，这个流派的产生正如郭沫若所说："我们是新兴的资本主义国家——日本——所陶冶出来的人，他们的意识仍不外是资本主义的意识。他们主张个性，要有内在的要求，他们蔑视传统，要有自由的组织。这内在的要求，自由的组织，无形之间便是他们的两个标语。这用一句话归总，便是极端的个人主义的表现。个人主义便是资本主义社会中的根本精神。他们在这种意识之下，努力行动了，努力创造了。"② 尽管这段话是郭沫若的文学观念发生根本转变之后讲的，但仍然是创造的诗歌浪漫派的最恰当的注释。"个人主义的表现"是指使人在作品中表现出的内心情绪和自我意识，是对不合理的社会现实的反抗，是五四时代精神的特殊表现。

关于创造社浪漫主义倾向的产生，郑伯奇有过一段说明：

创造社的作家倾向到浪漫主义和这一系统的思想并不是没有缘故的，第一，他们都是在外国住得很久，对于外国的（资本主义的）缺点，和中国的（次殖民地的）病痛都看得比较清楚；他们感受到两重失望，两重痛苦，对于现实社会发生厌倦憎恶。而国外所加给他们的重重压迫只坚强了他们的反抗的心情。第二，因为他们在国外住得很久，对于祖国便常常生起一种怀乡病；而回来以后的种种失望，更使他们感到空虚。未回国以前，他们是悲哀怀念；既回国以后，他们又变成悲愤激越，便是这个道理。第三，因为他们在国外住得很久，当时外国流行的思想当然会影响他们。哲学上，理智主义的破产；文学上，自然主义的失败，这也使他们走上了反理智主义的浪漫主义的道路上去。③

---

① 成仿吾：《新文学之使命》，见《创造周报》1923 年 5 月 20 日。
② 郭沫若：《文学革命之回顾》，见《文艺讲座》第一册，1930 年 4 月 10 日。
③ 郑伯奇：《中国新文学大系·小说三集·导言》，上海文艺出版社 1984 年版。

作为创造社的前期重要代表，郑伯奇的概括是比较有说服力的。以创造社为主体的早期的浪漫主义，以自身的生活经验、情感情绪为表现对象，虽然他们也对客观现实进行摹写，但是诗人的情感却往往凌驾于作品表现的客体对象之上。作品中的客体，渗透了诗人的主体激情，体现的是诗人的主观审美理想。

从成立到被查禁，创造社的文学活动大概分为前后三个阶段：第一个阶段从 1921 年 6 月成立到 1925 年。这一时期崇尚"艺术至上"，提倡表现内心的浪漫主义。对于文学的源泉，或主张"直觉"与"灵感"，或认为是"天才的自然流露"。在表现手法上，追求艺术的全与美，认为文艺是"内心智慧的表现"。早期的文艺观点有些自相抵牾，一方面否认文学的社会责任感，另一方面又提出"对于时代的虚伪与它的罪孽，我们要不惜加以猛烈的炮火"①。这种文学观点上的自相矛盾，从侧面印证了浪漫主义在中国发展的曲折、复杂过程。

1924 年夏天至 1925 年秋天，早期浪漫派进行了一年的休整，成仿吾解释道："我们休息一时，当是一种准备的作用，不等到来年，秋风起时也许就是我们卷土重来的军歌高响的时候。"②

1925 年 9 月，以"五卅"运动为标志，创造社开始了第二个阶段的活动。郭沫若回忆道："《洪水》半月刊的刊行要算是第二时期创造社事实上的开始。……这个开始可以说是创造社的第二代，因为参加这一时期活动的人，都是由国内新加入的一群青年朋友。"③ 郭沫若提到的"新加入的朋友"是指蒋光慈等人。《洪水》的创刊，否定了"内心自我表现"的艺术主张，无产阶级的大众文学开始被提出。在这次文学观念的转变过程中，郁达夫始终坚持原来的观点而与创造社分道扬镳。但由于各种原因，"普罗文学"并没有得到全面的发展，反而显示出了机械论的"左"倾痕迹。

1928 年 1 月，创造社的《文化批判》创刊，这是创造社的第三个阶段，即后期活动的开始。为了逃避查禁，后来又改为《文化》、《思想月刊》。在《文化批判》的创刊号上，对郭沫若、郁达夫、张资平、郑伯奇

---

① 成仿吾：《新文学之使命》，见《创造周报》1923 年第 7 期。
② 《创造周报》1925 年第 52 期，终刊号。
③ 郭沫若：《创造十年续编》，《郭沫若文集·文学编》，人民文学出版社 1982 年版。

等创始人的早期文学观点进行了全面否定,表现出对建设"普罗文艺"的热切愿望。同时,在续出的《创造月刊》上,发表了郭沫若的《英雄树》一文,该文首次提出了"无产阶级的文艺"的口号。此外,成仿吾的《从文学革命到革命文学》、李初梨的《怎样地建设革命文学》等文章,都对无产阶级的革命文学进行了系统的论述。

从创作实际上看,尽管初期的创造社在文学观念上不是完全统一,但是郭沫若的《女神》及其他诗人的代表作都是在这一时期出现的。特别是开一代诗风的《女神》的诞生,不仅是创造社,同时也是中国新文学的重要成果。

二　"为艺术而艺术"的诗人群

"为艺术而艺术"是创造社、也是早期浪漫派诗人共有的一致主张。他们认为,文艺不是社会生活的客观反映,诗人应该以主观的人生态度切入生活,文艺作品所反映的生活,是作家主观情感的再创造。郭沫若认为,文学"不必定要精赤裸裸地描写社会的文字,然后才算是满纸的血泪。无论表现个人也好,描写社会也好,替全人类代白也好,主要的眼泪,总要在苦闷的重围中,由灵魂深处流写出来的悲哀,然后才能震撼读者的魂魄"[①]。郭沫若和早期的浪漫主义诗人一道创造了一个诗的时代,用诗的艺术形式唤起人们的热烈情感和激进思想。创造社总的文学倾向是创作的个性、天才与灵感。郭沫若认为:"文艺也如春日的花草,乃艺术内心之智慧的表现。"[②] 郁达夫则认为:"文学上的体裁,以诗人的形式最为纯粹。"[③] 成仿吾对"为艺术而艺术"是这样解释的:"所谓艺术的艺术派便是这般。他们为文学有它内在的意义,不能长把它打在功利主义的算盘里,它的对象不论是美的追求,或是极端的享乐,我们专诚追从它,总不是叫我们后悔无益之事。……至少我们觉得除去一切功利的打算,专求文学的'全'与'美',有值得我们终身从事的价值之可能。而且一种美的文学,纵使它没有使命可以教给我

---

① 郭沫若:《论国内的评坛及我对于创作的态度》,《郭沫若文集·文学编》,人民文学出版社 1982 年版。

② 郭沫若:《文艺之社会使命》,《郭沫若文集·文学编》,人民文学出版社 1982 年版。

③ 郁达夫:《郁达夫文集·文学概说》,花城出版社 1982 年版。

们，而它所给我们的美的快感与安慰，这些美的快感和安慰对于我们日常生活更新的效果，我们是不能不承认的。"① 在 "为艺术" 的口号下，创造社无形中组成了以郭沫若为盟主的 "创造的浪漫派"。成员有成仿吾、郑伯奇、田汉、邓均吾、洪为法、饶超华、史伯允、殷尔游、倪贻德等人。他们的诗作都接近《女神》的浪漫主义精神。王独清、穆木天、冯乃超是早期创造社的最后三位诗人，虽然他们后来倾向于象征主义，但他们前期的诗作，同样具有《女神》的奔放不羁的风格。

创造社在倡导文学的浪漫主义方面所起的作用是巨大的，他们把这种主张从理论上升到实践，又从实践回复到理论。郭沫若、成仿吾、郁达夫、郑伯奇等人不仅提出了一系列的理论主张，而且从创作上证实了这种理论的合理性。在创造社的影响下，后来的浪漫派文学风起云涌，派中有派，派中生派。比如 "为人生" 派的王以仁，他 1923 年创作的《灵魂的哀歌》，气势磅礴，想象奇特，是《凤凰涅槃》的影子。另外，文学研究会的中坚郑振铎的《生命之火燃了》也具备浪漫主义的诗歌风格。

"创造的浪漫派" 诗人群，创作了一批气质和风格相近的诗作，真正把浪漫主义文学作为一种形式确定下来，并从思辨化和艺术化两个角度，把中国新诗的文体提高到一个全新的高度。这个诗群中的郑伯奇在《赠台湾朋友》一诗中发出了一种真情感的呐喊。这首诗有着浪漫主义美学的个性，诗人追求创造的诗境，描述人的内心情感的纯化，在立意和表达上都具有强烈的思辨色彩。诗人写道：

> 太平洋上的怒潮，已打破了黄海的死水，
> 泰山最高峰的积雪，已见消于旭日；
> 我们的前途来了！呀！创造、奋斗、努力！
> 昏昏的长夜魇梦，虽已被光明搅破；
> 但是前途，也应有无限的波澜坎坷；
> 来！协力，互助，打破命运这恶魔！

诗中的创造和奋斗精神，与郭沫若的《立在地球边上放号》有着异

---

① 成仿吾：《新文学之革命》，见《创造周报》1923 年第 2 号。

曲同工之妙。诗中强烈的内在冲动，是一种征服命运、征服自然的情感写照。

浪漫派诗人以人的内心情感为出发点，以诗人主观的心灵作为感受外界的根据，以直觉和信仰来判别客观事物，在有限与无限的对立中，用诗来创造永恒的美的瞬间。田汉的早期诗作《火》就是一蹴而就的典范之作：

> 火！火！火！
> 火的笑，火的怒；火的悲哀，火的跳跃！
> 朦胧的火！蓬勃的火，热烈的火，
> 蔷薇细径的火，
> 象牙宫殿的火，
> 是现实的火
> 是神秘的火
> 是刹那的火，
> 是永劫的火；
> 现在的焰中，涌出神秘的莲花，
> 刹那的闪光，照见永劫的宝座！
> 照见草，
> 照见木，
> 照见人，
> 照见我，
> 甚么是草？甚么是木？甚么是人？甚么是我？
> 在这黑暗无明的里面，
> 营了几千年相斫的生活！
> 哦！哦！蔷薇的火，象牙的火，
> 愿借你艺术的光明，
> 引见我们最大的父母！

这是一首激昂澎湃的诗篇，具有拜伦式的狂放奔肆，也有雨果式的深情呼唤。"火"作为诗人生命力的美学体现，在有形与无形，经验与感受的描述中，上升为光明的使者。"火"不是现实的"火"，是文明的象征，是诗人纯粹"自我"意识的反映。这首诗，从气质上分析，纯粹是自我原始意识冲动的产物。"意识本身就是自我最初的原始活动的这样一种产物，即自我自己设定自己的产物。"① 田汉的《火》就是诗人自我设计的超现实的经验体悟。"愿借你艺术的光明，引见我们最大的父母！"很显然，诗人经验世界中的"火"与个体诗人的"自我"，都同时回归到永恒的生命的本源中去。在表现风格上，浩瀚澎湃，奔放自若，不愧为"创造的浪漫派"的代表作。

浪漫主义诗群中的邓均吾，当年名声十分响亮，郭沫若认为："他的诗品的清醇是举世无双的。"② 这个评价似乎过高，但邓均吾的诗确实具有"浪漫的清醇格调"。在诗中追求一种"纯真"的灵性，一种诗化的自然。比如他的《琴音》：

> 是哪儿的琴音
> 偷渡出那一抹幽林？
> 袅袅的音波，
> 沁入我的岑寂的深心。
> 林边的月儿，你也伫立在听？

诗是生活的外化，"个体生活在整体之中，整体生活在个体之中"③。若从单纯的艺术理论上分析，《琴音》确如郭沫若所说，是一首"清醇"的力作，不仅意境幽深，而且作为客体的"琴音"，与作为主体的"我"都同时诗意化，审美的主客体都富有柔性，充满韵味，构造出一个符号化的浪漫世界。尽管其风格不是倾泻性，但在柔性的诗意之光的照耀下，人与"琴音"达到了神秘的契合。这是一种抒情的浪漫主义。

成仿吾是"创造的浪漫派"的理论旗手，但他同时也写诗、小说和散文。郭沫若对他的诗和散文是这样评论的："成仿吾初期的诗和他的散文是形成一个奇异的对照的。他的散文是动峭，有时不免生硬。他的诗却是异常的幽婉，包含着一种不可捉摸的悲哀。你读他的诗，绝对联想不到

---

① 《十八世纪末—十九世纪初德国哲学》中文版，商务印书馆1975年版，第125页。
② 郭沫若：《创造十年》，见《郭沫若文集·文学编》，人民文学出版社1982年版。
③ 诺瓦利斯：《短片》，见海塞编《文艺理论读本》。

他在学造兵科,是和大炮、战车打交道的人。"① 成仿吾的诗始终追思人生的诗意,自觉地在诗作里建立一个理想的情感世界,淳朴的人生成为想象的园地,成为审美的目标。例如他的《小生》:

> 飘摇,
> 我在跟着人群飘摇。
> 这悠永的日日
> 我只是飘摇,飘摇。
>
> 人生已饱和着疲劳,
> 于我太荒凉而冷酷。
> 我无狂热为欢,
> 也无热忱可歌哭。
>
> 在这飘摇的生活之中,
> 只这时候我心清冲,
> 当我偷闲小坐,
> 坐看生命之流涌去匆匆。
>
> 生命之流涌去匆匆,
> 群动在狂涌而昏昏;
> 我飘摇着,
> 在群动飘摇之中。

诗化的人生哲学涌动在作品的意境里,人生虽然永远在"飘摇"之中,但这"飘摇"却是浪漫化的,是完美的。诗人站在"飘摇"的世界中来看人生,用浪漫化的诗意来感觉世界,给普通的人生赋予更高的意义,使有限的人生归于无限的永恒,通过现在把过去和未来联系在一起,这是一种超体验的、理想性质的浪漫主义诗歌。

"创造的浪漫派"诗人群,其作品之所以卓尔不群,就是因为他们在

---

① 郭沫若:《创造十年》,见《郭沫若文集·文学编》,人民文学出版社1982年版。

诗中建立个人的理想世界，从主观的内心出发，构造出了一个浪漫化的诗意符号世界。像邓均吾的《深夜之巷》、田汉的《黄昏》、史伯允的《自我的觉悟》、郑伯奇的《落梅》、洪为法的《诅咒》都具有浪漫主义文学的审美性质，诗中的世界是一种人性化的理想世界，都是诗人"自我作用"的结果。

三　《女神》的夸大性情感和　　　　　新诗文学的彻底解放

　　郭沫若是新诗坛上一颗闪亮的彗星，是中国新诗运动卓越的旗手。他以饱满的浪漫主义激情步入诗坛，颂时代风雷，开一代诗风，是新诗革新运动中一面光辉的旗帜。

　　如果说胡适的《尝试集》开辟了中国新诗的白话艺术之路，那么郭沫若的《女神》则把中国现代诗的浪漫主义精神推向极致。以郭沫若为代表的"创造的浪漫派"，完成了中国新诗文体的一次嬗变，是中国新诗文体的一次彻底解放。以胡适为代表的"放脚体"诗歌筚路蓝缕，艰难地翻开了中国新诗的第一页，建立了新的诗歌文体，完成了拓荒的重任。但正如卞之琳所说："这些先行者，实际上都不懂西诗是怎样写的，写起白话诗来基本上不脱诗、词、曲的窠臼。"[1] 浪漫派以前的白话新诗，完成了语言和诗歌精神的革命，但并没有从更高的美学深度上对新诗的各种审美文体进行试验。特别是由于他们的旧文学根底十分深厚，因此"他们写旧诗词是卓然老手，写白话新诗就不免稚气"[2]。从内容到形式，浪漫派以前的白话新诗都显得暮气重重。连刘大白也说："我的诗旧传统的气味太重。"[3] 白话新诗作为一种刚刚诞生的文学品种，需要不断地更新和发展，而早期拓荒者的半文半白的诗歌形式，不能证明新诗的生命活力，有待新的突破。这样，拓宽新诗文体的任务历史地落到了五四以后崛起新诗人的肩上，以郭沫若为代表的早期浪漫派诗人，义不容辞地承担了这一诗歌文体的审美任务。

---

① 卞之琳：《新诗与西方诗》，《诗探索》1981 年第 4 期。
② 冯文炳：《谈新诗》，人民文学出版社 1984 年版。
③ 刘大白：《〈新梦〉付印自记》，商务印书馆 1924 年版。

　　郭沫若和早期浪漫主义诗人一样，自觉地接受了西方文化的熏陶。他在日本留学期间，阅读了大量外国文学作品。屠格涅夫、托尔斯泰、高尔基、泰戈尔、席勒、海涅、歌德、惠特曼都是他学习和模仿的文本对象。尤其是惠特曼对他的影响最大。他后来说道:"当我接近惠特曼的《草叶集》的时候，正是五四运动发动那一年，个人的积郁，在这时找到了喷火口，也找到了喷火的方式，我那时差不多狂了。"① 郭沫若终于找到了知音，不仅接受了外国浪漫主义诗人的影响，并从他们的诗中吸取了反抗和创造的精神，找到了自我表现的艺术模式，陶醉在自我夸大情感的爆发之中。惠特曼的长句子和火山一样的狂放诗情，为郭沫若的诗情喷发提供了典范。现实生活和现实诗情已经不能够装下诗人的满腔诗情，只好转向具有浪漫主义的神话来倾吐，于是，一首首超脱和雄浑的大诗，扫荡着平静的诗坛。谈到情感的爆发，郭沫若说:"在 1919 年与 1920 年之交的几个月间，我几乎每天在诗的陶醉里，每每有诗的发作袭来，就好像生了热病一样，使我作寒冷，使我提起笔来战战着有时写不成字。"② 这种欲望的爆发，就是诗人长期积郁的情感的倾泻，当然也是《草叶集》诱导的原因。在这样的情况下，诗人的想象、激情、思念、回忆、爱恋等实践性感觉，统统被调动起来，人所能超越的都完全被超越。以郭沫若为"盟主"的浪漫派诗人，努力把一种现实的本体转化为生命的、生存的情感，把生命的激情、生存的焦虑、理想的欲望上升为诗的灵性，以取代对自然与现实的真实描写。《女神》的文本意义就是夸大人的自我情感，诗中的抒情主人公超越现实、超越人生、超越宇宙。刹那间的永恒，时间中的超时间，都不过是审美直观中的超然发悟，一种纯浪漫的诗化情绪。

　　1920 年，当正在日本留学的郭沫若把《凤凰涅槃》寄给编辑宗白华时，宗白华在回信中说道:"你的诗已经偏于雄放直率方面，宜于做雄浑的大诗。"③ "大诗"所具有的雄浑气魄正是浪漫主义风格的体现。正如宗白华所预料的，郭沫若的"大诗"犹如火山爆发，不可遏止，一首首豪放的、汪洋恣肆的浪漫主义的自由体诗，在中国诗坛上掀起了狂涛巨浪。对于郭沫若和他的《女神》，闻一多这样评述道:

---

① 郭沫若:《创造十年》，见《郭沫若文集·文学编》，人民文学出版社 1982 年版。
② 同上。
③ 参见《三叶集》，上海亚东图书馆 1921 年版，第 27 页。

　　五四后之中国青年，他们的烦恼悲哀真像火一样烧着，潮一样涌着，他们觉得这"冷酷如铁"、"黑暗如漆"、"腥秽如血"的宇宙一秒钟也羁留不得了。他们厌这世界，也厌他们自己。于是急躁者归于自杀，忍耐者力图革新。革新者又觉得意志总放不住冲动，则抖擞起来，又跌倒下去了。但是他们溺爱生活了，爱它的甜处，也爱它的辣处。他们绝不肯逃脱，也不肯投降。他们的心里塞满了叫不出的苦，喊不出的哀。他们的心快塞破了，忽地一个人用海涛底音调，雷霆底声响替他们全盘唱出来了。这个人便是郭沫若君，所唱的就是《女神》。①

《女神》所体现的就是一个时代的情感，它所提供的情感的审美深度，较之以前的白话诗更能概括一个时代的基本精神。比如《天狗》：

> 我是一条天狗呀！
> 我把日来吞了，
> 我把月来吞了，
> 我把一切的星球来吞了，
> 我把全宇宙来吞了。
> 我便是我了！
>
> 我是月底光，
> 我是日底光，
> 我是一切星球底光，
> 我是全宇宙底光，
> 我是全宇宙 Energy 底总量！
>
> 我飞奔，
> 我狂叫，
> 我燃烧。
> 我如烈火一样底燃烧！

---

① 闻一多：《女神之时代精神》，见《闻一多全集》第三卷，湖北人民出版社1993年版。

我如大海一样底狂叫！

我如电气一样底飞跑！

我飞跑，

我飞跑，

我飞跑，

我剥我的皮，

我食我的肉，

我吸我的血，

我啮我的肝，

我在我的神经上飞跑，

我在我的脊髓上飞跑，

我在我的脑筋上飞跑。

我便是我呀！

我的我要爆炸了！

　　这种诗歌中的抒情主人公的自我膨胀，在郭沫若之前的新诗创作中从未出现过。此前，虽然有许多人用白话作诗，但都是心平气和地借物咏志，自我抒情隐没在山川日月之后，而郭沫若的《女神》，其抒情主人公直接走到艺术前台，和生活、和读者直接对话。《天狗》中的"我"，是集体抒情的自我，是一个时代的群像化身，是一个摧毁一切传统秩序的叛逆者。他无所不能，是那样的飘洒和超迈，是造神者，同时又是神的化身。在《天狗》中，浪漫的美从偏激的、绝对的自我情感中流溢出来。诗中超越自然的、超越宇宙的构想力，与现实生活形成了某种悖论。作品中的"天狗"，用有限的形体去吞吃无限、无穷大的东西，其情感的自我夸大达到了语言无法表达的境界。

　　《女神》没有理性，只有赤灼的情感，而且是一种真实的发自内心的情感。这种情感很主观、很夸张，但却实在，绝不是无病呻吟、装腔作势。《女神》的总体情感是一种直观化的审美体验，这就确保了作品中情感的纯洁性。尽管诗作中个性的张扬已经到了昂首天外、气吞山河的气概，但仍然闪烁着理想主义的浪漫光彩，仍然奏出了乐观主义的时代强音。

情感的自我夸大具有化腐朽为神奇的力量。郭沫若的《女神之再生》、《凤凰涅槃》、《地球，我的母亲》等诗作，丰富的想象、神奇的夸张和浪漫主义的神话，都在诗人的乐观主义的情绪感染下焕发出奇异的光芒。凤凰、天狗被注入时代的新鲜血液，成为理想和个性的化身。

郭沫若说："我是一个偏于主观的人，我的朋友每肯向我如是说，我自己也很承认，我自己觉得我的想象力实在比我的观察力强。我自幼便嗜好文学，所以便借文学来证明我的存在，我文学之中更借了诗歌这只芦笛。"① 这说明诗人创作时，始终把主观情感放在首位，所以，其作品中的情感便自然流淌出来。"我便做起诗来，也任我一己的冲动在那里跳跃。我在一有冲动的时候，就好像一匹奔马。"② "冲动"和灵感完全左右了诗人的创作思路。在这种状态下完成的诗，自我情感的无限夸大便理所当然、顺理成章地成为光芒四射的自我抒情形象。

《女神》提供给我们的诗学意义再次证明了新诗不仅应该摒弃传统旧形式，而且可以夸张地大喊大叫。在《女神》中，我们读到了勇敢的怀疑精神，读到了对现实、对历史、对未来、对宇宙的大声质问。在形式上，狂风暴雨的节奏，奔腾飞扬的情绪，实在是中国新诗文体的一次大解放。

  无数的白云正在空中怒涌，

  啊啊！好幅壮丽的北冰洋的情景哟！

  无限的太平洋提起他全身的力量来要把地球推倒。

  啊啊！我眼前来了滚滚的洪涛哟！

  啊啊！不断的毁坏，不断的创造，不断的努力

  啊啊！力哟！力哟！

  力的绘画，力的舞蹈，力的音乐，力的诗歌，

  力的律吕哟！

          ——《立在地球边上放号》

在狂奔怒泻的诗歌旋律中，一个创造大自然的巨人的形象跃然纸上。

---

① 郭沫若：《文艺论集·论国内评坛及我对于创作的态度》，光华出版社 1931 年版。

② 《沫若文集》第十卷，人民文学出版社 1962 年版，第 107 页。

这是生命的礼赞，这是创造力的歌颂，而这一切，都是源于参差跌宕的格式，来源于起落消长的旋律。

诗歌的形式的审美自由，是郭沫若及浪漫主义诗人所追求的目标，他们不重视外在的形式，强调直觉的自然流露，强调内心诗意的直接诉诸。现实的苦难，历史的隐痛，心灵的彷徨，自然的伟力，都在情感的自我律动中喷发而出。这就是《女神》和它的追随者们对中国新诗文体的转变所作出的贡献。

第六章

湖畔派:放声歌唱爱情的诗人群

一 西子湖畔四诗人

"湖畔"诗社，是五四以后一个颇为引人注目的诗歌团体。代表人物是当时的文坛新人汪静之、冯雪峰、潘漠华、应修人。该社团于 1922 年 5 月成立，1924 年魏金枝、谢旦如也加入了这个诗社。当时，新旧文化之争异常激烈，而新文学内部也出现了一些分歧，"人生派"与"浪漫派"也都为各自的理论主张而辩论。地处东南沿海的杭州不可能不受到波及。然而，在风景秀丽的西湖之畔，几个被新文学熏陶的青年好友却会聚在一起，在文坛交锋甚为激烈的时候，躲进了世外桃源，做起了文学的梦。这个梦不仅实现了，而且非常成功。

关于湖畔诗社，1957 年中国作家协会的领导人，也是当时的参加者冯雪峰有一段说明：

> 湖畔诗社实际上不能算作一个有组织的文学团体，只可以说是当时几个爱好文学的青年的一种友好结合。一九二一年，当时在浙江第一师范学校读书的汪静之已经有诗作在刊物上发表，这引起了那时也正有心于新诗写作的修人的注意……大约在一九二二年初他开始同静之通信，那时漠华和我也在浙江第一师范学校读书。一九二二年三月底，修人就来杭州同我们一起在西湖玩了一个星期……由他发动，主要也由他编选，从我们四人习作的诗稿里挑出一些诗来，编成一集，名为《湖畔》，以作我们这次会晤的一个纪念。[①]

---

① 冯雪峰：《〈应修人潘漠华选集〉序》，人民文学出版社 1957 年版。

冯雪峰的叙述真实性很可靠,但他否认湖畔诗社"是一个有组织的文学团体",恐怕有些言不由衷。因为他说这番话的时候是 1957 年,而且他又是中国作协的领导人,由他说出"文学流派"之类的话是不可能的,也是犯忌的。事实上,湖畔派诗人不仅合出了诗集,还办了刊物,虽然没有宣言和发表共同的文学主张,但在当时的新诗坛上,诗歌研究者们就已经把他们看做是一个流派的诗人。鲁迅、朱自清、闻一多、冯文炳等人的文章都提到过这四位"生活在诗里"(朱自清语)的诗人。

五四运动时期,浙江第一师范学校是一所具有民主思想的学校,陈望道、刘大白、朱自清、俞平伯、刘延陵、夏丏尊都曾经是这个学校的老师,从而使新文化得到了广泛的传播。正是在这样的文化氛围中,19 岁的学生汪静之在北京大学主办的《新潮》杂志上发表了《海滨》等诗作。受其影响,该校的部分学生都爱上了文学,并逐渐形成一个散漫的群体。1921 年 10 月 10 日,在潘漠华的提议下,浙江第一师范学校、蕙兰中学女子师范学校的文学青年汇集西子湖畔成立了"晨光"文学社。该社聘朱自清、叶圣陶、刘延陵三位新文学的中坚为指导老师,汪静之、冯雪峰、潘漠华都是文学社的社员。"晨光"文学社有《晨光简章》,出版有《晨光》周刊,不定期举办新文学讲座。

"晨光"文学社是一个由学生自由组合的团体,1923 年春天,随着学生的离校而自动解散。这个文学团体虽然没有取得较大的成就,但在这个基础上却直接诞生了放歌爱情的"湖畔"诗派。

1922 年 3 月,应修人专程从上海赶到杭州,与神交已久的汪静之、冯雪峰、潘漠华相晤于西子湖畔。当时,汪静之的诗集《蕙的风》即将出版,受其启发,应修人提议由他、冯雪峰、潘漠华三人合出一部诗集。书稿编成以后,又想到湖畔诗社四位诗友缺一不可,便又从《蕙的风》中抽出四首小诗,题名《湖畔》。1922 年 4 月 4 日,应修人返沪前夕,四人聚会西泠印社,经应修人提议,成立了中国新诗史上最早的新诗社团——"湖畔"诗社。

1922 年 5 月,《湖畔》在上海出版。这是中国新文学运动史上的第八本诗集。它的出版得到了文学界的一致肯定,并产生了一定的影响。不久,汪静之的《蕙的风》出版,这本由朱自清作序的诗集刚出版就在文坛上产生了影响。朱自清在序言中说:"静之是个孩子,美与爱是他生活的核心;赞颂与咏叹,在他正是极自然而适当的事。他似乎不曾经历过应该呼吁与诅咒的情景，所以写不出血与泪的作品。"① 朱自清是汪静之最熟悉而敬慕的老师，他对汪静之诗歌的评价是比较中肯的。

1923 年 12 月，"湖畔"派的第二本诗集《春的歌集》出版，收应修人、冯雪峰、潘漠华的诗 105 首，以及冯雪峰怀念潘漠华的文章《秋夜怀若迦》。这部诗集的出版，进一步奠定了"湖畔"派诗人在新文学史上的地位。

1924 年冬天，魏金枝、谢旦如也加入了"湖畔"诗社。两个人与"湖畔"四诗人的关系本来就十分密切，早就有心加入，但由于该社成立之初规定"只有是好朋友而又诗写得好的人，才可以加入"，所以迟迟未了心愿。之后，谢旦如的《苜蓿花》、魏金枝的《过客》都被列为"湖畔"出版书名。1925 年 3 月《苜蓿花》出版。《过客》却因资金不足未能诞生。《苜蓿花》中的诗作，大都是怀念亡妻之诗。赵景深认为，《苜蓿花》与纳兰的悼亡词有相似之处。诗人说，这些诗是"为了安慰我自己的心，想在夜里睡一刻无梦的浓睡，所以把积在心头的悲哀，亲手埋葬在苜蓿花的花丛里"②。

1925 年 2 月，"湖畔"社出版了文学月刊《支那二月》。在创刊号的《致读者》一文中，他们呼吁更多的"同好者"来参加文学活动。这一号召得到了更多的文学青年的响应，"湖畔"派的影响范围得到扩大，作品的深度也有了明显的提高。

1925 年 5 月，《支那二月》因经费不足，出版了四期之后不得不停刊。

1979 年，汪静之在《回忆湖畔诗社》一文中说："一九二五年秋天我到上海，应修人告诉我，他已经入党。过了些时候，他给我看《共产党宣言》三本书。我看过就想到不能再在醉生梦死里死了，不应该再写不合时宜的爱情诗了。我想以诗为武器，为革命尽一份力，写了《劳工歌》、《破坏》等诗，表示对吸血鬼的憎恨。"③ 其实，不仅应修人，冯雪峰、潘漠华两人也已先后入了党。

由于投身革命洪流，历经三年的"湖畔"诗社自行解散。虽然短暂，但对于中国新诗史而言，却具有重要的历史意义。

---

① 朱自清：《〈蕙的风〉序》，亚东图书馆 1922 年版。
② 谢旦如：《〈苜蓿花〉自序》，湖畔社 1925 年版。
③ 汪静之：《回忆湖畔诗社》，《诗刊》1979 年第 7 期。

二　"我们歌笑在湖畔，我们歌哭在湖畔"

"湖畔"派的诗歌在内容上主要是以讴歌爱情和礼赞自然为主。《湖畔》这本诗集的意义就在于给诗坛吹来了一股凉爽的年轻的诗风。冯文炳说："最初的新诗集，在《尝试集》之后，康白情的《草儿》同湖畔社的《湖畔》最具有历史意义。"① 为什么有历史意义？因为"湖畔"派的诗歌是青年人的自由歌唱。写诗的人都是 20 余岁的年轻诗人，没有任何思想负担，天马行空，来去自由，想欢笑时便欢笑，想哭泣时便哭泣。束缚思想的条条框框对他们来说，形同虚设。他们的作品在形式上无拘无束，自由灵活，内容上则是青春的歌唱，情感的悲愁。

"湖畔"派诗人的诗以情爱为主，这是他们对诗坛的创造性贡献。诗中的爱有母爱、性爱、大自然之爱，但其主要特点和对当时产生影响的是他们写的情诗。从新诗发展的历程考察，"湖畔"派的创造性贡献主要就是情诗的创作，此前虽然也有写情爱的诗出现，但就其本质而言，坦率地写两性爱情的却很少。像"湖畔"派那么大胆地歌唱自由情爱的诗，在当时的新诗坛上实属罕见。胡适对新诗的贡献主要是"开拓之功"，《女神》的贡献则是诗歌文体的彻底解放，《湖畔》则开中国新诗情爱之先河，为后来爱情诗的发展铺平了道路。对此，朱自清有精辟的论述：

> 中国缺乏情诗，有的只有"忆内"，"寄内"，或曲喻隐指之作；坦率的告白恋爱者绝少，为爱情而歌咏爱情的更是没有。这时候新诗做到了"告白"的一步。《尝试集》的《应该》最有影响，可是一半的趣味怕在文字的缠绕上。康白情氏的《窗外》却好。但真正专心一致做情诗的，是"湖畔"的四个年轻人。他们那时差不多可以说生活在诗里。潘漠华氏最凄苦，不胜掩抑之致；冯雪峰明快多了，笑中也有泪；汪静之氏一味天真的稚气；应修人却嫌味儿淡些。

"湖畔"派诗人的情诗，不仅超出了传统文学的审美范畴，而且超出了五四以来的新诗。他们在诗的园地重构情爱的主题。他们写现代人的觉

---

① 冯文炳：《谈新诗·湖畔》，人民文学出版社 1984 年版。

醒与情爱，发表的内容和现代人的喜怒哀乐紧密相连。他们在诗里表现清醇萌动和追求，敢于冲破传统礼教的束缚。两性情爱在他们的诗中不仅表现得真切、热烈，而且大胆、坦率。诗人以青春的活力来蔑视传统礼教，用新的生活理想和道德观念，向传统习俗发起挑战。关于"湖畔"的爱情诗，当事人汪静之是这样解释的：

> 湖畔诗社的爱情诗和剥削阶级的艳体诗不同：封建地主阶级把情人视同奴婢，彼此之间是主奴关系，他们的诗是对情人的侮辱；资产阶级把情人视作商品，彼此之间是买卖关系，他们的诗是对情人的玷污；湖畔诗人把情人看作是对等的人，彼此之间是平等关系，诗里只有对情人人格的尊重。湖畔诗人的爱情诗像民间情歌般朴实纯真，没有吸血鬼的糜烂生活里酝酿出来的那种淫艳妖冶。①

"湖畔"派诗人的情诗是人文精神的体现，由于诗人把情人看成是"对等的人"，彼此之间是"平等关系"，尊重情人的人格，情人不是一种附属品，而是有个性的人。这种新的爱情观念，把真正的情爱作为依据，建立起一个人的价值世界，一个诗意浓烈的审美世界。

在"湖畔"派诗人的诗中，道德自由的意识统辖着诗歌的审美方向，也就是说，他们是用审美的愉悦去描写情爱世界，而不是以淫乐为目的。他们甚至疯狂地沉醉在自己营造的情爱世界里，但绝不是性欲的冲动。如潘漠华的《隐痛》：

> 我心底深处，
> 开着一朵罪恶的花，
> 从来没有给人看过，
> 我日日忏悔的泪洒伊。
> 月光满了田野，
> 我回看寂寥无人，
> 我捧出那朵花，轻轻地
> 给伊浴在月底凄清的光里。

---

① 汪静之：《回忆湖畔诗社》，《诗刊》1979 年第 7 期。

这里理智的、苦闷的爱,爱得深沉,爱得天天用"忏悔的泪"去感动理想中的情人。诗中的矛盾情感纠缠着诗人的灵魂,那朵在心底深处盛开的花为何是"一朵罪恶的花"?显而易见的原因是诗人爱上一个不该爱的人。当然,诗中流露出的情爱是贞洁的,爱的方式是淳朴的。

审美的世界在本质上是一种心境,但这种境界的获得是经过语言符号而获得的,语言符号是纯粹情感的更加内在、更加客观化。"湖畔"派诗人的情诗所提供的情爱信号是神圣的、温馨的、公正的。确切地说,是一种本真的情感的欲望,是爱的艺术的醇化,是赤裸裸的没有功利的恋情表达。

冯雪峰的《稻香》这样写道:

> 稻香弥漫的田野,
> 伊飘飘地走来,
> 摘了一朵美丽的稻花赠我。
> 我当时模糊地爱了。
> 现在的呢,却很悔呀!
> 为什么那时候不说句话谢谢伊呢?
> 使得眼前人已不见了,
> 谢谢也无从谢起。

爱得很模糊,也很大胆,同时又深为惋惜。仅仅凭伊"摘了一朵美丽的稻花赠我"就判断伊对我有意?是自作多情还是一相情愿?赠花是不是一种爱的信号?诗中的审美客体并没有明确表示,但作为审美主体的"我"却深深地为"伊飘飘地走来"的情影所倾服,以至于伊飘飘地从"我"的人生中消失了还不曾察觉。这是一见钟情的爱,但又是一种纯粹的精神之恋。

"湖畔"诗人的情诗都有一种古典的美,例如应修人的《妹妹你是水》:

> 妹妹你是水——
> 你是清溪里的水。

　　　　　无愁地整日流，
　　　　　率直地总是笑，
　　　　　自然地引我忘了归路。

　　　　　妹妹你是水，
　　　　　你是温泉里的水。
　　　　　我的心儿他尽是爱游泳，
　　　　　我想捞回来，
　　　　　烫得我手心痛。

　　　　　妹妹你是水，
　　　　　你是荷塘里的水。
　　　　　借荷叶做船儿，
　　　　　妹妹我要到荷花深处来。

　　形式上《妹妹你是水》更接近古典民歌，而且在表达爱情的方式上，更符合诗人的审美要求。诗人把理想中的恋人比作水，无形中男女性爱更显得纯净，少了狂躁和冲动。水作为情思寄托的喻体，象征着爱情的美丽、纯洁。

　　"湖畔"派诗人把大自然当做情爱的空间背景。由于他们所设想的情人都是那样完美，所以只有纯净的大自然才能衬托这幻想的恋情。例如汪静之的《微笑的西湖》：

　　　　　西湖，她流着眼波，扬起眉毛，
　　　　　涡起笑靥儿微笑，
　　　　　我把她温柔的微笑饱餐，
　　　　　我就飘飘欲仙。

　　　　　在布满丑恶的世界上，
　　　　　在陷入愁苦的心里，
　　　　　那里寻得出这样的笑呢？
　　　　　所有的笑都已沉没海底。

西湖的多情、温柔、无私,使诗人在她的怀抱里"飘飘欲仙",感到了生命的存在价值。现实虽然是丑恶的,但西湖那多情的眼波却令诗人欢欣雀跃。现实世界与西湖美景构成了两个鲜明的世界,西湖令人陶醉,现实让人"陷入愁苦"。理想与现实的分裂,诗人只好借山水来抒写爱的情感,只有钟情于自然,痛苦才能得到解脱。

《湖畔》出版时,其扉页上有两句题词:"我们歌笑在湖畔,我们歌哭在湖畔。"这是"湖畔"派诗人自由歌唱的表示。由于他们在思想上没有太多的顾虑,情感上比较自由,因此,他们便以一种敏锐的目光,青春的感觉,去铸造情诗的意境。尽管"湖畔"派诗人是在新诗的童年时代诞生的,而且他们的情诗写作,从总体上看是一种青春期的迷茫写作,但是那恣意抒情的小诗,却爆发出了爱的火花。例如冯雪峰的《山里的小诗》:

> 鸟儿出山去的时候,
> 我以一片花瓣放在它嘴里,
> 告诉那位住在谷口的女郎,
> 说山里的花已开了。

这首小诗同样具有民歌的风味,而且表达爱的方式是直接从民歌中演化而来的,用一种纯情的直率方式,表达对意想中女郎的爱慕之情。在简略朴素的诗句里,释放出了大量的情爱能量。"山里的花开了",这是一种暗示,暗示两人的情爱已经成熟,而住在谷口的女郎接到小鸟带去的消息后,应该有所醒悟,按时到山里去赴约。句子单纯,没有爱的喃喃呓语,但是却是一首真正的情诗,一种生动的爱的艺术。

"湖畔"派诗歌有少部分描写自然景物的诗,这是因为他们都是涉世未深的青年。除应修人外,冯雪峰、汪静之、潘漠华都没有经历过真正的恋爱过程,而诗中自己虚构的理想情人又是如此的虚无缥缈,因而他们把另一种倾注在大自然之上,借外在的景物来抒发自己心中的哀愁。这群年轻的诗人都生活在梦里,他们对优美的景色格外的情有独钟,并将自己的感情、灵魂融会其中,形成美的诗章。像冯雪峰的《西霞岭》、《杨柳》,应修人的《温静的绿情》、《野睡》,汪静之的《微笑的西湖》,潘漠华的

《寻新生命去》，都是对大自然所表现出的活力进行精致的描述，是书写自然景色的优秀诗篇。

"湖畔"派诗人在写作精神上是自由的，他们没有被任何一种理论所束缚。应修人说："我们且自由做我们的诗，我们相携手做个纯粹的诗人。"①"纯粹的诗人"虽然很难做到，但形式的自由却很成功了。在"湖畔"派诗人们看来，"情思是无限制的，自由的。形式上如多了一种限制，则就给它摧残了，所以不是主张一定有韵，但是如果写作时韵自己来时，也不必倔强不用；形式上也不要求一定的格式"②。这种不拘形式、不守规则的自由抒写，使新诗更加自由化，更加服从诗人审美情感的支配，这对刚刚诞生不久的中国新诗而言，的确是一次大踏步迈进。

三　《蕙的风》与《反对"含泪"的批评家》

1922年9月，汪静之的诗集《蕙的风》由亚东图书馆出版，这是"湖畔"派诗人的重要收获。当时的影响仅次于胡适的《尝试集》和郭沫若的《女神》。这本诗集在很短时间里再版了五次，销售量达两万多册，这至少可以说明受到了读者广泛的欢迎。

汪静之的成长道路离不开新文学先驱者们的扶持和帮助。胡适、周作人、朱自清、叶圣陶、刘延陵都从各个方面给予指导，尤其是朱自清和鲁迅还帮他改过诗。据汪静之回忆，鲁迅曾经看过《蕙的风》的原稿，并与汪静之通过信，其中一封信里说道："情感自然流露，天真而清新，是天籁，不是硬做出来的。然而颇幼稚，宜读拜伦、雪莱、海涅之诗。"③胡适、周作人曾经将他的诗推荐给刊物发表，叶圣陶在自己编的《诗》月刊上大量刊登"湖畔"派诗人的作品。《蕙的风》由周作人题写书名，胡适、朱自清、刘延陵分别为之作序，而且都在各自的序言里给予这部诗集高度的评价。

形式上，《蕙的风》短而灵活，与冰心的《繁星》、《春水》有相同之处，而在句式上更显得自由灵活。胡适在序言中深有感触地说道：

---

① 参见《修人书简》，《新文学史料》1981年第2期。
② 同上。
③ 汪静之：《回忆湖畔诗社》，《诗刊》1979年第7期。

我读静之的诗，常常有一个感想：我觉得他的诗在解放的方面比我们做过旧诗的人更彻底得多。当我们在五六年前提倡新诗时，我们的"新诗"实在不曾做到"解放"两个字，远不能比元人的小曲长套，近不能比金冬心的自渡曲。我们虽然认清了方向，努力朝着"解放"做去，然而当日加入白话诗尝试的人，大都是对旧诗词用过一番功夫的人，一时不容易打破旧诗词里的镣铐枷锁……我现在看着这些彻底解放的少年诗人，就像是一个缠过脚后来放脚的妇人望着那些真正的天足的女孩跳来跳去，妒在眼里，喜在心头。①

胡适并非自谦，相较之下《蕙的风》在诗歌文体上却比较自由灵活，已经看不到旧诗词的影子。诗已成为诗人生命的内在体验形式，主观意义的情感与表现的物质对象已经达到高度融洽统一。比如诗集中的短诗《芭蕉姑娘》、《月月红》，既无欧式句法，也没有沾染上旧文章的习气，是情感自由自在的自然流露。已经新鲜活泼，诗的氛围清晰明朗。

芭蕉姑娘呀，
夏夜在此乘凉的那人儿呢？

——《芭蕉姑娘》

用反问的形式表达对情人的思恋，是一首充满朝气而又深入浅出的小诗。

月月红在风中颤抖，
我的心也伴着伊颤抖了。

——《月月红》

经过拟人化的处理，"月月红"成为美丽的情人，而"我"的心与"伊"的心同时颤抖，是主客体的一次成功交融。

从形式和风格上判断，汪静之的诗是鲜明活泼的"小诗派"。他的小诗写得很有生气，句式所表达的内容很深刻。

---

① 胡适：《〈蕙的风〉序》，亚东图书馆1922年版。

> 蛙的跳舞家呵，
> 你想跳上山巅么？
> 想跳上天罢？

　　　　　　　　　　　　　　　　——《西湖小诗·十五》

　　蛙的神气活灵活现，跳跃式的想象勾画出一幅蛙舞图，山水之间平添一缕生命活力。

> 夜间的西湖姑娘，被黑暗吞下了，
> 终不能见面，
> 虽然大睁着眼睛瞧。

　　　　　　　　　　　　　　　　——《西湖小诗·一》

　　夜幕下的西湖景色，虽然看不见，但游客却睁着眼瞧。结构单纯，却又有着情感的落差感。

　　汪静之的小诗，是一种情感明显的诗，具有直率、流畅的美，无拘无碍地抒发内心的感受和审美认识。我们只要阅读诗的外层，就能发现诗的情感线索，思想意向。如《爱的波》：

> 亲爱的！
> 我浮在你温和的爱的波上了，
> 让我洗个澡罢。

　　诗人的活动情感是透明的，以一种独白式的请求裸露在诗的表层。

　　汪静之的小诗是凭借情感的活动来完成的，通过诗歌来袒露自己的情思及其活动，因此在表达上，是一目了然的直接诉诸，一种天生的来自灵魂深处的原始情思的倾泻。宗白华的《流云》是一部风格明丽的小诗集，但当他读了同是小诗的《蕙的风》后，却赞不绝口。宗白华这样评论道：

> 这天然流露的诗，如同鸟的鸣，花的开，泉的水。无所谓好，无所谓坏。我们不必拿中国旧诗学理论来批评他，也不必拿欧美新诗学

的理论来范围他。我们只是抱着他一本小诗集,到鸟语花鸣的田园中,放情地歌唱,唱得顺口,唱得得意,就唱下去,唱不顺口,唱不得意,就不唱下去。他是自自然然地写出来的,我们也自自然然地享受他。①

宗白华先生的评价是十分中肯的,汪静之的《蕙的风》是随笔情致的创作,正如他自己所说:"我要作诗,正如水要流,火要烧,光要亮,风要吹。"② 这种诗从意发,随意挥笔的写作目的,使汪静之的抒情的小诗保持了流畅自然、直泄胸臆的独特韵致。

《蕙的风》曾经在文坛上引来一场"文艺与道德"的争论。由于这部诗集大胆讴歌性爱,触动了统治中国两千多年的封建伦理道德,因而遭到了一些非议和攻讦。首先挑起争端的是东南大学的学生胡梦华,他连续写了三篇文章:《读了〈蕙的风〉以后》、《悲哀的青年》、《读了〈蕙的风〉以后之辩护》,指责《蕙的风》"有故意公布自己兽性冲动和挑拨人们不道德之嫌疑,有变相提倡淫业"的可能。胡梦华认为,汪静之的诗,尤其是那些描写情爱的诗,是"不道德"的诗,是"轻薄"的诗,是"堕落"的诗。③ 针对这种毫无根据的批评,周作人写了《什么是不道德的文学》、《情诗》,鲁迅写了《反对"含泪"的批评家》等文章,批评胡梦华的所谓"道德批评"。周作人肯定地说:"所以见了《蕙的风》里'放情歌唱',我们应该认为这是诗坛解放的一种呼声。"④ 鲁迅的文章则辛辣地讽刺了胡梦华的假正经批评。鲁迅这样写道:

　　胡君因为《蕙的风》里有一句"一步一回头瞟我意中人",便科以和《金瓶梅》一样的罪:这是锻炼周纳的。《金瓶梅》卷首诚然有"意中人"三个字,但不能因为这三个字相同,便说这书和那书是一模样的。例如胡君要青年去忏悔,而《金瓶梅》也明明说这是一部

① 宗白华:《〈蕙的风〉之赞扬者》,见《时事新报·学灯》1923 年 1 月 13 日。
② 汪静之:《〈寂寞的国〉自序》,开明书店 1927 年版。
③ 参见胡梦华《读了〈蕙的风〉以后》,载《时事新报·学灯》1922 年 10 月 24 日;《悲哀的青年》,载《国民日报·觉悟》;《读了〈蕙的风〉以后之辩护》,载《时事新报·学灯》1922 年 11 月 8 日。
④ 周作人:《自己的园地·情诗》,北新书局 1923 年版。

"改过的书"，若因为这一点意识偶合，而说胡君的主张也等于《金瓶梅》，我实在没有这样的精心和大胆。我以为中国之所谓道德家的神经，自古以来未免过敏而又过敏了，看见一句"意中人"，便想到《金瓶梅》，看见一个"瞟"字，便即穿凿到别的事情上去。然而一切青年的心，却未必都如此不净；倘竟如此不净，则既使"授受不亲"，后来也就会"瞟"，以至于瞟以上的等等事，那时便是一部《礼记》，也就等于《金瓶梅》了，又何有异于《蕙的风》？①

鲁迅的支持，使汪静之免去了一场文化上的绞杀。鲁迅作为中国新文化的旗手，他清楚地认识到，健康的情诗是对窒息中国男女两千多年之久的爱情的一次挑战，是思想解放的一个组成部分，因此，他毫不犹豫地支持年轻的诗人汪静之及其诗集《蕙的风》，从中也可以看出鲁迅先生那种博大的扶持青年的胸襟。

前面提到的所谓的"瞟我意中人"的诗，出自汪静之的《过伊家门外》：

> 我冒犯了人们的指谪，
> 一步一回头瞟我意中人，
> 我怎样欣慰而胆寒呵。

诗中抒情主人公是一个站在爱情门外而又胆战心惊的青年形象，仅仅是向那神秘之门投去小心翼翼的一瞥，这样的吟唱，竟然被扣上了"兽性的冲动的表现"的帽子，确实太穿凿附会了。像鲁迅那样向封建思想猛烈开火的杰出的文学大师，自然觉得不够大胆。据汪静之说，1925 年他去拜访鲁迅，鲁迅曾对他这样说过：你那一首"一步一回头瞟我意中人"的诗，接着说什么"胆寒"，还不够大胆。② 无论如何，因《蕙的风》而引发的关于"文艺与道德"的论争，对后来的新文学运动的健康发展，在理论上有一定的促进作用。

---

① 鲁迅：《反对"含泪"的批评家》，见《鲁迅全集》第一卷，人民文学出版社 1991 年版，第 403 页。

② 参见汪静之《鲁迅——莳花的园丁》，《鲁迅诞辰百年纪念集》，湖南人民出版社 1981 年版。

对汪静之的诗，朱自清的评价更切合实际。朱、汪二人有着深厚的师生情谊，而汪静之也认为朱自清是他"最熟悉的老师"，了解他"最深"①。朱自清这样说道：

> 小孩子天真烂漫，少经人世间底波折，自然只有"无关心"的热情弥满在他的怀里。所以他的诗多是赞颂自然，咏歌恋爱。所赞颂的又只是清新、美丽的自然，而非神秘、伟大的自然；所歌咏的又只是质直、单纯的恋爱，而非缠绵、委曲的恋爱。这才是孩子们洁白的心声，坦率的少年气度！而表现方法的简单，明了，少宏深，幽渺之致，也正显出作者底本色。他不用锤炼底功夫，所以无那精细的艺术。但若有了那精细的艺术，他还能保孩子底心情么？②

这确实是"知人论世"的经典评价。把诗歌的内容、表现形式、审美风格与诗人的心境放在同一个天平上，堪称绝妙之笔。

1927 年 9 月，汪静之的第二本诗集《寂寞的国》由开明书店出版。该诗集收入他 1922—1925 年创作的诗作。这本诗集充满了一种悲苦的基调，正如他自己所说："在这冷而硬的铁的路上的旅人，只有落寞、苦恼、厌倦，三者已凝为大气，把地球牢牢封了。我因为落寞、苦恼、厌倦，所以作诗。"③ 诗集中的诗，更多的是诉说人生的悲苦，命运的多舛，生活的艰难。其主题虽然深厚，但风格却少了《蕙的风》的清丽和质直，所以，影响反而不如《蕙的风》。

1925 年以后，诗人曾"想以诗为武器"④，写下了《劳工歌》、《破坏》等诗，这些诗阶级意识强烈，反抗意识浓厚，但就艺术个性而论，终究不如《蕙的风》鲜明。

---

① 汪静之：《回忆湖畔诗社》，《诗刊》1979 年第 7 期。
② 朱自清：《〈蕙的风〉序》，亚东图书馆 1922 年版。
③ 汪静之：《〈寂寞的国〉自序》，开明书店 1927 年版。
④ 汪静之：《回忆湖畔诗社》，《诗刊》1979 年第 7 期。

第七章

新月诗派:"戴着镣铐跳舞"的诗群

一 "新月"的前前后后

"新月"这个名称是受印度诗人泰戈尔的诗集《新月集》的启发而命名的。但是,起这个社名的时候,"新月"社并不是一个纯文学团体,他们的诗作也不可能像《新月集》那样新鲜清纯。"新月"社最初的发起人是徐志摩。

1922 年 10 月,留学英美回国的徐志摩回到满目苍凉的北京,昔日帝国的大都市成了军阀盘踞的堡垒,但其厚重的历史文化氛围依然如初。踌躇满志的徐志摩决心在这个古旧繁华的都市搞出一些新鲜的事来,于是他便发起和组织了一个联络感情的、雅趣十足的所谓的"聚餐会"。这种"聚餐会",在 20 世纪 20 年代初的北京的欧美留学生中很普遍。徐志摩发起的这个"聚餐会"的地址是北京石虎胡同七号。这个石虎胡同七号应该是"新月派"的最初发祥地。1923 年夏天,徐志摩写过一首献给"新月社"社址的诗,题目叫《石虎胡同七号》。在这首诗里,诗人描述了他们"聚餐"时的无可奈何。从诗中可以看出徐志摩对这个特殊的"小园庭"有着特殊的情感。全诗共四节,发表在 1923 年的《文学周报》第 82 期上,现摘抄最后一节,从中可窥见一斑:

> 我们的小园庭,有时沉浸在欢乐之中;
> 雨后的黄昏,满庭只美荫,清香与凉风,
> 大量的蹇翁,巨樽在手,蹇足直指天空,
> 一斤,两斤,杯底喝尽,满怀酒欢,满面酒红,
> 连珠的笑响中,浮沉着神仙的酒翁——
> 我们的小园庭,有时沉浸在欢乐之中。

　　诗中的"蹇翁"是指当时"新月派"重要成员蹇季常。不难看出,徐志摩的这首诗是一幅"聚餐"时的酒醉图。

　　徐志摩说:"最初是聚餐会,由聚餐会产生新月派,又从新月派产生七号俱乐部。"①"新月"的初期不是一个纯文学团体,也不是一个有组织的政治团体,严格地说,是一个无组织的松散的具有一定倾向的文化俱乐部。其成员也十分复杂,有大学教授、大学生、作家、诗人、政治家、企业家、金融家、交际花……其中常聚会的知名人士有:胡适、林长民、陈源、丁西林、余上沅、凌淑华、梁启超、徐申如、张君劢、梁实秋、徐志摩、王赓、董子美、蹇季常、林徽因、陆小曼。这些人绝大多数是英美留学归来的,他们并没有把"新月社"当成一个文学团体。按照徐志摩的解释,是:"几个爱做梦的人,一点子创作的能力,一点子不服输的傻气,合在一起,什么朝代推不翻,什么事业做不成?当初罗刹蒂一家几个兄妹合起莫利思朋琼司几个朋友在艺术界里就打开了一条新路,萧伯纳卫伯夫妇合在一起在政治思想界里也就开辟了一条新道。新月,新月,难道我们这个新月便是用纸板剪的不成。"②很显然,他们搞"聚餐会",办"俱乐部"的目的是想在文化和政治思想界"开辟一条新道"。1925年夏天,闻一多从美国留学回来,经徐志摩的介绍,他曾经去过石虎胡同七号,介入过几次新月社的活动,但他觉得与这个"高级气派"的圈子不太适宜,所以"他和新月社甫经接触就引退了"③。徐志摩"开辟一条新路"的理想并没有实现,初期的"新月派",也就是一个有产阶级的先生太太们娱乐消遣的俱乐部。1925年,徐志摩旅欧回国后,对这个"俱乐部"已经失去了兴趣,早期的"新月社"也就结束了它的历史使命,尽管石虎胡同七号的俱乐部一直挂到1927年秋天才摘下。

　　"新月派"作为一个诗歌流派,是从1926年4月《晨报·诗镌》创刊开始的。闻一多虽然与那个有产阶级的新月俱乐部格格不入,但却认识了几个有志于诗歌创作的青年,这些人后来常常聚在闻一多寓所里谈诗作诗,经常去的是被闻一多称为"四子"的清华文学社成员,即朱湘(子

---

①　徐志摩:《剧刊始业》,《剧刊》1926年6月。
②　徐志摩:《欧游漫录·给新月》,《晨报副刊》1925年4月2日。
③　梁锡华:《关于新月派》,香港《明报》第173期。

沅)、饶孟侃（子离）、孙大雨（子潜）、杨世恩（子惠）。此外，刘梦苇、于赓虞、蹇先艾、朱大楠也是闻一多的常客。徐志摩说："我在早三两天前才知道闻一多的家是一群新诗人的乐窝。"① 正是这一群"新诗人的乐窝"促成了"新月"诗派的形成。

1926 年春末，一群年轻的新诗人又聚会在闻一多那四壁漆成黑色的房间里纵说新诗，其中一位叫刘梦苇的青年提出应该有一个可供大家发表诗歌的刊物，这个想法得到大家的一致赞同。经过协商，由闻一多与徐志摩交涉，借《晨报》的版面发表诗作，这样，1926 年 4 月《晨报·诗镌》正式创刊。经常在《晨报·诗镌》发表诗歌的有闻一多、徐志摩、饶孟侃、余上沅、孙大雨、朱湘、杨世恩、刘梦苇、王希仁、于赓虞、朱大楠、蹇先艾、张鸣琦、金满城、南湖、钟天心、程侃声等人。《诗镌》虽然只出了 11 期，但对"新月"诗派的形成却起到至关重要的作用。正如陈梦家所言："十五年（指 1926 年）志摩在北平约一多子离等聚起一个诗会，讨论关于新诗形式问题，他们在晨报有过十一期副刊。从那时起，他便用心试验用各种形式来写诗。"②

《诗镌》时期，是"新月"诗派的前期，他们提倡新诗的格律化，反对感伤主义，是一个颇有影响的诗歌流派。徐志摩是这样论述当时的情形的：

> 我们几个朋友总想借副刊的地位，每星期发行一次诗刊，专载创作的新诗或诗学的批评及研究。
>
> ……
>
> 再说具体一点，我们几个人都共同着一点信心：我们信诗是表现人类创造力的一个工具，与音乐与美术是同等同性质的；我们信我们这民族这时期的精神解放或精神革命后有一部像样的诗式的表现是不全的；我们信我们自身灵里以及周遭空气多的是要求投胎的思想的灵魂，我们的责任是替他们构造适当的躯壳，这就是诗文与各种美术的新诗歌与新音节的发现；我们信完美的形体是完美的精神唯一的表现；我们信文艺的生命是无形的灵感加上有意识的耐心与勤力的成

---

① 徐志摩：《诗刊弁言》，《晨报·诗镌》1926 年 4 月创刊号。
② 陈梦家：《纪念徐志摩》，《徐志摩研究资料》，陕西人民出版社 1988 年版。

绩;最后我们信我们的新文艺,正如我们的民族本体是一个伟大美丽的将来的。①

这可以看成是"新月"诗派早期的观点,以及他们对新诗的理解。他们追求诗歌的形式美,认为完美的形体是完美的精神的表现。

1926 年 5 月,闻一多的《诗的格律》发表,这篇文章是当时"新月派"的理论纲领,闻一多、徐志摩、朱湘及其他"新月"诗派的诗人,都是在这篇文章的框架下进行创作,追求诗歌的艺术形式的美。闻一多认为:"越有魄力的作家,越是要戴着脚镣跳舞才跳得痛快,跳得好。只有不会跳舞的才怪脚镣碍事,只有不会作诗的才感觉得到格律的束缚。对于不会作诗的,格律是表现的障碍物,对于一个作家,格律便成了表现的利器。"② 在这样的理论指导下,"新月"派的诗人都追求诗歌的音乐美、绘画美、建筑美。艺术形式的功用和目的,成为"新月"诗派的审美原则和目标。

1926 年 6 月 10 日,《晨报·诗镌》停刊,"新月派"的创作成员自行解散。蹇先艾转向小说创作,杨世恩、刘梦苇、朱大楠先后去世,朱湘到国外留学,闻一多南下武汉参加大革命的工作,后又到南京中央大学任外文系主任,徐志摩 1926 年秋天与陆小曼结婚后到上海安家。这样,在北京形成的"新月派"宣告结束。

1927 年春天,"新月社"中的许多知名人士会聚上海。胡适、徐志摩、闻一多、邵洵美等开始创办新月书店。这样,"新月社"的大本营南迁到上海,并开始活动。这个时期,饶孟侃、丁西林、叶公超等人离开了混乱的北京来到上海,余上沅、梁实秋、潘光旦、刘士英、张禹九等人则从南京和国外也来到上海。当时,国内政治风云变幻莫测,这些知识分子为自身的利益,为了求得更大的发展,不约而同地集成了新的集团势力,而新月书店就是他们活动的营地。该书店成立之初,胡适为董事长,余上沅、徐志摩、闻一多、梁实秋、潘光旦等人为董事。书店从创办到关闭,出版了百余种图书,为新文化的发展作出了一定贡献。

1928 年 3 月 10 日,在新月书店的基础上又创办了《新月》月刊,这

① 徐志摩:《诗刊弁言》,《晨报·诗镌》1926 年 4 月创刊号。
② 闻一多:《诗的格律》,《晨报·副刊》1926 年 5 月 1 日。

个刊物共出版了 4 卷 7 期，刊发了"新月派"诗人的大量诗作，及其他文化综合类的文章。此外，徐志摩和邵洵美创办了专发诗歌和诗歌理论文章的季刊《诗刊》。这样，"新月派"的活动又在东方大都市上海轰轰烈烈地展开了。

"新月派"不仅在文艺创作上有广泛的影响，而且在文化建设、政治理论方面也有很大影响。当时有人认为，"新月派"是与当时的"共产党"、"三民主义"鼎足而立的三种政治势力。①

关于《新月》月刊的创刊及成立过程，徐志摩是这样解释的：

> 我们这几个朋友，没有什么组织，除了月刊本身，没有什么结合，除了在文艺和学术上的努力，没有什么一致，除了几个共同的理想。
>
> 凭这点集合的力量，我们希望为这时代的思想增加一些体魄，为这时代的生命增添一些光辉。

谈到文学主张，徐志摩这样说道：

> 我们不敢附和唯美与颓废，因为我们不甘愿牺牲人生的阔大，为要雕镂一只金镶玉嵌的酒杯。美我们是尊重而且爱好的，但与其咀嚼罪恶的美艳，还不如省念德性的永恒，与其到海陀罗凹腔里去收集珊瑚色的妙乐，还不如置身在扰攘的人间倾听人道那幽静的悲凉的清商。②

《〈新月〉的态度》其实也就是"新月派"的思想宣言和艺术宣言，也是《新月》月刊的办刊宗旨。当然，《新月》月刊并不是单纯的文学刊物，正如"新月派"是一个政治色彩很浓的团体一样。除了文学外，《新月》还刊登了大量的具有明显社会思潮和政治主张的文章。实际上，"新月派"是一个英美式的新兴的资产阶级哲学、文学团体在中国的具体表现。他们的文章除了文学艺术外，还涉及哲学、政治、法制、经济等领

---

① 参见上海《明报》1931 年 5 月 3 日。
② 徐志摩：《〈新月〉的态度》，《新月》第 1 卷，1928 年 3 月 10 日第 1 号。

域，甚至国体建设、人口政策也是他们研究的范围。

主持《新月》月刊的梁实秋曾说过："新月一批人每个人都是坚强的个人主义者，谁也不愿意追随别人。"① 这说明，"新月派"是一个民主气氛很浓的组织，而且都是个人按自己的观点写文章。这一点，还可以从《〈新月〉敬告读者》中找到证明："我们办月刊的几个人的思想并不完全一致的，有的信这个主义，有的认那个主义。"后期的《新月》月刊是由胡适、梁实秋、徐志摩、潘光旦、余上沅等人主持的，这几个人当时都并不十分热衷于文学创作，在思想上也各有其主张，但有一点是共同的，那就是用西方的资产阶级的政治思想来改良中国。所以在《〈新月〉敬告读者》中说道："我们都信仰'思想自由'，我们都主张'言论出版自由'，我们都保持'容忍'的态度（除了'不容忍'的态度是我们不能容忍的外），我们都喜欢稳健的合乎理性的学说。""新月派"对资产阶级的政治十分信仰，这种政治立场与他们接受的西式教育有关。

胡适是"新月派"的思想领袖，他给中国政治体制开的"药方"就是杜威的实用主义。他不满中国的现状，但是如何改变这种现实，他认为只能采取理性的态度，不能用暴力解决。在他看来，中国的落后是由"贫困、虐病、愚昧、贪污、扰乱"这五大社会问题造成的。所以他说："中国今日需要的，不是用那暴力专制而制造革命的革命，也不是用那暴力推翻暴力的革命，也不是那悬空捏造革命对象因而用来鼓吹革命的革命。"② 胡适对中国的现状不甚了解，完全照搬西方的民主，根本无法解决中国的现实问题。在胡适看来，"最要紧的一点是我们要用自觉的改革来代替盲目的所谓'革命'"。中国的出路在于"打倒这五大敌人"③，然后，"一步一步地自觉的改革"④，实现进化，创造文明。胡适改良中国的想法，离中国的具体实际十分遥远，但"新月派"的绝大多数人都奉为真谛。胡适还写了《我们什么时候才可以有宪法?》、《知难行亦不易》（载《新月》第 2 卷第 4 号）、《新文化运动与国民党》三篇文章。这些文章不仅没有起到任何作用，反而和国民党当局发生了冲突。过了许多年，梁实秋还这样回忆道：

---

① 梁实秋：《忆〈新月〉》，见《关于鲁迅》，台北爱眉文艺出版社 1970 年版。
② 胡适：《我们走那条路》，见《新月》月刊第 2 卷第 10 号。
③ 同上。
④ 同上。

新月杂志社在文化思想和争取民主自由方面也出了一点力。最初是胡适之先生写了一篇《知难行亦不易》，一篇《新文化运动与国民党》。这两篇文章，我们现在看来，大致是平实的，至少在态度方面是"善意的批评"，在文学方面也是温和的，可是那时候有一股凌厉的政风，不知什么人撰了"党外无党，党内无派"的口号，只许信仰，不许批评。胡先生说："上帝都可以批评，为什么不可以批评一个人？"所以虽然他的许多朋友如丁毅香、熊克武、但懋辛都力劝他不可以发表这些文章，并且进一步要当时做编辑的我来临时把稿逐行抽出，胡先生还是坚持要发表。发表之后果然有了反应。我们感到切肤之痛的是"新月"被邮局扣留不得外寄，这一措施延长到相当久的时候才撤销。胡先生写信给胡展堂先生抗议，所得到的回答是："奉胡委员谕：拟请台端于〇月〇日来京到……一谈。特此奉陈，即希查照，此致胡适之先生。胡委员秘书处谨启。"这一封信，我们都看到了，都觉得这封信气派很大，相当吓人，胡先生没有去，可是此后也没有再发表这一类的文字，这两篇文章也不见现行远东版《胡适文存》中，我写了一篇《论思想统一》也是主张思想自由的。这时节罗隆基自海外归来，一连串写了好几篇论人权的文章，鼓吹自由思想与个人主义，使得新月有了更浓厚的政治色彩，引起了更大的风波。①

梁实秋谈的是真实的，对此，鲁迅先生在《言论自由的界限》这篇文章中，有一段讽刺的评说。认为："新月社诸君子，不幸和焦大有了相类的境遇。"② 胡适的政治观点，是"新月社"的政治思想的集中体现，但国民党当局却无法容忍。他们所推行的社会制度，不符合中国的实情，只能是幻想中的空中楼阁。

"新月派"后期的文艺思想，主要是梁实秋的"新人文主义"。梁实秋在《新月》月刊上撰写了40余篇论文，提倡人性论，认为"天才"是创作的源泉。在理论上，梁实秋既反对无产阶级的革命文学，也反对国民党的"三民主义文学"，提倡"超阶级的人性论"。梁实秋的观点来自白

---

① 梁实秋：《忆〈新月〉》，见《关于鲁迅》，台北爱眉文艺出版社1970年版。
② 鲁迅：《鲁迅全集》第五卷，人民文学出版社1991年版，第5页。

壁德,在白氏"人性论"的基础上建立他的理论框架,照搬新人文主义的"二元人性论"。梁实秋认为,文学是"发于人性,基于人性,止于人性"①。超阶级的人性论,是辐射梁实秋文艺理论的核心。梁实秋发表在《新月》月刊上的重要文章有:《文学讲话》、《文学纪律》、《文学与革命》、《文学是有阶级性的吗?》,这些文章虽然遭到以鲁迅为代表的左翼评论家们的批判,但在"新月派"及"新月派"以外的其他文学圈子中却有较大的影响。

最先离开《新月》月刊的是闻一多。

1928年10月的《新月》月刊上有预告说:"还有闻一多先生的短篇小说《履历》——闻一多的处女作——及好几篇别的稿件,都因寄来的太晚,要等下期才能发表。"但翻遍1928年10月之后的《新月》,并未见到这篇小说,也没有看到闻一多的其他文章。

闻一多参加《新月》的编务工作,主要是借此来探讨新诗的创作问题;但这个刊物的办刊宗旨与他的想法相左,于是,1929年3月,闻一多辞去了《新月》的编辑工作,赴青岛大学任教。

1931年徐志摩创办了《诗刊》,并且在创刊号上说《诗刊》是1926年《诗镌》的继续。三年未在《新月》上发表作品的闻一多在《诗刊》上发表了诗作《奇迹》,徐志摩称这首诗是闻一多"三年不鸣,一鸣惊人的'奇迹'"。这是一首内涵很深的抒情长诗。《诗刊》实际上是"新月"诗派的继续。在这个刊物上发表诗作的也都是"新月派"的诗人,如徐志摩、闻一多、饶孟侃、林徽因、陈梦家、方玮德、卞之琳等人。徐志摩本想让《诗刊》作为"新月"的领地继续发挥作用,但是万万没有想到,他在1931年11月因飞机坠毁而逝世。徐志摩的不幸遇难,使"新月"诗派失去了"灵魂",该诗派逐渐分化。当然,作为"新月"诗派解散的最后标志是《新月》月刊于1933年6月终刊,及12月的新月书店倒闭。

《新月》月刊和"诗刊"停刊后,"新月"诗派的一些诗人又在《大公报·副刊》开辟了"诗刊"这一栏目,继续"新月派"的诗歌创作,发表诗歌或参加活动的人有:闻一多、朱自清、孙大雨、梁宗岱、俞平伯、朱光潜、废名、方令孺、林徽因、陆志韦、冯至、陈梦家、卞之琳、何其芳、李广田、林庚、徐芳、孙毓堂、曹葆华等人。

---

① 梁实秋:《文学讲话》,见《新月》第1卷第1号。

1936 年，戴望舒主编的《新诗》创刊。孙大雨、梁宗岱、冯至、卞之琳应邀加入，"新月"诗派被"现代派"所取代。

"新月派"虽然有政治主张，但并非人人赞同，所以并不是一个政治团体。"新月派"是一个内部主张不完全统一的有固定作家群的松散的文学组织。关于它的评价，何其芳 1957 年曾说："应将'新月诗派'和'新月派'加以区分，不只是从政治上着眼，也是从文学主张和艺术实践上着眼。"① 把文学创作与政治主张分开，当然有一定的科学性，但"新月派"和"新月诗派"是不能截然分开的，两者具有互相包容，你中有我、我中有你的血肉联系。离开"新月派"去说"新月诗派"，是一种孤立的不全面的研究方法。

二 "戴着镣铐跳舞"的西洋律体诗群

1931 年 8 月，受徐志摩委托，陈梦家选编《新月诗选》，这本诗集比较集中地体现了"新月诗派"的创作实力。该诗集共收入 18 位诗人的 80 首诗，他们是：徐志摩、闻一多、饶孟侃、朱湘、孙大雨、邵洵美、方令孺、林徽因、梁镇、卞之琳、俞大纲、沈祖牟、沈从文、杨子惠、朱大楠、刘梦苇、陈梦家、方玮德。这 18 位诗人是"新月诗派"的重要成员，他们的诗代表了"新月"的整体风格。

关于"新月诗派"，王哲甫是这样论述的：

> 这派新起的诗人，大都受了西洋文学的影响，在音韵节奏格式上都仿效西洋诗，另创一种特殊的风格。他们多半善于写篇幅较长的诗，像冰心女士的《繁星》那样小巧玲珑的诗，是概不多见了。他们在修辞上也比前一期的新诗作家特别讲求，对于字句的修饰推敲，很下一番雕琢的功夫，结果不免流于华丽典雅的途径，而失去真朴的美。他们用韵的严格，是前一期诗人所不及的。本来诗应该含有音乐的成分，有韵诗念得琅琅上口，比较无韵味的散文诗，自然要强到数倍，只要不牵强拘束罢了。此外他们的诗还有一种特色，便是格式的整齐，这派诗人以徐志摩、朱湘、刘梦苇、闻一多的诗

---

① 何其芳：《致吴奔星的信》1957 年 7 月 27 日，见淮阴师专《活页文史丛刊》第 48 期。

更为显明。国内讥讽他们的人称之为"方块豆腐干诗"。但是他们新
诗的格式是经过相当的训练和修养，由前一期不整齐的新诗中下过
一番洗练的功夫，而始做到这样的地步。但是有些地方为求每行的
字句的整齐，终不免有不自然的地方，不过小疵不害大醇，在新诗
的试验场里，应该算是成功了。[①]

　　这段评价比较客观、公正，既肯定了"新月诗派"在新诗坛上的贡
献，也不回避这一个诗群在诗歌技艺上的败笔。从整体风格上看，"新月
诗派"的诗人都深受闻一多《诗的格律》这篇文章的影响，比较讲究诗
的外形美。在修辞、用韵、字句、格式上，如同王哲甫所说，确实是
"很下一番雕琢的功夫"。"新月诗派"在形式上苦心研磨，在格律上的精
心制作，堪称中国新诗坛上的一群"技巧专家"。句式的均称，排列的整
齐，字数的大致相等，真的给人以"豆腐干形状"的视觉感。但他们的
诗又不是中国古典诗的翻版。朱自清称"新月诗派"的诗是"西洋律体
诗派"[②]，是比较有概括性的。新格律化的倡导和实践，是"新月诗派"
最成功的艺术目的，也是中国新诗文体的一次成功的转移。
　　"新月"诗群的诗人，写诗如同在玉上雕刻花纹，颇费匠心，尤其是
刘梦苇、朱湘、于庚虞、陈梦家、朱大楠等人，在诗歌的形式、节奏上都
下了一番功夫。刘梦苇当时的知名度与徐志摩、闻一多不相上下，久负盛
名，由于他1926年秋天去世，所以又有"薄命诗人"的称号。刘梦苇最
初在《创造季刊》上发表《吻之三部曲》引起诗坛注意。由于人生的凄
苦，命运的坎坷，因而他的诗总是流露出困苦寒酸的悲哀情调。然而，在
字句的整齐和格律的严谨上却十分讲究。

　　　　今天，是我这无尽期的飘零人生的生辰，
　　　　脆弱的心早已裸上了人生的苦恨层层，
　　　　他如象是黑夜里被乌云埋没的孤星，
　　　　虽有晶莹的本体，也放不出一线光明！
　　　　这生长，这青春逃遁时留存下的记痕，

---

① 王哲甫：《中国新文学运动史》，北平杰成印书局1933年版。
② 朱自清：《〈中国新文学大系·诗集〉导言》，上海文艺出版社1984年版。

我苦恨的心回到了明媚，浩大的洞庭；
那洞庭之滨有母亲生下我来的地境，
那儿，母亲曾经流泪消磨了她的年轻；
夕阳光里微微颤动的洞庭波，
都是她哭夫跟我思亲的泪颗！

这生辰，这青春逃遁时留存下的记痕，
我苦恨的心重忆起念年久别的母亲：
母亲！在这感慨的生辰，我是向你感恩，
还是逆情地昧心地对您表示怨愤？
生我时便一齐开始了您流泪的命运，
三年我便离去了您孤身的到处飘零：
如浮萍，似断线的风筝，我在人间鬼混，
遇的只有冰冷，二十年与人漠不关情！
母亲哟！这是你当日铸的大错，
不该生下我！但你为什么生我？

——《生辰的哀歌——遥寄我的妈妈》

这首哀叹生辰的悲歌一共有四节，每节都是十行，不仅字数相等，而且每一节的后两行都是相同的排列。从外观上看，整齐划一，押的是大致相同的韵。诗中没有"生日"的一点欣慰，全是凄苦的身世的哀叹，内心积郁的倾吐。对给予自己生命之躯的母亲，不是感恩戴德，而是怀着沉痛的心情发出"不该生下我！但你为什么生我"的哀怨。

闻一多的"三美"和"音尺"的主张，是"新月诗派"尤其是《诗镌》时期诗人创作时所遵循的艺术准则。闻一多不仅是他们现实人生中的"老大哥"，而且他的理论总是影响着这一群体的创作。按照闻一多的审美要求，新诗最理想的标准是："它不要作纯粹的本地诗，但还要保存本地的色彩；它不要作纯粹的外洋诗，但又尽量地吸收外诗的长处；它要做中西艺术结婚后产生的宁馨儿。"[1] 以《诗镌》为阵地的"新月"诗人群，就是中西艺术合璧的产儿。在他们当中，朱湘最具代表性。

---

[1] 闻一多：《诗的格律》，《晨报·副刊》1926 年 5 月 15 日。

朱湘(1904—1933)与闻一多同出自清华,同样也到过英国留学。有《夏天》、《草莽集》等诗集。在"新月派"诗人中,朱湘更讲究诗的外观形式的整齐,写过许多"豆腐块诗"。他的诗受古典诗词的影响较深,情调委婉、哀伤。叙事长诗《王娇》共900余行,这在20世纪20年代的诗坛上极为少见,表达的是"痴心女子负心汉"的故事。其余的如《热情》、《摇篮曲》、《晓朝曲》、《猫诰》、《招魂辞》、《泛海》、《洋》、《十四行意体》都是句式整饰的典范。朱湘的诗在修辞上力求精练,用韵颇为适中,擅长将中西诗歌的优点融会贯通,创造出完美、匀称的诗歌艺术形式。如《夜歌》:

> 唱一支古旧,古旧的歌……
>   朦胧的,在月下。
> 回忆、苍白着、愿望天边
>   不知何处的家……
>
> 说一句悄然,悄然的话……
>   有如漂泊的风。
> 不知怎么来的,在耳语
>   对了草原的梦……
> 落一滴迟缓,迟缓的泪……
>   与泪珠一样冷。
> 在衣衿上,心坎上,不知
>   何时落的,无声……

这首诗不仅在句式上三段保持一致,而且在标点符号的用法上也几乎每段都是一样。至于押韵就更不用说了。《夜歌》有古典诗的意境、韵味,也有西洋诗的自由灵巧,而两者都同时装在相同的诗的模式中,足见诗人在形式上的刻意求工。

"新月诗派"的诗人对格律的探求和实践是成功的,在外观形式上吸收西方诗歌的成果,在艺术构思和意境创造上则继承了中国传统诗歌的表现手法。如陈梦家的《一朵野花》、《雁子》、《铁马的歌》;饶孟侃的《家乡》、《招魂——吊亡友杨子惠》、《无题》、《山河》;孙大雨的《海上

歌》、《回答》；邵洵美的《爱的叮嘱》、《女人》；方令孺的《诗一首》、
《她象》；林徽因的《深夜听到乐声》、《山中的夏夜》；方玮德的《古老
的火山口》、《我爱赤道》；梁镇的《想望》、《她来了》；卞之琳的《一个
和尚》、《一块破船片》、《群鸦》；沈祖牟的《瓶花》；俞大纲的《她那颗
小小的心》；沈从文的《我欢喜你》、《无题》，都具有"新月派"诗人的
共同风格，都是"戴着镣铐跳舞，而且跳得痛快"的新诗优秀之作。

　　由于对诗歌格律、句式乃至字数的严密追求，"新月诗派"中的一些诗
作过分追求诗的外在技巧，步入了形式主义的泥沼之中，失去了诗歌轻灵、
活泼的自由之美。这一点徐志摩最先发出了警告，他认为"新月派"的诗
歌创作中"已经发出了我们所标榜的'格律'的可怕的流弊"①。正因如
此，"新月"后来的年轻诗人卞之琳、沈从文、俞大纲等人，已经不太注意
诗歌格律的考究，讲究字句的精练，更注重诗人情感的暗示和倾吐。

　　"新月诗派"对诗歌艺术形式的追求真可谓殚精竭虑，他们努力探求
形式与内容的统一，寻找新的表达手段。陈梦家在选编《新月诗选》时
有一段发人深省的记叙：

　　　　这诗选，打北京《晨报·诗镌》数到《新月》月刊，以及最近
　　出世的《诗刊》并个人的专集中，挑选出来的。我敢说，这里并没
　　有诗人惊异或赞美的光辉，我们不盼望立时间成就的"大"，尽管
　　小，小得只要"纯"。几粒小小的星子，她只是黑夜的一个启示，因
　　为未来的光旦有着更大的光芒，太阳伟大的灿烂是无可比拟的，数不
　　到小星自己。
　　　　……
　　　　我们不怕格律。格律诗圈，它使诗更明显，更美。形式是感官赏
　　悦的外助。格律在不影响内容的程度上，我们要它，如象画不拒绝合
　　适的金框。金框也有它自己的美，格律便是在形式上给予欣赏者的贡
　　献。但我们决不坚持非格律不可的论调，因为情绪的空气不容许格律
　　来应用时，还是得听诗的意义不受拘束的自由发展。②

---

① 徐志摩：《诗刊放假》，《诗刊》1926 年第 11 期。
② 陈梦家：《〈新月诗选〉序》，上海新月书店 1931 年版。

在"新月"诗群中，陈梦家这位年轻的诗人同时受到徐志摩和闻一多的培育。1929 年 10 月，他在徐志摩的帮助下第一次发表诗，1931 年 1 月，刚刚 19 岁的他便出版了《梦家诗集》。徐志摩遇难后，他主持编了最后一期《诗刊》，便匆匆赶往清华大学去担任闻一多的助教。1932 年他又随闻一多到清华大学任教。在"新月"时代，陈梦家的诗基本上是闻一多理论的实践体现。到了清华大学后，诗歌风格才开始有所转变，题材上"取乐于山水，墓道，屋月下的松树"①。表现的手法则是："细心写颜色间的拼合和东京间事物的变置。"② 诗的氛围更是闲适、幽远。比如《小庙春景》：

> 要太阳光照到
> 我瓦上的三寸草，
> 要一年四季
> 雨顺风调。
>
> 让那根旗杆
> 倒在败墙上睡觉，
> 让爬山虎爬在
> 它背上，一条，一条
>
> 我想在百衲衣上
> 捉虱子，晒太阳；
> 我是菩萨的前身，
> 这辈子当了和尚。

格律、音节依然保持，但没有绞尽脑汁地去琢磨格式的协调一致，而只是当做一种审美意识，让其有意无意地保持在诗的抒写过程中，更体现了一种和谐之美。这说明，"新月"诗人们的审美风格也不完全是"格律化"的结果，同样在变化和发展。

---

① 陈梦家：《梦家诗存·自序》，上海时代图书公司 1936 年版。
② 同上。

三　两颗耀眼的星辰：闻一多与徐志摩

在中国新诗发展史上，闻一多是一位举足轻重的人物。他是新诗格律的开先河者，但又不局限在形式美的胡同之中。朱自清认为，闻一多是五四时期"唯一的爱国诗人"①，这是从诗歌的思想价值上去评价和认识闻一多的。闻一多的艺术成就，在新诗史上有着突出的地位。他的诗是中西诗歌审美结晶相结合的产物。在新诗理论上，他提出了许多重要的新话题，尤其是新诗形式方面的"三美"，经过半个多世纪新诗发展史的实践检验，是非常正确的，而且已经成为评判新诗审美意义的一个标准。

由于闻一多精湛的中西诗学理论和作诗的严肃认真态度，早在"新月诗派"的《诗镌》时代，徐志摩、朱湘、饶孟侃、刘梦苇均把他当做良师益友，尤其是"清华四子"，闻一多给予他们如同兄长一般的关怀指导。至于后来的青年诗人陈梦家、方玮德、卞之琳、艾青、田间、臧克家，都受到过他的奖掖。

闻一多和徐志摩是影响"新月诗派"的两位重要诗人。闻一多的影响主要是在《晨报·诗镌》时代，而徐志摩主要是在《新月》月刊和《诗刊》时代。但纵览"新月诗派"的作品，闻一多在诗歌理论上的影响，则贯穿始终。

五四运动以前，闻一多主要写旧诗，五四运动以后，他才致力于新诗的创作。他的第一首新诗《西岸》发表在 1920 年 9 月出版的《清华周刊》第 191 期上。之后，闻一多全力以赴地进行新诗的尝试，他自己曾经编写过一本手抄诗集《真我集》，收集的是他 1920—1921 年创作的新诗。诗中散发出强烈的爱国主义和朴实的民主主义思想。朱自清说："新文学运动以来，许多作者都认识了文学的政治性和社会性而有所改变，可是闻先生认识得特别亲切，表现得特别强烈。"② 这说明闻一多当时的新诗比较贴近社会，关心民众的疾苦。《真我集》一共抄存了新诗 15 首，其中《雨夜》、《月亮和人》（后改为《胜者》）、《雪》、《黄昏》又选入《红烛》。这 15 首诗是闻一多初期的创作成就，和当时的新诗一样，是思

① 参见朱自清《新诗杂话·爱国诗》，广西师范大学出版社 2004 年版。
② 朱自清：《朱自清文集·三》，上海亚东图书馆 1924 年版。

想解放和追求个性自由的产物,如《一个小囚犯》:

> 放我出来,
> 这无期的幽禁,我怎能受得了?
> 放我出来,把那腐朽渣滓,一齐刮掉,
> 还是一颗明星,永作你黑夜苦途的向导,
> 不放我出来,待我发了酵,更醉得昏头昏脑,
> 莫怪我撞破了监牢,闹得这世界东颠西倒,
> 放我出来!

这是借"小囚犯"喊出的要求个性自由的呐喊。此外,同情劳工的《朝日》也有一定的思想深度。《真我集》在形式上摆脱了旧诗的束缚,但毕竟幼稚。

1923年9月,闻一多的第一本诗集《红烛》经郭沫若、成仿吾介绍由泰东书局出版。这部诗集是五四时代精神的集中体现,是一部流动着爱国热情的新诗作品。朱自清说,闻一多的"特色之一,是那些爱国诗"①。他甚至推断:"在抗战以前他也许是唯一的爱国新诗人。"②"唯一"虽然值得商榷,但其余的概括却十分准确。如诗集中的《太阳吟》、《忆菊》、《我是中国人》、《祈祷》、《一句话》,都抒发了对祖国的炽热感情。如《太阳吟》:

> 太阳啊,也是我底家乡的太阳!
> 此刻我回不了我往日的家乡,
> 便认你为家乡也还得失相偿。
> 太阳啊,慈光普照的太阳!
> 往后我看见你时,就当回家一次;
> 我的家乡不在地下乃在天上。

借"太阳"抒写对故乡、对祖国的思念之情。诗人虽身处异邦,但情感仍然萦绕祖国。在《忆菊》中,诗人无限深情地唱道:

---

① 《现代评论》第2卷,1925年第31期。
② 同上。

　　我要赞美我祖国底花！

　　我要赞美我如花的祖国！

　　《红烛》是一本接近《女神》的新诗集。关于这部诗集的出版，闻一多说："纸张字体我想都照《女神》底样子。"① 从中不难看出《女神》对闻一多的影响。

　　1928 年闻一多的第二本诗集《死水》出版，这是闻一多诗歌艺术转折的一个标志。与《红烛》相比，《死水》个人情感的抒发更多，炽热的激情却少了。建立中国特色的格律新诗，是闻一多毕生追求的目标，而《死水》就是他诗歌理论的成功实践。当然，《死水》不仅仅是诗歌形式的革新，作品中还包含着强烈的批判精神，依然蕴涵着"火"的热情，只是很少有人能体会出来，就连他的学生臧克家也没有认识到《死水》中藏着的"火焰"。闻一多给臧克家的一封信中这样写道：

　　　　你还口口声声随着别人人云亦云的说《死水》的作者只长于技巧。天呀，这冤从何诉起！……我只觉得自己是座没有爆发的火山，火烧得我痛，却始终没有能力（就是技巧）炸开那禁锢我的地壳，放出光和热来。只有少数跟我很久的朋友（如梦家）才知道我有火，并且就在《死水》里感觉出我的火来。说郭沫若有火，而不说我有火，不说戴望舒、卞之琳是技巧专家而说我是，这样的颠倒黑白，人们说，你也说，那就让你们说去，我插什么嘴呢？我是不急急求知于人的，你也知道。②

　　这虽然是谈《死水》这首诗，但既然用这首诗作为诗集的命名，那么它至少表明诗人的某种艺术理想和人生态度。

　　在艺术上，《死水》比《红烛》更为成熟，思想也更为深刻。特别是在艺术形式上，《死水》更重视诗歌的形式和格律。从《红烛》到《死水》，不仅是闻一多诗歌文本的进步，也是中国新诗更加成熟的表现。新

---

① 刘烜：《闻一多评传》，北京大学出版社 1983 年版，第 65 页。

② 同上书，第 139—140 页。

诗的诞生期提倡自由体白话诗是正确的，但发展到一定时期后，散文化倾向较为严重，而《死水》的出现，对这种倾向起到了纠偏的作用。

闻一多对新诗理论的贡献，首先是提出了"三美"的主张，其次是不主张用一种固定的格式来写诗。而他的诗歌创作都是以上两种创作主张的实践。《死水》中的作品，不仅有明晰的节律线条，还有生动的色彩图像、有音乐之美、也有意境之美。诗的语言则是千锤百炼之后的返璞归真。如《你指着太阳起誓》：

> 你指着太阳起誓，叫天边的凫雁
> 说你的忠贞。好了，我完全相信你，
> 甚至热情开出泪花，我也不诧异。
> 只是你要说什么海枯，什么石烂……
> 那便笑得死我。这一口气的功夫
> 还不够我陶醉的？还说什么"永久"？
> 爱，你知道我只有一口气的贪图，
> 快来箍紧我的心，快！啊，你走，你走……
>
> 我早算就了你那一手——也不是变卦——
> "永久"早许给了别人，秕糠是我的份，
> 别人得的才是你的菁华——不坏的青春。
> 你不信？假如一天死神拿出你的花押，
> 你走不走？去去！去恋着他的怀抱，
> 跟他去讲那海枯石烂不变的贞操！

这首被朱湘称为"神品"的诗，不仅形式上有独特之处，思想上的开掘也高出一般的爱情诗。诗人对"海枯石烂"的否定，是向中国传统情爱观念的挑战。《死水》这部诗集不仅是视觉的感受，更是思想尝试的启发，如同朱自清先生所云，《死水》"这不是'恶之花'的赞颂，而是索性让'丑恶'早些'恶贯满盈'，'绝望'里才有希望"①。朱自清的评价，是打开《死水》中政治抒情的一把钥匙。

---

① 朱自清：《〈闻一多全集〉序》，开明书店 1948 年版。

徐志摩是贯穿"新月"派前后期的代表人物，以诗人和散文家著称。在他短暂的一生中出版有四部诗集：《志摩的诗》、《翡冷翠的一夜》、《猛虎集》、《云游》。此外，还有《落叶》、《自剖》等散文集出版。

徐志摩的诗，写景抒情的较多。小桥流水，雪花落叶，大自然的奇峰异石都是他抒发情感的物象，也是描写温柔情爱的参照。当然，他的诗也不乏积极进取的人道主义精神的佳作，如《先生，先生》、《叫化活该》中的贫富两极分化；《盖上几张油纸》、《毒药》对恶浊社会的抨击；嘲讽军阀的《人变兽》、《大帅》；讴歌"三一八"的《梅雪争春》；赞美劳苦工人的《庐山石工歌》。这些诗作都是诗人进步思想的表现，寄予了他改造社会的热情希望。

1920年，徐志摩由美国转入英国的剑桥大学，并开始了新诗的创作。这时候，诗人的世界观、人生观已基本形成。在诗歌艺术上，徐志摩是唯美主义的追求者，在意识形态上则是纯粹的个人主义者。他痛恨时代的病象，但又没有看到这些病象产生的社会根源，他不承认一切专制势力，但又不愿对之宣战。总之，徐志摩是一个思想较为复杂的人。

他曾这样真诚地宣布：

> 我是一个不可教训的个人主义者。这并不高深，我只是说我只知道个人，只认得清个人，只信得过个人。我信德谟克拉西的意义只是普遍的个人主义；在各个人自觉的意识与自觉的努力中涵有真纯德谟克拉西的精神：我要求每一朵花儿实现它可能的色香，我也要求各个人实现可能的色香。①

"个人主义者"是徐志摩人生观的基本立场，但这并不影响他成为"新月诗派"的灵魂。如果说《诗镌》时代的"新月"闻一多影响较大，那么，新月书店时期"新月派"诗歌的发展则得力于徐志摩。没有徐志摩的努力，"新月诗派"不会有后期的繁荣壮大。徐志摩的人生观没有对"新月"的诗人们形成影响力，但是他的唯美色彩却成为"新月"诗人们摹写的文本。

徐志摩毕生都在为诗歌而努力，这是他人生的重要组成部分。胡适

---

① 徐志摩：《落叶·列宁忌日——谈革命》，北新书局1933年版。

说："他的人生观是一种'单纯信仰'，这里面只有三个大字：一个是爱，一个是自由，一个是美。"① 这里说的"美"就是指诗歌的抒情完美形式。在徐志摩看来，只要能让诗人天才的创造力得到发挥，无论什么主义统治社会都可以。他这样表示道：

> 无论是谁，无论是什么力量，只要他能替我们移去压住我们灵性的一块昏沉，能给我们一种新的自我的意识，能启发我们潜伏的天才与力量来做创造的工作，建设真的人的生活与活的文化——不论是谁，我们说，都能拜倒。列宁、基督、洛克佛拉、甘地；耶稣教、拜金主义、悟善社、共产党、三民主义——什么都行，只要他能替我们实现我所需要最理想的——一个重新发现的国魂。②

谁能使人的个性得到抒发，让创作的灵性自由发展，徐志摩就崇拜谁，服从谁的统治。他的所谓"重新发现的国魂"，就是个人主义的自由大世界，这是徐志摩人生理想的最高境界，也是他的思想核心。

《志摩的诗》是徐志摩的第一本诗集，1925 年由中华书局出版，诗人自己认为大部分诗是"情感的无关栏的泛滥，什么诗的艺术技巧都谈不到"③。但是时过 50 年后，卞之琳却认为，徐志摩最可读的诗还是多出于《志摩的诗》，特别是受惠特曼影响的诗。④《志摩的诗》是五四精神的简洁表达，虽然写于五四退潮时期，但诗中对理想的渴望，对个性自由的呐喊，对"灰色人生"的诅咒，对贫富悬殊的控诉，都是五四潮流的回音。《雪花的快乐》借雪花轻盈地飘飞，表达诗人对理想世界的向往；《为要寻一个明星》是诗人信心的明证；《无题》中"朝山人"的"前冲"精神，是五四青年勇猛进取性格的象征。而《谁知道》则是朴素的民主主义思想的体现：

> 我在深夜里坐车回家，
> 一堆不相识的褴褛他，使着劲儿拉；

① 胡适：《追忆志摩》，《新月》月刊第 4 卷，1932 年第 1 期。
② 徐志摩：《落叶·列宁忌日——谈革命》，北新书局 1933 年版。
③ 徐志摩：《〈猛虎集〉序》，上海新月书店 1931 年版。
④ 参见卞之琳《徐志摩诗重读志感》，《诗刊》1979 年第 9 期。

天上不明一颗星，
道上不见一只灯：
车上只那点小火
袅着道儿上的土——
左一个颠簸，右一个颠簸，
拉车的跨着他的蹒跚步。

诗中表达了两种现实人生：诗人在黑夜的道路上奔走，不知目标在哪里，迷茫、困惑；拉车人的人生艰难、曲折。人生道途之艰险不言而喻，尽在诗中。

《翡冷翠的一夜》是徐志摩的第二本诗集，1927 年由新月书店出版，主要收集了 1925—1926 年的作品。这部诗集在艺术形式上比《志摩的诗》有所进步，技巧也十分圆熟。但在思想内容上则由热烈的社会情感退向浓烈的个人恋爱激情。尽管这部诗集被大量的爱情心思所涵盖，但同样有社会问题的折射。如《大帅》对军阀的残酷进行指责；《人变兽》、《这年头活着不易》提出了弱者难以生存的社会问题。此外，纪念"三一八"惨案的《梅雪争春》，把被枪杀的儿童的鲜血比作傲视严寒的红梅，象征着烈士的鲜血将换来理想的春天。诗人虽然与劳动者有一段距离，但《庐山石工歌》还是在情感上倾向劳动人民，写出了劳动者雄浑的歌声和朴实的品质，这在徐志摩的诗中极为少见。

《翡冷翠的一夜》中充满了真实的感伤情调，情人之间告别时痛苦的缠绵悱恻。从情爱艺术的角度看，诗集中所表现的爱情严肃而又大胆，健康又融会有浪漫情调。如《望月》对恋人坚强意志的热望；《太阳似的英雄》对获得爱情后的自豪描写，都写出了自由爱情的光辉力量。

1931 年徐志摩出版了《猛虎集》。茅盾对这本诗集评价说："《猛虎集》是志摩的'中坚作品'，是技巧上最成熟的作品；圆熟的外形，配着淡到几乎没有的内容，而且这淡极了的内容也不外乎感伤的情绪——青烟似的微哀，神秘的象征的依恋感喟追求：而志摩是中国文坛上杰出的代表者，志摩以后的继起者未见有能并驾齐驱，我称他为'末代的诗人'，就是指这一点而说的。"[①] 正如茅盾所说，这部诗集中

---

① 茅盾：《作家论——徐志摩论》，上海生活书店 1935 年版。

的诗在技巧上更老练,像《再别康桥》、《我等候你》、《"我不知道风是在哪一个方向吹"》等现代新诗史上的名篇都出自这一本诗集。

　　我不知道风
　　是在哪一个方向吹——
　　我是在梦中,
　　在梦的轻波里依洄。

　　我不知道风
　　是在哪一个方向吹——
　　我是在梦中,
　　她的温存,我的迷醉。

　　我不知道风
　　是在哪一个方向吹——
　　我是在梦中,
　　甜美是梦里的光辉。

　　我不知道风
　　是在哪一个方向吹——
　　我是在梦中,
　　她的负心,
　　我的伤悲。

　　我不知道风
　　是在哪一个方向吹——
　　我是在梦中,
　　在梦的悲哀里心碎。

　　我不知道风
　　是在哪一个方向吹——

> 我是在梦中，
> 黯淡是梦里的光辉。

　　生活如同梦幻，让人痴迷也让人失望。人生的光辉只留在梦里，恋人的负心却长久使人伤悲。姑且不论这首诗的社会意义，只从诗歌的外观审美上分析，《"我不知道风是在哪一个方向吹"》便堪称佳作，诗中空灵与飘忽的情绪是从严谨的句式、和谐的音律中流淌出来的。这首诗既讲究诗的音节、格律、格式，又没有束缚诗人自由情感的抒发，柔丽清爽的诗句中表达的却是哀怨的悲伤基调。

　　《云游》是徐志摩不幸逝世后，1932 年 7 月由新月书店出版的。在思想艺术上，《云游》与《猛虎集》有相同之处，都是徐志摩后期的成熟之作。不过，在感情基调上，《云游》更灰色、更颓废。弥漫在诗中的是深深的绝望，长久的困惑。特别是《云游》中对死的赞美，对生命毁灭后灵魂到达最高境界的深情向往，都是消极的颓废色调的哀歌。当然，这部诗集也不是没有独特之处，陆小曼说："有些神仙似的句子看了真叫人神往，叫人忘却人间有烟火气。它的体格真实高超。"[1] 陆小曼的这几句话，道出了《云游》中诗歌艺术的特征。

---

① 陆小曼：《〈云游〉序》，上海新月书店 1932 年版。

第八章

象征派:孤独的诗人和哀伤的歌

一 "象征主义"在中国

1925 年，留学法国的青年诗人李金发的第一部诗集《微雨》由北新书局出版，宣告了中国新诗史上"象征诗派"的诞生，标志着欧美现代派文学中的象征主义开始影响中国新文学的发展。"李金发是第一个有意识地把西方象征派引进中国新诗国土的诗人。他和其他象征派新诗的作者所开辟的风气，在中国诗坛绵延持续了二十年之久。"① 可见"初期象征诗派"的艺术生命力之长久，是其他社团和流派无法相比的。它的存在和发展，价值和意义值得认真揣摩。

象征主义在中国的传播，早在新文化运动初期就开始了。最早见于陈独秀的长篇论文《现代欧洲文艺史谭》，这篇文章发表在 1919 年的《青年杂志》（后改名为《新青年》）上。陈独秀把象征主义作家梅特林克和郝卜特曼称为"国民之代表作家"。1918 年 5 月，刘半农在《新青年》上翻译和评论印度象征派作家拉坦德维的散文诗《我们的雪中》。1919 年 2 月，周作人的长诗《小河》发表在《新青年》上，这是新诗发展史上的重大收获。《小河》在风格上与波特莱尔的诗歌有相似之处，是新诗史上的名篇。1920 年，周作人又在《新青年》上发表《杂诗十三首》，翻译和介绍了法国象征派诗人果尔蒙的诗作《死叶》。并认为果尔蒙"诗著与小说甚多，《西蒙尼》一卷尤为美妙"②。在《小河》的序语中，周作人还说："有人问我这诗是什么体，连自己也回答不出。法国波特莱尔提倡起来的散文诗，略略相像，不过他是用散文格式，现在却一行一行地分

---

① 孙玉石:《中国初期象征派诗歌研究》，北京大学出版社 1983 年版，第 38 页。
② 《新青年》第 8 卷，1920 年第 3 期。

写了。"① 可见《小河》的创作直接受到了波特莱尔的影响，是我国新诗史上最早的象征主义诗歌。此外，陶履恭在《新青年》上发表的《法比二大文豪之影片》也谈到了梅特林克。这说明新文化运动的阵地《新青年》一开始就关注西方现代派文学中的象征主义潮流，只不过这些介绍是零星的，没有形成一个系统的横移过程。

茅盾最早系统地将象征派诗歌理论及其创作介绍到中国。1919 年他翻译了比利时作家梅特林克的神秘剧《丁泰琪之死》。1920 年茅盾又在《小说月报》上发表了《我们现在可以提倡表象主义的文学吗？》，这篇文章简要概述了象征主义的特征和作者对象征主义文学的态度。继茅盾之后，谢天逸于 1920 年 5 月在《小说月报》上发表了《文学的表象主义是什么？》，该文对象征主义的特征作了初步扼要的介绍。真正把象征主义的理论及创作全面推荐给中国读者的是少年中国学会及其创办的《少年中国》杂志。《少年中国》虽然是个文化综合刊物，但却出了两期"诗歌研究"专号，系统介绍了西方现代派作品及各个流派的形成发展，特别介绍了法国象征主义作家的作品。《少年中国》发表的文章有：吴弱男的《近代法比六诗人》，易家越的《诗人梅德林》，田汉的《新罗曼主义及其他——复黄日葵兄一封长信》，周无的《法兰西近世文学的趋势》，周无译的法国诗人爱米尔·德司巴克斯的《幸福》和凡尔勒沃的《秋歌》、《他哭泣着我心里》，李璜的《法兰西诗之格律及其解放》，李思纯的《抒情小诗的性德及作用》，黄仲苏的《一八二〇年以来法国抒情诗之一斑》，田汉的《恶魔诗人波陀雷尔（即波特莱尔——作者注）的百年祭》。这些文章系统地介绍了西方象征派作家的创作特征及其理论主张。对法国象征派诗人波特莱尔、魏尔伦、德巴斯都作了正确的评价。这对于中国新诗的发展，尤其是新诗史上初期象征派的形成，作了理论和创作上的准备。

文学研究会、创造社、语丝社、沉钟社等文学社团成立后，都对象征派诗歌进行过介绍。《小说月报》、《文学周刊》、《创造季刊》、《语丝》、《沉钟》等杂志，都发表过翻译和介绍象征派的文章及作品。1924 年，茅盾、郑振铎在《小说月报》第 15 卷第 1 期上发表了《现代世界文学者略传》一文，简略介绍了法国象征派诗人莱尼蔼、马拉美、魏尔伦、福尔和嘎姆的同时，还对象征派文学作了概述。

---

① 《新青年》第 6 卷，1920 年第 2 期。

　　1924 年，周作人将法国象征派诗人果尔蒙的著名诗作《西蒙尼》全部翻译出来，刊登在《语丝》杂志上，这 11 首诗对当时的诗人产生过重大影响，被戴望舒称为"心灵的微妙与感觉的微妙"①。所以孙作云认为，象征主义"这派诗的开端是周作人先生译的法国象征诗人 Gormont 的《西蒙尼》"②。未名社成立后，对象征派文学也有介绍，比如李霁野翻译的安特莱夫的象征派戏剧《往星中》、《黑面人》就被鲁迅收在"未名丛书"中出版，韦素园在《语丝》上发表了《晚道上——访俄诗人特列捷阔夫以后》。该文认为："从 1917 年至 1921 年这 5 年中，可以说是未来派代替象征派的全盛时期了。"③ 而徐志摩早在《语丝》创刊时，就翻译了波特莱尔的《恶之花》中的《死尸》，在该杂志上发表，并在序文中称赞《死尸》是一朵"奇香"的毒花。

　　在创作上，早期新诗运动的诗人周作人、郭沫若、宗白华、徐志摩、田汉都不同程度地受到象征派诗歌的影响，并作了一定的尝试。但是真正全方位接受象征派诗歌影响的是李金发。当他的诗集《微雨》出现在诗坛时，立刻在中国掀起了一股新诗的浪潮——初期象征派诗歌正式诞生。

　　对以李金发为首的象征派，朱自清是这样论述的：

　　　　留法的李金发又是一支异军；他 1920 年就作诗，但《微雨》出版已经是 1925 年 11 月。"导言"里说不顾全诗的体裁，"苟能表现一切"；他要表现的是"对于生命揶揄的神秘及悲哀的美丽"。讲究比喻，有诗怪之称；但不将那些比喻放在明白的间架里。他的诗没有寻常的章法，一部分一部分可以懂，合起来却没有意思。他要表现的不是意思而是感觉或情感；仿佛大大小小红红绿绿一串珠子，他却藏着那串儿，你得自己穿着瞧。这就是法国象征诗人的手法，李氏是介绍它到中国诗里的第一个人。许多人抱怨看不懂，许多人都在模仿着。他的诗不缺乏想象力，但不知是创造新语言的心太切，还是话太生疏，句法过分欧化，教人象读着翻译；又夹着些文言里的叹词助词，更加不象——虽然也说是自由诗体制，他也译了许多诗。④

①　戴望舒：《〈西莱纳集〉译者记》，见《现代》第 1 卷，1932 年 9 月第 5 号。
②　孙作云：《论"现代派"诗》，《清华周刊》1935 年 5 月。
③　《语丝》1925 年第 15 期。
④　朱自清：《中国新文学大系·诗集·导言》，上海文艺出版社 1984 年版。

继李金发之后，创造社的王独清、冯乃超、穆木天也有象征主义的诗作发表。此外，姚蓬子、梁宗岱、戴望舒等人也相继走上了象征主义诗派的道路。这支"异军"的出现，拓宽了中国新诗的表现领域，丰富了新诗的发展。

二 《微雨》:中国象征诗歌发展的源头

李金发，原名李遇安，又名李淑良，曾用笔名金发、肩阔、兰帝、弹丸等。1900 年 11 月 21 日生于广东梅县梅南区罗田径上村承德第。关于"金发"的名字，有多种说法，其中有两种较为可信：第一种说法是其父是一位在南洋做生意的商人，希望儿子将来发大财，故取名为"金发"[①]；第二种说法是诗人在巴黎国家美术学院留学时梦中见到一金发女郎，故改名为李金发。[②] 两种说法均有道理，但是第一种说法似乎更可信。不过由于其父取的"发"是繁体字"發"，而梦见的女郎的"发"是繁体字"髮"。现在两个字都简化为"发"，所以其中的奥妙也就消失了。

李金发最初到法国是抱定学习美术的决心去的，而且由于他刻苦钻研，1922 年春天，他的美术作品——两个石膏头像，入选巴黎春季美术展览会。这是中国人的作品第一次在巴黎展出。

李金发开始新诗创作是 1920 年春天，他步入诗坛与周作人的鼎力举荐分不开。1923 年 2 月，在法国留学的李金发将他在 1920 年以后创作的新诗共 99 首编成诗集《微雨》和后来写成的《食客与凶年》，寄给北京大学的教授周作人，希望给予指点。对此，李金发是这样说的：

> 记得一九二三年春天，我初到柏林不满两个月，写完了《食客与凶年》，和以前写好的《微雨》两诗稿，冒昧地（那时他是全国景仰的北大教授，而我是一个不见经传二十余岁的青年，岂不是冒昧点吗?）挂号寄给他（指周作人——作者注），望他"一经品题声价十倍"，那时创作欲好名心，是莫可形容的，那时在巴黎的李璜，也是

---

① 谭楚良：《中国现代派文学史论》，学林出版社 1996 年版，第 10 页。
② 江边：《20 世纪中国文学流派》，青岛出版社 1993 年版，第 90 页。

能赏识我的诗,给我增加信心的一人。

两个多月后果然收到周的复信,给我许多赞美的话,称这种诗是国内所无,别开生面的作品(那时人家还不会称为象征派)。即编入为新潮社丛书,交北新书局出版,我这半路出家的小伙子……得到这个收获,当时高兴得很。①

《微雨》正在出版印刷之中,周作人便将李金发的部分诗作交《语丝》发表。这样,1925 年 2 月 16 日出版的《语丝》杂志第 14 期上,出现了署名李淑良的《弃妇》的诗。这是李金发最早发表的象征诗。这首诗传递了中国新诗文体又一次转移的信号,是一首把诗做得更像外国诗的诗。

> 长发披遍我两眼之间,
> 遂隔断了一切羞恶之疾视,
> 与鲜血之急流枯骨之沉睡。
> 黑夜与蚊虫联步而来,
> 越此短墙之角,
> 狂呼在我清白之耳后,
> 如荒野狂风怒号
> 战栗了无数游牧。
>
> 靠一根草儿,与上帝之灵往返在空谷里。
> 我啊哀戚唯游峰之脑能深印着;
> 或与山泉长泻在悬崖,
> 然后随红叶而俱去。
>
> 弃妇之隐忧堆积在动作上,
> 夕阳之火不能把时间之烦闷
> 化成灰烬,从烟突里飞去,

①李金发:《仰天堂随笔·从周作人说到"文人无行"》,见《异国情调》,商务印书馆1943 年版。

　　　　长染在游鸦之羽，

　　　　将同栖止于海啸之石上，

　　　　静听舟子之歌。

　　　　衰老的裙裾发出哀吟，

　　　　徜徉在丘墓之侧，

　　　　永无热泪，

　　　　点滴在草地

　　　　为世界之装饰。

　　《弃妇》的出现，预示着中国新诗审美目标的再次嬗变，从此，一个"诗怪"在中国新诗坛上游荡。对他的评价或褒或贬，几起几落。诗中借"弃妇"被遗弃的痛苦自述，来表达"自我"内心的隐忧和孤独。"弃妇"只是生命的一个象征符号，其形象极为隐蔽，象征着人生的悲苦、凄凉、孤寂、失落。那急流的鲜血，沉睡的枯骨，衰老的裙裾，与人生的悦乐形成极大的反差。而诗中语言的艰涩和难以破译，造成了诗中诡秘的意境氛围，我们只能从句子的描写和文字的组合中感悟到某种情绪。

　　《弃妇》之后，《小说月报》、《文学周刊》、《黎明周刊》又陆续发表了李金发的象征诗作，他的诗名开始为人们所知道。

　　1925 年 11 月，李金发的诗集《微雨》被列为周作人主编的"新潮社文艺丛书"之一，由北新书局正式出版。这部诗集中的大多数诗都是远离故国的烦郁、忧愤、孤独的情绪的倾泻，表现的都是人生悲苦的主题。

　　《微雨》的出版，曾引起诗坛的关注。最早对《微雨》进行评价的是钟敬文。钟敬文认为，《微雨》的出现，打破了"诗坛空气的消极"，"突然有一种新异的感觉，潮上了心头"。钟敬文说："像这样新奇轻丽的歌声，在冷漠到了零度的文艺界，怎不叫人顿起很深的注意呢？"① 从正面肯定《微雨》的是好友黄参岛，他说："在白话流行七八年的当儿，忽然有一个唯丑的少年李金发先生，做了一本《微雨》给我们，并在我们的心坎里，种下了一种对于生命欲的揶揄的神秘，及悲哀的美丽。"② 这些

---

① 钟敬文：《李金发底诗》，《一般》第 12 号，1926 年 12 月 5 日。

② 黄参岛：《〈微雨〉及其作者》，《美育》1928 年第 2 期。

评价都是肯定李金发的诗给文坛带来了别开生面的局面。反面的批评意见也不少，其中博董的文章较为集中地代表了这种责难的观点："谁都知道李金发的诗是很难索解的。穆木天在《AII》上说过，《北新》上评《屠苏》一文中也附带说过，他自己在《小说月报》上也说过，就是钦佩他的诗的钟敬文，也在《一般》上依旧不能不说他的诗难懂。"[1] 不同观点的批判，说明李金发诗歌的多义性、复杂性。《微雨》中的诗确实太晦涩，太欧化，不适合中国传统诗歌的审美习惯，但它却是中国象征主义诗歌发展的源头。

《微雨》中的诗也不完全是"美丽的哀歌"，像《故乡》就有现实主义的色彩，通过农村的血腥械斗，再现了广大农民的悲惨命运。另外，《屈原》也是一首有积极意义的诗。诗人写道：

> 清你之江汉。
> 永因你老骨之塞填
> 而阻住行人之大计。
> 气息构成的长叹，
> 永为民族的幽晦之歌。
> 汨罗之呜咽，
> 终荡漾我生命之舟。

写出了屈原的悲剧精神对后人的影响，这是诗人虽远在异国他乡，却始终未忘民族文化，未忘记祖先的情感的写照。此外，《微雨》中的其他诗作如《街头青年之工人》、《巴黎之呓语》、《寒夜之幻觉》、《恸哭》等，从另一个侧面批判了资本主义繁华之外的黑暗。《寒夜之幻觉》中这样写道："巴黎亦枯瘦了，可望见之寺塔/悉高抽空际，/如死神之手/Sene之水，奔腾在门下，/泛着无数人尸与牲畜，/摆渡的，/亦张皇失措。"诗人通过幻觉，描绘了巴黎社会的残酷现实。这样的诗虽然不多，却可从中感受到诗人的愤激之情。

1926 年 11 月，李金发的第二本诗集《为幸福而歌》作为文学研究会丛书之一，由商务印书馆出版。关于这部诗集，作者如是说道：

---

① 博董：《李金发的〈微雨〉》，《北新周刊》1927 年第 22 期。

这诗多半是情诗，及个人牢骚之言。情诗的"卿卿我我"或有许多阅者看得不耐烦，但这种公开的谈心，或能补救中国人两性间的冷淡，至于个人的牢骚，谅阅者必许我以权利的。①

《为幸福而歌》中，歌唱两性间的爱情诗占绝大多数，这些爱情诗同样有颓废、伤感、绝望的情绪，而且爱情至上几乎成了这部诗集的主题。这与诗人的理论主张分不开，李金发曾经说过："没有女性美崇拜的人，其诗必做不好。"② 但纵观其诗，格调较为浅显。如《晚上》：

> 淡红的灯，
> 在深黑的夜里，
> 温暖的你，
> 在我冰冷的怀里。
>
> 话儿寂寞了，
> 但唇儿愈接愈近，
> 仅稍停气息，
> 便听到两处的情声。
>
> 广阔的裙裾，
> 抹杀了珠鞋的美丽，
> 欲低头去掀时，
> 发儿又倒下来了。

大胆地袒露了两人厮混时的庸俗之情，除了写出一种所谓"爱"的过程外，没有其他任何有意义的东西。

《为幸福而歌》中也有一些值得回味的爱情诗，像《美人》、《你少妇》、《雨》，但毕竟太少。如果说《微雨》曾因新奇的诗歌风格引起文坛

---

① 李金发：《〈为幸福而歌〉弁言》，商务印书馆 1926 年版。
② 李金发：《女性美》，《美育》创刊号。

的关注，那么《为幸福而歌》的影响就小得多了。

1927 年 5 月，北新书局出版了李金发的第三本诗集《食客与凶年》。同前两部一样，这本诗集除了感伤与颓废的情绪外，就是爱情的低吟和悲诉。但在出版这部诗集时，诗人的审美观开始由法国的象征主义转向传统的中国各代诗歌，他在《自跋》中说：

> 余每怪异何以数年来关于古代诗之作品，既无人过问，一意向外采辑，一唱百和，以为文学革命后，他们是荒唐极了的，但从无人着实批评过，其实东西作家随处有同一之思想，气息，眼光和取材，稍为留意，便不敢否认，余与他们的根本处，都不敢有所轻重，惟每欲把两家所有，试为沟通，或即调和之意。①

一味照搬法国象征主义新诗的李金发，开始注意到中国传统诗歌的优点，并想做一点中西沟通、"调和"的工作。这种想法在《食客与凶年》中偶有体现。如《闺情》：

> 风与雨打着窗，正象黄梅天气，
> 人说夫婿归来了，奈猿声又伴着行舟。

从构思到行文，意境到句法都留下了古典诗歌的痕迹，虽然很是穿凿，但也难得。

除上述三本诗集外，李金发的著作还有拟出版却始终没有出版的诗集《灵的图圕》。出版的有诗文集《异国情调》、《德国文学 ABC》、《雕刻家米西盎则罗》、《意大利艺术概要》，搜集整理的作品《岭东恋歌》，翻译作品有《古希腊恋歌》、《托尔斯泰夫人日记》、《范伦纳诗选》等。晚年出版有回忆录《飘零闲笔》。

三　象征派的其他诗人及其诗歌

在李金发的倡导下，20 世纪 20 年代中后期，中国新诗领域里出现了

---

① 李金发：《〈食客与凶年〉自跋》，北新书局 1927 年版。

一个不容忽视的象征主义诗歌流派。除李金发外，王独清、冯乃超、穆木天、姚蓬子、胡也频、石民也是这个流派的重要成员。对前三位，朱自清有过评论：

> 后期创造社有三个诗人，也是倾向于法国象征派的。但王独清氏所作，还是拜伦式的雨果式的为多；就是他自认为仿象征派的诗，也似乎豪胜于幽，显胜于晦。穆木天氏托情于幽微远渺之中，音节也颇求整齐，却不致力于表现色彩感。冯乃超氏利用铿锵的音节，得到催眠一般的力量，歌咏的是颓废、阴影、梦幻、仙乡。他诗中的色彩感是丰富的。①

戴望舒前期也属象征派诗人，但《现代》杂志创刊后，他又成为现代诗派的领袖。

王独清是早期创造社的成员，1922年开始写诗，他的著名诗作《圣母像前》发表于1924年2月出版的《创造季刊》上。虽然如此，诗人的禀性却决定了他最终要走进象征派的大门。王独清1920年于法国留学时，就受到了法国象征主义文学的熏陶。对于这段经历，诗人自己说："我有时放荡，我有时昏乱，是一个生活在他乡很孤独的人，是一个精神不健全的人。"② 这样的精神状态，是他由浪漫主义转向象征主义的主要原因。

象征主义诗人并不回避现实矛盾，只不过他们不对社会的阴暗面作猛烈呐喊，而是在内心深处低吟。如王独清的《哀歌》的第一节：

> 唉！我愿到野地
> 　去挖一深坑，
> 　预备我休息，
> 　不愿再偷生！

低沉的情调透露出人生的无奈和悲哀。王独清的诗经历了从浪漫主义到象征主义的过程，所以他的诗又有着浪漫情调的成分。如《吊罗马》、

① 朱自清：《中国新文学大系·诗集·导言》，上海文艺出版社1984年版。
② 王独清：《〈圣母像前〉序》，光华书局1926年版。

《"谁理呢"!》、《但丁墓旁》,都有浪漫的创造性精神。穆木天说,王独清的诗"在过去同贵族的浪漫诗人结合,而现在又同颓废派象征派诗人起了亲密的联系"①。两种诗歌风格形成了王独清独特的象征主义诗歌的审美特色:凄切感伤的调子里掺杂着浪漫的哀歌。

王独清的另外两本诗集《死前》和《威尼市》表现的都是伤感的享乐,其象征色彩更加明显。像《我漂泊在巴黎街上》就是对魏尔伦《巴黎之夜景》的模仿,繁华的都市里充溢着悲哀和死亡的恐惧。在艺术上,《死前》和《威尼市》中的诗都追求形式的完美和音节的和谐。他认为《威尼市》中的大部分作品"对于音节的制造,对于韵脚的选择,对于字数的限制,更特别对于情调的追求,都是做到了相当可以满意的地步"②。王独清的诗音乐感强,色彩的表现能力比其他象征派诗人更棋高一筹。

穆木天,吉林伊通县人,是较早走进新文学的东北作家之一。1921年在日本留学期间便加入了创造社。1922年12月,他的散文诗《复活日》在《创造季刊》上发表,这是他的处女作。早期作品主要发表在创造社办的《创造月刊》和《洪水》上。1927年4月,他的诗集《旅心》由创造社出版。

穆木天是如何从浪漫主义转入象征主义的,他有一段文字说明:

> 到日本后,即捕捉浪漫主义的空气了。但自己究竟不甘,而且也不能,作浪漫主义的诗生活。我于是盲目地、不顾社会地、步着法国文学的潮流往前走,结果,到了象征圈里了。
>
> Antole France 的嗜读,象征派诗的爱好,这是我在日本的两个时代。就是象征诗歌的氛围中,我作了那本《旅心》。③

《旅心》共收 32 首诗。这些诗或抒写人生的厌恶和悲哀,或深切地怀念家园和故国。人生飘零的孤苦和内心世界的寂寞,是《旅心》的共同主题。《朝之埠头》、《猩红的灰黯里》以一种忧郁的感伤情调吟唱人生

---

① 穆木天:《王独清及其诗歌》,《现代》第 5 卷第 1 期。
② 王独清:《威尼市·代序》。
③ 穆木天:《我的文艺生活》,参见《大众文艺》1936 年 6 月。

的无可奈何的悲哀,《鸡鸣声》发出了"我不知道哪里是家"的感叹。人生的漂泊,内心的悲苦成为《旅心》的主调。

穆木天的诗歌理论也比一般人独特。他认为:"诗的世界是潜在意识的世界。诗要有大的暗示能力。诗的世界固在平常的生活中,但在平常生活的深处。诗是要显示出人的内生命的神秘。诗是要暗示的,诗最忌说明的。说明是散文世界里的东西。诗的背后要有大的哲学,但诗不能说明哲学。"① 穆木天认为,诗歌要努力表现人的"潜在意识的世界",而且只能暗示不能说明。他的诗格式很怪,追求的是一种纯粹的造型。如《苍白的钟声》第一节:

> 苍白的　钟声　衰腐的　朦胧
> 疏散　玲珑　荒凉　蒙蒙的　谷中
> ——衰草　千重　万重——
> 听　永远的　荒唐的　古钟
> 听　千声　万声

这样的诗歌格式在当时的诗坛上能够欣赏和理解的人并不多。每句都有空格,而且很多,这是暗示似断似续的,古钟苍白的声音,强化诗的神秘意境。这样的探索对新诗的问题试验有一定的意义,但由于刻意追求形式的造型,反而影响了诗的暗示性。

1932年后,穆木天加入"中国诗歌会",为新诗的民族化、大众化方向作出了努力,实现了诗歌为现实人生服务的理想。

冯乃超,1901年出生于日本横滨市,祖籍广东省南海县。在日本留学期间就开始了新诗的创作,并带着象征主义的诗歌加入创造社。他在《创造月刊》上发表了《幻想的窗》、《死的摇篮曲》、《生命的哀歌》、《红纱灯》等组诗。

1928年4月,冯乃超的诗集《红纱灯》由创造社出版。这本诗集共收入43首诗,是诗人过去心境的记录。与其他象征派诗人一样,爱情失意的痛楚,人生苦愁的哀叹是这本诗集的情调。《凋残的蔷薇恼病了我》、《我看你苍白的花开》表示的是"落花流水"的绝望和哀痛;《死》、《死

---

① 《创造月刊》第1卷,1926年第1期。

的摇篮曲》是死亡和梦幻的低吟，是颓废的人生的感叹。在艺术上，冯乃超的诗以整饬的格式和丰富的色彩为主。如《红纱灯》：

　　森严的黑暗的深奥的深奥的殿堂之中央
　　红纱的古灯微明地玲珑地点在午夜之心

　　苦恼的沉默呻吟在夜影的睡眠之中
　　我听得鬼魅魍魉的跫声舞蹈在半空

　　乌云丛簇地丛簇地盖着蛋白色的月亮
　　白练满河流若伏在野边的裸体的尸僵

　　红纱的古灯缓缓地渐渐地放大了光晕
　　森严的黑暗的殿堂撒满了庄重的黄金

　　愁寂地静悄地黑衣的尼姑踱过了长廊
　　一步一步怎的悠久又怎的消灭无踪

　　我看见在森严的黑暗的殿堂的神龛
　　明灭地惝恍地一盏红纱的灯光颤动

　　诗行的排列达到了规范的整齐，有"建筑美"的外形。又由于押大致相同的韵，读起来有和谐的节奏感。当然，冯乃超对形式美的追求只局限于对诗歌的艺术的试验，其诗歌内容、主题精神仍然是象征主义的范畴。

　　冯乃超后期在左翼文艺的影响下，走上革命道路，成为"左联"的领导者。

　　姚蓬子是后期创造社的诗人。原名姚方仁、姚杉尊，笔名有蓬子、小爱、小莹、梦生、慕容梓等。1926 年开始在《语丝》、《莽原》等刊物上发表诗歌。1929 年 3 月，他的诗集《银铃》由水沫书店出版。此后还出版过《蓬子诗抄》。

　　《银铃》和所有象征派诗歌一样，主要抒写人生的悲欢和爱情的绝望，充满了忧郁烦闷的色彩。《秋歌》用凄清的语调抒写颓败的秋景，《古城》、《荒村》则描述了荒落的生活现实，《苹果林下》、《我枯涩的眼光》是诗人灵魂痛苦的回忆。从诗歌格调上分析，姚蓬子的诗与李金发的诗十分接近，诗人描写的一切景物都是颓败的病态的。如《秋》：

> 河旁的柳树，蔬菜里的乌桕树，
> 肺病者一般
> 弯曲着肢体有如满弦的古弓，
> 向秋阳吸收给人以生命力的暖和。

"柳树"、"乌桕树"像生了"肺病"一般，没有一点儿生气。不过，姚蓬子的诗也有优点，朱自清说："在感觉的敏锐和情调的朦胧上，他有时超过别的几个人。"① 比起其他的象征派诗人，姚蓬子的诗有一种新奇的艺术感受力。他的诗有李金发的朦胧却又不像李金发的诗那样晦涩和怪诞。像《野柳》、《现在》、《从此永别》、《莫心痛》等作品，虽然充满了绝望的气息，但由于想象力的丰富和敏锐，诗的抒情意象闪烁着朦胧的亮色。

1930 年后，姚蓬子的诗在内容上倾向革命，写过《列宁格勒的风》之类的作品，后来还参加过左翼文化运动，但 1933 年被国民党当局抓捕后，发表了《姚蓬子脱离共产党宣言》，政治上成为叛徒，诗歌生命也就枯竭了。

沈从文在《我们怎样去读新诗》这篇文章中说："石民的《良夜与恶梦》、胡也频的《也频诗选》，可归为李金发一类。"② 胡也频的诗歌中确有受李金发影响的一面，但就诗的内容主题，诗的基本格调而言，又不完全属于象征派。1925 年 1 月，胡也频开始在《民众文艺周刊》发表诗作，之后便一发不可收，1926—1927 年，他发表了大量的诗作。1929 年 1 月由丁玲编选写序出版了《也频诗选》。胡也频的诗少有颓废的情调，他把黑暗的现实比喻成人间地狱（《地狱之中》），因而诗人要用诗揭穿这个阴暗"世纪的内幕"（《困我心未死》）。诗人诅咒人生，但诗人明白人生苦

---

① 朱自清：《中国新文学大系·诗集·导言》，上海文艺出版社 1984 年版。
② 沈从文：《我们怎样去读新诗》，《现代学生》1931 年创刊号。

痛的根源在于现实社会的丑恶。胡也频的部分诗中,有大革命失败后一些青年人失望苦闷的情绪,但并不低落,幻灭中蕴涵着胜利的曙光。他在《诗人如弓手》中这样写道:

> 诗人如弓手,
> 语言是其利箭,
> 无休止地向罪恶射击,
> 不计较生命之力的消耗。
> 但永远在苦恼中跋涉,
> 未能一践其理想:
> 扑灭残酷之人性,
> 盼春光普照于世界。

诗人把自己奋斗的理想寄予象征性的形象中,盼望春光早日普照世界。尽管胡也频的诗中也有颓废的阴影,但无法掩饰诗人为消灭人间苦难而发出的怒吼。

石民,早年就读于北京大学英文系,湖南邵阳人。1925 年开始写诗,1926 年 4 月开始在《语丝》、《莽原》、《奔流》发表诗作。1929 年 1 月出版有诗集《良夜与恶梦》。石民曾经翻译过波特莱尔的散文诗《巴黎的烦恼》。石民开始写诗之时,正是李金发的象征诗歌崛起之时,受其影响,他的诗也染上了象征诗派的色彩。

《良夜与恶梦》收有短诗 22 首,散文诗 8 首,翻译诗 9 首。这本诗集的扉页上引了波特莱尔的一首诗,可见诗人深受这位法国象征派大师的影响。石民的诗表达的是一种"无可奈何的噩梦",一种内心积郁很多而又无法倾吐的沉闷。

> 让我将记忆埋入黄泉!
> 让我将希望掷于虚空!
> 于是我悠悠地凭着清风以浮游,
> 而且以白云之抱明月以长终。

——《良夜》

　　这是面对苦难现实而发出的沉痛哀音。一切都无法实现，只好逃避现实"抱明月以长终"！苦闷的情感，哀伤的心境，象征着诗人凄苦无言的无奈。连"回归心灵"都无法做到，只有"清风浮游"，"羽化而登仙"了。

　　20 世纪 20 年代中期诞生的象征派诗歌，是新诗史上的特殊现象。它不像其他流派那样，有宣言，有发表诗作的阵地，有大致相同的理论主张。这些象征派诗歌都没有。他们有的是一种共同的艺术渊源，有的是创作风格上的基本一致。无论是创造社后期的王独清、穆木天、冯乃超；还是姚蓬子、胡也频、石民，他们在诗歌创作上都自觉或不自觉地接受了李金发诗歌艺术的影响，而渐渐合成一股不小的诗歌潮流。无论是"主流"也好，"支流"也罢，总之，以李金发为领袖的象征派诗歌，是一次中国新诗艺术革新的大胆实验，其意义在于它证实了中国新诗史上现代主义的存在事实。

第九章

现代派:独呈异彩的"纯诗"诗潮

一 《现代》与"现代派"诗群

"新月诗派"和"象征派"走完自己新诗的历史道路之后,又一个新的诗歌流派——现代派应时而生。现代派的崛起,标志着中国诗坛中西文化的又一次撞击。

现代派形成于20世纪30年代初期,至30年代中期臻于鼎盛而形成诗派。如果从艺术渊源上考察,现代派实际上是从"新月诗派"和"象征派"演变而来的。从成员上说,"新月诗派"后期的青年诗人卞之琳、林庚、曹葆华、冯至、孙大雨等人都是现代派的重要诗人,而且这些诗人的才华都是加盟"现代派"之后得以更大地发挥,而"现代派"的领袖戴望舒前期的诗歌创作明显有李金发诗歌的痕迹。至于说到艺术主张,现代派诗人所追求的"纯诗"都曾经是"新月诗派"、"象征派"所要达到的审美目标。

现代派产生于20世纪20年代末期。

1928年9月,刘呐鸥在上海创办第一线书店,戴望舒、施蛰存与他曾是震旦大学的同学,应邀参加书店的编辑工作,并创办了文艺半月刊《无轨列车》和文艺月刊《新文艺》。戴望舒等人即开始在这两个刊物上发表诗歌。但不久,国民党当局以《无轨列车》和《新文艺》有"宣传赤化之嫌"而查封禁止。之后,戴望舒参加了"左联",施蛰存则到松江县立中学任教。

1932年1月,淞沪战争爆发,商务印书馆在战火中焚烧殆尽,《小说月报》被迫停刊。现代书店的老板洪雪帆出于经济上的考虑,请施蛰存办一个大型文学刊物。施蛰存于是写信给在杭州的戴望舒,让他回上海共同筹办。这样,由施蛰存、戴望舒、杜衡等人主持的大型文学刊物《现代》在上海创刊。施蛰存在《创刊宣言》中如此宣称：

> 因为不是同人杂志，故本杂志不预备造成任何一种文学上的思潮、主义或党派。
>
> 因为不是同人杂志，故本杂志所刊载的文章，只依照着编者个人的主张为标准。至于这个标准，当然是属于文学作品的本身价值方面的。①

尽管《现代》的编者不想造成文学上的思潮、流派，但是客观上却促成了"现代派"的诞生。在《现代》上发表诗歌最多的是戴望舒，他1932年12月出版的诗集《望舒草》中的大部分诗作都是出自《现代》。这本诗集当时曾引起一定的反响。施蛰存给戴望舒的信中说道："有一个南京的刊物说你以《现代》为大本营，提倡象征派诗，现在所有的大杂志，其中的诗，大都是你的徒党。"施蛰存甚至称戴望舒是"诗坛的首领"②。由此观之，《现代》杂志无疑是"现代派"诗群的大本营。其实，《现代》的编者在编发刊物时，便有意识地推行一种诗歌的潮流，施蛰存为此专门写了一篇《关于〈现代〉的诗》的文章，现转摘如下：

> 《现代》中的诗是诗，而且纯然是现代的诗。它们是现代人在现代生活中所感受的现代的情绪，用现代的词藻排列成的现代的诗形。
>
> 所谓现代生活，这里面包括着各式各样的独特的形态：汇集着大船舶的港湾，轰响着噪音的工场……甚至连自然景物也和前代的不同了。这种生活所给予我们的诗人的感情，难道会与上代诗人从他的生活中所得到的感情相同的吗？
>
> 《现代》中有许多诗的作者曾在他们的诗中采用一些比较生疏的古字，或甚至是所谓"文言文"中的虚字，但他们并不是在有意地"搜扬古董"。对于这些字，他们并没有"古"的或"文言"的概念。只要适于表达一个意义，一种情绪，或甚至是完成一个音节，他们就采用了这些字。所以我们说它们是现代的词藻。

---

① 《〈现代〉创刊宣言》1932年5月。
② 《现代作家书简》，花城出版社1982年版。

胡适之先生的新诗运动,帮助我们打破了中国旧体诗的传统。但是从胡适之先生一直到现在为止的新诗研究者,却不自觉地堕入西洋旧体诗的传统中。他们认为诗应该是有整齐的用韵法的,至少应该有整齐的诗节。于是乎十四行诗、"方块诗",也还有人紧守规范填做着。这与填词有什么分别呢?《现代》中的诗大多是没有韵的,句子也很不整齐,但他们有相当完美的肌理。他们是现代的诗形,是诗![①]

这篇文章是"现代派"诗歌的艺术宣言。虽然这只是当时编者编稿的审美标准,但是按照这个标准所编发的诗与"新月诗派"、"象征派"的风格迥然不同,不仅有诗人自己明显的特色,而且有着共同的相一致的审美特征。这样,经常在《现代》上发表诗歌的戴望舒、施蛰存、李金发、卞之琳等人就被称为"现代派"。关于"现代派"诗的艺术特点,当事人施蛰存在过了半个世纪后,又作了补充,他认为"现代派"诗的共同特征是:"(一)不用韵。(二)句子、段落的形式不整齐。(三)混入一些古字或外语。(四)诗意不能一读即了解。"[②] "现代派"诗歌的崛起,是对"新月诗派"和"象征派"艺术上的背叛。当然,"现代派"之所以能够在20世纪30年代的诗坛形成风气,显示出诗群的力量,无论是从成员分布还是从艺术渊源上考察,又都与"新月诗派"和"象征派"有割不断的联系。

现代书店的老板洪雪帆之所以请施蛰存来主办《现代》,是因为他认为施蛰存是可以联系各路文坛人士的中间派人物。从《现代》发表文章的人员中考察,洪雪帆的主观愿望基本达到。在《现代》上发表文章的有戴望舒、杜衡、刘呐鸥、穆时英等"现代派"诗人和"新感觉派"作家;有无产阶级大师鲁迅、郭沫若、茅盾、冯雪峰;还有无派别的巴金、老舍、叶圣陶、郁达夫;也有李金发、胡秋原、杨邨人;还有林徽因、苏雪林、朱湘、李长之;甚至许多革命作家和进步诗人也都在《现代》上发表过文章。对于世界文学,《现代》介绍过大量的外国文学流派并配发有各流派的文学作品。在创作上还刊登了当时不同流派、社团的作品。施

---

① 施蛰存:《关于〈现代〉的诗》,《现代》第4卷,1934年第1期。
② 施蛰存:《〈现代〉杂议》,《新文学论丛》1981年第1期。

蛰存说："我要《现代》杂志成为中国现代作品的大集合，这是我们的私愿。"① 就《现代》三年多所发表的作品而言，的确堪称是"做现代作品的大集合"。但同时也为"现代派"的发展提供了契机。与此同时，卞之琳在北平主编的《水星》文艺杂志与《现代》南北呼应，增强了"现代派"的实力。

1936 年 10 月，戴望舒主编《新诗》杂志，他约请卞之琳、冯至、孙大雨、梁宗岱参与编辑。至此，"现代派"诗歌发展到了顶峰。围绕《现代》、《水星》、《新诗》而产生的诗人有：戴望舒、施蛰存、杜衡、金克木、卞之琳、何其芳、艾青、林庚、废名、林徽因、徐迟、李广田、辛笛、赵萝蕤、李健吾、路易士、侯汝华、宋清如、李心若、吴惠风、陈江帆、杨世骥、养予英、陈雨门、萧敏、曹葆华、常白、李白凤、玲君、禾金、吴奔星、钱陶君、刘振曲、史卫斯、孙毓棠、吕亮耕、罗莫辰、陈时、番草、南星、龚树揆等人。"现代派"是自新诗诞生以来阵容最强大的一个诗群。

"七七"事变后，惨烈的民族解放战争需要诗人们从艺术的"象牙之塔"走出来，投身到火热的斗争中去，这一诗群便风流云散，追求"纯诗"的现代派便自行解体。

二 从"雨巷"走出来的"现代派"诗人

"现代派"诗群的核心诗人是戴望舒。

戴望舒，原名戴梦鸥，1905 年出生于浙江省杭州市大塔儿巷 11 号的一个小康之家。父亲戴修甫是收入颇丰的银行职员，母亲卓佩芝出身于书香门第，戴望舒从小就受到良好的教育。由于母亲能讲《三国》、《西游》、《水浒》的故事，戴望舒从小就对文学有着浓厚的兴趣。

1918 年，戴望舒与施蛰存、杜衡、张天翼同为杭州宗文中学的学生。这时候他们便创办了我们中学生最早的文学社团之一的"兰社"，并编印《兰友》半月刊。

1923 年夏天，戴望舒、施蛰存、杜衡在震旦大学法语系学习时，共同编辑出版了《文学工场》、《萤火丛书》，还合办《璎珞》文学旬刊。

---

① 施蛰存：《编辑座谈》，《现代》第 1 卷第 6 期。

被文学史家赵景琛称为"文坛三剑客"。

1928 年 8 月,戴望舒的《雨巷》在《小说月报》发表,这是诗人的成名作。1929 年 4 月出版诗集《我的记忆》。1933 年,诗集《望舒草》由现代书局出版。

戴望舒一生创作了 92 首诗,数量虽然不多,却以独特的风格在诗坛上产生较大的影响。《我的记忆》收入了 1922 年到 1928 年他的大部分诗作,其中第一辑"旧锦囊"中的 12 首诗是诗人 1924 年以前创作的。这些作品避免了新诗草创时期的大白话,含蓄地、隐隐约约地"在梦里泄露自己的潜意识",因而其风格"像梦一般的朦胧"①。这 12 首诗虽然是戴望舒早期的作品,却显示出诗人对诗歌的独到见解。诗人没有随诗歌的大流,走的是一条孤独的路。《浪漫人的夜歌》用各种怪诞现象来暗示人间的恐怖和黑暗,"流浪人"孤寂的心灵与现实世界是如此的不合拍。诗中的"饥狼"、"荒坟"的象征意义显然是对现实生活的隐喻。《夕阳下》那独自在荒冢边徘徊的"我",其内心的悲痛无人知晓,彷徨的心绪在山涧古树间寂寞地漂泊。《生涯》表达的是"欢乐只是一个梦"的颓废意识,梦诗是温存的,却又是短暂的,梦醒之后面对的是残酷的现实。正如艾青所说,早年的戴望舒"像一个没落世家子弟,对人生采取消极的悲观态度。这一时期的作品,充满了自怨自艾的无病呻吟"②。尽管如此,戴望舒这些消极颓废的诗却和当时直白浅露的白话新诗形成了鲜明的对比。

《雨巷》的发表,标志着诗人艺术技巧已经成熟。由于受"新月诗派"格律诗的影响,戴望舒开始重视诗歌的格律音节。《雨巷》中复叠回环式的格式,使诗歌显示出流动的音乐美。《残叶之歌》轻淡的朦胧意境,《闻曼陀铃》中春夜曼陀铃的清脆之音,都具有幽微精妙的诗境。但是,戴望舒并没有满足,他开始了新的探索。

1932 年,戴望舒在《论诗零札》中亮出了自己的观点:

诗不能借重音乐,它应该去了音乐的成分。

韵和整齐的字句会妨碍诗情,或使诗情成为畸形的。倘把诗的情绪去适应呆滞的,表面的旧规律,就和把自己的足去穿别人的鞋子一

---

① 杜衡:《〈望舒草〉序》,上海现代书局 1933 年版。
② 艾青:《戴望舒的诗》,《艾青谈诗》,花城出版社 1982 年版。

样。愚足的人们削足适履，比较聪明一点的人选择穿合适的鞋子，但是智者却为自己做最合脚的鞋子。

　　新的诗应该有诗的情绪和表现这种情绪的形式。所谓形式绝非表面上的字的排列，也绝非新的字眼的堆集。①

戴望舒用"穿鞋子"来比喻诗歌的形式，不仅有新意，而且提出了"现代派"诗就是一种表达自然情绪的诗。这是对"新月诗派"的"格律方块诗"的一次成功超越。主张诗句与诗句之间不要用韵律来联系，而是让诗人的情绪自然舒展。

戴望舒作为"现代派"诗人的代表，其诗歌的艺术是精湛的。在意境上更多地接受传统诗歌的熏陶，在形式上则受外国象征派诗的影响，自由地表现内心世界的情绪，用隐喻和暗示来展现诗人的主观心境，将情绪客观化、象征化，从而带来诗歌的多义性和不确定性。比如《雨巷》，诗中有追求，但也有幻灭；有对理想的渴望，却又有茫然的悲观。再看《印象》，诗歌主题的不确定性蕴涵了多层次的内容。

> 是飘落深谷去的
> 幽微的铃吧，
> 是航到烟水去的
> 小小的渔船吧，
> 如果是春色的珍珠；
> 它已堕落到古井的暗水里。
>
> 林梢闪着颓废的残阳，
> 它轻轻地敛去了
> 跟着脸上浅浅的微笑。
>
> 从一个寂寞的地方起来的，
> 迢遥的，寂寞的呜咽，
> 又徐徐回到寂寞的地方，寂寞地。

---

① 戴望舒：《诗论》，《现代》第 2 卷，1932 年第 1 期。

对戴望舒诗歌的解读,只能把握一种模糊的整体情绪,不能作准确的剖析。《印象》似乎是借各种物象来暗示遥远的记忆,但又好像是寂寞的刹那间梦幻的闪现。甚至有一种怅惘的情感在诗歌中波动。复杂的诗歌精神隐含在多层次的意境中,产生了一种神秘的朦胧美。

戴望舒认为:"诗不是一种感官的享乐,而是全感官或超感官的东西。"① 所谓"全感官"就是"通感",就是各种感觉功能的交替使用。而"超感官"则是指诗人内心深处流淌出来的某种特殊情绪。基于这样的认识,戴望舒常常把各种感觉沟通,造成诗中出神入化的特殊意境。如《灯》里的"灯光作着亲切的密语",就是视觉转化为听觉的例证。而《致萤火虫》里的"我","咀嚼着太阳的香味",又把味觉、嗅觉的功能交换运用。至于《偶成》中"灿烂的微笑"、"明朗的呼唤"、"迢遥的梦"更是新鲜而又贴切的比喻。轻淡的外形,包容着深邃的技巧。

戴望舒的诗歌比较集中地体现了"现代派"的诗歌艺术特征。无论是暗示、隐喻,还是情绪的多义性,感官的混合运用,意象的非逻辑组合,以及象征的朦胧诗境,都在他的经典之作《雨巷》、《我的记忆》、《印象》、《乐园鸟》等作品中得到完整的体现。尤其是《我的记忆》,饱含着诗人对人生真谛的领悟,通过"记忆"写自我心境的体验,反映了一代人的失落情绪,其现代意识当属戴望舒诗中之冠。

三　异彩纷呈的"现代派"诗人群

"现代派"诗群是五四新文学运动之后的第二代文化人,他们不像第一代知识文人那样有强烈的革新意识和政治观点,而且他们正处于人生抉择的青年时代。对他们来说,表现青春郁悒的艺术是第一位的,这是使他们的创作呈现出一种鲜明的流派特征的主要原因。尽管他们没有自觉的流派诗意,但他们追求生命的自然情绪,对自由体"纯诗"的探索却是共同的,相同审美形式的创造使这群诗人成为中国新诗史上一个特别的流派,并造就了20世纪30年代新诗的黄金时代。

施蛰存是新感觉小说的代表作家,但同时也是"现代派"诗群中一

---

① 　参见戴望舒《诗论零札》,《现代》第 2 卷,1932 年第 1 期。

位有个性的诗人。他不仅在理论上为这个群体提出了审美方向，而且躬亲实践。根据笔者的统计，在《现代》上发表诗作的诗人，施蛰存的数量仅次于戴望舒。据诗人回忆，他的诗发出后，有不少意见反馈到编辑部来，"不能理解这些诗的含义"，"像猜谜一样，有些人根本猜不出，有些人仿佛猜对了"[①]。在施蛰存看来，现代诗的诗形是由"现代情绪"和"现代辞藻"来排列的，自然应该是晦涩和新奇的。比如他的《桥洞》：

　　　　小小的乌篷船，
　　　　穿过了秋晨的薄雾，
　　　　要驶进古风的桥洞了。

　　　　桥洞是神秘的东西哪，
　　　　经过了它，谁知道呢，
　　　　我们将看见些什么？

　　　　风波险恶的大江吗？
　　　　淳朴肃穆的小镇市吗？
　　　　还是美丽而荒芜的平原？

　　　　我们看见殷红的乌柏子了，
　　　　我们看见白雪的芦花了，
　　　　我们看见绿玉的翠鸟了，
　　　　感谢天，我们底旅程，
　　　　是在同样平静的水道中。

　　　　但是，当我们还在微笑的时候，
　　　　穿过了秋晨的薄雾，
　　　　幻异地庞大起来的，
　　　　一个神秘的桥洞显现了，
　　　　于是，我们又给忧郁病侵入了。

---

① 施蛰存：《〈现代〉杂议》，《新文学论丛》1981 年第 1 期。

　　施蛰存将象征主义与中国传统的审美情趣相结合，使诗具有一种典雅的暗示。从诗的表层上解析，这首诗写的是一条小木船经过桥洞的感觉印象。那"古风的桥洞"让人联想到江南的"小镇文化"。但是仔细阅读，"桥洞"分明是一个拟喻符号，船经过"桥洞"不过是一段人生的情绪暗示。穿过"桥洞"看见什么？什么都看见，如"乌桕子"、"芦花"、"翠鸟"；但事实上什么都没有看见，因为"我们又给忧郁病侵入了"。人生无非如此，"驶进古风的桥洞"之后，又"一个神秘的桥洞显现了"，人生旅程就是这样简单而又神秘的重复。从深层次的结构上理解，《桥洞》运用暗示和隐喻传达人生的一种体验，一种微妙的、恍惚的现代情绪。诗人的另一首《桃色的云》，则是通过色彩的变幻来感觉人生情绪的多色调，不是客观描写，而是通过感觉去作内心体验。施蛰存的诗表现的就是这种独特的感受。

　　感受的特别是"现代派"诗人的共同特征。"现代派"诗人在观察客观事物时，首先使自己成为幻觉者，用感觉去审视客体，从中发现表达对象的隐秘含义。南星的《河上》，从语言到意象都有鲜明的感觉色彩。请看最后三节：

> 房舍前面有一树枯枝。
> 这是树和叶一同生长的时候，
> 行人应当走在覆荫下了。
> 房舍不说那一树枯枝的历史，
> 也许它是载过无数花朵，
> 没有一朵至今留在它身上。
>
> 房舍遥对着一户人家，
> 那片灯已经完全失去光辉了。
> 携带着笑语从门内出来的人们，
> 想是到别处去做新的住客了。
> 让房舍毫不转动地倾听吧，
> 蝙蝠夜夜在门前飞舞。

> 黑色的窗子，永在。
>
> 枯涸的河床，永在。
>
> 一树枯枝，永在。
>
> 人家与蝙蝠，永在。
>
> 从此不会有过路人走来，
>
> 冲破这千百年寂寞之祝福。

感觉的个性化形成了诗歌中含义的朦胧和意念的闪烁跳跃。"房舍"、"枯枝"、"窗子"、"河床"、"蝙蝠"，从意象到意象并没有什么直接的联系，反而留下许多空白。这种接受美学的意义省略，其目的是让欣赏者通过自己对诗中意象的体验，用想象来弥补诗中的省略部分。诗人与欣赏者共同创造一种整体的流动情绪。何其芳在谈到写诗的经过时说："我不是从一个概念的闪动中去寻找它的形体，浮现在我心灵里的原来就是一些颜色，一些图案。"①这说明"现代派"诗人对客体的描述不是"再现"，而是印象的再创造。重感觉、重瞬间的灵魂的颤动。玲君的《伞》写道："跨进松林的夹路了，行人撑开异幻的伞。"诗中的"伞"不是现实物体的"伞"，而是一种幻觉。又如金克木的《年华》：

> 年华像猪血一样的暗紫了！
>
> 再也浮不起一星星泡沫，
>
> 只冷冷的凝冻着，
>
> ——静待宰割。
>
> 天空是一所污浊的泥塘，
>
> 死的云块在慢慢的散化，
>
> 只浮着一只乌鸦，
>
> ——啊，我的小年华。

这是典型的"意之所至，形之所到"。"年华"的概念或是流动的暗紫色的"猪血"，或是"污浊的泥塘"，或是一只"乌鸦"，作为人生过

---

① 何其芳：《写诗的经过》，参见《何其芳文集》第五卷，人民文学出版社 1992 年版。

程中的年华,本身并没有具体的形象,全凭诗人闪念的感觉去捕捉。

施蛰存、戴望舒都主张诗是现代情绪的表达,"新的诗应该有新的情绪"①。对此,林庚非常赞同,他认为,"诗的内容是人生最根本的情绪"②。"现代派"诗人们对新诗价值取向的重新概定,主要是从感觉的个性化及情绪的内在性来认识诗的审美底蕴。

林庚是从《现代》走向诗坛的。1931 年出版诗集《春野与窗》,这是一部象征主义的自由抒情诗。1933 年出版的《夜》,1934 年出版的《她的生命》,1936 年出版的《冬眠曲及其他》则都是人生情绪的抒写,伤感的情调弥漫在诗的旋律中。如《二十世纪的悲愤》:

> 二十世纪的悲愤,
> 乃如黑暗卷来;
> 令人困倦,
> 漫背着伤痕,
> 走过都市的城。

世纪悲愤情绪是诗中的主色调,而人生则伤痕累累,不堪重负。林庚的《时代》、《独夜》、《春天的心》、《风沙之日》都是人生情绪的自然流露。李健吾说:"现代派"诗人都是"根据独自有的特殊感觉,解答各自现时的生命"③。林庚和所有"现代派"诗人一样,不描写生命的火热情绪,而是用自己的感觉谛听人生低沉的旋律。

"现代派"认为,诗的节奏不在于字和句的抑扬顿挫,而在于诗的情绪的跳跃起伏。整齐的句式,和谐的格律"会妨碍诗情,或使诗情成为畸形"④。这是对"新月诗派"诗歌的艺术美学的纠偏。鉴于这样的主张,"现代派"的诗均是用散文的自由体来表现现代人的复杂情绪和自由感受。废名说:"如果要做新诗,一定要这个诗是诗的内容,而写这个诗的文字要用散文的文字。"⑤ 废名对新诗形体的解释与施蛰存、戴望舒是相

---

① 戴望舒:《诗论零札》,《现代》第 2 卷,1932 年第 1 期。
② 林庚:《〈春野与窗〉自跋》,中国文联出版社 1993 年版。
③ 刘西渭:《鱼目集——卞之琳先生》,《咀华集》,文化生活出版社 1947 年版。
④ 戴望舒:《诗论》,《现代》第 2 卷,1932 年第 1 期。
⑤ 废名:《新诗应该是自由诗》,人民文学出版社 1984 年版。

一致的。废名的《海》、《梅花》、《理发店》、《街头》、《寄之琳》，这几首诗，是诗人认为自己比较优秀的诗，而诗的外层形体无一不是散文化的结果。不过，诗的内在结构则是情绪化的。如《寄之琳》：

> 我说给江南诗人写一封信去，
> 乃窥见院子里一株树叶的疏影，
> 他们写了日午一封信。
> 我想写一首诗，
> 犹如日，犹如月，
> 犹如午阴，
> 犹如无边落木萧萧下，
> 我的诗情没有两个叶子。

废名说："这一首诗的诗情我很喜欢，最后一句'我的诗情没有两个叶子'，是因为我用了'无边落木萧萧下'这一句话，怕人家说我的思想里有许多叶子的意思，其实天下事哪里有数目可数？"① 不难看出，废名的诗是以情绪为节奏，诗的外形则是诗人情感的散文化舒展，用散文的文字写诗的精神。

卞之琳是"新月诗派"后期的诗人，他的诗不仅被编进陈梦家选编的"新月"诗的权威选本《新月诗选》，而且他的第一本诗集《三秋草》被列为"新月丛书"，由新月书店出版。然而，随着"新月诗派"的自行解散，卞之琳的诗歌艺术发生了变化。被闻一多称为"技巧专家"的卞之琳，以自己独特的诗歌审美风格跨进"现代派"的大门，并被称为戴望舒、施蛰存之后的重要诗人。关于这段经历，卞之琳自己说道："我自己思想感情上成长较慢，最初读到 20 年代西方'现代主义'文学，还好像一见如故，有所写作不无共鸣。"② 诗人从"新月"起步，最后与"现代派"一见如故，即便"新月"时期的诗集《三秋草》，在诗歌的艺术思维上也是现代派的。至于他的代表诗集《数行集》、《音尘集》、《鱼目集》及后来的《十年诗草》则是现代派技巧的最好试验。

---

① 废名：《谈新诗》，人民文学出版社 1984 年版，第 225 页。
② 卞之琳：《雕虫纪历·自序》，人民文学出版社 1979 年版。

卞之琳醉心于诗歌技巧的探索,东西方诗歌的艺术手法都被他融会贯通到自己的诗作形式中。中国古代诗人的、外国现代派的创作手法都可以在他的诗中找到痕迹。正如李广田所说:"作为一个诗人,作者在其思维方式上,感觉方式上,不但承受了中国的,而且也承受了外国的,不但是今日的,而且还有昨日的。所以作品内容上可以说是古今中外融会贯通的。"①卞之琳的诗在形式上确实广采众家之长,而造就自己"具体的境界"。用散文化的语境表达深刻的哲理,用含糊其辞的意象表述诗人内心的情绪。他的诗有哲理味但又不直接说理,字句并不晦涩但整体诗意却又是象征的多元化。他的名作《断章》自不必说,就是废名比较喜欢的《道旁》、《航海》、《雨同我》、《无题》都是句句是实话,却又捉摸不透。卞之琳的诗都是抒情诗,但又不直接发出感慨,很少用抽象的语言抒情。《雨同我》在卞之琳的诗中恐怕是抒情议论最直接的了,但从诗的氛围上看,仍然是神秘的。

> 天天下雨,自从我走了。
> 自从我来了,天天下雨。
> 两地友人雨,我乐意负责。
> 第三处没消息,寄一把雨伞去?
>
> 我的忧愁随草绿天涯:
> 鸟安于巢吗? 人安于客枕?
> 想在天井里盛一只玻璃杯,
> 明朝看天下雨今夜落几寸。

雨和诗人到底有怎样的神秘关系? 前两句1979年出版的《雕虫纪历》稍有改动:

> 天天下雨,自从你走了,
> 自从你来了,天天下雨。

---

① 李广田:《诗的艺术》,开明书店1934年版。

无论是改过的或是没有改过的，"雨"作为客观的审美对象，始终是诗人情绪的结构外形，是感觉的载体。"雨"同诗人有什么关系呢？显然是人生的一段旅程的情感记录。

以戴望舒、施蛰存、卞之琳为代表的现代派诗人追求自然、自由的诗体形式，使 20 世纪 30 年代的中国诗坛形成了一股阔大的散文化自由体诗潮，对现代新诗的发展起到了一定的推动作用。但是，抗日的炮火冲散了"现代派"诗人所掀起的"纯然诗潮"运动。随着民族解放战争的全面铺开，刻意求工的"纯诗"艺术与时代潮流格格不入。在民族危机面前，有的诗人告别诗坛，投身到火热的斗争前列；有的诗人如何其芳、曹葆华、卞之琳则奔赴延安，开始了新的人生旅程；徐迟舍弃了"现代派"，20 世纪 40 年代出版了诗集《最强音》、《朗诵手稿》；艾青则发展成为现实主义自由体诗歌的一代大师。"现代派"在历史风云的冲击下落下了帷幕。

第十章

中国诗歌会:诗歌大众化的一面旗帜

一 "中国诗歌会"的成立缘起

中国诗歌会是"左联"领导下的一个诗歌团体,这个诗派是诗人们听到了时代的涛声,用热情去拥抱大时代的潮流而诞生的。1932年10月,"左联"的文学机关刊物《文学月报》刊登了这一条消息:

> 健尼、风斯、森堡、林穆光、车增训、黄浦芳、穆木天、杨骚等,感中国新诗歌运动自一二年来既无发展,深有大家共同研究协力制作之必要,于是组织了一个中国诗歌会。他们的目的是研究诗歌理论,制作诗歌作品,介绍和努力于诗歌的大众化,介绍先进的诗歌理论和作品,评价已往的诗歌作品。……闻加入者甚多,想将来诗歌运动定有一番发展矣。①

这条消息是关于中国诗歌会成立的最早报道。

中国诗歌会是在当时主持"左联"诗歌创作工作的穆木天的倡议下,"经左联批准而成立起来的"②。实际上,中国诗歌会是"左联"的外围团体,是"左联"领导下的促进诗歌大众化的一个诗歌流派。

中国诗歌会诞生于上海。当时的上海文坛,派别丛生,社团辈出,所以一开始中国诗歌会显得势单力薄,但这并没有妨碍这个流派的诗歌显露出的时代的审美声音。

中国诗歌会的主要发起人是:穆木天、杨骚、森堡(任均)、蒲风、

---

① 《中国诗歌会成立》,《文学月报》第1卷,1932年第4期。
② 柳倩:《左联与中国诗歌会》,见《左联回忆录》上,中国社会科学出版社1981年版。

健尼、风斯、林穆光。主要代表成员有：柳倩、白曙、石灵、关露、王亚平、胡民树、温流、田间、叶流、杜谈、蕾嘉、韩北屏、宋寒衣、溅波、陈残云、许幸之、艾青、力扬、石买、江岳浪、芦荻、孤帆、林林、林村、林焕平、洪遒、袁勃、黄宁婴、童晴岚、雷石榆等人。

中国诗歌会成立时，国民党正在对中共进行"军事"和"政治""围剿"；国际上，日本连续对中国发动了"九一八"和"一二八"两次侵略事变。阶级矛盾和民族矛盾日益激烈和尖锐。而在这"次殖民地的中国"，中国文坛"还那么沉寂；一般人在闹着洋化，一般人又还是沉醉在风花雪月里"①。正是在这种背景下，中国诗歌会决定用诗去配合反帝反封建的革命斗争。

中国诗歌会存在了五年，直到抗日战争全面爆发，诗人们各自投身到抗战的行列后才解散。在这段时间，该会团结了一大批诗人，还在北平、广州、青岛、湖州设立分会，"各地会员总和不下二百人"②。东京、南洋也有分会，办有刊物，并且也有会员从事大众的诗歌创作。

关于中国诗歌会成立的时代背景，作为发起人之一的森堡（任均）在 1948 年写过一篇文章作了陈述。现摘录其中一段，以资证明：

一般地说来，当时的诗坛，除开部分敢于把眼睛注视着社会现实的诗人外，是给新月派和现代派所踯躅着的。后起的现代派，尤有风靡一时之概。新月派的诗，在本质上可以说是没落的，丧失了革命性的市民层的意识之反映，它是唯美的，颓废的。限字限句的严整的格律，就是它的形式（所谓方块诗，豆腐干诗，便是这派诗人特别加工制造出来的）；悠闲感情的享乐和幻美的事物的追求，就是它的内容。至于现代派，则在本质上，乃是十足的小市民层有气无力的情绪和思想的表现。他们的招牌是法国货的象征主义。他们的诗，在形式方面，虽然较新月派自由，但由于用字造句的奇特（有时甚至于简直到了不通的程度），由于表现手法的模糊，晦涩，暧昧，常常有意无意地把一首诗变成了一些梦呓，变成了一个谜（有时候简直是无论如何也猜不透的谜）！至于内容呢，则除了"堇色的梦"，"丁香花一样的愁怨"

① 《中国诗歌会成立缘起》，《新诗歌》1933 年第 1 期。
② 王亚平：《永远结不成的果实》，文通书局 1946 年版。

和"紫罗兰一般的姑娘"……之外，简直就不容易找到旁的东西。"不变的身边杂事，恋爱心理的加工，孤独，末梢神经，毫无意思，感觉的些许的时代着色"。——日本的诗人兼批评家森山启氏所说的这些话，简直不妨说:正是指他们的诗作的内容而言的。

显然的，这两种流派的诗人都逃避现实，粉饰现实，甚至歪曲现实;这不但完全违背了时代的要求，就是从诗艺术的观点来看，也已经走进了牛角尖，走进了魔道，非加以纠正和廓清不可。作为现实主义诗人们的营垒诗歌会，正好在这种情形下被组织起来，一望而知，是绝非出于偶然的。①

任均的观点当然有些偏激，但也道出了中国诗坛当时消极因素的某些方面。中国诗歌会成立之时，是中国社会剧烈动荡的年代，也是诗人们思想波动激烈的时代。时代的特征必然反映到以表达情感为主的诗歌中，由于审美理想不同，自然产生了不同倾向的诗歌流派。中国诗歌会是作为"新月派"和"现代派"的对立社团而诞生的，这样他们的诗必然与大众的欣赏水平保持高度一致性。

诗歌的大众化，是中国诗歌会的艺术主张。而描写现实，表现劳苦大众的生活，歌唱抗日救亡运动则是他们诗歌的审美内容。这个流派的诗人们的诗作，没有自我情绪的流露，而是为大众服务的，这样，诗歌的艺术水平必然要受到大众的审美能力的限制，诗中的思想感情理所应当要转移到群众的认识水平上来。正如该派诗人王亚平所云:

如果要问自己，新诗究竟有多少读者呢? 究竟替人民服务了没有? 它在群众中发生什么影响? 那真要惭愧万分。所以我自己深深感到一个中国的作家，就同要求民主的中国人民一样，是经验着一个很长痛苦的历程。②

王亚平的话代表了中国诗歌会的诗人们的心声。这是五四以来新诗人第一次以创作实践来表示对人民的深切关怀，是真正让诗歌从高雅的殿堂

---

① 任均:《新诗话》，上海国际文化服务出版社 1948 年版。
② 王亚平:《论诗歌大众化的现实意义》，《文艺春秋》第 3 卷，1946 年第 5 期。

走下来，扩充到民间去的一次新的审美实验。

中国诗歌会成立不久，便创办了《新诗歌》。创刊号上发表了由该会负责人穆木天执笔署名为"同人等"的《发刊诗》。这首诗代表了该会的诗歌主张，转摘如下：

> 我们不凭吊历史的残骸，
> 因为那已成为过去，
> 我们要捉住现实，
> 歌唱新世纪的意识。

> "一二八"的赤血未干，
> 热河的炮火已经烛天。
> 黄浦江上停着帝国主义的军舰，
> 吴淞外花旗太阳日在飘翔。

> 千金寨的数万矿工被活埋，
> 但是抗日义勇军不顾压迫，
> 工人农民是越发地受剥削，
> 但是他们反帝热情也越发高涨。

> 压迫剥削，帝国主义的屠杀，
> 反帝，抗日，那一切民众高涨的情绪，
> 我们要歌唱着矛盾和他的意义，
> 从这矛盾中去创造伟大的世纪。

> 我们要用俗谚俚语，
> 把这种矛盾改写成民谣小调鼓词儿歌，
> 我们要使我们的诗歌成为大众歌调，
> 我们自己要成为大众的一个。

中国诗歌会这种表现大众情绪的投入，是中国新诗发展的又一次转机，而回到"民谣"、"小调"、"鼓词"、"儿歌"的创作实践，又是中国新诗文体的又一次嬗变。由于这次转变顺应了时代潮流,因此中国诗歌会的组织得到了广大热血青年的响应,其刊物在全国各地也产生了较大的影响。

中国诗歌会成立后,针对当时的诗坛现状发表了一些理论文章,如同人的《关于写作新诗歌的一点意见》;任均的《关于诗的朗读问题》;穆木天的《诗歌与现实》、《关于歌谣之制作》;蒲风的《五四到现在的中国诗坛鸟瞰》;关露的《用什么方法去写诗》等著作。这些著作对新诗的现实主义问题、诗的大众化形式进行了认真的讨论和研究。在创作上,该会的诗人写出了大量反帝反封建的作品,出版的诗集有:穆木天的《流亡者之歌》;杨骚的《乡曲》;任均的《冷热集》、《战歌》;蒲风的《茫茫夜》、《六月流火》、《生活》、《钢铁的歌唱》、《摇篮曲》;王亚平的《都市的冬》、《海燕的歌》、《十二月的风》;柳倩的《生命的微痕》;关露的《夜的进行曲》、《太平洋上的枪声》;温流的《我们的堡》、《最后的吼声》;叶流的《不是诗》;溅波的《夜唱》;孤凡的《孤凡的诗》;杜谈的《还乡集》、《青春集》、《梦》;田间的《未明集》、《中国牧歌》、《中国农村的故事》;白曙的《五月葵》;宋寒衣的《寒衣的诗》、《渔家》;江月浪的《饥饿的咆哮》;袁勃的《真理的船》。这些诗集都实践了中国诗歌会的创作宗旨,显示了他们对中国新诗坛的贡献。

1934年秋天,国民党当局以宣传赤化为由,逮捕了中国诗歌会的组织者,《新诗歌》被停刊,会员转移到各地继续创作。北平分会办的《新诗歌》被停刊后,王亚平又去青岛创办了《现代诗歌》、《诗歌季刊》。蒲风、王亚平1935年到日本后,创办了《诗歌》、《诗歌生活》等刊物。

1937年4月,中国诗人协会在上海成立,取代了中国诗歌会的一切职能。

二　群体共谈"大众格调"

中国诗歌会的诗歌创作是蒋光慈、殷夫等革命诗歌风格的延伸。在他们的作品中,个人的哀伤已荡然无存,表现的是民族的苦难,轰轰烈烈的革命斗争和一个民族的反抗精神。中国诗歌会主张"站在被压迫的立场,反对帝国主义的第二次世界大战,反对帝国主义侵略中国,反对不合理的压迫，同时导以大众正确的道路"①。揭露日本帝国主义的疯狂掠夺，谴责国民党当局的不抵抗政策是该派诗歌的重要特征。如穆木天的《扫射》，王亚平的《大沽口》，蒲风的《咆哮》，任均的《十二月的行列》，这些诗以悲愤的心情，激昂的热情，号召一切不甘心做亡国奴的人们起来反抗，为抗日救亡而呐喊助威。诗人的个人情调已经转化为大众的声音，诗人的"自我"已经被群体的"大我"所取代，这是新诗自诞生以来的一个重大变化。任均的《春天的歌》唱出了共同的群体情感：

> 我们的心在跳跃，
> 我们的血在歌唱，
> 　　因为我们生活在春天！

> 春天——
> 一切的花草在抽芽，在生长，
> 田野里正在播种，插秧……
> 中华民族的儿女哟，
> 让我们也开始春耕吧！
> 全民族的仇恨——最优良的种子，
> 敌人的骨肉——最丰富的肥料，
> 我们要在祖国的每一方寸的土地上
> 都播下仇恨的种子，
> 让它在丰富的肥料中，
> 让它在我们勤劳的栽培里；
> 开出一朵美丽的血的花苞！
> 长出一颗颗硕大的血的果实！

> 我们的心在跳跃，
> 我们的血在歌唱，
> 　　因为我们正迎接着春天！

---

① 《关于写作诗歌的一点意见》，《新诗歌》1933 年创刊号。

这是最后两段,以春天播种为比喻,高歌中华民族为自由幸福而掀起的反侵略战争。号召全民族"都播下仇恨的种子",期望抗日战争结出"硕大的血的果实"!为了使诗歌更好地为抗日战争服务,中国诗歌会站在斗争的前列,创作出一大批为自由而战的诗篇。穆木天的叙事长诗《守堤者》描述了"九一八"事变后东北农民的悲惨遭遇,歌颂了东北人民为抗击日寇而进行的英勇斗争。

> 东北!东北!伟大的名字!伟大的名字!
> 你是,我的摇篮呀!我在憧憬着你!
> 你那里,是血洗了的山原,血洗了的平地!
> 反帝的鲜血在装饰你那锦绣的大地!
> 抗日的血呀,我要看你将来绚烂地开花!
> 装潢了我们的东北!东北!东北!伟大的名字!

作品表现出对东北河山的热爱,对侵略者的仇恨,对抗战胜利的憧憬,这一切,已经由个人的情怀上升为集体的意识。

中国诗歌会成立以后,提出了诗歌大众化的口号,在《发刊诗》中明确提出:"我们要使我们的诗歌成为大众歌调",坚持现实主义的战斗传统,努力寻找一种能够直接为广大民众所熟悉的形式来作为内容的载体。这是在群体之中寻找诗歌的生命,是由内向外扩张的创作实践。杨骚的《乡曲》、石灵的《新谱小放牛》、任均的《战歌》、王亚平的《黄浦江》等作品,都是诗歌"大众化"的优秀之作。中国诗歌会的诗人们创办《新诗歌》后,把第2卷第1期专门辟为"歌谣专号",刊登了大量的抗战歌谣和有关歌谣的研究论文。如柳倩的《乡下人》:

> 乡下人
> 怕骚乱,
> 惧怕拖夫山上跑
> 官兵要米也要粮,
> 去时还带几把草。

语言简单明了,句式采用民间小调,是通俗易懂的"顺口溜",老百姓易于接受，具有鼓动性和战斗性。又如杨骚的《福建三唱》：

> 是春天，
> 荒地，一片，
> 废墟，连绵，
> 何处有青翠的稻秧……
> 在我梦想中的梦想中央！
> 浪人，汉奸，
> 鸦片，机关枪，
> 海口，山巅，
> 奇怪的旗在飘扬；
> 啊，这是我目前的故乡！

语句简短，明白如话，扑面而来的是故乡被侵略者蹂躏的画面。中国诗歌会的诗人们所追求的美学意义是时代的普遍性精神，他们把诗歌投入生活、投入大众，其目的是为了引起全民族的共鸣。为了使诗歌创作能及时地发挥战斗作用，他们之中的许多诗人甚至自觉地踏上了通俗化的创作道路，用民歌、儿歌、民谣、小调的方式进行创作。《新诗歌》的创刊号上刊登的《现代民谣》、《四季村歌》、《新无锡景调》、《田家新调》等作品，让诗歌以最简单的形式与人民大众交流、对话。本来，诗歌艺术并不是以多少人看懂来衡量其价值，它更多的是对于心灵的沟通，引起心灵的震荡。然而，面对一场旷日持久的民族解放战争，诗歌的美学意义是看它是否能够唤起全民族的自我解放意识。从这个角度分析，中国诗歌会倡导的"大众化"风格，尽管有不少简单化的诗作，但是他们的诗却获得了大众的认同，起到了与人民大众交流的媒介作用。比如石灵的《新谱小放牛》：

> 什么人天上笑嘻嘻？
> 什么人地下苦凄凄？
> 什么人种稻没得米？
> 什么人养蚕没得衣？

大军阀天上笑嘻嘻，

小百姓地下苦凄凄！

庄稼汉种稻没得米，

采桑娘子养蚕没得衣。

形式虽然简单，但却能在人民大众之间广为流传，能够起到唤醒民众的作用。另外，柳倩的儿歌《雪花飞》，温流的《割禾》，林木瓜的《新莲花》，杨骚的《小歌金陵》都是利用民间流传的、群众喜闻乐见的小调、歌谣形式改写的新诗歌。

中国诗歌会的诗人们认为，新诗要成为鼓动大众的诗歌，内容上必须与人民大众的生活紧密相连，形式要适应群众的接受能力，这样，"大众格调"的基本艺术特征才有实践的保证。于是，我们便不难在他们的诗歌创作中看到从通俗化向普遍化的过渡。从语言、形式、规格到内容，都力求转移到大众方面来。也许当时和后来的人都认为这是新诗文体的一次低级转变，但如果我们把诗歌与时代背景放在一起考察，把民族救亡和整个民族文化素质联系在一起来思考，那就会得出"大众格调"的正确性结论来。

三　蒲风的"抗日救亡诗"

蒲风是中国诗歌会的代表诗人。他不仅是中国诗歌会的发起人之一，而且是一位多产的诗人。1927年白色恐怖时代，他写出了第一首诗《鸦声》，反映了压迫与反抗的激烈斗争。虽然斗争的形势十分严峻，但是，诗人充满信心地预言"新鲜的旗帜在飘扬"。加入中国诗歌会后，由于创作目的更加明确，其激情更是昂扬旺盛。从1934年起，他先后出版了诗集《茫茫夜》，长篇叙事诗《六月流火》、《生活》、《钢铁的歌唱》、《摇篮曲》，长诗《可怜虫》、《抗战三部曲》、《黑陋的角落里》、《真理的光辉》，诗文集《现代中国诗坛》。艾青认为："他到哪里，哪里就燃起诗歌的熊熊烈火。"① 他的诗是战斗的诗，他不会在诗歌创作中显露个人的哀伤，而是将诗歌的描写视角放到整个时代的风潮中去，表现集体的声音和

---

① 艾青：《中国新文学大系1927—1937·诗集·序言》，上海文艺出版社1984年版。

大众的回声。

《茫茫夜》是蒲风的第一本诗集，这本诗集中的诗大多以农村的现实生活为题材，反映被压迫、被奴役下的农民的悲惨生活。如《茫茫夜》：

> 半夜里，沉重的黑幕遮住全村，
> 不分明，纵是溪流通过了村心。
> 显出一边是毗邻着的黑的屋脊，
> 一边是广阔的田野，阡陌层层的。
> 断断续续水声好似锣音，
> 那狂风，狂风里更夹杂着
> 稀疏的、稀疏的吠声。
> 沙，沙沙沙……
> 汪，汪汪汪……
> 号，号号号……

这是对黑暗势力笼罩下的农村的客观描写，广阔的田野暗淡无光，只有几声稀疏的犬吠，也是悲凉、微弱的。但是，这不是沉默，不是妥协，而是沉默后的爆发。所以诗人又如此写道：

> 为什么我们劳苦了整日整年
> 要饱受饥寒、凌辱、打骂？
> 为什么他们整年饱吃寻乐，
> 我们都要永远屈服他？
> 为什么天灾人祸年年报？
> 为什么苛捐杂税没停过？
> 为什么家家能够外国货？
> 为什么乞丐土匪这么多？
> 为什么？为什么？
> 为什么？……

群众的抗议、大众的控诉，是蒲风诗歌的主调。诗人用革命热情赋予时代以鲜明色彩，开辟了新诗表现的又一广阔世界。

长篇叙事诗《六月流火》是蒲风的第二本诗集。在这部诗集中,诗人描述了一群农民在忍无可忍、迫于无奈的情况下,觉醒、反抗、武装斗争的过程。这部长篇叙事诗抓住农民与土地的特殊关系,满腔热情地颂扬他们为土地、为生存而斗争的精神。诗人说:"决不是我个人在癖性固执,向我们作了客观要求的是时代,动乱多难中万千的光怪陆离而又总归于一的时代。"① 是时代要求诗人奋笔疾书,是悲苦的现实迫使诗人用笔来歌颂受压迫者的反抗。农民已不是过去的农民,是"田野里今天伸出的反抗的手",反抗现实的不公正,反抗压迫在他们头上几千年的封建奴役的大山。

1934 年之后,抗日救亡是蒲风诗歌的基本主题。诗集《钢铁的歌唱》把国家、民族、个人的命运紧紧联系在一起。在《我迎着狂风与暴雨》中,诗人发出慷慨的呼吁:

> 我不问被残杀了多少东北同胞,
> 我要问热血的中国男儿还有多少。

个人的生命和国土的沦丧、民族的危亡血肉相连。"我"作为热血男儿中的一员,披肝沥胆,屹立在抗日烽火的血腥风雨之中。诗人发出了豪壮的誓言:

> 战斗吧,祖国!
> 战斗吧,为着祖国!

为祖国而战的雄健之声,已经超越了个人的情怀,把个人的声音融会到一个苦难的民族的大合唱中,个人情调被"集体情调"所包容,个人行为上升为"民族行为"。

蒲风是国防诗歌运动的积极拥护者。他的《抗日三部曲》、《摇篮曲》等诗集,弥漫着抗日的硝烟,充满着热烈的爱国主义精神。

中国诗歌会的理论主张和创作实践,是五四以来中国新诗现实主义的进一步深化,是时代要求、人民愿望的结果。该派的创作推进了诗歌"大众化"的进一步发展,尤其当我们的民族处于危机的时刻,是他们的

---

① 蒲风:《关于〈六月流火〉》,花城出版社 1983 年版。

诗唤醒了沉睡在象牙之塔的诗人们，使他们改变了自己的艺术观念，投身到抗日洪流中。而大众化的诗歌运动起到了教育人民、鼓舞士气、打击敌人的作用，但该诗派的一些诗作由于忽视了诗的审美力量，未能很好地吸收中外诗歌的优点，艺术技巧上缺乏千锤百炼，又影响了该派诗歌的社会审美效应。

第十一章

七月诗派:在战争中诞生,
在流亡中形成

一 胡风与"七月诗派"

"七月诗派"是在战乱和流亡中诞生和发展的。这个流派在中国新诗的现实主义潮流中有着包容过去,开拓未来的诗学意义。

"七月诗派"是以胡风主编的《七月》杂志为核心而发展起来的一个诗歌流派。

胡风,原名张光人,湖北省蕲春县人,是 20 世纪 30 年代成长起来的左翼文艺批评家。胡风诗中关注抗战文艺的发展,并形成了自己一套独特的理论体系,其中坚持文艺的革命现实主义道路是他的理论核心。在胡风的文学观念中,"主观战斗精神"、"精神奴役创伤论"是两个重要的命题。他认为,文艺创作是主客观的结合,但主观精神太多则失去了"现实的精神"。胡风说:"我说的'主观战斗精神'是指作者在创作过程中对人物的爱恨情仇的态度"[1],和哲学上与客观对立的主观不同。他所说的"奴役精神"的创伤,是针对人民群众虽然有自我解放的要求,"但随时随地都潜伏着或扩展着几千年的精神奴役的创伤"[2]。所以,作家深入生活时,不能被表面的现象所淹没,要深入人的内心深处,作品的批判才有力度。

胡风的这些观点,主要是强调文学要从创作内部实现批判现实主义的理想,对"七月诗派"的诗人及其创作有着较深的影响。

"七月诗派"是抗战时期诗坛上的一个重要流派,这一流派的出现,

---

① 胡风:《〈胡风评论集〉后记》,人民文学出版社 1984 年版。
② 胡风:《置身在为民主的斗争里面》,《希望》第 1 辑,1937 年第 1 期。

与胡风的帮助扶植有着很大的关系。

1937 年 9 月，战火硝烟笼罩的上海，由胡风主编的《七月》周刊诞生。参加《七月》编辑和为《七月》撰稿的有：胡风、萧军、萧红、艾青、端木蕻良、曹白等人。这份杂志的创刊，是"七月诗派"初步形成的标志。"七月"是指七月抗战的开始，它具有一个民族面临亡国而奋起自救的精神内涵。《七月》在最危急、最混乱、也是最污浊的环境中坚持战斗的现实主义，为中国新文学的进步作出了积极的贡献。但是，这样一个有强烈时代色彩和民族精神的刊物并没有得到健康发展，大上海没有它的立足之地，仅仅生存了半个月就停刊了。

但是，这个小小的刊物却宣称：

> 不错，在今天，可以说整个中华民族都融合在抗日战争的意志里面。但这还是一个趋势，一个发生状态，稳定这个趋势，主张这样发生状态，还得加上艰苦工作和多方面的努力。意识战线的人物就是从民众的情绪和认识上走向这个目的。
> 发刊一个小小的文艺杂志，却提到这样伟大的使命，也许不相称，但我们认为：在神圣的火线后面，文艺作家不应只是空洞地狂叫，也不应作淡漠的细描，他得用坚实的爱憎真切地反映出蠢动着的生活形象。在这反映里提高民众的情绪和认识，趋向民族解放的总的路线。文艺作家底这工作，一方面将被壮烈的抗战行动所推动，所激励，一方面将被在抗战热情里面涌动着成长着的万千读者所需要，所监视。
> 工作在战争的怒火里面，文艺作家不但能都从民众里面找到真实的理解者，同时还能够源源地发现从实际斗争里面长成的同道伙友。①

使命感与审美理想的结合，使"七月派"诗人以新的姿态投入诗歌创作。这个诗群就是通过诗歌的写作去追求理想的人生，打破黑暗的现实，做一个为自由而战斗的诗人。

1937 年 10 月 26 日，《七月》又在武汉问世，而且改为半月刊。《七月》在桂林、重庆等地也出现过，它总是随着作家的流亡生活而"流亡"，直到 1941 年"皖南事变"后形势的恶化而被迫停刊。这个在战斗

---

① 《愿和读者一同成长》，《七月》创刊号 1937 年 9 月。

中创办又在战争年代消亡的刊物,团结了一大批作家和诗人。在四年的时间里,《七月》一共出了 32 期,发表了一些有影响的诗歌和小说。此外,还出版了胡风主编的《七月诗丛》、《七月文丛》。丘东平、阿垅、曹白、鲁藜、邹荻帆、又然、化铁、天蓝、亦门、庄涌、孙钿、杜谷、郑恩、罗洛、胡征、侯唯动、鲁煤、冀汸、白莎、绿原、牛汉、路翎、曹植芳、贺敬之、彭燕郊等人,都是从《七月》走向诗坛的诗人。

"七月诗派"虽然没有共同的文学主张和统一的组织纲领,但他们的诗歌却具有某种共同的美学倾向,他们的作品中所体现出的相同的思想风格,共同形成了"七月诗派"的诗歌品格。

1945 年 1 月,胡风主编的《希望》创刊。这个刊物继承《七月》的精神,先后在上海和重庆出版了 2 集共 8 期。在风格上,因抗战胜利后的国统区政治气氛的专横而显得冷静和严谨,不像"七月"时代那样有强烈的战斗性。但是,该派诗歌仍然保持了对社会现实的揭露和批判。

除了《七月》与《希望》以外,聂绀弩、彭燕郊在桂林编辑出版的《半月文艺》,邹荻帆在重庆编辑的《诗垦地》,阿垅、又然在成都编辑出版的《呼吸》,朱怀谷在北平编辑出版的《泥土》,欧阳等人在成都、天津等地编辑出版的《蚂蚁小集》、《荒鸡小集》等,都是这个流派的文学阵地。

从 1937 年开始,到 1949 年因诗人们步入新的人生而结束,这个流派在诗坛上活动了 12 年之久,而这 12 年的时间,"七月诗派"和胡风的名字是联系在一起的。"七月诗派"贯穿了抗日战争、解放战争两次重大斗争的全部时代,可以说是新诗对战时文化选择的结果,是诗歌介入战争的成功实践。他们的作品是中国现代文学史上的一个极其重要的组成部分。

对"七月诗派",谢冕先生是这样论述的:

> 七月派的诗人与以往诗人不同的地方,就在于他们热切地感应了时代,并且以投入的姿态参与那一切的战争。从来也没有出现这样的情景,这些被胡风称之为精神战士的诗人,一边作为生活的参与者工作着和战斗着,一边又作为诗人从事着他们的诗的创作。也许从更广阔的背景上看,这一阶段的诗的单一性显示了某种窄狭,但身处当日中国,也只能是如此这般的战斗和如此这般的创造。和平时期的标准在这里失去了意义。这是战时,这是为争取光明和胜利而殊死搏斗的

年代。诗只能作这样的抉择。①

谢冕先生的总结，客观、准确地道出了这一流派的本质特征。

二   "主观精神"对生活的审美"突进"

作为一个流派，"七月诗派"的基本特色主要表现在诗歌方面。"七月诗派"既重视诗的审美艺术，又将诗歌介入现实，两者结合，便产生了该派独特的革命理想主义和现实主义的诗歌。

《七月》、《希望》及其他"七月派"的文学杂志，共发表了100多位作家的作品。此外，"七月派"还编辑出版了各类丛书40多册。在作家作品中，具有共同创作倾向的就达40余人之多。在各类作品中，尤以诗歌和小说最具影响力。

"七月诗派"的作品是时代风云最敏锐的反映，是现实生活的快捷表现。他们在现实斗争中挖掘诗歌的审美情愫，将文学活动和人民群众的解放斗争自觉地结合起来。"七月诗派"对现实的理解有两点，即：民族解放战争和人民大众。他们认为，抗日战争是民族意志的集体表现，是一个长期的不断积累的意识形态过程，因此"七月诗派"的创作活动和民族解放战争保持紧密联系，甚至直接介入战争中寻求表达的对象。人民大众作为现实生活的完整体现，是"七月诗派"的一个命题。胡风认为："现实生活即民众"②，文学活动必须"与人民大众争取民族解放的血泪的斗争结合"③，诗歌创作必须无条件将战争与民众作为最高的表达形式。在这样的理论下，"七月诗派"的诗人们创作了大量的与战争和民众有关的诗作。像化铁的《暴风雨岸然轰轰而至》、牛汉的《我的家》、天蓝的《哀歌》、孙钿的《我们还会见到》、郑思的《六月黄昏》、胡风的《为祖国而歌》都是这方面的代表作。"七月诗派"的诗人努力开掘民众的生存欲望与战斗意识，表现民众觉醒了的自由意志。他们一方面在理论上试图将这种观点纳入五四新文学的精神之中，同时又深切地感受到在民族危机

---

① 谢冕：《新世纪的太阳》，时代文艺出版社 1993 年版，第 195 页。
② 胡风：《胡风评论集·民族革命战争与文艺》，人民文学出版社 1984 年版。
③ 胡风：《论战争期的一个战斗的文艺形式》，《七月》1937 年第 5 期。

的战争环境下，战争选择诗歌必然是文学的根本规律。在战时环境下，"文艺也就用它自己的战斗与法执行了战争"①。诗人的主观创作倾向融入了时代的新内容。如胡风的《为祖国而歌》：

> 人说：无用的笔呵
> 　　把它扔掉好了
> 然而，祖国呵
> 就是当我拿着一把刀
> 　　或者一支枪
> 在丛山茂林中出没的时候罢
> 依然要尽情地歌唱
> 依然要倾听兄弟们底赤诚的歌唱——
> 迎着铁底风暴
> 火底风暴
> 血底风暴
> 歌唱出郁积在心头上的仇火
> 歌唱出郁积在心头上的真爱
> 也歌唱掉盘结在你古老的灵魂里的一切死渣和污秽
> 为了抖掉苦痛和侮辱底重载
> 为了胜利
> 为了自由而幸福的明天
> 为了你呵，生我的养我的　教给我的
> 是爱　什么是恨　使我在爱里恨里苦痛的
> 辗转与苦痛里但依然能够给我希望给我力
> 量的我底受难的祖国

时代要求诗人把自己的理想与民族的存亡统一起来，走出个人的艺术圈子，去表现大时代的总体精神。胡风的《为祖国而歌》就充分体现了"七月诗派"的关于战争与民众的美学倾向。把"无用的笔"当做"一把刀"、"一支枪"投入到火热的战斗中去。

---

① 胡风：《论战争期的一个战斗的文艺形式》，《七月》1937 年第 5 期。

"主观战斗精神"表现在创作中就是人的主体精神，是诗人精神人格的具体表现。"七月诗派"认为，诗与人的关系是作诗必须先做人，而缺乏为自由而歌唱，为民族承担痛苦的人不是真正的诗人。"一首诗是一个人格，必须使它崇高与完整。"① 要达到崇高与完整的人格，诗人必须主动深入生活，感应时代潮流的汹涌澎湃，全身心地突进生活，把握住自己的理想轨迹，在艰难的战争环境中健全人格。"人—现实—战争—审美"，是"七月诗派"的所谓"主观战斗精神"的"突出"公式。这个公式显然包含了时代的客观内容，包含了诗人与时代、诗人与战争的美学理想的意义。

"七月诗派"的诗不是对战争的表层描写，也不是简单的浮光掠影的表达现实，他们的诗歌创作所要达到的目的，是使新文学中的"人"的表现由个体向一个民族的整体深化。用个人的"突进"精神启蒙民族的救亡意识，提高人民的集体意志，确信民族的整体力量。正是如此，"七月诗派"的诗人们透过战争的外层，用诗歌的形式表达民族救亡的凝聚力。像艾青的《向太阳》、《复活的土地》，田间的《给战斗者》，侯唯动的《血底歌唱》，鲁煤的《默悼几个扑火者的死》，都是诗人的主观精神向现实"突进"的最好体现。尤其是彭燕郊的《雪天》，燃烧着一种民族的集体"火焰"，克服了人生与现实的重重障碍，实现了"主观精神"对生活的突进性飞跃的艺术境界。诗人写道：

> 我爱这
> 雪的日子
> 祖国底大地
> 是这样的纯洁呀

这是美丽的现实，是没有战争的环境，但这是过去。由于异族的入侵，"雪"已失去了原来的意义。诗人又这样写道：

> 你们
> 全酷似那

---

① 艾青：《诗论》，人民文学出版社 1956 年版。

飘扬在示威游行的队伍前的

呼号人民起来战斗

标写着人民的期望的

那白布的旗帜

连自然现象的"雪"也具备了战斗的意识,更何况有生存意识的人呢?

诗的形式与现实生活的关系,往往存在着是"表现"还是"再现",是"宣传"还是"审美"的诸多关系。"七月诗派"同样无法回避这些矛盾。胡风认为:"我们应该有民族的形式甚至民族的内容,但绝不应该有故步自封的民族的思维体系。'中国化'底战斗的意义应该是在这里。"① "民族形式"和"民族内容"不是固定的,而是随着时代的变化而变化的。在他们看来,民族危机的关键时刻,诗歌应该有中国化的战斗意义。艾青进一步指出:"一首诗的胜利,不仅是它所表现的思想的胜利,同时也是它的美学的胜利。"② 由此看来,"七月诗派"的诗人们把"宣传"与"艺术","思想"与"审美"都看得同等重要。他们追求的是崇高悲壮的英雄主义,弘扬民族的集体战斗意识,清除民族劣根性中的奴化思想,创造凝重峻拔的诗歌美学风格。艾青的《雪落在中国的土地上》,孙钿的《行程》,辛克的《我爱那一面旗》,邹荻帆的《雪玉村庄》,绿原的《终点,又是一个起点》,都是用"自由体"的形式,表达乐观进取的战斗精神。由于"七月诗派"把对自然的感悟与现实的体验融会到自己的创作中,因此他们的诗又有一种整体的、朴实的象征主义色彩。

三 "七月"的诗人们

艾青无疑是"七月诗派"中最杰出的代表,但是艾青不属于任何一个流派。艾青现象在中国新诗史上是独特的,他参加过"象征派"的吟唱,又在"现代派"的《现代》杂志上发表过《当黎明穿了白衣》、《阳光在远处》、《那边》、《芦笛》、《病监》、《黎明外五章》等诗作。他也在

① 胡风:《胡风评论集·民族革命战争与文艺》,人民文学出版社1984年版。
② 参见艾青《诗与时代》,人民文学出版社1956年版。

中国诗歌会的《新诗歌》上发表诗文，然后又在"七月"诗群中显露了
自己卓越的才华。也许正是横跨几个流派，吸取了各流派的长处，博采众
家营养，造就了他一代大师的风范。所以，艾青虽然参与许多流派的活
动，但他不属于任何一个流派，他的诗具有象征派的隐喻，现代派的怅
惘，更具有"七月诗派"的雄浑的现实主义色彩。艾青是划时代的诗人，
他的诗是具有中国气派的划时代的诗，中国新诗史上的任何一个流派都无
法容纳艾青，而艾青的诗则可能染上几个流派的特征，这或许是艾青成为
中国新诗史上一代杰出的现实主义大师的根本原因。

　　真正形成"七月诗派"的是艾青、田间之后的几位年轻诗人。在这
批诗人中有 11 位在《七月诗丛》这套丛书中出过个人的专集。他们分
别是：阿垅、鲁藜、孙钿、庄涌、邹荻帆、冀汸、贺敬之、绿原、牛
汉、天蓝、化铁。但是也有一些是"七月诗派"的重要成员而诗集又
未被收入《七月诗丛》的，如曾卓、彭燕郊、郑思、鲁煤、胡征、罗
洛等人。他们同样为"七月诗派"的形成，为现实主义新诗的发展作
出了自己的贡献。

　　阿垅既是"七月诗派"的小说家，又是诗论家兼诗人。《七月诗丛》
第 1 辑收入他的诗集《无弦琴》，此外还有文论及《人和诗》、《诗与现
实》、《诗是什么》等。他除具有"七月诗派"的共同风格外，还表现出
为了民族的解放而甘愿牺牲个人的可贵精神。在诗人看来，个人的生命是
微不足道的，只有融入民族的大集体里才能实现自身的意义。如《琴的
献祭》：

> 我只是微小一粒，
> 一粒向地球底纬度投来赤光而过的，
> 小小的流星。

　　诗人的"小我"被现实世界的"大我"所消解，从而成为民众的
一员。

　　鲁藜的诗有着"庄严、崇高、明净"① 的美。诗人 1938 年就去了延
安，他的作品都是在根据地完成的。1943 年，他的诗集《醒来的时候》、

---

① 阿垅：《论诗思题》，《希望》1937 年第 2 期。

《锻炼》分别入选《七月诗丛》第 1 辑和《七月文丛》。

邹荻帆是"七月诗派"的杰出诗人。他的诗集编入《七月诗丛》第 1 辑。此外还出版过《在天门》、《木厂》等 10 多部诗集,其诗风刚健豪迈。《走向北方》、《江》、《月夜》都有一种崇高的美感。

绿原也是"七月诗派"的杰出诗人。1942 年在胡风的帮助下,出版了第一本诗集《童话》。之后出版了《又一个起点》、《集合》等诗集。他的诗对现实有一种敏锐的感受力,想象丰富,构思奇特。《人与沙漠》、《小时候》、《惊蛰》和写于 20 世纪 70 年代的《重读〈圣经〉》、《信仰》都力求把人、时代、政治,艺术地结合起来。

曾卓,原名杨庆冠,1939 年开始写诗,出版有诗集《门》和长诗《母亲》。1955 年因"胡风案件"牵连被迫辍笔。1981 年出版有诗集《悬崖边的树》,其中的诗作大部分是诗人被关押期间在没有笔和纸的情况下用大脑和心默记下来的。尤其是写于 1970 年的《悬崖边的树》,通过"树"创造了一个沉重时代的沉重形象:

> 不知道是什么奇异的风
> 将一棵树吹到了那边——
> 平原的尽头
> 临近深谷的悬岩上
>
> 它倾听远处森林的喧哗
> 和深谷中小溪的歌唱
> 它孤独地站在那里
> 显得寂寞而又倔强
>
> 它的弯曲的身体
> 留下了风的形状
> 它似乎即将倾跌进深谷里
> 却又像是要展翅飞翔……

弯曲的而又变形的树的身躯,一边是深渊,一边是平原。诗中既有被抛弃到平原边缘的孤独和痛苦,又有坚强的站立,展翅飞翔的欲望。诗中表达的这种典型情感是遭到排挤却又执著追求的一代知识分子的共同情绪。

牛汉，原名牛成汉，1941 年开始发表诗作。其诗集《彩色的生活》收入《七月诗丛》第 2 辑。此外有诗集《祖国》、《在祖国的面前》、《爱与歌》等四部。1942 年他的《鄂尔多斯草原》在《诗创造》上发表后引起诗坛注意，《长剑留给我》受到闻一多的好评。1955 年因"胡风案件"被迫停笔，但他一边拉板车、扛麻袋，一边私下写了许多诗。20 世纪 80 年代后出版有《温泉》、《蚯蚓与羽毛》等诗集。他的诗保持了将主观感情投入到客观事物中的艺术特点，同时又托物言志，借花、鸟、兽、木来表达自己的情感。这种变异的抒情特点，有着诗人某些性格的特征。

在"七月诗派"中，庄涌的诗以写战争见长，他的诗集《突围令》收入《七月诗丛》第 1 辑。

冀汸的诗集《跳动的夜》收入《七月诗丛》第 1 辑；《有翅膀的》收入《七月诗丛》第 2 辑。之后还出版有诗集《喜月》、《桥和墙》。他的诗突出的特点就是短小干练，表现的是一种不屈不挠的气节和精神。比如他的《今日的宣言》这样写道：

> 鞭子不能属于你
> 锁链不能属于我
>
> 我可以流血地倒下
> 不会流泪地跪下的

表现了一种面对黑暗的残暴势力而伟岸不屈的气节。

孙钿是最早在《七月》上发表诗作的诗人。诗集《旗》、《望远镜》分别收入《七月诗丛》第 1 辑、第 2 辑。他的诗以写战争的感受为主，胡风认为，他的诗具有"纯真而坚决的战斗者意志的声音"[1]。

贺敬之的诗集《并没有冬天》收入《七月诗丛》第 2 辑；化铁的诗集《暴风雨岸然轰轰而至》收入《七月诗丛》第 2 辑；天蓝的诗集《预言》收入《七月诗丛》第 1 辑。这些诗都表现了坚定的革命意志，对侵

---

① 胡风：《〈旗〉编后记》，南天出版社 1982 年版。

略者以及封建力量进行了愤怒的控诉。

　　"七月诗派"的诗人们以主观向上的精神深入生活，挖掘诗情，丰富和发展了新诗现实主义的战斗传统。尤其是用诗歌记录了两次战争给中华民族带来的灾难，这在新诗历史上是绝无仅有的，有着深广的现实意义。

第十二章

晋察冀诗群:战争的歌者
和时代的鼓手

一 一个战斗的诗歌群体

这是一个战斗的诗群。

"晋察冀诗群"在近百年的中国新诗历史上,是一个特殊的诗群。这个群体的生活经历和他们担负的使命,是任何一个新诗流派都无法与之相比的。他们的诗是在血与火的前线完成的,他们是真正的战士诗人。

晋察冀边区,是指同浦路以东,津浦路以西,正太、石太路以北,以及北平、冀东、察哈尔、热河等广大地区。这是中共开辟和创立的一块敌后抗日根据地。由于根据地的边区政府实行民主政治和坚决抗日的主张,所以吸引了一大批知识分子来到晋察冀。当代著名作家孙犁、杨沫、魏巍都曾经战斗在这块土地上。晋察冀的诗人们投身到伟大的民族解放战争的浪潮中,用生命和诗歌捍卫这场反侵略的战争。关于"晋察冀诗群"的诞生过程和经过,魏巍是这样解释的:

在惊心动魄的斗争中,人民所显示的威力,不能不震动着诗人的心;那新的生活魅力,也不能不诱引着诗人的心;在这多彩的现实土壤上,又怎能不产生出她自己的诗歌?由于党的领导,培育和鼓舞,晋察冀的诗歌创作和诗歌运动,像其他工作一样,显得十分活跃。那时的出版条件是极端困难的,可是油印诗刊就出了五六种。出版时间最长,发表作品最多的是《诗建设》,先后由田间、邵子南、方冰等同志担任编辑。除发表诗创作外,还经常发表诗歌评论。它在团结作者,促进创作上起到了很大作用。此外,晋察冀各地还出版了《诗》、《边区诗歌》、《新世纪诗歌》、《诗战线》等几种刊物。为了使诗歌更紧密地配合斗争，深入群众，还采用了朗诵诗、诗传单、街头诗等几种形式。①

"晋察冀诗群"是在战争中诞生、战斗中发展、战斗中壮大的。因此，把诗歌作为一种战斗的武器，紧密地配合这一场民族解放战争，是这个诗群的显著特色。一切为战斗，是诗人们创作诗歌的出发点，用诗去鼓舞人民进行斗争，是这个诗群共同的审美目标。

在诗歌创作上，"晋察冀诗群"始终保持了一种旺盛的创作活力。长诗、叙事诗、抒情诗、小叙事诗、街头诗都是他们创作的形式。他们既是战士，又是诗人，因此，"尽管战争频繁，生活艰苦，有时连桌子、凳子也没有，肚子也不饱，可是写诗的劲头倒足得很，简直是充满了诗的灵感"②。他们的创作经验，他们的诗歌的灵感，来自战火纷飞的战场。在血与火的战场上，他们是拿枪的战士，在战斗的空隙间，甚至在行军的途中，他们是拿笔的诗人。对于这个诗群来说，枪和笔是同义语，都是他们与敌人战斗的武器。

"晋察冀诗群"的政治责任感十分强烈。当然，这种政治责任感不再是单个人的政治观点和政治行为，而是在中共领导下的一种规范化的集体意志。他们的诗歌就是为抗日战争这一重大政治问题服务的。

从地理位置上说，晋察冀根据地直接威胁着日本帝国主义占领的北平、天津、保定等大城市。根据地军民与日军的战斗是围困与反围困的战斗。根据地的周边，是充满中国民众血腥哭泣的日本殖民地。在这样的环境下创作出来的诗歌，必然有其鲜明的战斗色彩和浓烈的硝烟味。

这个诗群的产生，与中共对文艺的重视分不开。当时的边区领导把文艺与政治等同，把文艺组织看成是政治组织的一个有机组成部分。当时的晋察冀军区司令员聂荣臻在晋察冀军区的文艺工作会议上说："部队的文艺工作者，在组织上讲，是属于政治部门。所以他们的地位，也就是政治工作的地位。"③ 中共把文艺工作看得十分重要，看成是政治化的团体。"晋察冀诗群"的产生，也是艺术政治化的结果。

---

① 魏巍:《晋察冀诗抄·序》，中国青年出版社1984年版。
② 同上。
③ 聂荣臻:《关于部队文艺工作诸问题——在晋察冀军区文艺工作会上的讲话》，《群众》第9卷，1944年第2期。

在艺术上，这个诗群的审美形式是自由体。他们从斗争中捕捉诗意，从平凡的生活中寻找题材，然后用自由的诗体格式去表现。由于战争的需要，他们的诗更广泛地贴近人民群众。尤其是街头诗、朗诵诗，从形式到内容都与人民大众的认识能力和欣赏水平保持同等距离。尽管现在看来，其中的一些诗艺术力量单调简单，但当时的政治作用却不容忽略。

著名学者和民主战士李公朴先生在抗战烽火燃起以后，深入抗日前线，在晋察冀边区生活了六个多月，最后完成了《华北敌后——晋察冀》一书。在这本书中，李公朴先生是这样总结晋察冀的文化工作的：

> 晋察冀文化界是和敌后抗战分不开的。所有的文化人都是名副其实的"文化战士"。他们和其他部门工作的同志一样具有民主的作风，和艰苦奋斗的精神。他们是新中国文化的开拓者。战斗的、敌后的统一战线的环境锻炼了他们，使他们每一个人都有着丰富的正确的政治修养。①

关于文艺的大众化问题，李公朴先生说：

> 晋察冀的各部门的文化工作说明了，只要脱离了广大的群众，文化就不能形成一个广泛的运动。不能为群众所接受的，则一定是毁灭。②

"晋察冀诗群"的作品是战争中大众化的产物，他们的诗在这块根据地上开花、结果，成为人民大众反侵略战争的精神食粮。"当时在许多乡村的街头，在路边岩石上，写着这匕首一般的短句，有的还配上图画，来吸取人们的注意。"③ 诗歌运动是抗日运动的政治体现，其功能和目的是为了唤起民众的抗战意识。

"晋察冀诗群"的诗人是一个战斗的团体，他们之中的一些诗人已经把鲜血洒在这块热土上。像雷烨、陈辉、任霄、史轮、劳森、军城，都用

---

① 李公朴：《华北敌后——晋察冀》，山西太行文化出版社 1940 年版。

② 同上。

③ 魏巍：《晋察冀诗抄·序》，中国青年出版社 1984 年版。

自己的鲜血写下了壮丽的诗篇。

这个诗群，不是一个有组织的群体。但是共同的政治责任感使他们在诗歌创作的主题上保持一致，他们长期活跃在晋察冀边区的诗坛，故而得其名。这些诗人有：田间、孙犁、邵子南、魏巍、方冰、曼晴、徐明、史轮、陈辉、陈陇、流笳、劳森、任霄、林采、丹辉、雷烨、管桦、邢野、商展思、章长石、张克夫、军城、胡可、姚远方、王炜、张庆云、孟亚、邓康、郭小川、秦兆阳、鲁藜、远千里、蔡其矫、玛金、于六洲、甄崇德、李学鳌、戈焰等人。这个战斗的诗歌团体，用自己的创作实践服务于民族解放战争的事业，在这百年中国新诗史上具有独特的思想意义和认识价值。

二 对原生态生活的白描

"晋察冀诗群"是解放区诗歌的重要团体，高度的政治热情、对祖国的爱、对侵略者的恨是他们诗歌的共同主题。他们把诗歌推广到最广泛的人民大众之中，使诗不仅成为一种愉悦，而且成为战斗的精神武器，这是"晋察冀诗群"写诗的自觉意识。尤其是毛泽东《在延安文艺座谈会上的讲话》发表后，这个诗群更是从最广大的人民群众的生活出发，把诗的审美视角迅速转换到普通民众一边，以人民喜闻乐见的艺术形式，来反映战争年代人民的思想感情和历史命运。他们的诗，扎根在晋察冀边区的生活沃土之中，既有独特的泥土芳香，又散发出边区战火的硝烟味。比如邵子南的《英雄谣》、《中国儿童团》、《模范妇女自卫队》、《春天·粮食的诗章》都是用大众基调唱出的诗。邵子南的诗具有一种原始的生活形态，不追求诗意的浪漫，保持了本真的生活气息。他对自己的诗作《骡夫》有这样一段说明：

> 这是晋察冀边区政府的一个饲养员的故事，没有加一点，也没有减一点，当时也确有这么一个诗人坐在山坡上和我讲。那时我们的思想水平低得很，对农民还没有一个明确的看法，一听之下，很感动，所以尽量按着原来的样儿写，想保存那样的一个骡夫的面貌。

诗人对生活素材不作创造性的主观加工，而是尽量按照生活轨迹作原始记录。开头一段如此交代道：

> 一个诗人，
> 哲学家似的，坐在山坡上
> 向我叙述一个故事。

这样的开场白类似于评书的"引子"。接下来，诗人叙述了一个近乎固执的 60 余岁的老骡夫，由"好男不当兵"到最后跟着八路军行了五天军后"再也不愿回去"的人生经历。最后诗人如此写道：

> 呵，你看他，就在那里！
> ——诗人停止了说话，
> 指着对面的山头。
>
> 那里，太高太远，
> 简直看不见什么，
> 只仿佛有人在蠕动。
>
> 但，那人是越来清楚的，
> 灵敏的动作，健康的身体，
> 辉煌的性格。
>
> 这样的性格，
> 才真是诗篇的主人
> ——诗人向我这样说。

用叙事的笔触来完成真实人物的性格发展过程，而且在叙述中用不加粉饰的白话的描写，更增加了真实感。除邵子南外，孙犁的《梨花湾的故事》，徐明的《青纱帐》、《汾河两岸的歌谣》，方冰的《歌唱二小放牛郎》，郭小川的《热河曲》，鲁藜的《乡土》，蔡其矫的《湖光照影的苏木海边》，魏巍的《高粱长起来吧》等诗作，都具有生活朴素的本真色彩。

"晋察冀诗群"的作品，如同没有雕琢过的石头，朴实而沉重。诗人的创作过程就是用凝练的语言把生活的来龙去脉交代清楚，让原始生活进入诗人的叙述视野。如孙犁的叙事长诗《梨花湾的故事》，就是用非常干净的五枝蔓的语言，讲述了发生在"梨花湾"的抗日故事。诗中围绕李俊、李歪、李鼠三位青年的复杂关系及对待战争的态度，展示了根据地的生活画面和人际关系。诗的开头如此交代道：

> 这个故事
> 发生在山西河北的交界处
> 阜平县的一个村庄

其叙述方式仍然是老百姓一听便明白的"讲故事"的格调。

新诗从诞生的那天起，就努力选择与人民大众相结合的方向，用白话文取代文言文，推翻古典的、贵族的、山林的文学，建立国民的文学，这是中国文学大众化的第一步进程。然而，由于中国民众的文化基础太薄弱，大部分人无法接受书面文学，所以，尽管新文学史上多次讨论过"民族化"、"大众化"的问题，但从审美趣味上说，很少有作家作出根本性的转变。就中国新诗而言，其内部的叙述结构同样有着两极的反差，一部分诗人接受外国现代诗的影响，另一部分诗人则生活在古典和民歌的环境中，这就形成了两个彼此相隔甚远的审美世界。将这两种叙述模式融会贯通，不仅是一个口号问题，同时也是创作实践的过程。我们看到，"七月诗派"、"中国诗歌会"、"新民歌体"诗派，都作出过努力，也取得了一些成绩，而"晋察冀诗群"也朝着这个方向实践。但是这些诗歌派别并没有把西方现代化与中国大众化沟通，这一点不能不说是百年中国新诗历史的遗憾。

诞生在特殊土壤中的"晋察冀诗群"，走的是一条踏踏实实的创造大众化诗歌的道路。在他们的诗中，一切诗歌的现代派技巧都被束之高阁，从描写到叙述，都以民众欣赏水平为准则。如方冰的《歌唱二小放牛郎》，就是利用民间小调的形式颂扬了 13 岁的儿童王二小的英雄事迹。这首写于 1940 年秋季晋察冀边区反"扫荡"的诗歌，不仅在当时解放区流传，而且现在也仍然有其独特的艺术生命力。此外，史轮的《歌谣》，陈辉的《六月谣》，陈陇的《炮楼谣》、《地雷歌》，邢野的《山歌》、《开荒歌》，章长石的《白洋淀》、《歌手》，胡可的《减租小唱》，张庆云的《洗衣裳》，都是扎根在民众生活中的诗作。

　　对战争的描写是"晋察冀诗群"的又一特色，而且是主色调。他们站在正义的立场上，用诗对这场战争进行记录和评价。如史轮的《大家来杀鬼子兵》：

> 达达达，机关枪，
> 轰隆隆，大炮响，
> 日本鬼子来到我们村庄，
> 你看那黑烟腾空强盗们多猖狂！
>
> 东郊在哭儿郎，
> 西郊在喊爹娘，
> 咱们的乡亲紧捆在大树上，
> 强盗们把那刺刀刺在人胸膛。
>
> 妇女们跑得慢，
> 满脸是血浆，
> 你看那鬼子兵朝我们家里闯……
> 兄弟们拿起家伙赶他们出村庄。
>
> 乒乒乒，出头拼，
> 咕咚咚，棍子枪，
> 你看这些野兽们栽倒在埃尘，
> 我们就去打游击，大家去杀鬼子兵！

　　用大众化的形式形象地叙述了日本侵略者给人民带来的灾难，以及人民的自觉反抗。战争使诗人们自觉地站在正义的立场，形成一个群体，并在人民群众之中找到生活的素材，于是，在这片被血染红的土地上，发出了抗日救国的呐喊。这类诗有田间的《假使我们不去打仗》、《义勇军》，邵子南的《死与诱惑》，丹辉的《担架上》，管桦的《林中待命》，商展思的《学生军游击》，蔡其矫的《雁翎队》等作品，都用诗的艺术形式，用简洁有力的语言描绘了晋察冀军民为民族解放而战斗的光辉事迹。

"晋察冀诗群"并没有共同的宣言,也没有一个固定的组织形式,然而,抗日救国的责任感,表现人民的坚强斗志,唤醒全民族的救亡意识,使他们以一种群体的姿态出现在百年中国新诗的历史上。他们的诗是被鲜血染红的,他们这个群体是一个特殊的诗歌流派。

三 田间:"时代的鼓手"

田间,原名童天鉴,1916 年出生于安徽无为县。1935 年参加"左联"的刊物《文学丛报》、《新诗歌》的编辑工作。1935 年出版了第一本诗集《未名集》。以后还出版有《海》、《中国牧歌》等诗集。1938 年夏天,田间随西北战地服务团到延安,这年冬天到晋察冀抗日根据地工作。出版了《给战斗者》、《呈在大风沙里奔走的岗位们》等诗集和长诗《她也要杀人》。这些诗歌以激昂的热情歌颂晋察冀军民的抗日战争,被闻一多称为"时代的鼓手",是"晋察冀诗群"中的杰出代表。

田间的诗歌,具有强烈的鼓动性和号召力,以诗的大众化形式宣传抗日救国的主题。特别是《给战斗者》曾引起很大的反响。这首政治抒情长诗,反映了中国人民抗日必胜的信心,歌颂祖国的每一寸土地,唤起在抗日烽火中民族的自豪感,抒发了中华民族誓死血战到底的决心。诗人在诗中唱道:

> 人民呵,
> 站在卢沟桥,
> 迎着狂风,
> 吹起冲锋号。

这是一个以民族化仇恨为行动的开始。民族的雕像"迎着狂风",雄伟地站立在卢沟桥的桥头,愤怒地向侵略者宣战。

叙事长诗《她要杀人》(后改名为《她的歌》),写一个普通的农村妇女在奇耻大辱和血的教训面前奋起杀敌的经历。典型而生动地刻画了中国农村妇女在民族压迫下痛苦、觉醒及反抗的过程,表现了民众的坚强斗志和不可征服的意志。诗中的主人公白娘在面对儿子被杀、房屋被毁、自己受凌辱的巨大苦难时，曾一度产生轻生的念头，但她最终还是挺起胸膛，擦净身上的血迹，投入战斗。诗人这样写道：

> 扑向世界，
> 扑向强盗们，
> 她狂奔！
> 她大叫！
> ——我也要去杀人！

这是从求死到斗争的再生过程。诗中的"她"，是中国民众的化身，是人民的复仇意志和反抗侵略者斗争的表现。

到达延安后，田间的创作发生了新的变化，他与柯仲平、光未然等人发起街头诗运动。这个运动为神圣的民族解放战争呐喊助威，直接服务于抗战。这段时间，田间的街头诗主要收在《给战斗者》、《誓词》两本诗集中。到了晋察冀边区后，田间继续坚持创作带有鼓动性的"街头诗"，这种短小通俗、押韵顺口的诗歌，深受人民群众的欢迎，其诗歌的战斗作用得到了很好的发挥。如《假使我们不去打仗》：

> 假使我们不去打仗，
> 敌人用刺刀
> 杀死了我们，
> 还要用手指着我们的骨头说：
> "看，
> 这是奴隶！"

用通俗的画面，提出了尖锐的问题，有着强烈的警示作用。诗人用反诘语气激励人们绝不能忍辱偷生，而应该在光荣的战斗中求得生存，道出了一个深刻而单纯的真理。又如他的《义勇军》：

> 在长白山一带的地方，
> 中国的高粱
> 正在血里生长。

大风沙里一个义勇军

骑马走过他的家乡，

他回头

敌人的头，

挂在铁枪上。

　　通过一个抗日战士高大的形象，展示了人民的斗志和勇气。长白山的带血的高粱是诗的背景材料，其意义就是暗示要从侵略者的铁蹄下夺回每一寸土地。

　　田间还创作了一些短小的叙事诗，歌唱晋察冀军民的斗争事迹。如《一杆枪和一个张义》、《"烧掉旧的，盖新的……"》、《给饲养员》等诗作。这些作品都在紧张、惊险的叙述中刻画主人公的形象。这些诗犹如进军的号角，具有浓烈的战争色彩。闻一多亦认为，田间的诗"是一片沉着的鼓声，鼓舞着你爱，鼓舞着你恨，鼓舞着你活着，用最高限度的热力去活着，在这片大地上"①。

　　1942年，毛泽东的《在延安文艺座谈会上的讲话》发表，田间按照《讲话》的精神长期深入农村，向民歌学习，汲取古典诗歌的优点，在民族化、大众化道路上不断探索，写出了具有民族风韵的作品，如《戎冠秀》、《赶车传》第一部等，这两篇作品是中国新诗史上"民歌体"的优秀力作。

　　"诗是一种风声，诗是一种火光，诗是一种雷电。"② 田间被称为"时代的鼓手"，就是因为他把诗当做时代的号角、时代的风声、时代的雷电和光。他的诗是为时代而歌、为人民而歌的典范。

---

① 闻一多:《时代的鼓手》，见《闻一多全集》第三卷，湖北人民出版社1993年版。
② 田间:《田间诗抄·小引》，人民文学出版社1959年版。

第十三章

"新民歌体":民族文化的创造性回归

一 在"为工农兵服务"的旗帜下

"新民歌体"派是指 20 世纪 40 年代初期的解放区出现的具有民歌风味的新诗派。严格地说,是毛泽东《在延安文艺座谈会上的讲话》发表之后,解放区的诗人们根据这篇讲话的指示精神而创作的诗歌作品。这一个诗歌流派与国统区的诗歌派别不同,它不再是一种自由状态的纯文学派别,而是在共产党领导下的文学运动中产生的。其价值取向也十分明显,即在共产党和人民群众之间起到桥梁的作用。与人民群众的革命运动紧密联系,直接为无产阶级的政治服务,这是该派的审美宗旨。从创作实践上看,"新民歌体"的作品已经被解放区的广大人民群众所接受,并且已经引起共鸣。这说明文学与大众的求同意识不再是一种理想,而是可以完成的现实。

毛泽东的文章解决了无产阶级文学中的许多重大理论问题,特别是"文艺为谁服务"的问题论述得比较彻底。毛泽东说:

> 所以我们的文艺,第一是为工人的,这是领导革命的阶级。第二是为农民,他们是革命中最广大最坚决的同盟军。第三是为武装起来的工人农民即八路军、新四军和其他人民武装队伍的,这是革命战争的主力。第四是为城市小资产阶级劳动群众和知识分子的,他们是革命的同盟者,他们是能长期地和我们合作的。①

这就是后来的"为工农兵服务的方向"。关于无产阶级革命文艺的方向,在抗日战争的具体环境里,首先要突出工农兵的地位,这是由当时的历史条

---

① 毛泽东:《在延安文艺座谈会上的讲话》,《解放日报》1943 年 10 月 19 日。

件和民族解放战争的任务所决定的。文学既然要为工农兵服务，其形式就必须走彻底的大众化道路。这样，文学艺术的形式不但要为广大的工农兵群众所理解，还要能号召他们起来为民族的存亡而战斗。正是在这种历史条件下，一个不自觉的诗歌流派在解放区诞生。说它不自觉是因为这些诗人没有艺术宣言，没有组织章程，也没有固定的刊物为阵地，当然也就没有凝聚在某一个地方的创作群体。但是，他们的创作目的、文艺思想、审美追求都可以统一在《在延安文艺座谈会上的讲话》这篇文章中。从这个意义上说，毛泽东的这篇《讲话》，是这个流派共同的文艺美学核心。

诗歌创作由表现个人的内心世界向表现大众的现实生活迈进，在审美形式上又从西方回到东方，回到传统中最通俗易懂的境界上去。回到传统，是这个流派赖以存在和发展的基础。

毛泽东的《讲话》发表后，中共的许多高层领导也相应作了许多指示，周恩来的《延安的文艺活动》、刘少奇的《把一般原则与现实生活中的具体问题联系起来》、朱德的《三年来华北宣传战中的艺术工作》、陈云的《关于当前的文艺工作者的两个倾向问题》、凯丰的《关于文艺工作者下乡的问题》、陆定一的《文化下乡》等文章，都对毛泽东的《讲话》作了深入细致的解释。此外，周扬、林默涵、艾思奇、丁玲、冯雪峰、柯仲平、成仿吾、艾青都就解放区文艺的任务、内容、形式作了阐述。在这样的形势下，一场轰轰烈烈的文艺下乡运动在解放区全面铺开。

在毛泽东"文艺为工农兵服务"的方针指导下，大批延安的诗人和从国统区来到延安的诗人，都深入工农兵群众中与他们同吃同住，从他们身上汲取诗的素材和艺术营养。李季、阮章竞、田间都曾多次到人民群众中去参加实际斗争，并成为"新民歌体"的代表人物。

新文学大众化的讨论，由来已久。1928 年的革命文学的倡导与论争过程汇总，鲁迅、郭沫若、茅盾、成仿吾等人都提出过民族文化的大众化问题。20 世纪 30 年代，关于文学大众化的论争三起三落。这些争论虽然没有解决什么实际问题，但从理论上奠定了新文学的大众化基础。抗战爆发后，田间、柯仲平等人在延安掀起"街头诗运动"和"墙头诗运动"，这是新诗迈向群众化的真正开始。田间、臧克家、艾青等人及"七月诗派"诗人的一些作品也有大众化的倾向，这为解放区诗坛出现"新民歌体"作出了创作上的榜样。

诗人们下乡后，他们踏进了琳琅满目的民间诗歌宝库，这些曾经拜读过荷马、但丁、歌德、雪莱、艾略特、波特莱尔的诗的诗人，被民间朴素、鲜活的民歌所倾倒。"这些信天游，走西口，五更，戏莺莺实在使我们迷醉，使我们不愿意离开他们，离开这些朴素活泼而又新鲜的歌曲，离开这藏着无穷歌曲的乡村。"① 这是诗歌的又一块新天地，诗人们如饥似渴地发掘这些新的审美材料。于是，一种耳目一新的开一代新风的新诗体出现了。这就是后来被称为"民歌体"的新诗。

"民歌体"用人民群众熟悉的形式抒人民之情，叙人民之事，自然得到了人民群众的热烈拥护。这一流派比较著名的作品有李季的《王贵与李香香》，阮章竞的《漳水河》、《圈套》、《送别》和《盼喜报》，严辰的《新婚》，李冰的《赵巧儿》，张志民的《王九诉苦》、《死不着》、《野女儿》，田间的《赶车传》，贺敬之的《笑》，郭小川的《老雇工》，公木的《岢岚谣》等。这些以"民歌体"形式完成的诗作，是解放区诗歌的主潮，也是中国新诗流派史上的一次主题风格的集体转移。转移的目标是：朴素、通俗、精练、整齐、押简单的韵，艺术上回到传统的比兴手法。这是诗人的想象力与人民大众的智慧相结合的结果。

五四以来的新诗，尽管一开始就提倡"平民文学"，但并没有真正的平民化。后来又提倡过"为人生"的文学，"无产阶级的大众文学"，这些口号的倡导者们为此殚精竭虑，然而文学并没有走向中国的基本人群。诗的现代意义属于城市的知识分子，工农兵对现代新诗的拒绝，主要是整体的欣赏水平未能达到读懂现代新诗的境界，面对这样的读者对象，中国新诗的发展状况十分尴尬。"新民歌体"的社会价值恰好扭转了新诗的这种被动局面，而且当一些曾经是现代主义诗歌提倡者的诗人深入农村，阅读或观看了浅显易懂的文艺演出和文艺作品后，他们的审美感觉发生了变化。何其芳曾这样说过：

> 在抗战初期，延安也曾创作并演出过一个叫做《农村曲》的歌舞剧，那也曾受到当时观众的欢迎，但凭我的记忆来说，那是比较软弱无力的。不但这个《农村曲》，就是西欧的一部分精致的细腻的作曲家的作品，在我做了我们秧歌的听众之后，我也觉得它们是软弱无力的。它们只宜于演奏在客厅、地毯、绸衣、贵妇人与情话之间。比

---

① 丁玲：《三日杂记》，《解放日报》1945 年 5 月 9 日。

起烈火一样的、暴风雨一样的群众艺术、斗争艺术，它们是如何逊色的。①

何其芳的这种感受是发自内心的。作为诗人，他接触过不少西方现代诗，也写过不少具有现代派意义的诗作。但当诗人走进群众中，走进通俗的民众文艺时，便惊羡于人民大众的创造力。理论家周扬也有相同的感受，但是他的认识又与何其芳不同，周扬把文艺与群众的关系等同于文艺与政治的关系一样重要。他认为："一切伟大艺术都在民间艺术中有它们的渊源，这个真理我们没有很好地认识。"② 周扬高度肯定了民间文艺对一切文学艺术的影响，诗歌自然也不例外。

解放区的新诗，其社会功利的精神内核，就是要求诗歌面对这场民族解放战争，必须从审美认识上作出巨大调整，诗歌的审美功能要与工农兵的欣赏能力相切近，而拒绝与知识分子的文化素养相一致。因而歌谣、快板、数来宝、说唱艺术成为诗歌再创造的固定模式。当然，如果没有高层次的诗人下乡参与，那么这些民间文学形式的诗歌很难作为高雅的艺术走进诗歌的殿堂。正是大批有责任感、有民族精神的诗人和知识分子参与了这场诗歌文体变革运动的大转折，解放区的"新民歌体"才在新诗坛上独放异彩。

二 用改造的"旧瓶"装时代的"新酒"

诗歌审美价值的转折比其他文学门类要艰难得多，因为它是经历了无数诗人的实践才得以积累起来的。诗是感情高度凝练，样式非常精致的一门艺术。尽管广大的农村依然是民歌和古诗的世界，但要求刚刚建立自由体形式的诗人来一次逆向的调整，重新建立新的古老形式，确定新诗的审美价值，恐怕还是有些困难。但是，毛泽东的《讲话》精神却拨开了诗人们眼前的迷雾，在众多诗人的努力下，终于形成了一次浩大的冲击波，特别是李季的《王贵与李香香》，把这次诗歌潮流提高到一个崭新的境界。

"新民歌体"具有以下几个明显的审美特征：

---

① 何其芳：《关于艺术群众化问题》，《群众》1944 年 9 月 30 日。
② 周扬：《马克思主义与文艺》，《解放日报》1944 年 4 月 8 日。

首先是审美传统的回归。战争的严酷，民族的危亡，迫使缪斯之神走向背叛的历程。这次诗歌的回归，是时代推进的结果，尽管许多中共的高层领导和一些权威的理论家，就整个解放区的文艺问题，特别是民族的大众化问题发表了不少精辟的观点，但是，诗歌与大众的结合，更多的是来自时代潮流的推涌。时代需要诗人作出相应的回答，而诗人又是感情较为浓烈的个体。使命感、危机感、民族感让诗人重新回到旧的传统的文化氛围，回到民间文学的怀抱，重建传统诗歌的模式。当然，旧传统的再次抛出，绝不是照搬照套，而是用改造过的"旧瓶"装时代的"新酒"。关于这个问题，艾思奇是这样解释的：

> 把握旧形式的必要，在现在是不会为太多的文艺人所怀疑的。问题是在于怎样了解这工作，和怎样实际去把握。对于这个问题，我们基本上的了解应该是：并非完全投向旧形式，无条件地主张旧形式至上主义；也并非仅仅以旧形式为敷衍老百姓的手段，把它看作艺术运动本身以外的不重要的东西；而是要把它看作继承和发扬文艺传统的问题。我们的眼光是从传统方面来看的，运用旧形式，其目的不是要停止旧形式，而是要为创造新的民族的文艺。[①]

回到传统诗为了表达新的内容，这个新的内容就是为抗战服务。抗战是整个民族的大局，是任何一个中国诗人都不能推诿挥笔的。旧形式仅仅是为了贴近大众，把内容所散发出的新信息传递给人民大众。如阮章竞的《牧羊儿》：

> 放羊儿，过山坡，
> 青草儿，多又多。
> 掌柜的吃烙饼，
> 给我啃糠窝窝！
> 日头凶，风雨恶，
> 肚子饥，脚磨破！
> 八路军，过来了，

---

① 艾思奇：《旧形式运用的基本原则》，《新中华报》1939 年 2 月 7 日。

参军去，找哥哥！

用儿歌的形式表达时代的新内容。牧羊人直接走进诗歌中倾诉自己的情感，而诗人却隐蔽在诗歌之外，这一点，深得古乐府民歌的审美要旨。从形式到内容，诗人已经完全摆脱了西化的自我形态，在民族民间文艺中重建自我。

其次是"新民歌体"的表现视角发生了变化。由于诗人们停止向西方现代诗歌借道通行，把诗歌归宿的指向调整过来转向民歌形式和民间格调，那么其表达对象必然大幅度转换。于是，农民和农民的悲惨生活，农民在共产党感召下的觉醒自然成为"新民歌体"表达的重大主题。这个流派的重头戏是"叙事诗"，而所有的叙事视角无一不是指向背负两千多年封建包袱的农民。《王贵与李香香》、《漳水河》、《赶车传》、《王九诉苦》无一不是觉悟了的农民的心灵历史的记录。相同视角的选择，并非是诗人与诗人之间的相互重复，而是生活本质的共性产生的结果。诸多叙事长诗的成功，或许就是这个流派审美意义厚重的原因。

诗的叙事性，必然以人物为表现主体的表达核心，塑造新的具有典型意义的新人物，便成为"新民歌体"共同的又一美学原则。叙事诗写人的优势在于打破了单一的抒情格局，以人物的出场和故事的推进构筑诗的情节结构。《王贵与李香香》表现的是农村青年男女恋爱与革命的故事。故事的发生发展都与人物的性格发展直接相连，而情节的推进又是为塑造着一对新的典型形象而设立的。又如张志民的《死不着》中"死不着"的父亲死在地主家丁的乱枪下，他的老娘被强行卖身抵债，他自己讨过饭，坐过牢……一系列人生的悲惨遭遇都落在了他的身上。再经过诗人的艺术加工，一代苦难农民的典型代表跃然纸上。

五四以来的新诗，以农民为表现题材的不少，但如此对农民形象进行灵魂描述，行动写生的却凤毛麟角，而"新民歌体"的诗人们却做到了，这难道不是对新诗空白的一次补填？

自觉向民歌艺术学习"新民歌体"的创作目的，但是这种学习是主动的发挥，不是被动的模拟。李季称民歌是"文艺的宝库"①，这是从艺术的源泉而发出的感叹。诗人们向民歌学习的过程是广泛收集素材，深入

---

① 李季：《我是怎样学习民歌的》，《人民日报》1963 年 6 月 30 日。

研究民歌的艺术精华，在诗歌创作中创造性地运用传统的民歌形式。"新民歌体"之所以被称为"新"，原因就在于诗人们不仅是搜集者、加工者，而且是创造者。他们的作品不是民歌形式的简单移植，而是用固有的模式来表现诗人自己的抒情性思考。像《王贵与李香香》、《王九诉苦》等作品，保持了"信天游"的表层形式，但总的审美韵味已经不是民间"信天游"可以企及的。原始的"信天游"一般是两句为一节，表达一个完整的意思，但李季在这个基础上作了审美变更，他采用联唱的手法，几节乃至几十节构成一个相对完整的情节。"信天游"表现的单一性被扬弃，由叙述的联唱而代之。《漳水河》更是采众家之长而形成的新的民歌体。这首叙事长诗，分别将漳水河两岸的各种民间小调运用到创作中，形成诗人独特的集叙事抒情为一体的新的美学形式。《漳水河》中，有诸多民歌形式的影子，如："开花"、"回大恨"、"漳河小曲"、"牧羊小曲"，但诗人仅仅受这些民间歌谣形式的影响和启发之后，运用自己的理论素养在此基础上博采成诗。

综上所述，这次诗歌审美形式的回归性演变，是民族化方向的一次转折。这次转折的速度十分快捷，与诗人对时代的选择有直接关系，客观上证实了中国新诗从诞生之日起就与中国社会发展的时代脉搏共忧共戚，无论怎样演变，始终保持了社会意识形态所给予的印迹。

三　精品导读：《王贵与李香香》、《漳水河》

"新民歌体"诗派取得的突出成就是叙事诗，而李季的《王贵与李香香》与阮章竞的《漳水河》无疑是该派叙事诗中的精品。正是有了这两部叙事长诗，所有的文学史家都无法绕过这一段诗歌的历史。这两部叙事长诗是新诗文体转移时期的纪念碑式的作品。钟敬文认为，《王贵与李香香》"和本格的民族血脉相通，骨肉相连"[①]，不是仿作，而是地道的重新创作。《漳水河》也是一样，由于诗中诗人独立创造的成分较多，因而不是对民间文学的简单仿制。

《王贵与李香香》发表于 1946 年 9 月的《解放日报》。这是诗人学习了毛泽东的《讲话》后，长期深入陕北三边农村而创作出来的叙事长诗，

---

① 钟敬文：《读〈王贵与李香香〉》，《钟敬文民间文学论集》，上海文艺出版社 1985 年版。

是"新民歌体"派诗人贡献给诗坛的最优秀的作品。全诗共分为三个部分。第一部分交代时间、地点、环境及主人公的出场。第一部分的第一节开始就这样写道:

> 中华民国十九年,
> 有一件伤心事,出在三边。
>
> 人人都说三边有三宝,
> 穷人多来富人少。
>
> 一眼望不尽的老黄沙,
> 哪块土地不属财主家?
>
> 民国十八年雨水少,
> 庄稼就像炭火烤。

短短几节就交代了时间、地点,并对环境进行艺术的渲染。

这首长诗描写的是第二次国内革命战争时期,三边地区一对贫穷的青年男女恋爱中的悲欢离合的故事。以婚姻爱情为主线索,贯穿阶级斗争、阶级革命的内容。情节的叙事框架由三部分组成:男女主人公互相的阶级同情和面对面的接触,产生了两相思慕的爱情;男耕女织的田园式恋爱遭到邪恶势力的破坏,导致暂时性分离的悲哀,在分离的痛苦中显示坚强不屈的品格;通过革命的抗争迎来大团圆的结局。

这三个叙事层面,涵盖了《王贵与李香香》的全部内容。

第一个叙事层面:叙述的是王贵的父亲因交不起租而死于地主崔二爷的鞭子下。

> 打死了老子拉走娃,
> 一家人落了个光塌塌。

王贵的父亲王麻子一年苦到头没有饭吃,交不起租子,只好用生命来抵债,而王贵被穷人李德瑞家收养,"一个妹子一个大,每家的人儿找到了家"。王贵找到了"父亲",又找到"妹子",于是在"掏苦菜"、"放牛羊"的平常生活中,产生了爱情。"烟锅锅点灯炕炕明,酒盅盅量米不嫌哥哥穷。"如果这个故事到此结束,那么这首长诗的意义仅仅是"你挑水来我浇园"的农业文明的一个"男勤耕,女织衣"的爱情故事,终究逃不出"劳动+爱情"的公式圈套。当有钱有势、人老贪色的地主崔二爷也爱上了"山丹丹开花红姣姣"的香香时,诗歌中的另一种审美意义出现了。李香香面临两种选择:是嫁给爱情,还是嫁给钱财与权势?王贵同样面临两种选择:是要生命,还是要爱情?

当这个三角恋爱出现时,诗的审美价值也就随之而出。王贵在这场恋爱角斗中自然斗不过权倾一时的崔二爷,于是为了寻求帮助,"王贵暗地里参加了赤卫队",寻找另一种集体的力量来实现自己的复仇计划。但是他参加赤卫队的秘密还是被崔二爷知道了,崔二爷为了获得"香香人材长得好"的妙龄少女,便动用自己的力量将这位"身高五尺浑身是劲"的秘密赤卫军抓了起来。正当王贵要重蹈其父惨死的覆辙时,香香利用自己的特殊身份报告了游击队。于是"太阳出来满天红,革命带来了好光景"。在这样的大好时光下,一对年轻的恋人终于结合。然而形势很快急转直下,"火红晴天下猛雨,鸡毛信来了坏消息"。崔二爷回来了。崔二爷领着白军回来,一方面固然要夺回自己的财产,另一方面是"崔二爷想香香,心还没有死",于是便发生了"顺水推舟亲了一个嘴,——大白天他想胡日鬼"的情节。正当崔二爷强行娶亲时,"枪声一响乱喊'杀'!咱们的游击队打来啦!"王贵终于依靠集体的力量夺回了爱情。

《王贵与李香香》的叙事情节是一种"纯"化了的提炼,这种"纯"来自一个并不复杂的"三角恋爱"关系,因而使这首叙事长诗确实具备了史诗的精神,具有里程碑的意义。

"新民歌体"诗派的另一首经典作品是阮章竞的《漳水河》。谢冕先生认为,《漳水河》是一部跨时代的作品,既是作为总结,又是作为发端,它在中国新诗史上是一座连接两个时代的桥梁。① 从时间上说,《漳水河》是 1949 年 3 月完成的,是"现代文学"和"当代文学"的相互交替期,也是"新民歌体"诗派的最后总结式的作品。《漳水河》描写的是

---

① 参见谢冕《新世纪的太阳——二十世纪中国诗主潮》,时代文艺出版社 1993 年版,第 206 页。

三位农村妇女荷荷、苓苓和紫金英在这一带的悲惨遭遇和翻身做主的经过。这首长诗也由三部分组成：

第一部分：《往日》。

这一部分主要写荷荷、苓苓、紫金英三位青年女性因封建习俗的束缚而惨遭不幸。这三位淳朴善良的女性最初对自己的婚姻都寄托着美好的理想。荷荷希望自己的丈夫是个"抓心丹（即贴心人）"；苓苓盼望自己嫁个"如意君"；紫金英想嫁个"好到头"。然而，旧体制毁灭了她们的良好梦想。美丽端庄的荷荷嫁了个比她大 20 多岁的凶狠貌丑的富农，受尽凌辱和折磨。苓苓嫁了个"二老怪"，这是一个夫权思想极为严重的农民，天天不打即骂，终日以泪洗面。紫金英嫁了个"病秧子"，半年之后就守了寡，还生了个"遗腹子"。"断线风筝女儿命，事事都由爹娘定。"封建婚姻的现实，使这几位淳朴的农村女青年成为人性压抑的牺牲品。

> 荷荷想配个"抓心丹"，
> 苓苓想许个"如意君"。
>
> 紫金英想嫁个"好到头"，
> 毛毛小女不知愁。

这种不合理制度下的婚姻理想，反映了中国农村妇女从属地位的现实，总想找一个如意的丈夫作为终身依托。在第一部分里，我们看到人物的性格通过群体的意识来表达，三位妇女不幸人生的诉说，是对整个社会的集体指控。

第二部分：《解放》。

三位妇女终于向环境宣战，并获得了自由。荷荷和富农男人离了婚，和勤劳进步的青年"王三好"结婚。苓苓与夫权思想严重的"二老怪"进行说理斗争，取得了胜利。紫金英在荷荷等人的帮助下，重新踏上了新的人生道路。第二部分是人物性格发展的关键，诗人因此花了大量笔墨进行渲染。

第三部分：《常青树》。

为了巩固所取得的胜利，三位妇女继续与封建残余势力作斗争，最后彻底摆脱封建陋习的压迫，获得了人性的最大解放。

《漳水河》也是采用民歌的表现形式，但诗中的诗情画意却又是原始的民间文学所不能相及的，特别是对人物心理世界的精细刻画，更是其他"新民歌体"派的叙事诗所不逮。如对紫金英的心理描写：

> 看尽花开花落，
> 熬到五更炕头坐，
> 风寒棉被薄！
>
> 灰溜溜的心儿没处搁，
> 水裙懒去绣花朵，
> 无心描眉额！

把寡妇的心酸、空虚、独守空门、无所依托的心思描写得入木三分。

"新民歌体"诗派的出现，向我们展示了一个问题：中国诗歌的发展要充分注意中国文化的实际，新诗不仅要追求高雅的高层次的艺术境界，同时也要顾及大众的欣赏水平。这也是"新民歌体"这一流派比后来新诗史上任何一个流派都要幸运的原因。

第 十 四 章

"九叶诗派":新诗大树上的九片叶子

一 "九叶诗派"的来龙去脉

"九叶诗派"形成于 20 世纪 40 年代，但直到 80 年代才能得以命名。1981 年 7 月，江苏人民出版社出版了一本名为《九叶集》的新诗选本，收录了 40 年代在诗坛十分活跃又比较年轻的九位诗人的作品。这九位诗人是：穆旦、辛笛、陈敬容、杜运燮、杭约赫、郑敏、唐祈、唐湜、袁可嘉。袁可嘉在《序》中说：

> 这个诗集是本世纪四十年代（主要是一九四五——一九四九年）国民党统治区九个较年轻的诗人作品的选集。时隔三十多年，为什么还要在八十年代的中国重新刊印问世呢？

> 这是因为这些作品是四十年代中国的部分历史的忠实记录。九位作者为爱国的知识分子，站在人民的立场，向往民族自由，写出了一些忧时伤世、反映多方面生活和斗争的诗篇。内容上具有一定的广度和深度，艺术上，结合我国古典诗歌和新诗的优良传统，并吸收西方现代诗歌的某些手法，探索自己的道路，在我们新诗的发展史上构成了有独特色彩的一章。当时由于战争环境的限制，这些作品虽在一些报刊上如上海的《诗创造》、《中国新诗》、《民歌》、《文学杂志》、《文艺复兴》、《大公报》、《星期文艺》、《文汇报》、《笔会》和田间的《益世报》、《文艺周报》上发表过，九人中的大多数也都出版过自己的诗集，有过一定的影响；但在动乱的年代，所能接触到的读者面终究是有限的。建国三十年来，由于大家现在都知道的诸多原因，这些作品也和国统区其他许多具有各种不同风格和特色的诗篇一样，长期没有获得与广大诗歌读者见面的机会。

以致在我国现代文学史上，对四十年代国统区的诗创作缺少较全面的评价。

袁可嘉在最后说：

> 为了便于检验过去的习作，更为了能够获得新诗读者的指教，九位作者各从四十年代写的诗作中选出若干首，编辑成这册《九叶集》。让这九片叶子，在祖国百花争艳的诗坛上分享一点阳光，吮吸一丝雨露吧！

这篇序言和这本《九叶集》的诗选，宣布了一个新诗流派的新生。从此，有着相近审美风格的九位诗人便以"九叶派"的称号出现在中国现代文学史上。

"九叶诗派"的形成自然有它特殊的历史背景。首先，作为一个流派，他们在一段时间里有过交往。上海有杭约赫、辛笛、陈敬荣、唐祈、唐湜；北方则有西南联大的几位毕业生穆旦、郑敏、杜运燮、袁可嘉。他们的诗歌艺术的交流，主要得力于《中国新诗》、《诗创造》这两本杂志。

1947 年 7 月，《诗创造》创刊。该刊是上海群星出版公司出版的丛刊，由臧克家担任主编，杭约赫主持编务和发行工作。该刊共出了 16 辑，1948 年 11 月终刊。有百余人在该刊发表诗作，"九叶诗派"的九位诗人也在上面发表了大量的诗作。由于该刊创办人及编辑者的选稿方针不一致，审美倾向有分歧，1948 年 6 月杭约赫、辛笛、陈敬容、唐祈、唐湜又另起炉灶，在上海创办了《中国新诗》，每月出 1 辑，由森林出版社出版。由于国民党当局的查禁，《中国新诗》只出了 5 辑，便与《诗创造》一起于 1948 年 11 月被迫停刊。

对于从《诗创造》到《中国新诗》的这段过程，唐湜是这样解释的：

> 比《诗创造》创刊稍后，群星出版了一套十二册《创造诗丛》……这诗丛与《诗创造》应该是配套的，但也是在"大方向一致的前提下兼容并蓄"的，可后来在敬容、唐祈和我的参与下，刊物显现了一些"现代派"的倾向，引起了一些人的非议。臧老说这

刊物是他创办的，第二卷起"收回"，交林宏、方平、田地负责编辑。①

后来，在辛笛提议"再办一个"的建议下，《中国新诗》创刊了。该刊是"现代派"的延续，追求明快、有力的诗风。由唐湜执笔的代序《我们的呼唤》，代表了他们共同的艺术主张：

> 我们现在是站在旷野上感受风云的变化，我们必须以血肉似的感情诉说我们思想的探索。我们应该把这个时代的声音在心里化为一片严肃，严肃地思想一切，首先思想自己，思想自己与一切历史生活的严肃的关系。一片庞大的繁复的历史景色使我们不学习坚韧的挣扎，在中心坚持，也向前突破，对生活也对艺术作不断的搏斗，我们的工作要求一份真诚的原则，毅然不动的塑像似的凝聚，也要求一个分量恰当又正确无误的全局把握。我们应该有一份浑然的人的时代的风格与历史的超越的眼光，也应该允许各自贴切个人的冲突，与沉潜的、深切的个人的投掷。我们首先要求在历史的河流中形成自己的个人的风度，也即在艺术的创造中形成诗的风格，而我们必须进一步要求在个人光耀之上创造出一片无我的光耀——圣洁的大欢跃，一份严肃的欧诺工作，新人类早晨的辛勤的耕耘。②

这是一篇比较空泛的宣言，没有提出任何艺术主张，对诗的审美倾向也没有作具体的规范。但是气势上却与其他流派不同，要求诗人先在历史的长河中形成个人的诗歌风度，然后再共同创造一个大的"无我的光耀"。也就是说，诗人先要具备自己的风格，然后加入一个集团的大我的诗潮中。

《中国新诗》的创刊，使这一批年轻的诗人获得了表现自己个人艺术禀赋的契机，他们不仅发表了大量有个性的作品，还出版了8册《森林诗丛》。这套丛书和之前的12册《创造诗丛》，被当时的诗坛称为"盛事"。

---

① 唐湜：《关于"九叶"——从〈诗创造〉到〈中国新诗〉》，《文艺报》1986年11月12日。

② 《我们的呼唤》，《中国新诗》1948年6月创刊号。

《创造诗丛》分别是：杭约赫的《噩梦录》，唐湜的《骚动的城》，吴越的《最后的星》，黎先耀的《夜路》，苏金伞的《地层下》，李博程的《婴儿的诞生》，沈明的《沙漠》，方平的《随风而去》，青勃的《号角在哭泣》，田地的《告别》，康定的《掘火者》，索开的《歌手乌卜兰》。

《森林诗丛》分别是：杭约赫的《火烧的城》，陈敬容的《交响集》，唐祈的《诗第一册》，唐湜的《英雄的草原》，辛笛的《捧血者》，田地的《风景》，方敬的《受难者的短曲》，莫洛的《渡运河》。

从这两套诗丛来看，"九叶诗派"是一个较大的诗人文化圈子，似乎不局限于《九叶集》的九位诗人。杭约赫称为"一个稍带同人性园地"①的《诗创造》所涵盖的诗人也比较多。即便是后来由杭约赫、辛笛、陈敬容、唐祈、唐湜创办的《中国新诗》及《森林诗丛》也不完全是"九叶"诗人的作品。相反，"九叶"诗人中实力较强的袁可嘉、郑敏、穆旦、杜运燮的诗集并没有列入《森林诗丛》出版。当然，一个流派的形成必定有它潜在的"流向"，否则又如何结成一个派呢？"九叶诗派"之所以称为"派"，固然与《诗创造》、《中国新诗》这两本杂志及《创造诗丛》、《森林诗丛》有直接关系，但是真正使这个诗群成为一个流派的是相同的艺术趣味。这九位诗人由分散到聚结的过程，主要还是一致的诗歌美学倾向联结的结果。这一点，袁可嘉阐述得非常明白：

在诗歌艺术上，他们要求发挥形象思维的特点，追求知性和感性的融合，把官能感觉和抽象概念、炽热情绪结合为一个孪生体，使"思想知觉化"（艾略特）；他们注重象征和联想，让幻想与现实交织渗透，把思情寄托于活泼的想象和新颖的意象，通过烘托对比来取得总的效果，借以增强诗作的厚度与密度；在意象营造上，他们强调较大跨度的跳跃性，"把极不相同的形象用蛮劲拉在一起"（约翰逊），使之产生"陌生化"的功效；在语言上，他们主张在现代口语与书面语的基础上大量使用具体词与抽象词的嵌合，以增强汉语的活力和韧性，因此具有不同程度的欧化倾向。②

---

①　杭约赫：《编余小记》，《诗创造》第 11 辑，1948 年 5 月。
②　袁可嘉：《西方现代派与九叶诗人》，《现代评论·英美诗论》，《文艺研究》1983 年第 3 期。

创作技巧上的共同点，才是"九叶诗派"形成的真正原因。尽管各自的人生经验不同，但是对西方现代诗派的偏爱，对诗歌艺术的潜心研讨把他们结合在一起。他们的诗歌创作不是对感觉、印象的简单追求，也不在主客观之间犹豫不决，他们在观照世界的同时，也冷静、理智地思考人生。他们一边向艾略特、叶芝、里尔克等人学习，写着中国的现代诗，一边又思考烽火连天的苦难的中国大地。诗歌艺术的火种就这样神奇地播撒在他们九人心中。如果说，《诗创造》的创刊使这九位年轻的诗人彼此增进了解的话，那么《中国新诗》的问世，则使他们因诗歌艺术的共同点而排齐了阵容。对此，袁可嘉说道：

　　与此同时，上海方面以《诗创造》、《中国新诗》为中心，辛笛、杭约赫、陈敬容、唐祈、唐湜等诗友也在理论、创作和评价方面做出了基本方向一致的重大努力，而在一九四七、一九四八年他们与北方四位年轻诗人取得了合作，扩大了影响，然后是三十年的停顿。①

　　南北年轻诗人的合作当然是以诗歌审美艺术的投机为前提，否则在《诗创造》、《中国新诗》两本杂志所发表作品的诗人又何止九个？
　　尽管这九位诗人的诗歌创作各有特点，但受西方现代派思想的影响却是共同的。穆旦、郑敏、杜运燮、袁可嘉在西南联大读书时，直接受教于闻一多、卞之琳、冯至，而英国学者燕卜逊讲授的西方现代诗使他们成了"一群自觉的现代主义者"②。辛笛 1935 年毕业于清华大学外文系，之后又赴英国爱丁堡大学研究英国文学，对外国现代派诗人艾略特、里尔克、奥登尤为喜爱，因而其诗歌有现代派特征。杭约赫早年写过政治鼓动诗，1940 年在重庆时又爱上了普希金的诗，到了上海后开始接受艾略特和奥登的影响。他 1948 年完成的长篇真实抒情诗《复活的土地》在创作手法上有艾略特的《荒原》的影子。唐湜毕业于西北大学，开始起步就以西部少数民族的生活为表现对象，诗中弥漫着浓郁的象征色彩。唐湜在浙江大学读书时，惊异于欧美现代派诗歌的艺术力量，"由雪莱、济慈飞跃大

---

① 袁可嘉：《诗人穆旦的位置》，江苏人民出版社 1987 年版。
② 唐湜：《诗的新生代》，《诗创造》1948 年第 8 辑。

里尔克与艾略特的世界"①。成景荣是一位女诗人，同时又是一位翻译家，接受现代派诗歌更直接。由此可见，对西方现代派诗歌的认同，构成了"九叶诗派"共同的美学核心，而《诗创造》和《中国新诗》仅仅是他们演验这一核心的场地。

二　共同的美学核心：思想与艺术的统一

《九叶集》是 20 世纪 40 年代后期中国知识分子思想历程的忠实记录，也是诗人们在继承传统诗歌的基础上对西方现代诗的一次良好借鉴。这部诗集突出地表现了九位年轻诗人沉重的使命感。面对千疮百孔的现实生活，他们不约而同地替人民呐喊，面对民族的苦难，他们齐声抗议。辛笛的《布谷》把诗人自己比做啼血的杜鹃，一声声诉说人民无边的苦难。唐祈的《最末的时辰》用冷峻尖锐的笔调剖析人间苦难。"许多人没有住处/在路灯下蜷伏/像堆霉烂的黑蘑菇。"诗人从正面叙写民众的苦难，客观地描述了人生生活的苦难图景，读之愤怒之情涌上心头。

虽然现实是昏暗的，但"九叶诗派"的诗人们并不颓废，他们坚信希望和光明一定会如同春天一样如期而来。唐湜在《我的歌》中如此唱道："呵，风旗猎猎地在屋顶上欢唱/看五月的晴空，多像明亮的海洋/我要向无边的空阔打开灵魂的窗/抛出嘹亮的歌，一片希望。"他们总是充满信心地期待光明的来临，于是他们在诗歌中歌颂那些为光明献身的伟大诗人：闻一多、李公朴、朱自清、雪莱、贝多芬、罗丹、米尔顿都成为"九叶诗派"寄托理想的对象。辛笛的《"逻辑"》，陈敬容的《斗士·英雄》、《题罗丹作〈春〉》、唐湜的《雪莱》、《巴尔扎克》、《米尔顿》，杜运燮的《雷》，都借自己仰慕的人来抒写青春的激情。

始终以一种智性的诗情去把握自然，描写人生，思考未来，是"九叶派"诗人们创作中的共同特点。他们的诗歌视野比较开阔，创作的起点比较高，尽管他们面临一个动荡的社会，但并没有被动乱的时代所同化。我们总是能够透过他们诗中的动乱生活，感受到诗人的充满激情的理性思考。他们思考生命的意义，探索人生的价值试图对动乱的环境作出清醒的解答。穆旦的《赞美》，对中国农民"无言地跟在犁后转"却又有时

---

① 唐湜：《我的诗习作探索过程》，《新意度集》，三联书店 1990 年版。

候死呆呆对"同样受难"的艰难人生作了冷静的思考；唐祈的《挖煤工人》提出了煤矿工人用血泪供着"大肚皮战争贩子"的现实问题；陈敬容的《从灰尘中起来》则充满了苦难的忧患意识。敢于思索，使"九叶派"的诗显示出时代的沉重感。

"九叶派"的诗人站在新诗发展的制高点上，对诗歌的历史作用作出了令人信服的准确判断。他们认为，新诗到了 20 世纪 40 年代，存在着两种倾向："一个尽唱的是'爱呀，玫瑰呀，眼泪呀'；一个尽唱的是'愤怒呀'、'热血呀'、'光明呀'，结果前者走出了人生，后者走出了艺术。"① 在他们看来，只有将"爱"和"热血"结合起来，才会产生诗的社会效果和艺术效果。"九叶派"诗人从新的审美层面把握艺术与社会，审美与时代的关系，追求用现代意识表现生活的诗情目标，为新诗的发展开辟了一条新的途径。

"九叶诗派"的艺术特征是十分显要的。

他们既关心人民的生活，揭露社会的阴暗，又不走大众化的诗路，而是用现代意识去关注时代风云。这就使他们的诗在艺术特点上显得卓尔不群。至少在新诗史上，"九叶派"的诗人成功地把环境的客观性与艺术的独创性高度统一起来，思想的自觉化，艺术的理想化成为他们诗歌的一大艺术特色。如辛笛的《风景》：

> 列车轧在中国的肋骨上
> 一节接着一节社会问题
> 比邻而居的是茅屋和田野间的坟
> 生活距离终点这样近
> 夏天的土地绿得丰饶自然
> 兵士的新装黄得旧褪凄然
> 惯爱想一路来行过的地方
> 说不出生疏却是一般的黯然
> 瘦的耕牛和更瘦的人
> 都是病，不是风景！

---

① 参见陈敬容《真诚的声音》，《诗创造》1948 年第 12 期。

诗中提到的社会问题是残酷的，"瘦的耕牛和更瘦的人"都是时代的普通病症而不是自然风景。列车行走在中国的肋骨上，每走一步看到的都是沉重的社会现实问题，"茅屋"与"坟"，"土地"与"兵士"，都是战争带来的后患。如此凄惨的"风景"，却不是简单的描述，而是通过诗人心灵轨道的游荡来组成，是思想自觉化、意象化的结果。

艾青认为，"九叶派"诗人们"接受了新诗的现实主义传统，采取欧美现代派的技巧，刻画了经过战争大动乱后的现象"①。艾青的意思是说，该派诗人的诗在思想上具有现实主义的批判精神，在艺术技巧上采用的却是欧美现代派的写作手法。这个评价一语中的、简明扼要地道出了"九叶诗派"的美学核心。袁可嘉认为，诗歌创作要"尽量避免直截了当的正面陈述，而以相当的外界事物寄托作者的意志与情感；戏剧效果的第一大原则即是表现上的客观性与间接性"②。这个观点与"九叶派"的诗人们的创作是相吻合的。该派诗人就是注意捕捉生活中具体可感的形象来暗示诗人的抽象思维。也就是艾青说的用现代派技巧来表现"战争大动乱后的社会现象"。如唐湜的《骚动的城》：

> 洋油箱，孩子们拖着你
> 正如抱着锋利的犁
> 犁过大街，犁过城市的心脏
> 犁在人民的肩背上
>
> 罢市，喧嚣的呼喊起来了
> 罢工，城市高大的建筑撼动了

诗人用现代派的手法描写人民反饥饿，反迫害，反内战的"罢市"和"罢工"斗争。广泛采用象征、暗示的艺术手段来比喻战乱中人民的思想情绪。又如陈敬容的《有人向旷野去了》："有人向旷野去了/高大的身体越来越小/每一步把影子拉长/夕阳更斜，黑暗涨大了。"诗中用一个不怕黑暗的高大健壮的人来暗示诗人拥抱光明的情感，将时代内容渗透到

---

① 艾青：《中国新诗六十年》，《艾青全集》，花山文艺出版社1991年版。
② 袁可嘉：《新诗戏剧化》，《大公报》1947年3月30日。

理想的形象之中，用富有质感的人体来隐示自己的思想，使诗更具备艺术的感染力。

对时代的冷峻思考，注意观念的物化形态，在变幻的艺术中包容深刻的社会哲理，也是"九叶派"的审美特征之一。像郑敏的《时代与死》、《春天》，陈敬容的《律动》、《群像》，辛笛的《逻辑》，袁可嘉的《上海》、《南京》，穆旦的《自然的美》、《旗》，杜运燮的《雾》、《落叶》，杭约赫的《最后的演出》、《题照相册》，都是从生活的客观描写中引申出朴素的哲理。郑敏的《春天》在对自然景象的描写中提出一个深刻的社会问题：自然的春天和社会的春天都一样美丽。诗人写道：

> 他们都在倾听这个声音，
> 它的传出把冷硬的冬天土地穿透，
> 它久久地等待在黑暗的地心，
> 现在向我们否认有一只创造的手。

虽然"春天"在黑暗的地心等得太久，但迟早必定破土而出，冷漠的象征描写中闪烁着理性的光芒。以"春天"而引申出的另一个社会的"春天"，不久也将穿透冷硬的冬天土地而洒满人世间。

"九叶诗派"以忠诚艺术的目的观察时代和感受时代，努力表现中国最具有意义的斗争现实，其风格在20世纪40年代的诗坛上独树一帜。

三　新诗"大树"上的"九片叶子"

"九叶诗派"的历史虽然不长，但是其影响却是广泛的，这不仅是九位诗人创立了独特的集体诗歌风格，给诗坛提供了一个新的审美思维空间，而且为中国新诗的东西合璧蹚出了一条新的思路。他们中的一些诗人（如郑敏、陈敬容）在20世纪80年代又锐意进取，不时有佳作出现，对新时期的诗歌创作又起到了垂范作用。

辛笛：自幼好古诗，考入南开中学后受五四新文化冲击开始写白话新诗。20世纪30年代在清华大学读书时阅读了大量的外国文学作品，受斯宾诺莎和叔本华的哲学思想影响较深。文学上接受马拉美、艾略特、里尔克等人的熏陶。1935年清华大学毕业后赴英国爱丁堡大学研究英国文学，同时与弟辛谷合出第一本诗集《珠贝集》。在美国留学期间，孤身负笈于异国，愁情万种，写了一些怀念故国的诗，发表在戴望舒主编的《新诗》月刊上。回国后沉默了一段时间，直到抗战胜利才重新写诗。1947 年出版《手掌集》，1948 年 5 月参加《中国新诗》的编辑工作。在理论上，辛笛主张"六感"，即"真理感、历史感、时代感、形象感、美感、节奏感"。他认为一首好诗要做到八个字，即："情真、景溶、意新、味淳"。他早期的诗作是他的理论的实践，诗艺的视野较宽，对生活有独特的领悟。

新中国成立后，由于各种原因而离开了诗坛，担任卷烟厂、啤酒厂、食品公司等单位的领导。1979 年重新发表诗歌时，已年近 70 岁。1983 年人民文学出版社出版了他的诗集《辛笛诗稿》。辛笛的诗主要是通过意境和意象的创造，产生一种新的印象和感觉。如《风景画片》："飞过蓝天大海/落脚在千里的湖边/山鸟和海鸥来来去去/亲切忘记了语言/走进明丽的山川/一心去拣风景画片/寄去时间和地点/伴着对祖国深切的思念。"这首诗省略了潜在的时间地点，借意象传达感情。复出后的辛笛总是力图在诗中倾吐自己的思考，因而观念常常纠缠于他，使他不能全方位地在诗中放纵情感。尽管《祖国，我永远属于你》不失为 20 世纪 80 年代初期的优秀作品，但诗中的观念明显超过艺术。

郑敏：1943 年毕业于西南联大，后到美国布朗大学深造，并获得英国文学硕士学位。大学期间，受闻一多、冯至、卞之琳的影响较深，尤其偏爱冯至的十四行诗。20 世纪 40 年代文化生活出版社出版她的诗集《诗集 1942—1947》。郑敏的诗包含有现代的多层次意味，诗中所描写的生活往往是表层结构。诗人对时代、对人生的感悟是通过具体的景物描写而进入抽象化的意境。他的诗，集悟性、感性与知性于一体，用形象化的语言表喻诗人的思考。郑敏的诗，凝练如雕塑，流畅如素描，色彩如油画。如《荷花》：

这一朵，用它仿佛永不会凋零的花，
盛满了开花的快乐，
才立在那里像耸直的山峰，
载着人们忘言的永恒。

那一卷不急于舒展的稚叶，
在纯净的心里保藏了希望，
不穿过水上的朦胧，望着世界
拒绝穿上陈旧而褪色的衣裳。

但，什么才是那真正的主题，
在这一场痛苦的演奏里？这弯着的
一枝荷梗，把花朵深深垂向
你们的根里，不是说风的摧打
雨的痕迹，却因为它从创造者的
手里承受了更多的"生"，这庄严的负担。

　　这是一首雕塑感很强的诗，诗人通过自己的心态来感受"荷花"的形象。围绕"荷花"所展开的比喻、刻画都具有很深的意义。郑敏的诗较美，不仅是语言与形式，结构与意境，更主要的是诗境里升华而出的诗情意义。

　　沉默了 20 多年后的郑敏重返诗坛时，发表了著名的《诗，我又找到了你》的诗歌名篇。诗中多次出现了"我又找到了你"的历史情结。复出后的郑敏在诗歌艺术上努力寻找与 20 世纪 40 年代的衔接点，从而建立起静穆、沉思的风格。20 世纪 80 年代后发表的《古尸》、《第二个童年与海》、《冬天怀友》等诗作都具有幽深的哲理情调。

　　杭约赫：原名曹辛之，诗人兼美术家。早年就读于江苏省陶瓷学校、江苏教育学院。1938 年到延安，后到晋察冀边区工作。1940 年到重庆，任生活书店《全面抗战》周刊编辑。1945 年出版诗集《撷星草》。他是《诗创造》、《中国新诗》两本杂志的编辑和发行人，对"九叶诗派"的形成起了至关重要的作用。此外，他还出版了诗集《噩梦集》、《火烧的城》。1949 年 3 月，杭约赫出版了著名长诗《复活的土地》，这是"九叶诗派"向现代文学献出的最后一份礼物。

　　杭约赫的诗具有自然而又变幻无穷的语言结构，用粗线条处理广阔的社会图景，展现深沉、壮丽的画面。长诗《火烧的城》用诗的艺术再现了一个城市的变迁，而《复活的土地》则以磅礴的气势、广阔的视野、宏大的构思表现了诗人对战争的思考。

穆旦：原名查良铮，还用过笔名梁真。早年就读于南开大学，1935年考入清华大学，抗战期间就读于西南联大外语系，1948 年赴美国芝加哥大学深造。1952 年回国后任南开大学副教授。十年"文化大革命"期间备受摧残，1977 年因病逝世。

穆旦早年在中学时就开始文学活动，在西南联大期间大量阅读了西方现代派作品，是我国新诗史上最早模仿艾略特、叶芝等人写作的诗人。他的诗深沉凝重，想象奇特，比喻怪异，具有冷沉的风格色彩。杜运燮称她是"九叶派"诗人中"一位富有才华的探索者"①。1941 年 12 月创作的《赞美》曾受到闻一多等人的高度评价。除了译著外，20 世纪 40 年代穆旦还出版了《探险队》、《旗》、《穆旦诗选 1939—1945》三本诗集。1986年人民文学出版社出版了《穆旦诗选》。

理论上，穆旦强调在诗中表现历史的经验，表现历史的沉思，有新颖的手法。唐湜说他的诗是折磨自己，又折磨别人。② 可见其诗风之怪异。

陈敬容：在故乡读书时开始创作新诗，是"九叶诗派"的一位女诗人。她 1935 年开始发表诗作，先后到北大、清华旁听，并自修中外文学。她的诗主要受古典诗词的意境、韵味、节律感的影响，同时又有西方现代诗的感觉色彩。20 世纪 40 年代出版有《盈盈集》、《交响集》两本诗集。20 世纪 80 年代出版有《老去的时间》、《陈敬容诗选》。陈敬容的诗直接从感觉出发，对人生、对宇宙作宏阔的探索。早年的诗歌风格是以外在的事物来感触人生，是一种外景触发内在感受的抒情方式。20 世纪 80 年代后，她继续保持了这种风格，而且这时期的作品主要是对过去灾难年代的沉重悲歌，充满了理智的感性色彩。如《漂泊者》："哦，灵魂的漂泊者/既然在自己家里/竟做了漂泊的人/这地球或是/别的星座上/还有什么地方/不能去漂泊……"诗借助一个漂泊者的灵魂，对人生感遇和历史挫折进行悲壮的思考。

杜运燮：毕业于西南联大外语系，受英国诗人奥登的影响，是当年的"西南联大之星"之一。1946 年文化生活出版社出版了他的《诗四十首》。杜运燮的诗重视用心理分析的方法来处理重大的社会问题。1951 年他从国外归来后很少写诗，一直从事新闻工作。1979 年偶尔有诗发表，但数量不多。1980 年发表的《秋》曾多次被作为"朦胧诗"的例证而引

---

① 杜运燮：《穆旦诗选·后记》，人民文学出版社 1986 年版。
② 参见唐湜《意度集·论穆旦》，平原出版社 1950 年版。

起争论，被认为是"令人气闷的朦胧"①。诗人这样写道：

> 连鸽哨也发出成熟的声音，
> 过去了，那阵雨喧闹的夏季。
> 不再想那严峻的闷热的考验，
> 危险游泳中的细节的回忆。
>
> 经历过春天萌芽的破土，
> 幼叶成长的扭曲和挫折。
> 这些枝条在烈日下也狂热过，
> 差点在雨夜中迷失方向。

这是用象征的手法对过去动乱岁月的追忆。构思独特，意象繁多，依然保持了20世纪40年代的探索之风。其象征的多层次性和意象的宽泛性在当时的诗坛上是少见的，说明诗人艺术经验的积累十分深厚，难怪会引起争论。

唐祈：曾就读于西北联大历史系。20世纪30年代后期开始写诗，描写西北风情的《遥远的故事》是他的成名作。他的诗歌创作受西北文学风情、地理特征的影响，以表现青海、甘肃一带游牧民族的生活为主要内容。1948年出版有《诗第一册》，风格较为冷静和节制。他是《诗创造》的编辑，《中国新诗》的编委。

新中国成立后一度停笔。20世纪70年代发表了《敦煌组诗》、《西北十四行组诗》，诗风雄奇而有力度。另外，组诗《北大荒短笛》和20世纪80年代出版的《北京抒情诗及其它》较有影响。

唐湜：毕业于浙江大学外文系，早年沉醉在欧美现代派诗歌艺术之中。唐湜是"九叶诗派"颇有影响的评论家。曾在《文艺复兴》、《诗创造》、《中国新诗》等杂志上发表对"九叶派"其他几位诗人及冯至、莫洛等人的评论，还写了《论风格》、《论意象》等理论文章。1947年他出版了诗集《骚动的城》，1948年出版了长诗《英雄的草原》。此外还有诗集《飞扬的歌》和评论集《意度集》出版。唐湜的诗抽象的概念较少，

---

① 章明：《令人气闷的朦胧》，《诗刊》1980年第8期。

感性的语言较多，形象的色彩浓郁。唐湜是"九叶诗派"中具有创造性的评论家，他对杜运燮、辛笛、陈敬容、郑敏、唐祈、杭约赫、穆旦等人的评论，对这个流派的形成起到理论的先导作用。

1957 年唐湜被错划为右派，回到浙江温州从事体力劳动。到过沿海一些山村、水乡，并开始构思长诗《划手周鹿之歌》。平反后，唐湜诗兴大发，1980 年出版了叙事诗集《海陵王》，1985 年又出版了叙事诗集《泪瀑》。1984 年出版有十四行诗抒情诗集《幻美之旅》，1987 年出版诗论集《遐思——诗与美》，1990 年出版了诗论集《新意度集》。

唐湜是当代诗人中专事十四行体探索的诗人，其诗集《幻美之旅》体现了返璞归真、恬静平淡的艺术风格。

袁可嘉：毕业于西南联大外文系。1946 年开始发表诗歌和诗论。他主要从事理论研究和外国现代派文学的翻译与研究。他的诗理性成分较重，但诗人善于把思考置于生动的艺术氛围中，因而有着诗美的智性化倾向。像《沉重》、《空》、《冬夜》、《墓碑》等诗作，都有着学者风度的深沉思考。如《墓碑》：

> 愿这诗是我的墓碑，
> 当生命熟透为尘埃，
> 当名字收拾起全存在；
> 独自看墓上花落花开
>
> 说这一自远处来，
> 这儿他只来过一回；
> 刚才卷起一包山水，
> 去死底窗口望海！

由于刻意追求诗的象征深度，诗中透露出诗人严峻的思考，表现出一种冷漠节制的诗风。

"九叶诗派"已经成为历史，但"九叶诗派"的一些诗人在新时期仍然不断进取，他们的诗歌风格既有当年的色彩，又有了新的时代内容。尤其是郑敏、陈敬容、唐湜的诗；实现了对"九叶"群体的超越，这是新时期诗歌发展的可喜现象。

第十五章

台湾"现代派":新诗西化的一支劲旅

一 《现代诗》与"现代派"

1953年2月,台湾诗人纪弦独资创办《现代诗》季刊,这是"现代诗社"成立的最早标志。《现代诗》的前身是《诗志》,但《诗志》只出过一期,并在《编校后记》中说,《诗志》这个名称有双重含义:"一是'诗杂志';二是'诗言志'。"从刊名的意义上说,纪弦主要想把它办成一个纯诗歌的刊物,用诗来表达自己的世界观。改名为《现代诗》后,最初是月刊,后改为季刊。发行人兼社长是路逾,编辑兼经理为纪弦。其实二者同为一人。创刊号上有一篇宣言,这是初期现代派的艺术主张。宣言强调两条:首先"是它的时代精神的表现与昂扬,务必使其成为有特色的现代的诗";其次是提倡"唯有向世界诗坛看齐,学习新的表现手法,迎头赶上,才能使我们的所谓新诗达到现代化"。一般人认为,纪弦的《现代诗》是20世纪30年代以戴望舒为领袖的"现代派"的延续,原因是30年代纪弦曾以路易士的笔名在施蛰存主编的《现代》上发表过作品,并与戴望舒、徐迟共同创办了《新诗》。他本人也是30年代"现代派"的重要成员。台湾评论家李欧梵认为:"纪弦为戴望舒所主持下的气数不佳的《新诗》杂志的同人之一,在1953年创办的《现代诗》杂志,显然又使30年代那点微末的遗绪复活起来。"[①] 大陆小诗的新文学渊源,在台湾找到承传。从诗歌的现代精神上看,纪弦主持下的《现代诗》确实与当年以戴望舒为首的"现代派"有一定联系,但从创作实践上看,又是两个完全不同的派别。

从1953年2月到1956年2月,《现代诗》都是纪弦一人独资承办,

---

① 李欧梵:《中国现代文学的现代主义》,台湾《现代文学》1964年第14期。

四年共出了 12 期，而且每期的封面上都印有纪弦的标志——一棵槟榔树。这本杂志是国民党政府逃往台湾后的第一个纯粹的正规诗刊，团结了一大批诗人，为后来的"现代派"成立奠定了基础。早期在《现代诗》发表作品的诗人有：方思、郑愁予、李莎、吴瀛涛、蓉子、杨允达、曹阳、阿予、杨唤、辛郁、彭邦桢、叶泥、罗门、小英、季红等人。

1956 年 1 月 20 日，在纪弦的倡导下，台湾"现代诗社"在台北宣布成立。《现代诗》从第 13 期起，封面上取消了代表纪弦标志的"槟榔树"，改为"现代派诗人群共同杂志"。主编依然是纪弦。第 13 期《现代诗》上，刊登了《现代信息公报第一号》、《现代派的信条》、《现代派信条释义》等文章。《公报》宣布：

> 由纪弦发起，经九人筹备委员会（叶泥、郑愁予、罗行、杨允达、林冷、小英、季红、林亨泰、纪弦）筹备的现代派诗人第一届年会，于一月十五日下午一时半在台北市民众团体活动中心举行，出席者四十余人，洛夫代表《创世纪》诗刊列席观礼，公推纪弦主席，宣告现代派正式成立。

成立大会上公布了首批加盟者的名单，通过了"现代派"的《六大信条》，即"六大纲领"：

> 1. 我们是有所扬弃并发扬光大地包含了自波特莱尔以降一切新兴诗派之精神与要素的现代派之一群。
> 2. 我们认为新诗乃是横的移植，而非纵的继承。这是一个总的看法。一个基本的出发点，无论是理论的建立或创作的实践。
> 3. 诗的新大陆的探险，诗的处女地之开拓，新的内容之表现，新的形式之创造，新的工具之发现，新的手法之范明。
> 4. 知性之强调。
> 5. 追求诗的纯粹性。
> 6. 爱国反共，追求自由与民主。

这《六大信条》是"现代派"的纲领。第一条是把自己归入国际世界潮流中的"现代主义"大潮中；第二条是该派的诗歌艺术主张，即所谓

"横的移植";第三、第四、第五条是指具体的审美主张;第六条是响应政治环境的一条标语。《六大信条》发表之后,引起了台湾诗歌界的一场争论。尤其是第二条与第四条,遭到了覃子豪、苏雪林等人的猛烈抨击。

关于"新诗乃横的移植,而非纵的继承"的主张,纪弦在《现代派信条释义》中这样解释道:

> 新诗,总之是"移植之花",我们的新诗,绝非唐诗、宋词之类的"国粹"……知性之强调。这一点关系重大。现代主义之一大特色是:反浪漫主义。重知性,而排斥情绪之告白。单是凭着热情奔放有什么用呢?读第二遍就索然无味了。所以巴尔那斯派一抬头,雨果的权威就失去作用了。冷静、客观、深入运用高度的理智,从事微的表现。

纪弦主要是从"现代派"诗歌的理智来否认传统诗的浪漫审美作用。这无论是从理论上还是从创作实践上分析,其立足点都是错误的。《六大信条》是纪弦的观点,并非"现代派"诗人共同制定,因此对这个诗群只具有影响力而无约束力,就是纪弦自己的诗作,也并非与这六条主张一一吻合。

"现代派"成立之日,人员众多,除前面提到的九位外,还有若干成员,如:丁颖、于文智、于而、王容、王牌、史伍、世纪、田湜、白萩、古之红、沈宁、李冰、李莎、巫宁、吴永生、阿予、丘平、青木、亚轮、恩秋、风迟、黄荷生、流沙、秦松、夏秋、徐矿、彩羽、张航、羊令野、张秀亚、舒兰、罗门、不凡、林野等百余人。他们把追求诗的纯艺术放在首位,这和台湾蒋氏政权所提倡的"反共"诗是不同的。而且,这个诗派对 20 世纪 50 年代台湾的现代新诗的发展是作出了重大贡献的。像纪弦、羊令野、白萩、郑愁予、林冷、方思等人,对台湾现代新诗的起步有着承前启后的作用。

1959 年,纪弦将《现代诗》交黄荷生主编,自己退到幕后。《现代诗》第 22 期上标有"纪弦创刊,黄荷生主编"的文字,表明"现代派"的"纪弦时代"业已结束。1964 年 2 月,纪弦宣布"现代派"解散,《现代诗》出版到第 45 期也宣告停刊。1982 年,"现代派"散居各地的诗人再次聚会,由郑愁予、方思、林冷出资赞助,羊令野、梅新、罗行负责编务,《现代诗》再次复刊。此时远在美国的当年的创始人纪弦被奉为顾问。但是,复刊后的《现代诗》,其风格已发生变化,刊名仅仅是一种纪念意义而已。

1967 年,纪弦在《创世纪》上发表了《现代诗运动二十周年感言》一文,说道:"现代派运动都是依照我的性格而行之,我要办诗刊我就办了,我要组织诗派我就组了,一旦我感到厌倦,我就把它停掉,把它解散掉,一切不为什么,完全是一个高兴不高兴的问题。"这虽然带有玩世不恭的腔调,但从另一个侧面证明了纪弦在台湾新诗坛上的某种权威和地位。现代派诗在台湾的诞生、发展、衰落都与纪弦有密切关系。

"现代派"是 20 世纪 50 年代台湾诗坛上最大的流派,有会员 115 人,几乎占了台湾诗坛的 2/3 的人数。从出版的第 45 期《现代诗》杂志上看,容纳了各种流派、各种风格的新诗,打破了台湾当局倡导的"反共八股诗"一统诗坛的局面。

二　羊令野、郑愁予、方思、林冷的诗

以"现代派"的诞生为标志,台湾诗歌进入了一个以现代主义为主导的诗歌主潮时代。《现代诗》和"现代派"在台湾新诗发展的意义主要集中在 20 世纪 50 年代中后期,这段时间,纪弦和他创办的《现代诗》团结了一大批诗人,促成了台湾新诗的第一个现代主义高潮。在描写对象上,这些诗人和他们的作品注重对人和人性的描写,不再是国民党所倡导的"反共故事"和"大兵形象"。

除纪弦外,羊令野、郑愁予、林冷、方思是这个流派的杰出代表。

羊令野:原名黄仲琮,曾用笔名田犁、予里、必也正等,安徽省泾县黄村人。少年时代师从钱杏邨习古诗,至 20 岁才开始写新诗,1948 年以笔名田犁出版处女诗集《血的告示》。1950 年随国民党军队去台湾,在军队中主持《前进报》工作。1952 年与人合出小说、散文、诗歌合集《笔队伍》。1956 年他加入纪弦创立的"现代派"之后曾任《南北笛》、《诗队伍》、《诗宗》等杂志的主编。在诗歌创作上,羊令野注意吸收古典诗词的优点,正如他自己所说:"在我的诗中,尝试把许多古典的词汇赋予新的意义或新的生命,而这种'再生'的词汇,常常使整首诗的语言张力更具有韧性和弹性。同时使众多的意象达致和谐,完整地表现了我需表

现的意识——周密而深广的部署一种浑然一体的境界。"① 这种追求，使羊令野的诗歌与其他"现代派"诗人的作品有着明显的审美差别，形成了自己别具一格的诗风。羊令野的诗是中国传统诗歌与西方现代派诗歌相融会的结果。他在诗中，既散发着古典诗意韵的精华，又有西方现代诗的理智精神。如《红叶赋》：

> 我是裸着脉络来的
> 唱着最后一首秋歌的
> 捧出一掌鲜血的落叶啊
> 我将归我第一次萌芽的土
>
> 风为什么萧萧瑟瑟
> 雨为什么淅淅沥沥
> 如此深沉的漂泊的野啊
> 欧阳修你怎么还没赋个完呢
>
> 我还是喜欢那位宫女写的诗
> 御沟的水啊缓缓的流
> 我啊　小小的一叶载满爱情的船
> 一路低吟到你的眼前

诗中诗人运用两个典故表现诗的多层审美含义。用欧阳修作《秋声赋》来表达诗人对秋雨的不满，并衬托归向萌芽故土的紧迫心情；然后又用唐朝宫女红叶题情诗的故事来表达游子思亲的情感。两个典故创造了多种意象，显示了诗的丰富性。

羊令野的诗作，思亲怀乡的主题较多，如《屋顶之树》、《灯柱》都含蓄地表达了落叶归根的愿望。在《屋顶之树》中，诗人这样写道：

> 你的名字呢？
> 你的家族呢？

---

① 辛郁：《诗人羊令野访问记》，见《羊令野自选集·附录》，台湾黎明出版社1979年版。

　　　　你不落脚于土地。

　　屋顶上孤独的"树"，实际是诗人内心孤单寂寞的自我写照。
　　除《血的告示》外，羊令野的诗集还有《贝叶》、《雪花的约会》、
《羊令野自选集》。这些诗集都体现了他"从传统中粲然走出，吸取古典
诗的精华"①的风格特色。
　　郑愁予：原名郑文韬，1933 年出生于山东济南，1949 年到台湾。中
学时代开始发表作品，1948 年在北京大学文学班就读时曾在校刊上发表
《矿工》，同时还在《武汉时报》上发表《爬上汉口》。1949 年春，燕子
出版社出版了他的第一本诗集《草鞋与筏子》。郑愁予到台湾后出版的诗
集有：《梦土上》、《衣钵》、《窗外的女奴》、《郑愁予选集》、《郑愁予诗
集》、《刺绣的歌谣》、《燕人街》、《雪的可能》。由于郑愁予的诗影响较
大，所以他是"现代派"诗群中继纪弦之后又一集大成者。
　　郑愁予的童年和青少年时代是随其父在军中度过的，其足迹遍及大
江南北，对祖国各地的风土人情、民俗民风都较为熟悉，因而他的诗风
较为广阔。杨牧认为："郑愁予是中国的中国诗人。自从现代以后，中
国也很有些外国诗人，用生疏恶劣的中国文学写他们的'现代感觉'，
但郑愁予是中国的中国诗人，用良好的中国文字写作，形象准确，声籁
华美，而且是绝对地现代的。"②杨牧的评价主要是从郑愁予的诗歌创
作个性上所作出的审美判断，这几句话确实概括了郑愁予的诗歌精神和
意义。
　　郑愁予的诗，在豪迈的刚直之中包容了缠绵的旋律和东方情调式的淡
淡愁绪。如《错误》：

　　　　我打江南走过
　　　　那等待季节的容颜
　　　　如莲花的开落

　　　　东风不来，三月的柳絮不飞

―――――――――

① 《中国当代十大诗人选集》（羊令野卷）编者前言，台湾源成文化出版社 1977 年版。
② 杨牧：《郑愁予传奇》，《现代诗导读·批判篇》，台湾故乡出版社 1979 年版。

　　你底心如小小的寂寞的城

　　恰如青石街道向晚

　　跫音不响，三月春帏不揭

　　你底心是小小的窗扉紧掩

　　我达达的马蹄声是美丽的错误

　　我不是贵人，是个过客

　　这首诗将历史感、抒情性交织在一起，句式、语言、意象都有内在的东方文化气质。诗中有两个鲜明的形象：一个是"春帏"中等待的闺怨女子；另一个是浪迹天涯的"过客"。这两个形象都是作品的叙事结构，独具中国风味。诗中的"莲花"、"东风"、"柳絮"、"跫音"、"春帏"等意象，复合出一幅生动的"闺怨图"，而最末两句的点题，使诗的审美力量倍增。

　　郑愁予的诗深得读者的厚爱，引起了诗评家们极大的兴趣。《水手刀》、《错误》、《残堡》、《小小的岛》、《情妇》、《如雾起时》都是传诵一时的名篇佳作。在《想望》中诗人这样写道：

　　推开窗子

　　我们生活在海上

　　窗扉上是八月的岛上的丛荫

　　但啊，我的心想着那天外的

　　陆地……

　　海上漂泊的心迹，被隔海相对的陆地所吸引。"天外"的海岸线纠结在诗人的内心深处，牵动着诗人的情怀，久久难以平静。

　　郑愁予说："如果写的东西连自己都不确定，那就不是忠实。"[①]这里的所谓"忠实"是指审美主体的心灵而不是生活的真实，即诗的技巧和形式都必须忠实于诗人的审美情感。郑愁予的诗或豪放、或缠绵；或压抑、或兴奋；或低沉、或浓烈；或含蓄、或冲动，无论哪一种情

──────────

　　①　郑愁予：《大珠小珠落玉盘》，《郑愁予自选集》，生活·读书·新知三联书店 2000 年版，第 124 页。

绪，都是诗人内心情感的真实写照。

方思：原名黄时枢，湖南长沙人，1953 年出版第一本诗集《时间》，1955 年出版《夜》，1958 年出版《竖琴与长笛》，1980 年出版《方思诗集》。

方思写诗的时间虽然不长，但却是台湾诗坛上一颗闪亮的星。他以其哲理清新的小诗名震台湾文坛，与"反共诗歌"形成鲜明的对比。其诗集《夜》以绝对优势的赞成票获台湾"现代诗奖"。他惯于用简练的笔法探索生命对宇宙的顿悟，表达人的心灵对客观事物的感应。如《声音》：

> 夜渐渐地冷了，我犹对灯独坐
>
> 冬夜读书，忍对一天时间的黑暗
>
> 仅仅隔了一层纸，薄薄的纸
>
> 我就挑灯夜读，忍受一身寒意
>
> 每一个字是概念，每一句子是命题
>
> 是力量，是行动，是一个生命不息的宇宙
>
> 有热有光
>
> 在沉寂如死的夜晚，我听到一个声音
>
> 呼唤我的名字，我欲
>
> 推窗出去

在宁静的孤寂的如死的夜晚，听到了宇宙呼唤生命的声音。诗人在冷凝的反观中，探寻生命的搏动，表达灵魂对宇宙的体验，用哲理的月光探求人生的奥义。"声音"在沉沉的夜色中召唤心灵，于是黑暗中有了光亮，寒冷中有了热力。"我欲推窗出去"表达了一种人生的主观内动力，一种昂然的世界观。

方思的诗精巧明丽，如同一道生命的风景线，在缓缓的抒情叙事中，深含着人生的深厚哲理。如《美德》、《重量》、《夜歌》等诗作，都是在色彩明亮的图画中渲染出深刻的思想。

> 一只小鸟飞起
>
> 投入茫茫一片灰白
>
> 这就是生命的讯息

突然远处传来一种钟声
不知哪条船又要出港

——《港》

　　用一种诗画的氛围烘托生命的"讯息"，象征生命的"小鸟"，象征人生的"船"，都在简洁如画的笔墨中完成了象征的过程，在人生的画意中采撷生命的哲理果实。

　　林冷：祖籍广东省开平县，1938 年出生于四川省江津县，原名胡云裳。她是台湾"现代派"诗人中比较著名、成绩赫然的女诗人。1958 年毕业于台湾大学化学系，后赴美深造并获美国弗吉尼亚大学博士学位。

　　林冷的童年时代随父辈旅迹各地，先后在西北和江苏等地生活过。她的诗有一种冷凝的冰雕之美，独具严寒冰冻之韵味。如《雪地上》：

你静仰卧看，在雪地上。
雪地上
那皑皑的银色是恋的白骨。
你悠悠地踱蹀，踱蹀；
我已熟睡了。我认为
南北球的风信子还在流浪。

啊！
多么远的埋藏，
一些冰封的激情和冷冽——一些
恋的白骨。

夜晚你打这儿回家，
你爱吹嘘轻轻的哨音，
你会在路旁坐下来，
——这儿这暖，你想；
这儿是银皑皑的，
这儿像是来过。

你惦记什么？
我睡在这里，
这里——雪地上，是恋的白骨；
我会收集你的足迹。

你喜爱践踏吗？哦，是的，
你想起在高处，因为你滑过而留下水痕。
我有毁伤的愉悦，
倘使你带着长锈的冰刀来到。

我是什么啊——
我是泥土，我是融化的水珠。

　　诗中反复吟唱"恋的白骨"，表达的是冰清玉洁的生命之恋。这首诗
是从严寒中冰冻出来的，诗中的形象冰雕玉琢，透出了一丝高洁的气息，
显示了晶莹冷亮的美感。
　　林冷30多年的创作虽然只有一本《林冷诗集》，但她的诗却不同凡
响，其诗意的营造，意境的深远使其他诗人难望其项背。尤其写爱情的
《阡陌》、《微悟》、《心》、《女墙》等作品，形象活泼，想象旷达，具有
天然的诗的艺术魅力。
　　台湾"现代派"诗群，是一个松散的诗人联盟，除上述几位诗人外，
方莘、方旗、罗英、商禽、杨唤也是这个流派的重要诗人。

三　纪弦：台湾"现代派"的一面旗帜

　　纪弦，原名路逾，曾用笔名路易士、青空律，祖籍陕西省，1913年
出生于河北省清苑县。1933年毕业于苏州美术专科学校，后去日本留学，
回国以后以笔名路易士发表诗作。1935年与杜衡合办《今代文艺》，1936
年与戴望舒、徐迟、杜衡创办《新诗》月刊。"八一三"事变后，回苏州
与严辰创办《菜花诗刊》和《诗志》，并组织了"菜花文学社"。1945年
日本投降后，开始用笔名纪弦写稿。1948年到台湾，最初在《平言日报》
当副刊编辑，后到台北成功中学执教，直到1974年退休。1976年移居

美国。

纪弦的诗歌创作大致可分为三个时期，即："大陆阶段"；"台湾阶段"；"居美阶段"。

1933 年纪弦出版了第一本诗集《行过之生命》，之后到去台湾之前还出版了《火灾的城》、《爱云的奇人》、《烦哀的日子》、《不朽的肖像》等诗集。1948 年到台湾后，编辑出版了大陆时期的作品三部，分别是：《在飞扬的时代》、《摘星少年》、《饮者诗抄》。大陆时期，纪弦是"现代派"的追随者和创作实践者。就是因为有了这段诗缘，他到台湾后，才又重开"现代派"余风，成为台湾诗坛上的一面旗帜。

纪弦到台湾后的作品有：《槟榔树甲集》、《槟榔树乙集》、《槟榔树丙集》、《槟榔树丁集》、《槟榔树戊集》、《纪弦诗选》、《纪弦自选集》。此外还出版有《纪弦论诗》、《新诗论集》、《纪弦论现代诗》等诗论集。

到美国定居后，仍然笔耕不辍，出版有诗集《晚景》。

早在 20 世纪 30 年代，纪弦（路易士）在戴望舒的启发和影响下就开始了所谓"纯诗"的写作，并取得了一定的成就。这一时期的诗，纪弦追求的是用自由体的现代形式来表现一种病态的社会。如《火灾的城》：

从你的隧道望了进去，
在那最深最黑暗的地方，
我看见了无消防队的火灾的城，
和赤裸着的疯人们的潮。

我听见了
从那无限的澎湃里响彻着的
我的名字，
爱者的名字，
和仇敌们的名字。

而当我应答着
你的受难者们的呼声时，
我也成为一个
可怕的火灾的城了！

"火灾的城"是一个病态社会的象征符号,诗人通过"隧道"所看到的都是黑暗的、扭曲的现象。人们都赤裸着汇聚成"疯人"潮,在变态的人群中,诗人看见了自我,看见了爱人,看见了仇敌。最后,诗人与这个社会融为一体,也成为一个"火灾的城了"。作此诗的时候,诗人是一个年轻的奋斗者,希望用诗歌来呼唤自由,改良社会,因此这种"病态"的描写,目的还是引起疗救。另外,纪弦这段时间的诗在艺术上试图营造"纯诗"的画面,如《颜面》、《蝶》、《彗星》等作品,都具备了多色调的立体画面。特别是《蝶》,其空间的视觉色彩很独特:

有红花绿花的蝶
有一道耀眼的金边
有浓形如月牙
烙在大蝶的脸上

有黛花紫花的蝶
金边黯淡了
沉默着,搂着年轻的女儿
她的更浓的月牙烙上台布
空蝶的光彩与沉默
非为装瓜子花生的日常生活
有什么愉快或是悲哀

花生衣的命运是飘零的
一口气
不知飞往哪里去了

用多种色彩描绘出一幅彩色的"蝶图",视觉画面十分完美,既传递出诗人的情感,又触发了读者的审美经验,其深层的视觉形象中蕴涵着深刻的意境。

纪弦的诗歌理论很前卫,"横的移植"是他的理论核心。在创作上以自我抒情为中心,诗中的抒情形象往往是诗人生活经历的写照。这与台湾

20世纪50年代经济、文化全盘西化的大背景有一定关系。他的那首引起争议的《6与7》就是诗人自我情绪的彻底暴露。他在诗中如此写道："手杖7 + 烟斗6 = 13之我"。在诗人看来，手杖和烟斗已经成了自己生命的有机组成部分，是人生历程的一个部件。这种表白，虽然带有自嘲色彩，但比躲躲藏藏的晦涩诗更具备抒情力度。

　　纪弦是个孤傲的诗人，他的诗是"言志"的载体。他说："我的诗，敢说无一字不生根于现实。"[①] 以现实生活作为诗歌取材的原料，目的就是要把自己对生活的态度、人生经历传达给读者。尽管纪弦初到台湾的两年配合国民党的"反共"政策写了一些"反共"诗，但是，经过两年的冷静观察，便深深感到台湾的现实社会与诗人自己的理想世界是如此的不和谐。在这样的环境下，诗人写了许多愤怒激越的诗，如《现实》：

　　　　甚至于伸个懒腰，打个呵欠，
　　　　都要危及回壁和天花板的！
　　　　匍匐在这低矮如鸡埘的小屋里，
　　　　我的委屈着实大了：
　　　　因为我老是梦见直立起来
　　　　如一参天的古木

　　这首诗用"低矮如鸡埘的小屋"象征诗人所生存的社会环境，寓意十分深刻。诗中的抒情主人公是一个有宏大理想的探求者，但连"伸个懒腰，打个呵欠"都要危及别人，感到理想被随时扼杀的威胁。在结构上，诗人将满腔的愤怒巧妙地放在平淡的描写中，使人感到表面上的平静下面暗藏着诗人欲说还休的雷霆万钧之怒。类似的作品还有《四十的狂徒》、《人类与苍蝇》、《我之遭难信号》、《狼之独步》等。环境的日益恶化，诗人再也无法冷静，在《狼之独步》中终于发出怒号：

　　　　我乃旷野里独来独往的一匹狼
　　　　不是先知，没有半个字的叹息
　　　　而嗥以数声凄厉已极的长嗥

---

① 王景山：《台港澳暨海外华文作家辞典》，人民文学出版社1992年版，第128页。

> 摇撼彼空无一物之天地
> 使天地战栗如同发了疟笑
> 并刮起凉风飒飒的，飒飒飒飒的
> 这就是一种过瘾

　　抒情主人公由人变成一匹孤独的、勇往直前的、长嗥的狼。由人到狼的被动异化，是处境的恐怖造成的，但从中却体味到诗人用诗"言志"的美学理想。

　　到美国定居后，纪弦的诗技更纯熟而深沉，在狂放中依稀可见身居异乡的淡淡哀愁，其战斗性减少，代之以豁达、敦厚的风格，更多的是洁身自好，安贫乐道的淡泊之志。

第十六章

"蓝星"诗群:一个流派的
自由创作精神

一 "星空无限蓝"

纪弦创办的《现代诗》季刊和成立的"现代派",对当时的台湾诗坛是一个巨大的冲击。在纪弦的影响下,台湾在20世纪50年代相继成立几个诗社,其中"蓝星诗社"便是最突出的一个。

"蓝星诗社"的成立,起源于覃子豪与纪弦的论战。纪弦的"六大信条"提出后,老诗人覃子豪写了一篇《新诗向何处去?》的文章进行批判,并针对"六大信条"提出了中国新诗的"六大正确原则"。由于论战较为激烈,覃子豪、钟鼎文等老诗人认为有必要组成一个诗歌沙龙与纪弦的"现代派"抗争,于是,1954年3月,覃子豪、钟鼎文、余光中、夏菁、邓禹平在台北市郑州路夏菁寓所发起组织了"蓝星诗社"。公推覃子豪为社长,主要成员有:钟鼎文、余光中、夏菁、邓禹平、蓉子、史徒卫、罗门、周梦蝶、向明、张健、夐虹、黄用、方莘、吴望尧、商略、阮囊、王宪阳、沉思、曹介直、楚戈、矿中玉、菩提、吴宏一、白浪萍。20世纪80年代又吸收了苦苓、罗智成、方明、天洛、赵为民等新生力量。

"蓝星诗社"没有固定的组织形式,没有共同的艺术主张和宣言。据余光中回忆说:"我们要组织的,本质上是一个不讲组织的诗社……大致上,我们的结合是针对纪弦的一个'反动'。纪弦要移植西洋的现代诗到中国的土壤上来,我们非常反对;我们虽然不直承中国的传统为己任,可是也不愿贸然作所谓的'横的移植'。纪弦要打倒抒情,而以主知为创作的原则,我们则倾向于抒情。"① 这是该派成立的主要原因。"蓝星诗社"

---

① 余光中:《第十七个诞辰》,台湾《现代文学》1972年3月。

的诗人倾向于古典抒怀式的现代诗风,对纪弦所提倡的"横的移植"是持反对态度的,所以,覃子豪的关于新诗的"六条正确原则"实际上是"蓝星诗社"的艺术宣言。这六条原则是:

　　1. 新诗的再认识:诗并非纯技巧的表现,艺术的表现实在离不开人生;完美的艺术对人生自有其抚慰与启示、鼓舞与指导的功能。

　　2. 创作态度应重新考虑:一些现代诗的难懂不是属于哲学的或玄学的深奥的性质,而是属于外观的,即模糊与混乱,暗晦与暧昧。诗应该顾及读者,否则便没有价值。

　　3. 重视实质及表现的完美:所谓诗的实质也就是它的内容是诗人从生活经验中对人生的体验和发现,没有实质诗无生命,如何表现这实质,诗人应该严肃的苦心经营,有中肯的刻画。

　　4. 寻求诗的思想根源:强调由对人生的理解和现实生活的体认中产生新思想。诗要有哲学思想为背景,以追求真理为目标。故诗的主题比玩弄技巧重要。

　　5. 从准确中求新的表现:树立标准,有了标准才能有准确。

　　6. 风格是自我创造的完成:自我创造使民族的气质、性格、精神等等在作品中无形的表露,新诗首先要先有属于自己的精神,不能盲目地移植西方的东西。

　　这六条原则既是对纪弦的"六大信条"的批判与否认,也是"蓝星诗社"成立之初所有同仁大致相同的艺术主张。覃子豪的这六点新的理论主张,不仅对"蓝星诗社",而且对台湾新诗的发展也产生了深远的影响。

　　"自由创作"是"蓝星诗社"独具特色的宗旨。蓝星的诗人们每个人都按自己的思路来展示各自的才华,因此,每个人的诗歌风格都不相同,其个人成就比诗社的成就还大。但总体上说,"蓝星"的诗人们的作品倾向于温和与稳健。这一点,与1954年6月17日的"蓝星发刊词"的观点有一定关系。"发刊词"中说道:

　　　　我们的作品不要和时代脱节,太落伍,会被时代的读者所扬弃,太"超越",会和现实游离。我们要扬弃那些陈旧的内容与装腔作势的调子。要创造现实生活的内容和能表现这种内容的新形式新风格。

"蓝星诗社"的这些主张,毫无疑问是针对"现代派"而提出来的。

"蓝星诗社"发表作品的阵地比较多,最早的是台湾《公论报》上出版的由覃子豪主编的《蓝星周刊》。1958年夏天,覃子豪主编的《蓝星季刊》出版,此后余光中、夏菁主编的《蓝星诗页》,还有台湾《文学杂志》上的"诗专栏",《文星杂志》上的诗页,《宜兰青年》上的卫星诗刊,都是"蓝星"诗人发表诗歌的园地。同时,"蓝星诗社"还不定期出版《蓝星诗选》。由此观之,"蓝星诗社"发表作品的园地十分广阔,有充分的条件施展诗歌才华。据不完全统计,"蓝星诗社"出版的同仁作品有50余部,编发各种"诗页"、"诗刊"327期,诗社出版的同仁诗歌合集70余种。实践证明,"蓝星诗社"为台湾文坛,为中国新诗的发展创造了丰富的精神产品。

"蓝星诗社"是一个组织松弛的团体,同仁之间诗歌理论也各持一端。覃子豪、钟鼎文主张民族型的诗歌,余光中、向明、罗门等人又倾向于西方现代派诗。正如罗门所说:"蓝星所提倡的自由创作观念,推演到诗与艺术创作无限广阔的境域与最高的欲求,是更合理化了。"[1] 这种理论上的不统一和创作上的自由发挥,为"蓝星"的诗人们开辟了更为广阔的创作天地,但同时也暴露了诗社的弱点。比如余光中、夏菁与覃子豪在理论上有分歧,在覃子豪主持《蓝星季刊》时,两人又另起炉灶,创办《蓝星诗页》。这样的内部相耗,影响了该团体的诗歌创作实力,造成了个人的名气和影响远远超出诗社的不利局面。表面上看,刊物多,很热闹,实际上由于力量分散,刊物和团体的影响力反而相对削弱。恰如余光中所说:"蓝星自成立以来,社性不强,社籍不显,很少在刊物上详列同仁或编辑委员会的名单。那么多年来,在蓝星的星座间出没的人物太多了,有的成了流星,有的去而复回成了彗星,却有那么一撮恒星,相互牵引,明明灭灭地维持了星座长远的形象。"[2] 无论是"流星"、"彗星",还是"恒星",都说明了"蓝星"所提倡的自由创作的天空是无限蓝的,它为中国诗坛造就了众多的诗人,其贡献令人瞩目。

────────────────

① 罗门:《蓝星的光痕》,台湾《文迅月刊》1984年第1期。
② 余光中:《〈蓝星诗选〉序言》,蓝星诗社1957年版。

　　从 1954 年 3 月诞生，到 1964 年的 10 年时间，是"蓝星诗社"的黄金时代。这段时间，成员众多，作品迭出。1963 年覃子豪不幸病逝，是"蓝星"的重大损失。接着另一位台湾诗坛的"元老"钟鼎文宣布退出，余光中、夏菁、吴望尧、黄用等纷纷离岛出洋，"蓝星诗社"处于瘫痪状态。1964 年到 1982 年 8 月的这段时间，"蓝星诗社"主要由罗门、蓉子夫妇在自己的灯屋维系着"蓝星"的余光。直到 1982 年 8 月，罗门、蓉子、周梦蝶、向明、夐虹等人在灯屋商议，决定重振社风，由林白赞助，《蓝星诗刊》得以复刊，但影响远不如从前，所发作品的质量和数量都赶不上"黄金时代"，但"蓝星"毕竟又在诗坛上闪闪发光，开始新的一轮活动。

　　罗门本是纪弦的"现代派"麾下的重要成员，却成了"蓝星诗社"后 20 年的灵魂人物。尤其是复刊后的《蓝星诗刊》，因为他是主编，其诗歌主张必然影响"蓝星"的其他诗人。

二　覃子豪、余光中：划过诗宇的
两颗蓝色巨星

　　覃子豪：原名天才，学名谭基。1912 年 12 月出生，四川广汉人。1932 年到北平入中法大学孔德学院，并开始接触新诗，受雨果、拜伦、波特莱尔的影响，与同学贾芝等人组织诗社并出版了《剪影集》。1936 年东渡日本，参与王亚平等人发起的新诗运动，并与贾植芳等人组织文海社，出版《文海丛刊》。1937 年抗战爆发前回国，任《扫荡简报》编辑，后又主编《前线日报》副刊《诗时代》。1947 年去台湾。1952 年与钟鼎文首创台湾第一家富有东方文化韵味的纯诗刊物《新诗周刊》，并成为台湾诗坛的精神领袖。

　　覃子豪把自己的一生都献给了新诗事业，他是诗人、诗歌理论家、评论家兼新诗教育家。在他的扶持下，台湾成长了一大批中年诗人。像郑愁予、罗行、罗马、洛夫、楚戈、辛郁、张拓抚、痖弦、梅新都以覃子豪的学生自居。由于自身的地位和人品，他在台湾诗坛上是被人广为尊重的"台湾现代诗元老"，是台湾新诗史上的不朽诗魂。

　　作为诗人，覃子豪的诗集有大陆时代出版的《自由的旗》、《永安劫后》，到台湾后出版的有：《生命的弦》、《海洋诗抄》、《向日葵》、《画廊》、《未名集》。作为诗歌理论家，其诗论集有《诗的解剖》、《论现代

诗》、《诗的创作与欣赏》、《诗的表现方法》、《世界名诗欣赏》、《诗简》一、二集。此外,"覃子豪出版委员会"分别于 1965 年、1968 年、1974 年出版了三本《覃子豪全集》。

覃子豪的诗歌理论主张,集中体现在与纪弦等人论战的一系列文章中,尤其是《新诗向何处去?》这篇文章,是覃子豪诗歌理论的核心。他认为中国的新诗应该向西方现代诗学习,但不能全盘西化,而应该中西互补,写出具有民族精神、民族性格、民族气节的新诗。在内容上,覃子豪主张诗应反映现实,反映人生,重视诗的实质。他反对形式的模糊混乱,文字上的艰涩难懂,提倡诗的主题胜过技巧的表达。覃子豪的观点在台湾诗坛上产生了重大影响,许多诗人在其理论影响下,倾向于传统诗歌的理想抒情,故而"蓝星诗社"又称为台湾新诗坛上的"温和派"。

覃子豪的诗歌创作大致可分为"大陆的早年时期"和"台湾时期"。

早年的作品力求形式上的周密严谨,内容则以厚实为主。诗集《自由的旗》和《永安劫后》,风格明朗,技巧圆熟,与时代同呼吸,与民族共患难,具有强烈的时代色彩,是民族危难之际的抗争之声。当然,由于象征主义诗歌的影响,有的作品缺乏流动的韵律,沉闷有余,生气不足。

"台湾时期"的作品,显示了覃子豪深厚的传统诗歌功力和卓越的表现技巧。他的创作是他理论上的最佳实践,从作品的读解中,可以窥见一个传统性感情的诗人风度。他的诗集《海洋诗抄》是 20 世纪 50 年代初期台湾现代诗坛上最有影响的一部诗集,其风格雄浑自如,节奏雄健明快,内容则是浪迹大海的旅人对人生的感慨,对故土、对友人的怀念。如写于 1950 年的《追求》:

> 大海中的落日
> 悲壮的像英雄的喟叹
> 一颗心追过去
> 向遥远的天边
> 黑夜的海风
> 刮起了黄沙
> 在苍茫的夜里
> 一个健伟的灵魂
> 跨上了时间的快马

茫茫大海，落日西沉，黄沙漫天。在这样的意境里，诗人展开想象的双翅，把自己的理想比喻成火一般燃烧的落日，如此的悲壮而辽远。第一节描写了自然的伟大精神，注入人生的慷慨悲歌，在意象壮美的境界之中，人生虽然渺小，但依然"向遥远的天边追过去"。第二节是理性的超越。"黑夜的海风"中黄沙飞扬，而"苍茫的黑夜里"，一个健伟而抒情的灵魂，"跨上了时间的快马"，向无限的天宇深处纵横。这种主体审美意识的高扬，是抒情意识的理性升华。《追求》是覃子豪的诗歌名篇，诗人在诗中构筑了一个茫茫宇宙的宏大境界，但却并非不可知，只要不懈地追求，就会领悟到博大的宇宙精神。此外，《独语》、《树》等作品，都是以探索大自然的秘密为主旨，在辽阔的语境中，抒情主人公与宇宙融为一体，直到永恒。

诗集《向日葵》是其前期创作的延续和发展，从风格到主题，仍然保持了严肃的人生批评态度和强烈的现实感。写法上仍然是西方现代诗的象征手法与古典诗的浪漫意境相结合。诗的主题依然是借讴歌天宇精神的无限来赞美人的生命本体。

《画廊》是覃子豪诗歌风格转折的重大标志。这部诗集中的作品一改过去的明朗壮美的抒情风格，由可知可感的现实主义，转向不可破读的现代主义。覃子豪自己认为，他的这部诗集是"表现这种抽象的形象，由外形的抽象性到内在的具象性，再由内在的具象还外在的抽象。从无物之中去发现存在，然后再将其发现，物化于物。《瓶之存在》便是由这种法则表现的"[1]。覃子豪的这部诗集，在风格上是象征主义的隐晦的虚幻，感情色彩锐减，代之而起的是神秘的主知和哲学上的玄妙与深奥。像《瓶之存在》、《黑水仙》、《域外》、《金色的面具》、《肖像》、《构成》等作品，都是"物化于内"的实验。这些作品，外在物象的描写极少，内心世界的探索增多。理想的境界可以领悟却难以寻觅。《瓶之存在》表面是写外在的"瓶"，实则是写人生的本质，将"瓶"的存在与人生的时间、空间容纳在历史的张力之中。由于这首诗较长，我们不妨从中抄出一节再剖析：

---

① 覃子豪：《画廊·自序》，台湾蓝星社 1962 年版。

净华官能的热情,升华为灵,而灵于感应

吸纳万有的呼吸与音籁在体内,化为律动

自在自如的

挺圆圆的腹

……

挺圆圆的腹

清醒于假寐,假寐于清醒

自我的静动之中,无我的无静无动

存在于肯定之中,亦存在于否定之中

    诗中抒情主体的存在,有赖于"瓶"的物象的存在。物虽然为物,却能"升华为灵"。诗人的自我与"瓶"的"物我",从对立到统一,从统一到对立,进而达到物我两忘的抽象。在静与动、清醒与假寐、肯定与否定的对立矛盾中,描绘出一个无我无物的禅的境界。台湾诗人洛夫认为,覃子豪的《金色的面具》与《瓶之存在》这两首诗,都是"企图在物象的背后搜寻出以汇总似有似无、经验世界中从未出现过的、感官所不及的另外的存在;一种人类现有的科学知识所无法探索到的本质"[①]。正如洛夫所言,覃子豪后期的诗,表现的是物象的神秘和抽象性,诗人把主观情感投射到客观物象中,由神秘奥义中发现个体的经验感应,在看似超越一切的人生观照中,显示生命的无穷穿透力。覃子豪后期的诗作,是他20世纪30年代创作的回归,是台湾现代新诗中象征主义的最佳代表。

    余光中:祖籍福建省永春县,1928年9月9日出生于南京市,是台湾诗坛上著作颇丰的一位学者诗人。余光中先后就读于金陵大学、厦门大学。1949年秋天随父迁居香港,后又转迁台湾。1952年毕业于台湾大学外文系,1959年获美国爱荷华大学艺术硕士学位。先后任教于美国斯坦福大学、台湾师范大学、香港中文大学、台湾中山大学。

    按台湾诗坛的划分,余光中属于学院派诗人。他在诗歌创作上起步较早,早在大陆念书时就开始写诗,并有10余首诗发表在《江声日报》和《晨光报》上。但真正的诗歌生涯始于台湾。1952年出版了处女诗集《子

---

    ① 洛夫:《从〈金色面具〉到〈瓶之存在〉——论覃子豪诗》,《中国现代作家论》,台北联经出版事业公司1976年版。

丹的悲歌》，之后出版了《舟子之歌》、《蓝色的羽毛》、《钟乳石》、《万圣节》、《五陵少年》、《莲的联想》、《天狼星》、《敲打乐》、《在冷战的年代》、《白玉苦瓜》、《与永恒拔河》、《隔水观音》、《紫荆赋》、《天国的夜市》、《余光中诗选》等 15 本诗集。就数量而言，余光中的诗在台湾新诗坛上名列前茅。此外，还有 10 余本散文集和评论集。

余光中是台湾诗坛上艺术风格比较复杂的诗人，早年倾向传统，但不久即转向西化。他 1952 年出版的《舟子之歌》，1954 年出版的《蓝色的羽毛》，以及写于 1954—1956 年而 1969 年才出版的《天国的夜市》，这三部诗集从形式到内容都具有传统文化的色彩。50 年代后期，余光中的诗开始转向西化，像《钟乳石》、《万圣节》、《天狼星》等诗集中的作品，虽然表达的内容常以传统意象为主，但诗歌的技巧全然是"现代派"色彩。由于在诗歌理论上主张西化，不顾读者，脱离现实，因此，其诗作很难破译，比较费解。余光中认为："大众化是一个理想，很难做到。另一方面，艺术至上论也相当危险。所以我《诗选》中针对大众化的言论提出了小众化的说法。"① 余光中所说的"大众化"并非大陆的"工农兵大众化"，而是指较大的读者层面。在余光中看来，诗不是写给多数人读的，多数人能读懂的诗绝不是什么好诗，好诗只有极少数的"小众化"的人才能欣赏。他在《天狼星》的后记中写道："它的反叛性不够彻底，现代主义的一些基本条件，它偶未能充分符合。它不够晦涩，诗中不少段落反而相当明朗；它也不够虚无，因为它对于社会和文化有点批评的意图。"② 《天狼星》和《万圣节》中的诗歌其现代意识已经很浓了，但诗人却觉得"不够晦涩"，不具备"现代主义的一些基本条件"。比如《万圣节》中的《新大陆晨》的第一段：

> 零度。七点半。古中国之梦死在
> 新大陆的席梦思上。
> 摄氏表的静脉里
> 1958 年的血液将流尽

---

① 参见《余光中诗选·自序》，台湾洪范出版社 1981 年版。
② 余光中：《天狼星·天狼乃嗥年外》，台湾洪范出版社 1976 年版。

这样的诗句,除了能够感受到诗中的一点颓废情绪之外,并无多少意义。而且很难探究明白诗中所表达的是什么意思。又如《芝加哥》:

> 文明的群兽,摩天大楼们压我
> 以立体的冷淡,以阴险的几何图形
> 压我,以数字后面的许多零
> 压我,压我,但压不断
> 飘逸于异乡人的灰目中的
> 西望的地平线

诗中所写的可能是现代文明对人性的摧残和折磨。那些标志现代文明的"摩天大楼"、"几何图形"、"数字",对一个来自异乡的灵魂的不断压迫和折磨。文明如同"群兽",没有丝毫的人情味。余光中的"西化诗",以感觉、灵魂入笔,完全抛弃了传统的诗歌技巧,传统的美学观念,因而无法对他的这部分诗进行精确式赏析。即便是以传统文化为表述对象,也依然是"现代派"的外化手法。如《大度山》写卓文君的几句:

> 卓文君死了二十个世纪,春天还是春天
> 还是云很天鹅,女孩们很孔雀
> 还是云很潇洒,女孩们很四月

诗歌表达的意义很明朗,但是比喻很生硬。用"天鹅"形容云,用"孔雀"比喻多情的少女,用"四月"象征女孩子的天真烂漫,都无可厚非,但两者之间用"很"字来沟通,只会让人对诗人的才华表示怀疑。由于中西混杂不清,土洋结合不彻底,余光中的那些用"现代派"的技巧装纳中国传统文化的诗,其实有点"不土不洋"的两不像味道。

1969 年,余光中的《敲打乐》和《冷战的年代》同时出版。这两部诗集有感时忧国的主题内容,诗中故国情思较为感人。诗人开始认识到"唯有真正属于民族的,才能真正成为国际的"①。由于诗歌的观念发生变化,因此作品中的中国式意境较为浓厚,中国式抒情也十分明显。但是,

---

① 谭楚良:《中国现代派文学史论》,学林出版社 1996 年版,第 231 页。

到了 20 世纪 70 年代中期的台湾 "乡土文学" 论战中，余光中又挥动理论大斧，对具有中国特色的 "乡土文学" 大加砍杀，认为台湾的 "乡土文学" 是 "毛泽东的工农兵文艺在台湾登陆了"①。进入 20 世纪 80 年代，余光中对 "乡土文学" 又比较宽容，他在 1982 年与青年评论家李瑞腾的谈话中说道："新古典诗，是中国精神的时间化，至于乡土诗，则是中国精神的空间化，特殊而同归于中国精神。"② 余光中开始回归传统始于诗集《莲的联想》。关于它思想艺术的回归，诗人是这样解释的：

> 生完了现代诗的麻疹，总之我已经免疫了，我再也不怕达达和超现实主义的细菌了……我看透了以存在主义为其 "哲学基础"，以超现实主义为其表现手法的那种恶魔，那种面目模糊，语言含混，节奏破碎的 "自我虐待狂"，这种否认一切的虚无太可怕了，也太危险了，我终于向他说再见了。③

主张西化又反叛西化，这是余光中诗歌艺术道路的又一次转折，这次艺术视野的修正，是他后来写 "乡愁" 诗的一个信号。在传统与西化之间，余光中后来的态度是："西方不是我们最终目的，我们最终的目的是中国的现代诗。这种诗是中国的，但不是古董，我们志在役古，不在复古；同时，它是现代的，我们志在现代化，不在西化。"④ 余光中 20 世纪 70 年代的诗歌创作就是按他对传统与西化的解释进行实践的，实现了传统与现代、传统与西化的沟通融会。

余光中的诗歌艺术道路是：传统→对传统的反叛→西化→对西化的反叛→传统与西化的统一。这种或东方或西化的理论主张，使他在台湾诗坛上享有 "艺术上的多栖主义者" 和 "回头浪子" 的雅号。⑤

最能代表余光中诗歌艺术特色的还是那些四国怀乡的作品，像《乡愁》、《碧潭》、《等你，在雨中》等名篇，虽然笔触清淡，却颇得中西诗艺之精华，充分显示了诗人扎实的诗歌艺术功力和丰富多彩的才华。

---

① 古继堂：《台湾新诗发展史》，人民文学出版社 1989 年版，第 174 页。
② 同上。
③ 余光中：《从古典诗到现代诗》，《分水岭上——余光中评论文集》。
④ 余光中：《古董店与委托商》，《分水岭上——余光中评论文集》。
⑤ 江边：《20 世纪中国文学流派》，青岛出版社 1993 年版，第 227 页。

三 蓝色星群:罗门、蓉子、周梦蝶、
杨牧、夏菁、敻虹等人

"蓝星诗社"虽然是一个松散的诗人联盟,却产生了大批优秀诗人,其阵容仅次于"现代派",而且文学活动的时间也比较长,前后 30 余年。正是单个的个体诗人的组合,形成了蔚为壮观的"蓝星"现象。

罗门:原名韩仁存,1928 年 11 月 20 日出生于广东省文昌县(今属海南省)。1948 年毕业于空军幼年学校,同年到台湾。

罗门最初是"现代派"的成员,后来加盟"蓝星诗社"。1954 年他的处女作《加力布露斯》发表在《现代诗》杂志上,1957 年出版诗集《曙光》。此后相继出版了《第九日的底流》、《死亡之塔》、《隐形的椅子》、《罗门选集》、《旷野》、《日月的行踪》、《罗门编年诗选》、《日月集》(英文版与其妻蓉子合著)、《整个世界停止呼吸在起跑线上》等 10 部诗集。同时,还出版有诗论集《现代人的悲剧精神与现代诗人》、《心灵访问记》、《长期受到审判的人》、《时空的回声》等四部。

罗门本是"现代派"的 10 位诗人之一,1955 年与"蓝星诗社"的著名女诗人蓉子结婚后,逐渐倾向"蓝星诗社",而且成为"蓝星"后期的灵魂。在理论上,罗门主张对心灵世界进行全方位的探索,并提出了创造"第三自然"的观点。他说:"无论是进入内心的那种无限的向往也好,进入物我两忘的化境也好……都不外是进入我所指的那个使一切获得完美与充分存在的第三自然——它正是诗人和艺术家创造的。"[①] 罗门把原始的江川大河、鸟兽花木称为第一自然;把经过人工制作的人文景观称为第二自然;把诗人和艺术家创造的艺术中的自然景致称为第三自然。在他看来,"第三自然是挣脱一切阻挠,获得其极大的自由与无限的包容性永为完美而存在,使时空形成一透明无限的宇宙"[②]。基于这样的观念,罗门认为,诗人应该用心灵来创作,心灵如果被异化,艺术便趋向死亡。罗门的诗,就是把人的心灵世界作为表现对象,努力揭示出人的内心世界的丰富性和复杂性。如《流浪人》:

---

① 罗门:《诗人与艺术家创造了第三自然》,台湾《创世纪》1974 年 7 月。
② 同上。

被海的辽阔整得好累的一条船在港里

他用灯拴自己的影子在咖啡桌的旁边

那是他随身带的一条动物

除了它安娜近得比什么都远

把酒喝成故乡的月色

空酒瓶望成一座荒岛

他带着随身带的那条动物

朝自己的鞋声走去

一颗星也在很远很远里

带着天空在走

明天当第一扇百叶窗

将太阳拉成一把梯子

他不知往上走　还是往下走

　　这首诗是写流浪漂泊者的内心悸动。浪迹天涯的人如同海上颠簸的一条船，没有目标，没有航灯标，茫然不知所向。流浪者只好借酒消愁，"把酒喝成故乡的月色"。空酒瓶堆成一座荒岛，内心却更加空虚和荒芜。

　　罗门还写了大量反映现代文明下城市的病态现状的诗歌，因而又有"城市诗人"的美誉。比如《都市之死》、《都市的人》、《都市的旋律》、《玻璃大厦的异化》，都是写文明城市的另一种变态的面孔，读者能够通过作品的阅读，领悟到另一种大都市的生活内容。

　　蓉子：原名王蓉芷，1928 年出生于江苏省的一个教会家庭，1949 年到台湾，是 20 世纪 50 年代台湾诗坛上出现的第一位女诗人，被余光中称为是"台湾诗坛上开放得最久的菊花"[1]。1950 年发表处女作《为什么向我索取形象》。1953 年出版第一部诗集《青鸟集》。此后出版了《七月的南方》、《蓉子诗抄》、《童话集》、《维纳丽沙组曲》、《横笛与竖琴的响午》、《天堂鸟》、《蓉子自选集》、《雪是我的童年》、《这一站不到神话》、《只有我们有根》等诗集。

---

　　[1]　古继堂：《台湾新诗发展史》，人民文学出版社 1989 年版，第 193 页。

蓉子是台湾诗坛上少有的 30 余年坚持笔耕的女诗人。她的早期诗明澈清新，典雅玲珑，是青春的低吟，理想的寻觅。进入 20 世纪 60 年代后，其风格大变，由于创造性地继承了中国古典诗词的韵味，其诗歌具有一种古典式的"冷凝"与"静美"。如《伞》的最后一节:

　　一伞在握　开合自如
　　合则为竿为仗　开则为花为亭
　　亭中藏着一个宁静的我

在温馨完整的"伞"之下的小小世界，抒情主人公的宁静与尊严是如此富有情调。此外，她的《一朵青莲》、《晚秋的乡愁》、《古典留我》是极富有古典韵味的自由体新诗。

周梦蝶:原名周起述，1921 年生于河南淅川。1948 年随国民党军队去台湾，1956 年退伍，1959 年以摆书摊维持生活。由于特殊的生活经历，其性格孤僻而又向往自由，落拓却不悲伤。"梦蝶"之名寄托着对庄周之爱，典出《庄子·齐物论》。由于性情孤僻，处女诗集又题为《孤独国》，因此在台湾有"孤独国主"、"苦僧诗人"的称号。

周梦蝶的诗弥漫着浓厚的宗教色彩，尤其是 1965 年出版的第二本诗集《还魂草》，不仅技艺更加圆熟，还具有诗禅合一的佛教色彩。像《濠上》、《托钵者》、《圆镜》、《行到水穷处》等诗，或取自《庄子》，或取自佛经，都是宗教哲理思想的体现，充满了禅道哲思。他的诗在意境上深邃悠远，而人生的生存哲理如同江河之波涛，无始无终，源源不断地流淌出来。如《摆渡船上》:

　　人在船上，船在水上，水在无尽上
　　无尽在，无尽在我刹那生灭的悲喜上

诗中所表现的是人与自然互相转化，最后又互相包容的辩证哲理。

杨牧:原名王靖献，曾用笔名叶珊。1940 年出生于台湾省花莲县。在"蓝星诗社"中，杨牧虽然比较年轻，但起步较早。高中时代就开始在《现代诗》、《蓝星诗刊》、《创世纪》等诗刊上发表作品。1959 年出版第一本诗集《水之湄》。此后，出版了《花季》、《灯船》、《传说》、《非

渡集》、《瓶中稿》、《杨牧诗集》、《北斗行》、《吴凤》、《禁忌的游戏》、
《海岸七叠》等诗集。杨牧自称不是"蓝星"同仁，但台湾诗坛却把他列
为"蓝星"的中坚。他的诗与众不同，比较重视诗的叙述性和悲剧性色
彩，特别是 20 世纪 70 年代后的作品，无论是抒情还是写景，都独具古
风，所以台湾的一些批评家又把他列入"新古典主义诗派"。

夏菁：原名盛志澄，浙江嘉兴人。著有诗集《静静的林间》、《喷水
池》、《石柱集》、《少年游》、《山》。他的诗风格明朗，语言简洁，感性
与知性并重。

敻虹：原名胡梅子，台湾台东人，毕业于台湾师范大学艺术系，是
"蓝星诗社"的另一位重要女诗人，也是台湾诗坛上专写爱情诗的大家。
著有诗集《金蛹》、《敻虹诗选》、《红珊珊》。她的诗充分肯定现代女性
的自我意识及爱的觉醒，或写美丽的初恋，或写苦恋的失败，都给读者留
下难忘的印象。在风格上以凝重、含蓄为主。由于她笔下的情爱往往是美
丽的悲伤，因此诗中的情调凄美，情感意味深长。如《怀人》、《彩色的
圆美》、《海誓》都有着轻柔、凄婉之美。

第 十 七 章

"创世纪"诗派:军营中的缪斯群

一　几起几落"创世纪"

"创世纪诗派"是台湾20世纪50年代新诗流派中活动时间最长,变化最大,成绩和影响都十分显著的军中诗派。

"创世纪诗派"成立于1954年10月10日,由驻扎在台湾南部左营的海军军人张默、洛夫、痖弦三人创办,同时出版有《创世纪》诗刊。主要成员有叶维廉、叶珊(杨牧)、商禽、白萩、管管、碧果、大荒、彩羽、李英豪、朵思、沙牧、季红、菩提、羊令野等人。

关于"创世纪诗派"的成立,最初的发起人张默是这样回忆的:

> 那是民国四十三年的八月,我和洛夫同在海军陆战队服务,正巧暑假在桃园同期参加一个短期讲习班,而且被分到一个班里。他是排头,我是排中,就这样我们很自然认识了。结训后他回大贝湖(即澄清湖)驻地,我依然在左营一个炮兵中队服务。有一天傍晚我在高雄大业书店翻阅一本散文集《三色堇》,眼眸一闪,从书中某些篇章中跳出创世纪三个字。当时对这三个字特别喜爱,于是兴起了办诗刊的念头。第二天我到海军印刷所去估价,三十二开本,三十二页,一千册,大约印刷费是四百元(旧台币),是我当时月薪的三倍。于是我找了好几位同事开了个会,就这样决定把这个诗刊办起来。我立即写信给大贝湖的洛夫,他也同意用《创世纪》为刊名,并建议十月创刊。①

---

① 张默:《张默自选集》,台北黎明文化公司1978年版,第286页。

这显然是"创世纪诗派"产生的真实过程。受别人文章的启悟，张默在一念之间选中了这样一个富有挑战性的名字作为刊物和诗社的名称，又选择"十月十日"辛亥革命 43 周年的日子创刊，从开始就使得这个诗派具备了鼓动性色彩。在创刊号的发刊词中，创世纪诗社提出了三条主张：

> 1. 确定新诗的民族阵线，掀起新诗的时代思潮；2. 建立钢铁般的诗阵营，切忌互相攻讦制造派系；3. 提携青年诗人，彻底肃清赤色黄色流毒。

《创世纪》诗刊和"创世纪诗派"就这样带着明显的政治色彩和战斗色彩登上了台湾诗坛。由于主要成员都是国民党的军中诗人，一开始他们便把诗歌的艺术和政治混为一谈，从而致使初期创作成为政治的传媒教条，其诗歌作品自然得不到广大读者的认可。特别是他们刊出的响应台湾当局的所谓《战斗诗特辑》，完全不顾诗歌的审美艺术，把诗变成政治的宣传工具，把诗的审美作用等同于标语、口号式的战斗作用。

张默在《诗人张默访谈记》中说："创世纪诗派"大致可以分为四个发展时期：第一，草创期，指 1954 年 10 月 10 日至 1959 年 3 月；第二，革新期，指 1959 年 4 月至 1965 年 6 月；第三，改组期，指 1966 年 1 月至 1969 年 1 月；第四，复刊期，指 1972 年 9 月到现在。

半个世纪来，"创世纪"不断改组变化，每一次变化都典型地反映出台湾新诗历史的兴衰和发展。在草创阶段，由于有"现代派"和"蓝星诗社"的存在，"创世纪"的影响并不大，仅仅是一种试验。尤其是初期带有"反共"性质的作品，在台湾诗坛上毫无影响力。1956 年 2 月，《创世纪》第 6 期提出了"新民族之诗型"的口号，并发表了由洛夫执笔的社论《建立新民族诗型的刍议》。该文对"新民族之诗型"的含义作了解释。同时，《创世纪》还刊登了王岩的论文《谈民族新诗》，这篇文章把"新民族之诗型"概括为六条：

> 1. 民族新诗要负起培养民族生机，唤起民族灵魂的使命；2. 民族新诗必须肩负起指导时代，促进人生的任务；3. 民族新诗必须是在大众化的需要下而产生，从群众中来，也归向群众中去；4. 民族

新诗必须是我国文学高度美的表现;5. 民族新诗必须继承我国白话文学的血统;6. 民族新诗必须是大时代中代表我国民族声音的,一切都以善良人性,同胞爱及祖国爱出发。

这六条观点,与覃子豪的"六大原则"有相同之处,也是针对纪弦的"六大信条"而提出来的。只是"创世纪"的诗人们仅仅是停留在口头上,并没有用创作实践来证明。

1959年4月,正当"现代派"和"蓝星诗社"处于低潮时,"创世纪"抓住机遇,异军突起。两个流派的许多诗人纷纷改换门庭投向"创世纪",使得这一流派的队伍迅速壮大。《创世纪》诗刊从第11期开始进行了一系列改革,扩充版面,刷新内容,美化排版,同时扩大为同仁杂志,广泛罗致优秀诗人和翻译家。在理论上偏向西化,提倡"超现实"的写作效果和目的。大量转载西方现代派的诗歌理论和作品,发表的诗作也都倾向晦涩难懂。这一转变,使"创世纪诗派"迅速取代了纪弦等人的"现代派"和覃子豪、余光中等人的"蓝星诗社",成为20世纪60年代台湾影响力最大的诗歌流派。"世界性,超现实性,独创性与纯粹性,就是《创世纪》后期所提倡的方向。"①

进入20世纪70年代后,"创世纪诗派"已经成为台湾诗歌流派中的最大盟主,成为台湾文化界关注的热点,经常受到批判。尽管如此,"创世纪诗派"仍然独自支撑着台湾现代新诗的局面。针对各方的猛烈批判,《创世纪》在第37期发表了《请为中国诗坛保留一分纯净》的社论。该文提出诗歌创作的四条原则:

1. 反对粗鄙堕落的通俗化;2. 反对离开美学基础的社会化;3. 反对没有民族背景的西化;4. 反对三十年代的政治化。

这四条原则缺乏理论深度,更谈不上严密的逻辑性,表现出穷于应付的忙乱局面。

"创世纪诗派"从成立至今,已有50余年的历史,其间几起几落,历经几次改组,吸收了大量的新鲜血液。从第1期至第10期,由张默独

---

① 萧萧:《创世纪风云》,台湾《中国时报》1981年8月19日。

力支撑，从第10期起，成立由金刀、王岚、林间、洛夫、叶笛、叶舟、张默、痖弦8人组成的编委会。到了第16期，编委会的成员有：季红、白萩、洛夫、彩羽、商禽、黄用、张默、叶泥、叶珊、叶维廉、痖弦、郑愁予。1964年10月，编辑部由左营迁移到台北，并对编委会作了一次重大调整，这是《创世纪》历史上卓有成效的一次改组。从第23期起，编委会的人员是：大荒、羊令野、沙牧、沈甸、辛郁、李英豪、洛夫、彩羽、马觉、商禽、菩提、尉天骢、张默、梅新、叶泥、叶维廉、贝翔、云鹤、楚戈、管管、郑愁予、蔡炎培、痖弦、战尘、戴天。由于这些编委分布在美国、香港、菲律宾等地，因此对《创世纪》的横向发展起到了良好的作用。

1969年1月，《创世纪》因经济困难而停刊，1972年复刊后，一些青年诗人加盟，使该派充满活力与生机。新加入的青年诗人有：沙穗、沈临彬、余素、汪启疆、季野、连水淼、夏万洲、徐丕昌。这是《创世纪》的第二代诗人。经过多次改组，《创世纪》诗派中保持了老、中、青的诗人群，是一个创作精力旺盛的诗歌流派。

《创世纪》曾于1960年2月和1976年7月两次推出"诗论专号"，提出了一些新的主张，有益于新诗的发展。同时，还颁布了两次诗歌创作奖。此外，"创世纪诗派"还编辑出版了各种诗歌选本。如：《中国新诗选辑》、《中国现代诗选》、《六十年代诗选》、《七十年代诗选》、《现代诗人书简集》、《八十年代诗选》、《中国新文学大系·诗二卷》、《新锐的声音·青年诗选》、《中国现代文学年选·诗》、《当代中国新文学大系·诗》、《中国新诗史料拾掇》。从这些选本的内容上分析，"创世纪诗派"为百年中国新诗的发展做了一些开拓性的工作。

二　"三驾马车"：张默、洛夫、痖弦的 诗歌创作

《创世纪》的成功，离不开人称"三驾马车"的张默、洛夫、痖弦三位诗人为诗歌献身的艺术精神。洛夫说："创世纪不但聚而不散，即使散了，也散而不溃。不可讳言，创世纪的编务大多由'三驾马车'策划。"①

---

① 洛夫：《诗坛春秋三十年》，《中外文学》第10卷，1982年第12期。

正是"三驾马车"齐心协力,互相配合,《创世纪》才如履薄冰而不坠,经历坎坷而不倒。这"三驾马车"不仅费尽心思为《创世纪》的成长壮大奔忙,同时也创作了大量的优秀诗作,而且三人都是台湾诗坛上的杰出代表。

张默:原名张德中,1931 年 12 月 20 日出生于安徽省无为县襄安镇。1949 年从南京流浪到台湾,1950 年参加国民党海军,在军中服役 22 年。早在大陆南京成美中学读高中时,张默就开始了新诗的创作,但真正开始写诗是到台湾以后,1950 年他开始在台湾影响较大的《半月文艺》发表诗作。张默为《创世纪》奔波忙碌的同时,创作也十分勤奋,出版的诗集有:《紫的边陲》、《上升的风景线》、《无调之歌》、《张默自选集》、《陋室赋》、《爱河》、《光阴·梯子》。诗论集有:《现代诗的投影》、《飞腾的象征》、《无尘的镜子》。此外,他还编选了《六十年代诗选》、《中国现代诗选》、《七十年代诗选》、《中国现代诗论选》、《新锐的声音》、《八十年代诗选》等 10 余种诗歌选本。因此,他又被台湾诗坛称为一名辛勤的园丁。他的诗歌曾被译成英、法、日、韩等文。

张默的诗,意象单纯,语言清楚明了。他说:"我的诗是比较好懂的。主要是我不太喜欢在诗中用些怪诞的字眼,有些人的诗甚至每一句都有几个意象,可是我尽可能不那样做,尤其是我近来的诗,力求意象单纯。"① 20 世纪 50 年代的台湾诗坛,以意象繁杂,句子晦涩为时尚,张默独具特色,创作了许多意象单纯,诗境净化的作品。如《鸵鸟》、《春川踏雪》、《服饰店》、《无调之歌》,这些诗灵光闪烁,心象流动。《鸵鸟》只有四句:

> 远远的
> 静悄悄的
> 闲置在地平线最阴暗的一角
> 一把张开的伞

犹如一幅线条清晰的素描画,意象虽然明了,内涵却十分丰富,特别是最后一句"一把张开的伞",确实有画龙点睛之美。

---

① 张默:《张默自选集》,台北黎明文化公司 1978 年版,第 294 页。

张默的诗没有现代派常见的手法，常见诸于诗中的反而是中国的古诗、古文中的色、声、画、形、音、义的表现。尤其是在诗中善于将物象与情感结合，构成一幅动态感极强的立体画面。张默的诗歌形式虽然是现代派的自由体，但在具体表达上则接近传统手法。如写于 1972 年的《无调之歌》：

> 月在树梢漏下点点烟火
> 点点烟火漏下细草的两岸
> 细草的两岸漏下浮雕的云层
> 浮雕的云层漏下被苏醒的大地
> 被苏醒的大地漏下一幅未完成的泼墨
> 一幅未完成的泼墨漏下
> 急速地漏下
> 空虚而没有脚的地平线
> 我是千遍万遍唱不尽的阳光

诗的前六句是采用中国传统诗中的"顶针格"，上句与下句之间是转接和承传关系，意境与意境紧密相连，构思则缜密完整。这首诗描写的是月亮下的景色，由于"顶针格"处理得当，所以天上的月光，地下的烟火，水上的细草，三位一体，构成了一幅层次分明的立体画面。而意象的递进式组合，造成了幽远而凄清的审美效果。既点染了读者的视像和想象力，又有着强烈的艺术力量。

洛夫：原名莫运端、莫洛夫，1928 年 5 月 11 日出生于湖南衡阳。1948 年考入湖南大学外文系，1949 年 7 月随国民党军队去台湾。洛夫在湖南大学读书时就发表了 10 余首新诗，但真正开始写诗则是去台湾以后。1952 年他发表了去台湾后的第一首诗歌《火焰之歌》，1957 年出版了第一本诗集《灵河》。之后出版了《石室之死亡》、《外外集》、《无岸之河》、《魔歌》、《众河喧哗》、《时间之伤》、《酿酒的石头》等 9 部诗集。还出版了诗论集《诗人之镜》、《洛夫诗论选》。他是《创世纪》的发起人，更是"创世纪"诗派的重要诗人和诗歌理论家。

洛夫说："我的基本诗观是，以小我暗示大我，以有限暗示无限。因此我认为，诗永远是个人情感和经验的意象化和秩序化，而且是一种价值的创造。但必须透过暗示,才能显现出由个人扩展为众人的价值。"① 洛夫的这种认识,是把诗当做一种有价值的创造,用"小我"的生命感悟来暗示宏大的人生观、世界观,让个体的情感体验传达人类的共同审美感受。另外,洛夫认为,诗歌的最高审美境界是物我同一。他说道:"当你写一条河的时候,首先你在意念上必须自己变成一条河;想写一棵树,你得先把自己当做一棵树,体认它们的生长与死亡,以及它们存在的价值。"② 这种主客体高度统一,抒情主人公达到无我、忘我的境地,便是诗歌天然合一的审美境界。

洛夫和20世纪50年代的其他台湾诗人一样,最初十分热衷于西化,强调诗歌的超现实性,主张主体对客体的全面突入,因而早期的诗意象密集,诗人对客体的表现依然完全依赖于"自我"体验的绝对性。再加上暗示、象征、歧义的交替使用,使他的作品如同一团散不开的浓云迷雾。1965年,他的第二本诗集《石室之死亡》出版后,立刻引起台湾诗坛的争论和抨击,被认为是"向西方乞借一些剩余","借用西方的利器、异国的情调来作现实的逃避","是非常坏的诗"③。《石室之死亡》共64节,每节10行,是一首各节独立但又有内在联系的长篇抒情诗。分则为短诗,合则为长诗,是诗人"世界性"、"超现实性"、"独创性"和"纯粹性"的诗歌理论的创作实践。如其第一节:

> 只偶然昂首向邻居的甬道,我便怔住
> 在清晨,那人以裸体去背叛死
> 任一条黑色之流咆哮横穿过他的脉管
> 我便怔住,我以目光扫过那座石壁
> 上面即凿成两道血槽
>
> 我的面容展开如一株树,树在火中成长
> 一切静止,唯眸子在眼睑后面移动
> 移向许多人都怕谈及的方向

---

① 陈义芝:《听那一片汹涌而来的钟声——叩访洛夫诗境的源泉》,台湾《自由晚报》1981年6月3日。

② 洛夫:《魔歌·自序》,台北探索文化出版社1999年版。

③ 唐文标:《诗的没落——香港台湾的新诗历史批评》,台北《文季》1973年第1期。

　　　　而我确是那株被锯断的苦梨
　　　　在年轮上，你仍可听清风声蝉声

　　这样的诗侧重于意象的铸造，在意象的交错描写中，表达了人生的生存与死亡的相互对立和相互认同。"甬道"、"脉管"、"石壁"、"血槽"、"苦梨"、"年轮"，都是人生的超现实主义的印证，也是生与死抗争的场所。

　　1970年，洛夫出版诗集《无岸之河》，从这本诗集开始，他的诗歌的语言和风格都有所调整。像《有鸟飞过》、《随雨声入山而不见雨》、《金龙禅寺》、《舞者》等作品，意象鲜活而单纯，风格闲适而厚重。又比如《我在水中等你》、《与李贺共饮》、《窗前明月光》、《长恨歌》，或将历史题材放在现代意识中进行重新处理，或在自由的意象中暗示和浮现传统典故与情致。尤其是《长恨歌》，堪称是古典诗的现代变奏：

　　他开始在床上读报、吃早点、看梳头、批阅奏折
　　　　　　　　　　　　　　　盖章
　　　　　　　　　　　　　　　盖章
　　　　　　　　　　　　　　　盖章
　　　　　　　　　　　　　　　盖章

　　从此
　　君王不再早朝

　　洛夫用现代化的语言和意象改写《长恨歌》，既有历史的深度，又有现代新意。

　　洛夫被认为是一个"不羁野马的天才"，他的诗风格多样，题材宽广，值得认真研究和探索。

　　痖弦：原名王庆麟，曾用过王麟、伯厚等笔名，1932年出生于河南省南阳县东庄的一个农民家庭。1949年加入国民党军队，并随之去台湾。1953年3月毕业于国民党台湾政工干校，后去海军服役，现担任台湾《联合报》副刊主编。

　　痖弦的诗集有《深渊》、《盐》、《痖弦诗抄》、《痖弦自选集》、《痖弦诗集》。但这些选本多有重复的作品。痖弦的评论集有《诗人手札》、《诗人与语言》、《中国新诗研究》。在这些书中，痖弦表达了自己对诗歌的观

念以及作诗的各种技巧。痖弦对诗歌的看法与台湾的其他现代派诗人有一定的区别,他说:"我们雄厚的文化遗产,值得向全世界自豪,但不可否认,我也在这庞大的积累中发现某些阻止前进的因素。我们的关键是,在历史的纵方向线上首先要摆脱本位积习禁锢,并从旧有的城府中大步走出来,承认事实并接受它的挑战,而在国际的横断面上,我们希望有更多的现代文学的朝香人,走向西方回归东方。"① 痖弦认为,应该将传统文化中的积极因素与西方的诗歌观念结合起来,走一条中西合璧的新诗之路。对前人的东西不能全盘否认,对西方的也不能全盘吸收,而是在两者之间进行扬弃和改造,努力探索出一条新的思路来。在诗歌的西化问题上,痖弦反省说:"中国诗人不应该像过去那样一面倒,这个阶段是应该过去了。过去五十年我们向西方热烈拥抱,对现代诗虽然不能说没有好处,但也有走火入魔的现象。半个世纪的今天,中国诗坛似乎应该作一通盘沉思反省与检讨。"② 这种冷静的反思,是痖弦系统地研究中国现代诗之后得出的结论,这对于台湾20世纪50年代诗歌的全盘西化,是一次颇为有益的纠偏。

痖弦的早期创作属于抒情诗,正如他自己所说:"我早期的诗可以说是民族风格的现代变奏,且有超现实主义的色彩,在题材上我爱表现小人物的悲苦,和自我的嘲弄,以及使用一些戏剧的观点和短篇小说的技巧。"③ 所谓"早期",是指1964年以前的作品。但由于1964年以后痖弦很少写诗,所以这段话实际上也就是痖弦对自己作品的总结。痖弦的诗没有全盘西化的试验阶段,他从开始写诗,便注重对表现客体的描摹,透过完美而独特的意象,表达诗人的审美思考。如《土地祠》、《秋歌》、《山神》,都十分注重对外景外物的描述,注意对传统诗歌技巧的继承。像《红玉米》,诗人这样描写道:

> 宣统那年的风吹着
> 吹着那串红玉米
> 它在屋檐下
> 挂着

---

① 痖弦:《痖弦自选集·诗人手札》,台湾黎明文化公司1977年版,第245页。
② 痖弦:《痖弦自选集·有那么一个人》,台湾黎明文化公司1977年版,第258页。
③ 同上。

好像整个北方
都挂在那儿

"红玉米"既是一种历史的情致，也是人生的某种背景，它挂在历史的"屋檐下"，就如同生存的环境也挂在那儿。诗人把思念故土之情置放在往昔的生活背景中，以时空的错位表现真切的情绪，让历史和现实组合成一个意象，显示了中国的糅合大家手笔。

1959年，痖弦发表了百行长诗《深渊》，由于象征手法的大量使用和奇异的想象，在台湾诗坛上引起轰动。尽管当时洛夫等人提倡超现实主义，但从诗作中仍然可以看出，痖弦对这一现代派的表现手法还是有所保留。在生动、新奇的词汇后面，诗人精神的苦恼，内心对传统文化的依附隐隐可鉴。

在对外境外物刻意求工的同时，痖弦对人物的描写也十分独特。如《乞丐》、《上校》、《盐》、《山神》、《坤伶》、《妇人》等。痖弦的诗对人物的描写并不是从头到脚的全面摹写，而是摘取生活中某一些特殊的片段，用抒情的方式将人物写活。像《上校》：

那纯粹是一种玫瑰
自火焰中诞生
在荞麦田里他们遇见最大的会战
而他的一条腿诀别于一九四三年
他曾听到过历史哭和笑
为什么是不朽呢
咳嗽药刮脸刀上月房租如此等等
而在妻的缝纫机的零星战斗下
他觉得唯一俘虏他的
便是太阳

这是一首时间跨度很大的诗，昔日的辉煌如同"另一种玫瑰"，那是上校抗击日本侵略者的光荣的过去。这个在会战中丢了一条腿的上校，如今又如何呢？他的不朽变成了咳嗽药、刮脸刀、房租之类的日常琐事。在历史和现实的交接处，那个因残疾而老了的上校最大的希望是晒晒太阳，做太阳的俘虏。诗虽然很短，却浓缩了上校半生的悲欢荣辱，足见诗人功底之深厚。

痖弦的诗歌数量虽然少，但质量却很高，这是他夺得台湾现代派"十大诗人"桂冠的原因之一。

三　《创世纪》的其他诗人

除"三驾马车"外，商禽、叶维廉、管管、辛郁、戴天、碧果、方旗、渡也、萧萧、苏绍连也是"创世纪"诗派的重要诗人。

商禽:原名罗燕，曾用过笔名罗马、罗砚、壬癸，1930 年 3 月出生于四川省珙县，1945 年参加国民党军队，1958 年自云南经海南岛到台湾。1953 年开始以罗马的笔名发表诗作，1956 年加入"现代"诗社，1960 年用笔名商禽发表作品并加入"创世纪"诗社。1969 年出版处女诗集《梦或者黎明》，1987 年出版诗集《用脚思考》。曾担任过《创世纪》编委、《时事周刊》主编。

商禽的诗歌被认为是现代主义诗歌中的瑰宝。台湾诗人兼诗评家李英豪说:"商禽的诗的价值，非但压缩于个人的平面上，而且是整个宇宙的平面上。"[①] 这个评价虽然太高，但说明了商禽的诗的现代派艺术造诣确实非同一般。在他的诗中，意象的繁复多变，结构的回旋，感觉的错位，形成一种超现实的诗歌境界。如《逃亡天空》:

> 死者的脸是无人一见的沼泽
> 荒原的沼泽是部分天空的逃亡
> 遁走的天空是溢满的玫瑰
> 溢出的玫瑰是不曾降落的雪
> 未降的雪是脉管中的眼泪
> 升起来的眼泪是被拨弄的琴弦
> 拨弄中的琴弦是燃烧着的心
> 焚化了的心是沼泽的荒原

---

① 李英豪:《批评的视觉》，文星出版社 1966 年版。

诗中虽然用了传统的“顶针格”手法，但由于是语言的自动串联，因此造成了意象的快速转换。上句的意象作为下句的开头，依次层层推进，表面上看联系紧密，实则是一种情绪的规范性体现。

商禽的诗，也有对黑暗现实、人生疾苦的象征性控诉。如《应》：

> 用不着推窗而起
> 向冷冷的黑暗
> 抛出我长长的嘶喊
> 熄去室内的灯
> 应之以方方的黑暗

诗中泛溢着冰冷的黑暗色调。“长长的嘶喊”是因为人间的不平，是诗人悲剧意识的喷发。然而，嘶喊又有什么用呢？不如吹熄光明的灯，以黑暗对付黑暗。这虽然是无声的抗议，但却显示了批判的力度。商禽虽然从军 20 余年，但始终是一个普通士兵，这或许是他能用普通人的心灵感应社会现实的原因。

商禽的诗歌名篇还有《长颈鹿》、《鸽子》、《灭火机》、《透支的脚印》等，这些诗都被称为是超现实主义的经典之作。

叶维廉：1937 年出生于广东省中山县，1948 年移居香港，1955 年到台湾，1959 年台大外文系毕业。现任美国圣地亚哥加州大学教授。叶维廉在台大读书时就开始新诗创作，与洛夫、痖弦、纪弦、商禽成为朋友后，诗歌创作突飞猛进。1963 年出版诗集《赋格》，1969 年出版第二部诗集《愁渡》，这是他早期的作品。这些诗在风格上受艾略特的影响，结构复杂而庞大，同时又有中国传统文化的典故。其诗作很难解读。自 20 世纪 70 年代以来，叶维廉出版了《醒之边缘》、《野花的故事》、《花开的声音》、《春驰》、《叶维廉自选集》等诗集。同时还出版了诗论集《秩序的生长》、《比较诗学》及文艺评论集《现象·经验·表现》、《中国现代作家论》、《台湾现代小说的风貌》等著作。

叶维廉与台湾的许多现代派诗人一样，也是经历了从西化到传统的诗歌艺术历程。他早期的诗是用超常规的思维方式进行创作，有意识地抛弃诗的叙述成分，只把诗人的体验结果告诉读者。进入 20 世纪 70 年代后，叶维廉的诗歌风格有所改变，从繁复转向单一，从雄浑转向纯净。像

《栖霞山》、《台湾山村组诗》、《古镇湖口》,句法自然,意象明白。如《山》这首小诗:

> 雨雾里
> 山影
> 缓缓地
> 一层一层的
> 被剪出
> 竟是如此的轻!
> 竟是如此的薄!

雨雾中的"山"的形象清晰可见,气象幽远。这是一幅"山"的写意图,"含不尽之意"于画外。手法虽然单纯却传递出开阔的审美感受。

叶维廉是典型的学者型诗人,尤其是20世纪80年代以后的诗,不仅诗艺厚重,而且体现了诗人良好的学识修养。《松鸟的传说》、《惊驰》、《留不住的航渡》等诗集,审美韵味含蓄而隽永,风格单纯而飘逸,有"大象如拙"的精神风骨。

辛郁:原名宓世森,1933年出生于杭州。1948年参加国民党军队,1949年随军队到台湾。20世纪50年代师从诗人沙牧学诗,至今发表诗歌千余首,有诗集《军曹手记》出版,另外出版有小说集、杂文集多部。尽管如此,辛郁在诗坛上的影响远比小说界的影响大。

辛郁被台湾文坛称为"冷公",这是因为他的作品有一股冷冽之气。在台湾诗坛的西化浪潮中,辛郁是较早迷途知返的诗人,因此他的诗虽然有现代派的技巧,但意象却都是古典的。如名篇《豹》第一节:

> 一匹
> 豹　在旷野之极
> 不知为什么
> 许多花　香
> 许多树　绿
> 苍穹开放
> 涵容一切

有文言文的凝练，有古诗的高度抒情性。"豹"的强悍生命力被"花香"、"绿树"所容纳，形成一种叙述的反差。

管管：原名管运龙，山东胶县人，1930 年出生，1949 年随国民党军队到台湾。出版有诗集《荒芜之脸》、《管管诗选》。管管是"创世纪"诗社中典型的超现实主义的诗人，他的诗怪诞奇崛，被称为"诗坛怪杰"。其妻台湾女作家袁琼琼说："可以说管管是个写'自身'的诗人，他所写的每一行文字都可以在自身找到栖止。作为一个人，管管是热爱万物的，但作为一个诗人，管管却除了自己什么也不观看。"① 管管作为一个经历过历史动荡的下级军人，他的诗的确是身临其境的下层生活的折射。

在风格上，管管的语言比较自由，无拘无束，由于他的大部分诗只有分段没有分行，读起来如同文字游戏，令人眼花缭乱。如《春天像你你像烟烟像吾吾像春天》，诗的标题就让人应接不暇，何况内容？管管诗歌的数量不多，但影响却很大，主要原因恐怕就是他诗作光怪陆离的表现手法。洛夫称"管管是一异数"②，也源于他的诗很难领会。

碧果：原名姜海洲，1932 年出生于河北永清。出版有诗集《秋·看这个人》、《碧果自选集》。他的诗艰涩难解，是台湾现代诗人中第一难读懂的诗人。主题模糊，知性泛滥，只凭意会。

戴天：原名戴成义，1938 年出生，广东大埔人。台湾大学外文系毕业，有《无名集》、《戴天自选集》等近 10 本诗集出版。他的诗象征性强，语言以抒情口语为主，以个体诗人的痛苦体验来达到理性的升华与超越。

方旗：原名黄彦哲，1937 年出生，台湾台北人。他的诗结构参差，意象凝动，语言凝练，风格飘逸，带有浓厚的中国古朴之风。著有诗集《哀歌二三》、《端午》。

萧萧：原名萧永顺，1947 年出生，台湾彰化人。他的诗语言厚实，结构独特，着意于形式的雕琢，风格平淡却诗意浓郁。著有诗集《举目》、《悲哀》，诗论集《镜中镜》、《灯下灯》。

苏绍连：台湾台中人，1949 年出生，台中师专美术专业毕业。苏绍连对新诗作了多种探索，不仅写现代诗，也写古典诗、散文诗。他的诗意

---

① 袁琼琼：《管管散文集》之序言《吾见一匹马》，台北中华文艺月刊社 1976 年版。
② 洛夫：《中国现代作家论》，台湾联经出版公司 1976 年版，第 212 页。

象独特，于非理性的感知中隐含社会深意。著有诗集《茫茫集》、《惊心》、《河悲六十首》、《春望》。

渡也：原名陈启佑，台湾嘉义人，1953 年出生，获台湾中国文化大学中文研究所硕士学位。著有诗集《手套与爱》、《愤怒的葡萄》、《阳光的眼睛》和诗论集《渡也论新诗》。他的诗以写意为主，结构单纯，语言明晓，时空感强，风格朴实而强劲。

第 十八 章

"葡萄园"诗社:回归民族的先声

一 "建设中国的新诗"的呼唤

台湾现代新诗发展到 20 世纪 60 年代后,西化倾向的局面有所打破。一些作家和诗人对 20 世纪 50 年代虚假的"反共"文学和严重西化逃避现实的现代派文学表示强烈不满,他们认为:"我们的固有文学不消说须要近代化,但近代化不是西化,不是日化,所谓近代化要将固有文化的优点及其性质继承下来,不能拿西日文学来代替。"① 在对西化文学倾向的讨伐中,一些诗人和作家提出了文学的民族归属问题。在这样的文化背景下,"葡萄园"诗社首先提出了诗歌的"明朗化"目标,使现代诗歌回归到真实、明朗的传统道路上来。

"葡萄园"诗社成立于 1962 年 7 月,该社的成立,为台湾乡土诗的发展拉开了序幕。关于其成立情况,该诗社的发起人文晓村这样回忆道:

> 当《葡萄园》创刊之初,正值现代诗的晦涩风云像低气压一样,笼罩着台湾诗坛的天空,现代诗几乎已经失去多数读者的同情,遭受许多批评和责难,陷入孤绝危险的境地。如何挽回现代诗的声誉,重新赢得读者的心,让诗在读者的心灵中发光发热。这种隐然的,历史的使命,便在我们心中升起。②

正是在现代主义的诗歌日渐衰落之际,《葡萄园》的同仁们勇敢地担起了振兴现代新诗的历史使命。这正是该流派富有创造性特色的原因。关

---

① 吴浊流:《我设立文学奖的动机和希望》,《台湾文艺》1969 年第 25 期。
② 文晓村:《〈葡萄园〉二十年回顾》,台湾《大学杂志》1982 年第 177 期。

于诗歌的主张,《葡萄园》诗刊在其《创刊词》中明确说道:

> 我们希望:一切游离社会与脱离读者的诗人们,能够及早觉醒,勇敢地抛弃虚无、晦涩与怪诞;而回归现实,回归明朗,创造有血有肉的诗章……从而使现代诗根植于广大读者群中,完成美化人生与净化心灵的使命。

面对西化色彩浓烈的现代派诗歌之风,"葡萄园"诗社坚持诗歌要"回归现实,回归明朗",使诗得到广大读者的认同,从而起到启迪人生、净化心灵的作用。为尽快地推行中国诗风,回答批评者提出的各种诘问,《葡萄园》第8、第9、第31期发表了《晦涩与明朗》、《论诗与明朗》、《建设中国风格》的社论。这些文章进一步阐述了该流派的观点,为推动台湾现代新诗回归传统作了理论上的铺垫,其影响是深刻的,效果是明朗的。他们指出:

> 现代诗绝非少数自命为心灵贵族的特殊宠物,那种在虚伪的象牙塔上以超现实者自居的贵族时代早已不复存在,这种过时而腐败的想法,似乎不应再占据着现代诗人圣洁的心灵,更不是移去所有的门窗,把自我关在暗晦的冷僻的角落里,更不必戴一副莫测高深的面具在诗坛上自欺欺人,艺术的火箭要以真为根据地,以美为出发点,才能达到纯美的世界。①

这是对西化严重的台湾诗坛的一次挑战,是对独霸台湾诗坛20年的现代派诗歌的冲击,并提出了新诗"要以真为根据地,以美为出发点"的创作审美目标。

关于新诗的真实性、民族性的中国化问题,"葡萄园"诗社是这样阐释的:

> 所有忠于中国的诗人,应该将凝视欧美诗坛的目光,转回到中国自己的土地上;让我们接受欧美诗的优点与技巧,而不为其诗风面貌

---

① 《葡萄园》诗刊1963年第8、9期。

所左右，所迷惑；让我们摆脱新的形式与技巧至上的谬误；让我们的新诗在中国的土地上扎下不可动摇的深根，来表现我们中国传统文化熏陶之下的现代思想与现代生活的特质，以建设中国的新诗。①

正是有了《葡萄园》的深切呼唤，才有了 20 世纪 70 年代台湾乡土诗的繁荣局面。值得一提的是，《葡萄园》的诗人们在提倡中国化的新诗方向的同时，并不排斥西方现代诗的优秀的技巧和表达方式，而是主张兼收并蓄，不唯西方论。他们在倡导"建设中国的新诗"的同时，也主张接受欧美现代诗歌的精华。

"葡萄园"诗社在诗歌理论上作了有意义的探索。在出版的 80 余期诗刊中，刊登了大量的有建树的理论文章，尤其是诗人李春生在该刊第50—60 期连载的长篇论文《一个游民的看法和意见》，以及文晓村不定期刊载的《新诗评析一百首》，都在台湾诗坛产生了广泛影响。同时，该刊还开辟了"新诗教育"、"新诗评论"专栏，深入浅出地阐明新诗扎根中国文化土壤的必要性和重要性，为新诗回归民族、回归乡土起到开路先锋的作用。

"葡萄园"诗社 1962 年 7 月 15 日在台北成立，并创办《葡萄园》诗刊。当时的筹备委员有文晓村、王以军、古丁、李佩征。后来加盟的成员有陈敏华、白灵、米若路、徐和临、王铁魂、李荣川、兰俊、流沙、古月、司马青山、温素惠、宋后颖、金筑、闵垠等。《葡萄园》诗刊的主编是文晓村，发行人是王在军。之所以取名"葡萄园"，是因为"葡萄"象征着透明、圆满与成熟。这也是该社诗歌的总体风格。

二　文晓村："葡萄园"的灵魂与旗手

一个诗歌流派的成功必须有鲜明的旗帜，以及勇敢无畏的旗手。"葡萄园"诗社能够在高手林立的台湾诗坛闯出一条新路，与该社的灵魂人物、社长文晓村的努力有着直接的关系。"葡萄园"诗社是在台湾诗坛西化之风甚浓的情况下竖起的一面逆风而行的旗帜，文晓村便是不遗余力高举这面旗帜的诗人。20 多年后，文晓村回忆这段经历时，不无动情地说：

---

①　文晓村：《〈葡萄园〉二十年回顾》，台湾《大学杂志》1982 年第 177 期。

多年来,我一直坚持,现代诗应走健康、明朗、中国诗的道路;在西洋诗风诡谲多变的阴影中,希望能够保持中国诗人自我的清醒;在诗的本质追求中,感性的表现,固然以抒情为基调,即使知性的批评讽刺,也不要忘记温柔敦厚的用心。①

文晓村倾尽半生精力,为"健康、明朗、中国诗的道路"奔波呐喊,摇旗助威。他在许多文章中反复论证"中国诗的道路"的合理性、正确性,以及内涵外延的依据。他还撰写理论文章,回击、批驳阻碍"中国诗"发展的各种团体的或个人的力量。同时,文晓村还用自己的创作实践,证明"健康、明朗的中国诗"的艺术魅力。

文晓村,1928年出生于河南省偃师县,16岁参军,早年加入中国共产党,1950年参加朝鲜战争,1951年被俘,后于1954年去台湾,毕业于台湾师范大学中文系,曾担任中学教师。20世纪50年代师从覃子豪习新诗,深得诗坛元老覃子豪的真传。但文晓村真正的成熟是在1962年创办《葡萄园》诗刊以后。当他被同仁推选为主编和社长后,他一直扮演着"葡萄园"诗社的保姆和灵魂的双重角色。他一方面为诗社、诗刊的经济问题、社会事务奔波劳累,另一方面又不断地勤奋作诗,成为20世纪六七十年代台湾诗坛上令人瞩目的一颗明星。文晓村著有诗集《第八根琴弦》、《一盏小灯》、《水碧青山》及长诗《这一代的乐章》。另外还出版了诗论集《新诗评析一百首》、《横看成岭侧成峰》。文晓村的作品多次获奖,如:台湾文艺协会诗创作文艺奖章;台湾教育界弘扬诗教奖;台湾"国军文艺金像"长诗奖;台北市教育局征文中小学教师组新诗创作首奖。这些奖项的获得,证明文晓村的诗不仅得到台湾诗坛的承认,也得到广大读者的认同。

文晓村的诗,始终沿着他所倡导的"明朗、健康、中国诗的道路"进行探索。他的诗歌风格具有中国式的抒情特色。他的诗具有强烈的民族意识,表现了对祖国故土的热情眷顾。如《钟乳虹》、《创造者之歌》、《海棠红》、《中国宫殿》等作品。在《创造者之歌》中,诗人以自己是中华儿女的一员而引以为豪,他挥笔写道:

---

① 文晓村:《水碧青山·四分之一世纪的爱》,台湾诗艺文出版社1969年版。

> 展开我们的胸膛
> 可以阅读千万里锦绣的大地
> 拍拍我们的血脉
> 也能听见五千年历史之河的奔腾
> 我们是伟大的中华儿女

这是一个旅居孤岛的诗人发自内心的浓烈情感。千万里锦绣河山，五千年历史文明，是中华儿女无往不胜的创造精神的体现。在《给南美的明秋天》中，诗人这样写道：

> 只要　永不忘记
> 中国　是我们的母亲
> 她比任何地理教科书上的名字都美丽
> 她比任何历史教科书上的名字都芳馨
> 只要　永不忘记
> 中国　是全世界华人的根
> 我们的血肉
> 都是来自于中国的土地与河流

诗人用燃烧的语言表达了对祖国热爱的浓郁之情。用明朗、健康的诗歌抒情语调，谆谆告诫海外的中华儿女，不要忘记"中国母亲"，因为她"是全世界华人的根"。字里行间洋溢着眷眷深情。

文晓村的诗明朗而不失含蓄，清新又包容着凝重。特别是诗人借自然山水抒写故土之爱的诗作，明朗而不浅露，易懂而不直白。如《瀑布之下》：

> 在你软软的足下
> 我是山涧的饮者
> 沉醉于你琅琅的歌声
> 　　　绵绵的细语
>
> 你掷我以白练千丈
> 　　　珍珠万颗

我欲伸手捧接
雄心已为水。奈何？

山涧的白衣女王啊
不要以为我太骄傲
只因为我已满足于我的世界
一如你拥有你的王国

在大自然面前，诗人深感自己的渺小，而内心深处却希望与大自然融为一体。"琅琅的歌声"、"绵绵的细语"、"珍珠万颗"，诗人都想纳入自我的怀抱，"欲伸手捧接"，但"雄心已为水"。诗歌借大自然表达诗人渴望回归故土、回归自然的心情，虽然愿望不能实现，但其情其心唯天可鉴。然而诗人已经知足了，尽管心愿不能满足，却在诗情画意中达到了与祖国山水神往沟通。

"中国情结"是弥漫在文晓村诗中的多重主题，他总是用富于表现力的诗歌语言渲染这一富有中国特色的思想内容。因此他的诗容量相当丰富，意象明白，主旨深沉，在台湾新诗坛上可谓独树一帜。

三 "葡萄园"中的精灵

20世纪70年代台湾新诗全面回归民族、回归乡土，与"葡萄园"诗群的努力分不开。除了文晓村以外，其他的诗人同样坚持"健康、明朗"的中国新诗的道路。作为回归的前奏，"葡萄园"诗人们总是让自己的新诗创作在中国的文化土壤上扎下不可动摇的根，作为创始人之一的王以军便是其中之一。如他的《萤火虫》：

你提着一盏翠绿的孤灯
像有家归不得的夜行人
在黑暗中徘徊踟蹰
在风雨中轻叹低吟
你到底在撒播爱情的种子？
还是寻找失落的梦？

弱不禁风的小人物呀
你相信：天越是黑暗
你越是光明

　　这是一首明朗又富有人生哲理的诗，用拟人化手法比喻平凡而朴实的
小人物。第一节是描绘象征普通人的"萤火虫"所处的环境，现实虽然
是黑暗的，但"小人物"用自己的生命谱写了人间真、善、美的情操。
"小人物"的生命是"弱不禁风"的，但其品质却是光辉灿烂的。环境越
是恶劣，现实越是黑暗，小小的"萤火虫"越是放射出生命的光芒。诗
人用"萤火虫"来象征小人物，目的是反映身处社会底层的平凡之辈，
不愿趋炎附势，不屈服于黑暗现实的高贵品质。
　　"葡萄园"诗社的另一位重要诗人是女社长陈敏华。她是山东黄县
人，1933 年出生。曾在台湾的电视台和电视公司做过多年的主持人。她
参加过在马尼拉召开的第一次诗人大会，她先后荣获菲律宾艺术文化学院
颁发的"亚洲杰出诗人奖"，国际诗人学会颁发的"杰出贡献奖"。著有
诗集《雏菊集》、《冰晶集》、《琴窗诗抄》、《晨海的风笛》。她的诗格调
清新，语言淡雅，句式自然。如名篇《雏菊》：

有什么可以自责呢
你本可以挺起胸膛，昂立于
无所不容的蓝空之下

如此广阔的世界
你也拥有一小片天地
清风雨露里，枝叶如意舒展

开出朵朵小花如莲心
圆而纯白，美而丰盈
当众花枯瘦，秋已飘零

有什么可悲哀呢
阳光如此博爱，润泥情深

> 虽然没有结下成熟的果实
> 但你却有扩展宇宙的根

"雏菊"虽然位卑而不能登大雅之堂,但却能"扩展宇宙的根"。花虽小,天地却很大,可以自由自在地生长。这首诗流畅自然,借咏菊来歌颂渺小之人的伟大和平凡。

"葡萄园"另外一名女诗人古月,原名胡玉衡,1942年出生,湖南衡阳人。1949年随家人去台湾,毕业于台湾基督教协同会圣经书院。古月从小喜欢诗歌,是"葡萄园"诗社的重要诗人,也是《葡萄园》诗刊的主要撰稿人。古月的诗明快自然,诗中充满了深深的情愫,绵绵的相思。她出版的诗集有《追赶太阳步伐的人》、《时光行》、《月之祭》。

对人生的感悟和深沉思考,是古月诗歌的重要思想内容。比如《痕》、《当你忧郁的时候》。她的诗中总是泛着一点淡淡闲愁,这种愁绪是用传统的抒情方式抒发的。如《痕》:

> 遄飞在秋风中
> 一袭薄薄的青衫
> 遮不住凭栏后
> 流吟的俳句
> 霞烟过
> 嶙峋的身影
>
> 况且是异乡
> 黄昏　临窗
> 细读鬓角的寂寞
> 泛起满眶的潮雨
>
> 拈花间
> 是瓣落的恋语
> 笔落时
> 是抒情的相思
> 如是缠绵

痕深
深成一沟不见底的
愁

　　这首诗，写的是身处异乡的愁情，其表现手法却是中国式的借景抒情。尤其是诗中的情感结构，传达出诗人深沉的思绪。客观地说，诗中的抒情主人公有着古月的影子。那"薄薄的青衫"、"嶙峋的身影"，难道不是诗人凭栏低语的自我写照？
　　语言艺术上，古月深得中国古典诗的真旨，遣词用典，意象营造，颇具古诗之韵。比如她的《风起时》：

大风起兮
一缕寒烟横过
连天的黄草
冷河已载不动舟
易醒的是梦啊
却唤不回流景
平野一片苍茫
更添上几许轻愁

　　起句就是从古人的《大风歌》中借来的。至于诗中对景物的描写，以及所抒发的"轻愁"，又颇具李清照的风格。这正是"葡萄园"诗社所提倡的"中国化"的诗歌的典范之作。
　　"葡萄园"诗人群内，白灵较为年轻，但他却是该流派20世纪70年代后的代表诗人。白灵原名庄祖煌，祖籍福建省惠安县。1951年出生于台湾，台北工业专科学校毕业，后赴美国深造。白灵20世纪70年代初期开始发表作品，有诗集《后裔》、《大黄河》两本。
　　白灵习诗之时，台湾诗坛的"现代派"之风已成强弩之末，所以他的诗没有艰涩的感觉，但也不是"明朗"可以概括的。他的诗有一种优越的想象在腾飞，让读者透过诗的想象去透视生活的真谛。像《淡江写生遇雨》、《魔术师》、《弄笛》等作品，既有诗中景，也有画中景，是想象入诗所起到的美学效果。如《夕蝉》：

日斜时，老蝉们便来林里唱起挽歌
观音满足地躺成一座山，躺在林外

我的两眸多美丽
就如流过的江水深映着橙江
太阳累的时候，便横卧山外
成为那页夕阳

有叶飘下，飘下，飘下
可是舞落的音符？
心中有蝉，而眼中无蝉
只有蝉歌无痛地刺穿了残霞
斜斜挥手，冷去
无声。啊，无声

诗中时空背景是黄昏，却把黄昏景色写出了新意。诗人对景驰思，想及物外。唱挽歌的"老蝉"，躺成一座山的"观音"，映着橙江的"江水"，横卧山外的"夕阳"，这一系列意象，有动有静，有声有色，由远及近，由近及远，反复推拉，使黄昏景色更加宽阔。树叶飘下是近，夕阳山外是远；残霞挥手是远，老者扫叶是近。如此落笔，不得不佩服诗人想象力之丰富。

第 十九 章

"笠"诗社:一个维护乡土
精神的家园

一 三代同堂共一社

"葡萄园"拉开了诗歌回归民族、回归乡土的序幕,打破了西方现代派诗歌独霸台湾诗坛的局面。但是,"葡萄园"虽然旗帜鲜明、立场坚定,力量毕竟单薄。在这种形式下,又一个声势浩大的诗歌流派——"笠"诗社应运而生。"笠"诗社的出现,给台湾诗坛带来了一股清新的空气,形成了以乡土诗为主的"笠"和以现代派诗歌为主的《创世纪》两大诗歌阵营的对垒格局。

"笠"诗社于 1964 年 5 月在台湾省苗栗县卓兰镇的詹冰寓所成立。发起人是吴瀛涛、桓夫、詹冰、林亨泰、白萩、锦连、赵夫仪、薛柏谷、黄荷生、王宪阳、杜国清、古贝 12 位台湾籍诗人。

"笠"是农民下田干活时戴在头上遮阳挡雨之物,用"笠"来命名诗歌团体与诗歌刊物,象征着这个诗歌流派追求的是带有泥土气息的乡土诗。《笠》的办刊宗旨有三条:第一是维护诗歌的乡土精神;第二是探求新即物我主义;第三是对现实和人生的批判。①

该派人员的组成有两个显著的特点,一是所有诗人都是清一色的台湾籍;二是三代诗人共同拥有一个流派。"笠"诗社的第一代诗人是横跨日据时期和光复后的老诗人,如:吴瀛涛、桓夫、詹冰、巫永福、陈秀喜、陈千武、林亨泰、锦连、罗浪、杜芳格、张彦勋、周伯阳、林外、黄腾辉、叶笛、李笃恭、黄灵芝、何瑞雄。由于这些诗人是从日语转向汉语创作,因此他们又被称为"跨越语言的一代"。"笠"的第二代诗人是光复以后成

---

① 萧萧:《现代诗史略述》,台湾故乡出版社 1982 年版。

长起来的,如:白萩、杜国清、黄荷生、赵天仪、李魁贤、非马、林宗源、林清泉、许达然、静修、蔡其津。这一代诗人是中西合璧的产物,他们既继承了老一代诗人乃至古代诗人的文化基因,同时又适当地吸收了西方现代派诗歌的艺术营养。第三代诗人是"笠"诗社中朝气蓬勃的一代,他们是:郑炯明、李敏勇、陈明台、拾虹、郭成仪、陈鸿森、赵迺定、庄金国、杨杰美、曾妙蓉、陈坤仑、莫渝、林鹭、旅人。三代诗人共同支撑起一座诗歌的殿堂。

"笠"诗社一诞生,就对台湾诗坛的现状表现出强烈的不满,白萩说:"民国五十年五月创刊的《笠》,一开始即提倡现实主义、人生批评、真挚性,也可以说是针对当时诗坛的恶劣风气而采取对抗的意识。"① 而羊子乔、桓夫则认为,"笠"诗社的出现是"台湾出生的诗人语言的成熟和本土意识的抬头"②,是老一代诗人在诗歌创作上的"一种精神上的回归"③。"笠"诗社及《笠》诗刊,所坚持的是一条贯穿台湾本土意识的诗歌创作思路,这个流派也是作为台湾诗坛的现代主义诗歌的叛逆而出现的,因此,其艺术主张必然带有强烈的本土意识。这一点,可以从 1979 年 6 月为纪念《笠》创刊 15 周年而出版的同仁诗选的序言中窥见一斑:

> "笠"的成立,是以台湾历史的,地理的与现实的背景出发的,同时也表现了台湾重返祖国三十多年以来历经沧桑的心路历程……凡我五官所见过所想过所说过所把握过的一草一木,一滴血,一撮泥土,都是那样的亲切,也是那样的苦楚与沉痛!站在我们的岛上,我们拥有个人内在的证明的心灵世界,也体验群体生活中令人心酸与感动的历史的伟大形象。我们歌唱着我们最热烈真挚的情泪心声。④

这篇序言,是"笠"派诗人共同遵循的艺术主张,是他们诗歌审美精神的共同目的。在创作方向与创作手法上,"笠"派的代表诗人、诗歌理论家赵天仪这样总结道:

---

① 《近三十年来的台湾诗学运动暨〈笠〉的位置》,台湾《文学界》第 4 卷,1982 年 10 月。
② 同上。
③ 同上。
④ 参见《美丽岛诗集·序言》,笠诗社 1979 年版。

我以为中国现代诗的方向，正是笠所追求的方向。而笠开拓的脚印，正是竖立了中国现代诗的里程碑。我以为现代诗的创造：在方法论上，是以中国语言为表现的工具，以清晰而确切的语言，来表现诗的情感、音响、意象及意义。而在精神论上，则以乡土情怀，民族精神与现实意识为融会的表现。以这种方法论与精神论并重的基础，来探索我们共同的未来的命运。笠同仁在这十六年来的一百期之中，正是朝着这种现代诗的主流，开创了一条忠实创作的途径。①

"笠"派诗人正是朝着赵天仪所阐述的方向进行创作，以其朴素的乡土意识给台湾诗坛带来厚实的诗歌文化氛围，这正是该诗派长盛不衰的原因。

由于所受影响不同，该流派的诗人在总体审美意识相同的情况下，其风格也有一定差异。从日语进入汉语创作的吴瀛涛、桓夫、陈秀喜等人的诗有日本"和歌"和"俳句"的痕迹；而林亨泰、白萩是从"现代派"走进"笠"社的，其诗现代味浓一些；杜国清、陈明台则是超现实主义的追随者……从这个意义上讲，"笠"诗社又是容纳各种风情的大诗社。

"笠"诗社成立后，即创办了《笠》诗刊。该刊 30 余年来未曾中断，这在台湾诗坛上是少有的事，因此，该诗社成为 20 世纪 70 年代以来，台湾诗坛上最具影响的诗社。"笠"社在出诗刊的同时，还出版了各类诗集和诗选集，如：《华丽岛诗集》、《美丽岛诗集》、《新诗集》、《台湾现代诗集》、《小学生诗集》、《时钟之歌》、《台湾诗人选集三十册》。该流派同仁团聚，奖掖青年，以踏实、古朴的乡土之风，立足于台湾乃至整个中国诗坛。尤其是该派重视对外域诗歌的交流和评价，所以有着广泛的国际影响。

二 "笠"社第一代：桓夫、詹冰、陈秀喜、林亨泰、巫永福、吴瀛涛等人的诗

"笠"社的成立，《笠》诗刊的创办，与"笠"社第一代诗人的无

---

① 赵天仪：《现代诗的创造》，台湾《民众日报》1980 年 12 月 13 日。

私奉献和努力分不开。这一代人经历了历史的中道变迁,与宝岛台湾一同经历了磨难、痛苦与新生。尤其是当他们重新掌握汉语这一丰富的表达工具后,重新焕发了诗的生命。而"笠"社的成立,使他们成为中国新诗坛上的风云人物。

桓夫:原名陈武雄,曾用名陈千武,台湾南投县人,1922 年生。桓夫在日本占领台湾时期就开始用日文写诗,曾出版日文诗集《彷徨的草笛》、《花的诗集》。光复后改用汉语写诗,出版有中文诗集《密林诗抄》、《不眠的夜》、《安全岛》等。桓夫是一个经历过无数次苦难,与死神打过无数次交道的诗人,因此他的诗特别强调诗的批判意识,如《油画》、《神在那里》,都用比较含蓄的语言,对社会、对人生进行了理性的审判。请看诗人发表在台湾《民众日报》上的《神在那里》:

> 在地球上
> 很多人被招去做神
> 很多人变成神像般的植物人
> 神在!
> 可怜的贵族哭喊不停
> 却在祈求不到的地方
> 神在!
> 在野心家们的法制里神在!

这首诗批判了那些野心家将千万个普通民众变成植物人的残暴过程。所谓"神"就是政客们欺骗民众的道具,麻醉人民的精神鸦片。林亨泰说:"桓夫的诗是由于自我批判的火焰燃烧自己而完成的,因此,要说它有着火焰式的热情吗?蕴涵批判式的冷静吗?它却又不那么冷峻,那么晦涩,这不是知性与抒情有了恰到好处的融合的证据吗?"①

詹冰:原名詹益川,台湾苗栗县人。他是"笠"诗社和《笠》诗刊的创办人之一,1958 年开始用中文写诗,出版有诗集《绿血球》、《实验室》和儿童诗集《太阳·蝴蝶·花》。詹冰早期加入纪弦的"现代诗派",并尝试用现代派手法写诗,他甚至用知性与计算的方法来探索诗的奥秘。

---

① 林亨泰:《自觉的批判者》,《自立晚报》1984 年 8 月 22 日。

他自己说："我的诗作可以说是一种知性的活动。"如《液体的早晨》：

> 瞬间
> 初生态的感觉
> 游泳在透明体中
> 毫无阻力——
>
> 现在
> 读新诗般我要读
> 被玻璃纸包裹着的
> 新鲜的风景
>
> 例如
> 水藻似的相思树先
> 成了鱼类的少女
> 摇着扇子的鱼翅
>
> 可是，早晨的 Poesfes
> 好像 CO_2 的气泡
> 向着云的世界上升

这首诗把早晨形容成"液体"进行分割和计算，表达诗人无为而治的个性。在形式上，十分整齐，开头都是两个字，每段分为 4 行。为了准确地计算"早晨 = 液体"，诗人甚至将 CO_2、温度计都写进诗歌，形成一种视觉上的图像感。尽管在方法上有现代派色彩，但他不主张割断传统文化，也反对全盘西化的"横的移植"，因此他的诗从意境和内容上判断，仍然有着本土精神。

陈秀喜：台湾新竹县人，1921 年 12 月 15 日出生。因为长期担任"笠"社社长，在台湾诗坛上德高望重，所以被"笠"社的年轻诗人乃至台湾新诗界尊称为"姑妈诗人"。陈秀喜直到 36 岁才开始学习中文，她刻苦勤奋，在短时间内便出版了《复叶》、《树的哀乐》、《陈秀喜诗选》、《灶》、《岭顶静观》等中文诗集。这些作品奠定了她在台湾诗坛的地位。

陈秀喜的诗,充满了对祖国、对民族的热爱之情。无论是语言还是主题精神都如同泥土一样亲切而朴实。即便是日本"殖民地"时期,诗人也因为是一个中国人而骄傲自豪。如《我的笔》这首诗中所写:

> 眉毛是画眉笔的殖民地
> 双唇一圈是口红的领域
> 我高兴我的笔
> 不画眉也不涂唇
>
> "殖民地"、"地域性"
> 每一次看这些字眼
> 被殖民过的悲惨又复苏生
>
> 数着今夜的叹息
> 抚摸着血管
> 血液的激情推动笔尖
> 在泪水湿过的稿子上
> 我写着
>
> 我是中国人
> 我是中国人
> 我们都是中国人

即便在殖民者的淫威下,诗人仍然在心灵深处喊出了"我是中国人"!情感真挚,内容深沉,毫无虚假之嫌。《台湾》一诗,表达了诗人依恋宝岛的情怀,但是在惊涛骇浪的拍击下,"形如摇篮的华丽岛"是祖国母亲的"另一个永恒的怀抱","只要我们脚步整齐",母亲的"摇篮是永恒的",是坚固顽强的。在诗人内心深处,祖国和台湾就如母亲与摇篮一样。台湾是台湾的美丽,更是祖国的美丽,更是全体中华民族的美丽。

林亨泰:1924 年 12 月出生,台湾省台中市人,1950 年毕业于台湾师范学院。1956 年参加纪弦组织的"现代派",1964 年 5 月与陈秀喜等人创办"笠"社，并担任《笠》诗刊首任主编。出版的中文诗集有《长的咽喉》、《林亨泰诗选》、《爪痕集》，还出版有诗论集《现代诗的基本精神》。

　　林亨泰的诗很少见于报刊，但每发表一首都产生较大的影响力，故而又被称为"隐者诗人"。林亨泰的诗既有浓厚的乡土味，又有强烈的批判意识。他早年虽然加入"现代派"，但诗歌的精神又是现实主义的，而且是一种有责任感的朴实的现实主义。如《乡庄》：

> 吸一口
> 粗的忧郁
> 村里
> 有水牛
> 终日　鼓着腮帮子
> 嚼个不停

　　这是一幅朴素的乡村素描，明白易懂，又美丽如画，这在西化入魔的台湾 20 世纪 50 年代的诗坛上，肯定独树一帜的。

　　吴瀛涛（1916—1971）：他是"笠"社中年龄最大、诗龄最长的诗人。他 1936 年加入"台湾文艺联盟"，并开始诗歌创作。1944 年旅居香港后，曾与著名诗人戴望舒有密切交往。他认为诗是一个人生命的一种过程，他的诗是对人类智慧领地的探索。他出版有日文诗集《第一诗集》，中文诗集有《生活集》、《瀛涛诗集》、《瞑想诗集》、《吴瀛涛诗集》。他的作品表现的是强烈的生命意识，萧萧评价说，他的作品"是从生活冥想而来的，并与生命相结合的诗，这样的诗不会艰晦深奥，也不至于肤泛浅显"[①]。这个评价十分中肯，符合吴瀛涛的创作实际。

　　巫永福：1913 年生，早年留学日本。他的诗歌具有孤愤色彩和悲剧意识，表达了殖民地阴影下的台湾社会现实的黑暗，既倾诉了对祖国的爱和思念，又怨恨祖国因为强大不起来而屡遭欺凌的复杂心情。巫永福早年与张怀一起在日本组织过台湾艺术研究会，20 世纪 70 年代后，担任《笠》诗刊和《台湾文艺》的发行人，但仍然坚持创作。为了奖掖、扶持

---

① 萧萧：《现代诗略述》，台湾故乡出版社 1982 年版。

年轻一代的诗人,他还设立了"巫永福评论奖"。

三 "笠"社第二代:白萩、杜国清、赵天仪、 李魁贤、非马、许达然等人的诗

"笠"社的第二代,是该流派承前启后的中坚一代。他们既继承了古人和五四新诗人的优良传统,又吸收西方现代诗的有效因素。比起老一代诗人,他们的思想更解放,意志更坚定,艺术风格也更自由。同时,他们还担负了延续该流派历史,培养更年轻诗人的任务。这一代诗人中,影响最大的,首推白萩。

白萩:本名何锦荣,1937 年出生于台中市,中学时代就开始写诗,1955 年获台湾诗人皆诗奖,1958 年出版第一本诗集《蛾之死》,1960 年参加台湾诗坛论战,并显示出良好的新诗功底和文化修养。

白萩是台湾诗坛上的一位奇特诗人,几乎所有台湾的大诗社中都有他的名字。他最早是纪弦组织的"现代派"成员,后来加入"蓝星",还担任过《创世纪》编委。1964 年"笠"社成立时,又成为该社年轻的发起人。在诗歌创作上,由全盘西化回归民族传统,由现代意识回归乡土精神。1965 年白萩出版第二本诗集《风的蔷薇》,之后又出版了《天空象征》、《白萩诗选》、《诗广场》、《香颂》等诗集。此外还出版有研究诗歌的文论集《现代诗论》。

白萩早期的作品,喜欢借助物象来表达诗人的浪漫主义情绪。如名篇《蛾之死》的最后一节:

> 我来了,一个光耀的灵魂
> 飞驰于这个世界之上
> 播撒我孵育的新奇的诗的卵子
>
> 但世界是盏高燃的油灯
> 虽光明　却是无情
> 啊啊,我竟在恶意的燃烧中死去

诗人寓我于物,借助奋飞天宇的飞蛾的自由,表达诗人远大的志趣和

理想。然而，理想与现实又是那样的不合拍。那诱惑 "飞蛾" 的高燃的 "油灯" 原来是一个死亡的陷阱。暗示了现实社会的表面 "光明"，并非真正的光明，而是追求 "光明" 者的坟墓。其批判意识颇为深刻。

　　加盟 "笠" 社后，白萩的诗在平实的深沉中蕴涵着悲剧意识。如《雁》：

> 我们仍然活着。仍然要飞行
> 在无边际的天空
> 地平线长久在远处退缩地引逗着我们
> 活着。不断地追逐
> 感觉已接近而抬眼还是那么远离
> 天空还是我们祖先飞过的天空
> 广大虚无如一句不变的叮咛
> 我们还是如祖先的翅膀。鼓在风上
> 继续着一个意志陷入一个不完的梦魇
>
> 在黑色的大地与
> 奥蓝而没有底部的天空之间
> 前途只是一条地平线
> 逗引着我们
> 我们将缓缓地在追逐中死去，死去如
> 夕阳不知觉地冷去。仍然要飞行
> 继续悬空在无际涯的中间
> 孤独如风中的一叶
>
> 而冷冷的云翳
> 冷冷地注视着我们

　　诗中充满了东方式的悲剧精神。"雁" 的顽强和自我牺牲的追逐，既是人生命运的象征，也是诗中的抒情主人公在生与死之间的人的价值的意义和体现。白萩的作品都具备了某种象征体的暗喻，表现了一种特殊的精神力量。

杜国清:台湾台中人,1941 年出生,台湾大学外文系毕业。大学时期受表姐夫、著名诗人桓夫的影响开始新诗创作。现任美国加州大学圣塔芭芭拉校园东方语言学教授。大学毕业时出版有诗集《蛙鸣集》,此后有《岛与湖》、《雪崩》、《云集》、《望月》、《情劫》、《玉烟》、《殉美的情诗》、《勿忘草》等诗集出版。杜国清的诗比较注重艺术行为,正如他自己所说:"我一向认为诗是一种艺术,写诗是追求艺术的创造行为。"① 杜国清的诗反映客观现实生活的比较少,表现心灵心象的比较多。即便是以"花"为题的写物诗,杜国清还是没有对"花"作事实上的描绘,而是写成一种美丽的情绪意象:

　　　成熟的女人长着三朵花
　　　一朵在发上　像山顶的月亮
　　　一朵在胸前　像湖上的白鸟
　　　一朵在耻部　像幽暗的蜂房

　　　女人
　　　以发上的花　微笑
　　　以胸前的花　呼吸
　　　以耻部的花　完成自己

　　　成熟的男人知道怎样
　　　使她开花　一次又一次
　　　直到秋野上一棵枯树
　　　被风刮倒

以花比喻女子,已是陈词滥调,但杜国清用三朵花具体比喻女人的三个部位,比喻的喻体为肢体重新调整,便新意百出,意象惊人,堪称一次绝好的艺术行为的完成。

赵天仪在诗歌理论上有独到的见解。关于诗的创作过程,赵天仪说:"诗,在未通过语言符号表现以前,是一种感动,一种气氛。而在通过语

___

① 杜国清:《勿忘草·序》,人民文学出版社 1992 年版。

言文字表现以后，则从一种未知变成一种可能，一种境界。而诗人是孕育
者，也是接生者通过语言文学的表现，把一种断胶的行为化为一种推敲的
活动，诗作应该是一种活生生的存在。"①　在谈到诗的内容与形式的关系
时，赵天仪说道："我认为诗在创作上，方法论和精神论并重。盖没有方
法是盲目的，没有精神却是空洞的。方法论是要通过修辞上的技术的锤
炼，精神论则要通过人生观、世界观及意识上的操作，批评与反省。"②
赵天仪的精神理论是完备的、有见地的，而他的诗作则是他诗歌理论的实
验和实践基础。《爸爸失了业》、《鹭鸶之歌》、《晨露》都是内容与形式、
精神与方法并重的作品。

　　李魁贤：1937 年出生，台湾省台北市人。李魁贤写诗、写小说，也
写评论，而且还是个企业家。他是"笠"诗社的中坚诗人，出版的诗集
有：《灵骨塔与其他》、《枇杷树》、《南港诗抄》、《赤裸的蔷薇》、《水晶
的形成》、《李魁贤诗选》、《钓鱼台诗集》、《高速公路》等多本。同时还
出版了评论集《心灵的侧影》、《德国文学散论》、《弄斧集》、《台湾诗人
作品论》。

　　李魁贤主张诗要来自生活，要反映现实，要有诗人的思考。他说：
"诗人精神领域的建立重于一切。诗的价值被选入课本……诗毕竟不是润
滑油，也不是广告招贴，而是时代齿轮间的沙粒，是良知的追缉令。"③
李魁贤认为诗要有批判意识，在反映时代大潮的同时，也要折射出诗人灵
魂的精神之光。基于这样的认识，诗人毫不顾忌地在诗中表达自己的人生
观、世界观。如《鹦鹉》、《擦拭》、《盆景》等作品，都有着诗人独立的
精神思考。特别是《擦拭》：

　　　　　白纸上留下的污点
　　　　　想用暴力的手指擦拭
　　　　　无法掩饰的记录
　　　　　想用刀片细细刮出

---

① 《美丽岛诗集》，笠诗社 1979 年版，第 219 页。
② 赵天仪：《建立诗的精神世界》，《笠》1973 年第 96 期。
③ 李魁贤：《诗的见证》，台湾北县文化中心 1994 年版。

再好的技术
也会伤害到无瑕的纸质
纤维的血管被割断后
怎能弥补平匀的完整

在心灵的宣纸上
不小心弄污了怨恨的斑点
要用爱的画笔加以渲染
自负的手不要轻易擦拭

　　诗人用诗歌开了一个治疗灵魂病症的处方，指出治疗普遍的"社会病"必须从人的灵魂上根治，否则会留下难以愈合的伤口。诗中由物及人，由人及社会，批判意义入木三分。
　　非马：原名马为义，1936 年 9 月出生于台湾省台中市，祖籍广东省潮阳县。非马是台湾诗坛上的科学家诗人，出版有诗集《在风城》、《白马集》、《路》、《非马诗选》、《非马集》、《笃笃有声的马蹄》。是"笠"社中的高产诗人。非马说："我认为诗是以最经济的方式，表达最丰富感情的一种文学形式。换句话说，诗人的任务是用最少的文字，负载最多的意义，打进读者的心灵深处。"[①] 非马的诗正如他自己的理论，语言简洁，句式短小，但鲜明的主题精神却能打开读者紧闭的内心世界。如《醉汉》、《电视》、《黄河》、《鸟笼》等作品，都用最经济的文字表达最深刻的内容。如《夜笛》：

用竹林里
越刮越紧的风声
引导
一双不眠的眼
向黑暗的巷尾
按摩过去

---

① 非马：《中国现代诗的动向》，台湾《文季》第 2 卷，1974 年第 2 期。

这首诗，语用双关，内涵丰富，用明暗兼达的表现手法，表达了按摩女子为生活昼夜奔波的社会现实。盲人按摩女漂泊于街头巷尾的悲惨情景，使人读之震动。

许达然：原名许文雄，1940年出生于台湾省台南市，台湾东海大学历史系毕业，获美国芝加哥大学博士学位。1967年写诗，1986年2月出版处女诗集《违章建筑》。关于诗歌，许达然说："我认为文学是社会的事业。活在社会都对社会有责任，连纸都是别人替我们造的，写作要摆脱社会是不可能的了。不管作者的动机如何，作品发表就是社会行为。"①许达然在诗中追求诗歌的社会性，尤其重视诗的社会批判性，因此他的诗始终浓缩着极强的社会批判意识。

"笠"社第三代在台湾诗坛也十分活跃，但他们属于"乡土诗"大潮下的新生代诗群，将在下一章进行论述。

---

① 许达然：《许达然诗与散文讨论会》，台湾《文学界》1984年第11期。

第二十章

台湾后生代:容纳百川的
"乡土诗"大潮

一 五彩缤纷:台湾 20 世纪 70 年代诗坛现象

20 世纪 70 年代以后,台湾诗坛出现了诗社林立、诗刊竞出的繁荣景象。诗歌派别之多,形式发展之猛,是评论家们始料不及的。根据可查证的资料,仅 10 年的时间,台湾青年诗人所创办的诗社、诗刊有 50 余种。这是对民族历史文化反思之后的产物,是乡土意识的一次彻底觉醒。加入这一回归大潮的诗人,都是 20 余岁的青年,他们以艺术的锐气,彻底叛逆了 20 世纪 50 年代以来的台湾诗坛的西化之风。认真剖析他们的主张、宣言、纲领,有助于认识中国新诗百年发展的历史。

"龙族"诗群:1971 年 1 月 1 日成立,并于当年 3 月 3 日创办《龙族》诗刊。主要成员有:林焕章、辛牧、施善继、萧萧、陈明芳、高上秦、林佛儿、乔林、罗明河、黄荣村、苏绍连、景翔。这个诗群与纪弦的"横的移植"分庭抗礼,从刊名上就可以看出他们要大兴民族之风的气概。该刊宣言中声称:"敲我们自己的锣,打我们自己的鼓,舞我们自己的龙。"这个宣言,表明了他们回复传统诗歌的决心。萧萧说:"《龙族》诗刊的出版,预示青年诗人的觉醒,高上秦策划出版的《龙族评论》专号更激起诗人与世人的反省。这种反省不是立即反映,即刻显现,但浸入式的效果,慢慢使现代诗更富生机。龙族诗人本身的贡献不大,但诗社诗刊所象征的意义却极大,包括中国的、青年的、现实的三个特殊意义,与上一代诗人显然有了不同的面貌。"① 该社成员陈明芳说:"龙族是中国的龙,依偎着一个深远的传说,一个永恒的生命,一个崇敬的形象。想起

---

① 萧萧:《诗社与诗刊》,《现代诗纵横观》,台湾文史哲出版社 1991 年版。

龙，便想起这个民族，想起中国的光荣和屈辱。如果以它作为我们的名字不也象征着我们任重道远的使命吗？"①"龙族"的出现，掀起了一股诗歌的旋风，带动了一个诗歌高潮的到来。

"主流"诗社：1971 年 6 月成立，7 月创办《主流》诗刊。该社的重要成员有：羊子乔、黄子莲、李男、林南、杜皓辉、柳晓、吴德亮、凯若、庄金国、龙显宗、文采。该社以诗歌"主流"自诩，宣称"将慷慨以天下为己任，把我们的头颅掷向这新生的大时代巨流，缔结一个中国诗的复兴"②。这个流派的诗突出"乡土味"，主张诗歌的写真精神。

"大地"诗社：1971 年 6 月成立，9 月创办《大地》诗刊，主要成员有：王浩、王润华、古添洪、李弦、余中生、何堃章、林锋耀、林锡嘉、林明德、翁国恩、秦狱、淡莹、黄郁铨、陈慧华、陈德恩、陈黎、童山、翔翔、翱翔、钟义明、苏凌、蓝影。该社在发刊词中宣布道："我们希望能推波助澜，渐渐形成一股运动，以期二十年来在横的移植中生长起来的现代诗，在重新重视中国传统文化以及现实生活中获得必要的滋润和再生。"③ 该诗派的成员主要来自台湾文化大学、台湾政治大学、台湾师范大学，所以又有"学院派"的称号。

《暴风雨》诗刊：1971 年 7 月在台湾屏东创刊，由沙穗、连水淼、张堃、邓育坤主编。该派提倡中国古代的浪漫主义诗歌精神，主张诗以表现人的浪漫情绪为主。

《诗人季刊》：1972 年 9 月创刊。主要成员有：莫渝、陈义芝、许茂昌、掌杉、陈珠彬、杨亭、李仙生、牧尹、廖英白、林兴许、许国耀、洪醒夫、萧萧。这个诗群都是来自台湾师范专科学校的校友，该派追求诗歌的"艺术同质"，反对诗歌的散文化倾向。

《水星》诗刊：1971 年 9 月创刊。主要成员有渡也、朱陵、沙穗、张堃、连水淼、汪启疆。他们是《创世纪》的第二代诗人，但诗歌风格与《创世纪》的差异甚大。

《秋水》诗刊：1974 年 1 月创刊。由古丁、徐静恰主编，成员有孙家骏、陈宁贵、绿蒂等人。该刊以庄子的名篇《秋水》命名，可以想象他

---

① 参见《龙族》诗刊 1973 年第 10 期。
② 黄劲莲：《剃人头者互剃之》，《主流》1972 年第 7 期。
③ 台湾《大地·发刊词》1971 年 9 月。

们的艺术主张自然是活泼多姿的。他们认为："诗艺术之无限，正如北海之无涯；以我们数十年生命所为所见，也不过是泾流之实而已。"① 他们的诗单纯而宁静，清新而短小，却有静雅的艺术趣味。

"草根"诗社：1975 年 5 月 4 日成立于台北市，同时出版《草根》诗月刊。主编罗青，成员有罗杰、林月容、李男、张香华、詹澈、邱来松、叶志诚。该社成立时，发表了宣言。在宣言中说道："我们拥抱传统，但不排斥西方，过分的拥抱和过分的排斥都是变态的。我们的态度是了解第一，然后消化、吸收、创造。创造是我们的最终目的。同时，我们也知道要有专一狂热的精神，唱作方能成功。"② "草根"之名，具有朴素、实在的泥土味，蕴涵着随处生长、四面开花之意，该社影响较大，是台湾"乡土诗"回归的重要流派。

"绿地"诗社：1975 年 12 月 25 日成立于台湾省高雄市，同时创办《绿地》诗刊。由傅文正、陌上尘主编。成员有艾灵、纪海珍、乔洪、雪柔、庄隐、叶隐、侣疆、陈煌、蔡忠修、灵歌、谢武彰、王廷俊。该刊在"本刊征求同仁启事"中说："绿地"的愿望是使沙漠皆植草茵，使旅行者不感觉干涸和饥渴。他们的诗紧贴大众，风格平实，语言流畅。《绿地》的第 11 期推出《中国青年诗人大展》，发表了 97 位诗人的力作。在台湾诗坛引起较大震动，是一次新生诗群的集体亮相。

"诗脉"诗社：1976 年在台湾南投成立，并创办《诗脉》诗刊。岩上任主编，主要成员有王灏、向阳、李瑞腾等人。该社诗歌最大的特点是语言的乡土口语化。

"诗潮"诗社：1977 年 5 月 1 日成立，并创办《诗潮》诗刊。创刊号上刊登的名单有丁颖、王津平、吴宏一、李利国、亚婗、高上秦、郭枫。该刊在创刊号上提出五条主张，即：

　　一、要发扬民族精神，创造广大同胞所喜闻乐见的民族形式；二、要把握抒情本质，以求真求善求美的决心，燃起真诚热烈的新生命；三、要建立民主心态，在以普及为原则的基础上去提高，以提高为目标的方向上去普及；四、要关心社会民主，以积极的浪漫主义与

---

① 台湾《秋水·发刊词》1974 年 1 月。
② 台湾《草根》诗月刊 1975 年第 1 期。

批判的现实主义，意气风发地写出民众的呼声；五、也要注意表达的
技巧，思想再高也是没有用的。①

　　大众化是该社的主要审美目标。《诗潮》专门辟有"歌颂祖国"、"新
民歌"、"工人之诗"、"稻穗之歌"、"乡土的旋律"等专栏，这些栏目，
是该流派宣言和宗旨的具体实践，这在台湾诗坛上是前所未有的。
　　"掌门"诗社：1978 年 1 月在台湾高雄师范学院创刊，成员由校"风
灯"诗社的人员组成。青年诗人杨子涧担任主编，成员有钟顺文、古能
豪、寒林、欧圆圆等。该社追求典雅清新的风格，虽然没有十分响亮的宣
言，却在诗坛上默默地耕耘。1981 年，该社又创办了《神门》诗刊，成
为"乡土诗"大潮中的一支重要力量。
　　"阳光小集"诗社：1979 年 12 月成立，这是一个多元组合的大诗
社。其成员分别来自"绿地"、"诗脉"、"创世纪"、"现代"、"北极
星"等诗社。主要成员有向阳、陈煌、张雪映、花锡剑、李昌宪、苦
芩、林广、林野、陈宁贵、刘克襄等人。"阳光小集"的诗人们来自台
湾的各个地方，诗的风格各有特色，显示了多元化的审美倾向。该社在
出版诗刊的同时，还举办了一些诗歌活动。在社论中，该派诗人宣称：
"在台湾诗坛三十年来扰攘不停的环境中，在社会以趋向多元化的时代
里，我们不求纯粹办一份专门为诗人办的诗刊，但愿为关心支持诗的大
众提供一份精神口粮。以诗为中心，尝试各种艺术媒体与诗结合的可
能。"②"阳光小集"的诗人群，由于诗歌观念无法统一，内部意见也不
统一，不到几年便宣告停刊。但这个诗社的探索，却为台湾"乡土诗
潮"的多元化局面开辟了一条新路。

二　"新生代"诗群：吴晟、罗青、向阳、施善继、
罗焕章、张香华、朵思的诗

　　各种诗社、诗刊的出现，产生了台湾"新生代"诗群。这一代诗人
不同日本殖民地时期的诗人，也不同于 20 世纪 50 年代的那一辈诗人。关

---

①　《诗潮的方向》，参见台湾《诗潮》诗刊 1976 年第 1 期。
②　《在阳光下挺进——诗坛需要不纯的杂志》，台湾《阳光小集》1982 年 10 月。

于这一代诗人的突出特点,"新生代"诗人、诗评家萧萧作了四点总结:

> 一、从小使用白话,他们的生活语言与文学语言没有差距;二、从小在这个岛上成长,他们关怀台湾的过去、现在与未来,他们向往古中国的文化,期望创造新的中国文化;三、他们对于战争没有完整的概念,但他们生长于农工形态转变期中,旧道德与新思想的冲击里,他们有新的压力与苦闷;四、普遍受过大专以上教育,知识水准高。①

"新生代"走进诗坛,台湾的现代新诗已经积累了20余年的发展经验,而且20世纪50年代的极端西化和60年代的回归民族的几次大论战,都为"新生代"诗人提供了可供借鉴的艺术经验。他们在诗歌创作和诗歌观念的阐释中,不同程度地汲取了两种诗歌方向的精华,力求独立思考,更新观念,突破前辈诗人。总的来说,"新生代"诗人对"西化"采取的是批判态度,对"回归民族"则是继承和创新。在技巧上是现代诗的方向,在诗歌的内容上却是传统的抒情精神。"新生代"诗人作为台湾诗坛上的特殊产物,目前已成为主要角色。这个诗群中的优秀诗人很多,由于篇幅有限,只好选择其中比较有代表性的几位略加论述。

吴晟:原名吴胜雄,1944年9月18日出生于台湾省彰化县溪州一个农民家庭。1971年于台湾屏东农业专科学校毕业后,放弃留城机会,回到故乡服务桑梓,躬耕田亩。在台湾主要资本主义工业文明高度发达的社会环境中,吴晟的这种选择,恐怕是一种特殊的高尚追求。

吴晟在高中时期就开始新诗创作,并在《文星》、《野风》、《幼狮文艺》、《海鸥诗页》等诗刊上发表诗作。出版有诗集《飘摇里》、《吾乡印象》、《泥土》、《愚直书简》、《向孩子们说》等。他荣获台湾"第二届中国现代诗奖"和台湾"中国青年诗人奖"。

吴晟是台湾"乡土诗"的奠基人,著名台湾小说家陈映真说:"吴晟的诗,标志着一个新的历史时期——即'现代诗'的终结和四十年代以前新诗传统的复兴。"② 连最初仇视乡土诗的余光中也不得不说:"只有等

---

① 萧萧:《现代诗史略述》,台湾故乡出版社1982年版。
② 许南村(陈映真笔名):《论蒋勋的诗》,《陈映真文集》,中国友谊出版公司1998年版。

吴晟这样的作者出现，乡土诗才算有了明确的面目。"① 甚至像张健那样鄙视乡土诗的学院派诗人、诗歌理论家读了吴晟的《负荷》后也赞叹道："这篇新诗最大的优点有三：第一，亲切自然；第二，浓淡适中；第三，情意真挚，用喻恰当。"② 从这三人的论述中，可以看出吴晟的诗在台湾诗坛的影响是比较大的，是有突出贡献的。

吴晟的诗表现的是台湾农村的人、自然环境及时代因袭的历史命运。借自己的故乡，辐射台湾广大农村的面貌。像《泥土》、《吾乡印象》、《稻草》、《阿妈不是诗人》、《负荷》等作品，对自然环境，对人物命运思考的同时，也给诗坛带来了另一种诗的情绪。

罗青：原名罗青哲，祖籍湖南湘潭。1948年出生于青岛，1949年随父母迁往台湾。辅仁大学英文系毕业。1975年与李男、张香华等人创办《草根》诗刊，并任主编。罗青在大学时就开始发表诗作，他的第一部诗集《吃西瓜的六种方法》所收的就是大学时期的作品。这部诗集风格清新，意象明朗，得到台湾诗界的一致好评。1971年罗青赴美国攻读比较文学硕士，新的文化视野使他茅塞顿开，诗风有所改变。旅美归台后，他出版了《神州豪侠传》、《捉贼记》两部诗集，所收诗歌都是他留学时期的作品。诗人将传统文化与现代意识熔为一炉，形成了亦庄亦谐的诗歌风格。罗青后来又出版了《水稻之歌》、《不明飞行物来了》等诗集，用生命体验来感悟乡土情怀，呈现出既实在又飘逸的乡土风格。比如《水稻之歌》：

> 早晨一醒，就觉察满脸尽是露水，
> 颗颗晶莹透明，粒粒清清爽身。
> 回头看看住在隔壁的大白菜
> 肥肥胖胖，相偎相依，一家子好梦正甜。
> 而远处的溪水，却是刚出门的小牧童，
> 推挤跳闹，赶着小鱼穿过一座矮矮短短的
> 独木桥。
> 于是，我们也兴高采烈地前后看齐，

---

① 余光中：《从天真到直觉》，《余光中集》，百花文艺出版社2003年版。
② 张健：《吴晟的〈负荷〉》，《十年来的诗坛》，台湾《青年》周刊1989年。

把脚尖并拢，手臂高举。

迎着和风，成体操队形，
散——开
一散，就是
千里！

　　用拟人手法将田里的水稻写成早操的学童，趣味横生，逼人喜爱。这首诗曾经编入台湾的中学国文课本，深受中学生喜爱。描写的纪实性、空灵的抒情、亦俗亦雅的语调，使这首诗在乡土诗中别具一格。

　　罗青的诗不在语言上刻意求工，诗中的句子似乎只是为了陈述而自然倾泻出来。余光中说："罗青是一个肯想，能想，想得妙，想得美的诗人。"①"想"，是罗青诗歌的结构张力，因此他的诗在阅读过程中不是情感的冲击，也不是妙语佳句的审美享受，而是一种整体的回味。

　　向阳：原名林淇瀁，1955年出生于台湾省南投县，1979年毕业于台湾中国文化学院日语系。上高中时，向阳就开始了现代新诗的写作；上大学后，在古典诗与现代诗的比较中，又发现两者皆有艺术魅力。作为台湾诗坛的青年佼佼者，向阳是以"十行诗"和"方言诗"引人注目的。向阳在开始写诗之初，便开始了诗歌活动。1971年他在台湾竹山组建"笛韵诗社"，1975年又创办了"华岗诗社"，1978年加盟"诗脉诗社"，1979年又参与组创《阳光小集》诗刊。出版有《十行集》、《银杏的仰望》、《土地的歌》、《种子》、《岁月》等诗集。

　　向阳的诗形式特殊，主题多元化，正如他自己所说："如果说《十行集》是我感应于文化中国的结晶，《土地的歌》是我思索于台湾现实的产物，《岁月》则是我面对这两者在题材上或精神上的综合。"② 向阳的"十行诗"具有特殊的美学格调，民谣、俚语被诗人改造之后进入诗中，不仅不俗，反而显得庄重典雅。谈到"十行诗"，向阳说道："前期之意写十行，多少总为了要自铸格律，是拿着形式的笼子，来抓合适

---

① 流沙河：《台湾中年诗人十二家》，重庆出版社1988年版，第32页。
② 向阳：《岁月·后记》，台北大地出版社1985年版。

的鸟。后期虽有十行的形式,但已偏向于精神层面的发展。"① 向阳力图建立一种新的诗歌审美形式,借助古典诗歌中的意象,来表现现代人的心迹、情绪。也就是他说的对于"精神层面的发掘"。如《种籽》:

> 除非毅然离开靠托的美丽花冠
> 我只能俯闻到枝桠枯萎的声音
> 一切温香,蜂蝶和昔日　都要
> 随风飘散。除非拒绝绿叶掩护
> 我才可以等待泥土爆破的心惊
>
> 但择居山林便缘悭于野原空旷
> 栖止海滨,则失落溪间的洗涤
> 天与地之间,如是广阔而狭仄
> 我飘我飞我荡,仅为寻求固定
> 适合自己,去扎根繁殖的泥土

"种籽"是生命力的象征,诗人展开丰富的联想,从"种籽"离开"花冠"、"枝桠"、"绿叶",最后从泥土中"爆破"而出的过程,来思考现代人生。诗的形式是整齐的格律,但其审美精神却具有现代意识。

施善继:台湾省彰化县人,1945 年出生。施善继在中学时代就开始写诗,早年是"现代派"的狂热追求者,20 世纪 70 年代又成为"乡土诗"大潮的骨干诗人。1969 年,施善继出版了第一本诗集《伞季》,这部诗集是现代派的实验品,虽然并不艰涩,但主旨切入太多,成了知识的卖弄,在"现代派"的技巧框架里补充自己的语言材料。当然,这部诗集中也有一些好的句子,比如:"我们划着一个岛屿/在月与夜的中央/水草与青蛙忘忧的岸上"就受到余光中的好评。有首名为《啊,马车夫》的诗歌也受到萧萧的好评。萧萧解释说:"青蛙忘忧不稀奇,但加上水草以后感受就不同,这样的配合不可多得,令人回味。"②《伞

---

① 向阳:《试以十行写天地——我为何及如何从事十行诗创作》,台湾九歌出版社 1984 年版。

② 萧萧:《现代诗导读》,台湾故乡出版社 1982 年版。

季》出版两年后,施善继决心跳出"现代派"的圈子,重新确立诗歌的创作方向。1971 年,施善继与林焕章、萧萧、苏绍连等人创办《龙族》诗刊,表现出对"现代派"的叛逆。之后,他又出版了《小耕周岁》、《施善继诗选》等诗集。

经历对"现代派"由崇拜到批判的过程后,施善继的诗明了而朴实。诗的生活化、社会化加强了,语言通俗易懂,格调轻松自如。像《小耕周岁》:

> 爸爸有广东籍的朋友
> 也有吉林,
> 有湖南,
> 有四川,
> 来自中国各地的朋友。
> 你将来长大上学,
> 像爸爸也会有,
> 来自中国各地的小朋友。
> 你要用国语和他们交谈,
> 和他们互助互爱,
> 和他们不分彼此地游戏,
> 绝对不要打架。
> 在学校要尊敬师长,
> 打车走路严守秩序。
> 无论在哪里,
> 要牢记我们是堂堂正正,
> 脊梁挺直不亢不卑的
> 中国人。

贯穿诗歌结构线索的是一条热爱民族的情感之线,读之,使人平添作为一个中国人的豪气。语言平易,感情率真,句式自然,明白易懂,全无"现代派"的蛛丝马迹。

林焕章:1939 年出生,台湾省宜兰县人。由于他致力于台湾的"乡土诗"回归,故虽然年纪偏大,但仍属"新生代"诗群。

关于林焕章的诗歌之路，他自己说道："我在《葡萄园》萌芽，在《笠》诗刊成长，然为同辈诗友组织'龙族诗社'，这是我写诗十五年来的历程。今天，我的风格之形成与诗观的确定，也可以与《葡萄园》提倡明朗，'笠'注重乡土感情的真挚流露，以及'龙族'追求表现民族意识，关心现实等多种看似不同，而实是贯通的精神加以概括。"①这段话比较真实地概括了林焕章的诗人经历。在"新生代"诗群中，林焕章与众不同，加盟几个重要的诗歌流派，但从创作实践上判断，他的诗更属于有中国气质的乡土诗。

林焕章出版有《牧云初集》、《斑鸠与陷阱》、《历程》、《公路边的树》、《现实的告白》、《无心论》等诗集，此外还有儿童诗集《童年的梦》、《妹妹的红雨鞋》、《有一条河》。

林焕章的诗有着深厚的忧患意识，诉说痛苦，直面人生。他认为："生活无疑是一种陷阱，我们越是挣扎就越是陷入苦境，而诗也就这样被捕捉。"②这样捕捉来的诗，必然带有苦涩的色彩。如《我很富有》：

> 我很富有
> 但无半点积蓄
> 孩子生病时
> 我才想起
> 可以向工厂贷款
> 然后分期偿还
> 我还是很富有

明明很贫穷，却自嘲"很富有"。联想到诗人曾经在台湾化肥六厂上班，生活确也困苦的人生现实，自然也就怀疑这首诗的生活的真实性。

张香华：原籍福建省龙岩县，1939 年生，台湾师范大学毕业。是"草根"诗社的发起人之一，并担任《草根》诗刊的执行编委。张香华是台湾诗坛上著名的现实主义女诗人，她坚决反对台湾现代诗的西化倾向，是 20 世纪 70 年代"乡土诗"回归的坚定实践者。

---

① 林焕章：《林焕章的诗观》，见《台湾八十年诗选》，濂美出版社 1979 年版。
② 同上。

张香华19岁时便在台湾的《文星》杂志发表处女作,出版有诗集《不眠的青青草》。她的作品清新朴实,以日常生活为诗的题材,力求明白易读。张香华说:"我们自始至终努力要达到的目的是,让诗大众化,生活化。我们认为新诗不只是少数象牙之塔里,文人茶余饭后的优雅与从容,也是广大众生心灵生活的映像与实录。"① 有了这样的理解,张香华的诗从现实生活中汲取诗的源泉,内容扎实,主题明确。如《碧树》、《一妇人》等作品,都是现实生活的写照。张香华的诗虽然明了好读,但绝不是空泛简单,而是用哲理的语言表现事物的本质。如她的名篇《四象》中的《生》:

> 亮丽的太阳流苏里,我们
> 是阳光撒下的一把金黄谷子
> 翻浪、播扬、跳跃
> 在每一寸时空的广场

短而精,堪称新诗中的绝句妙语,是艺术、生活、思想完美统一的范例。

朵思:原名周翠卿,1939年出生,台湾省嘉义县人,台湾嘉义女子高中毕业。朵思是台湾文坛的多面手,写诗、写散文、还写小说。诗集有《侧影》。

朵思也是"乡土诗"运动的坚定实践者,但她的乡土情却是通过对自然界的描写来实现的。在她的诗中,大自然处处充满了生命。如《牵牛花》:

> 想张望一下墙外的风景
> 便峥嵘着头角
> 努力往上攀爬
> 日出时
> 早就列队站在墙头上的
> 一波波紫色

---

① 张香华:《八仙过海谈新诗》,台湾《中时》副刊1981年版。

是绿野上跳跃着欢笑的
一张张脸谱
为了不让春天涌动的热情冷却
它们只管不停地吹奏
好听的迎春曲

诗人将人的感知和思维赋予小小的牵牛花，通过拟人化的手法，写出了"牵牛花"奋力向上的形象。此外，朵思的《乡愁》也是一首深沉感人的优秀力作，诗人用倒叙、反弹的手法，表达了对祖国大陆的无限深情。

进入 20 世纪 80 年代后，台湾现代新诗史上出现了特殊的现象：一个爆炸般的青年诗群的崛起。这个青年诗群的出现，不是以流派的方式出现，尽管从发展趋势上看，与"流派"有一定的联系，但这些诗人已经很难以什么"派"来定位。整个诗群呈自由的多元化的格局，有的诗人同时加入几派，有的诗人没有加入任何一派。比起前几代诗人来，80 年代崛起的诗群，诗歌的艺术视野更广阔，而"流派"色彩则相应淡薄。特别是台湾蒙古族女诗人席慕容的《七里香》、《无怨的青春》所掀起的"席慕容热"，令台湾诗坛大为震惊。这些现象不在本书的叙述范围内，故不作详述。

20 世纪 80 年代后期至 90 年代末期，台湾诗坛上的部分青年诗人对新诗的表现形式又进行试验性的革新，出现了"录影诗"、"视觉诗"、"后都市诗"。由于资料的匮乏，只好割爱舍弃。

第二十一章

"朦胧"诗派:叛经逆道的诗群

一 "朦胧诗"产生的社会基础及
"三崛起"的理论文章

20 世纪 70 年代末 80 年代初,中国当代诗歌在向现实主义复归的同时,也开始了浪漫主义与个性主义的自觉时代。其标志就是"朦胧诗"的出现。"朦胧"诗人不仅以崛起的姿态与"归来"的著名诗人平分诗坛秋色,而且他们的诗以独特个性的艺术特点,给中国当代诗坛带来了新的繁荣景象。尽管"朦胧"诗人的诗歌创作曾经引起过较大的争论,但 20 多年来的文学实践证明,正是"朦胧"诗人的创作,使新中国成立以来的当代诗歌,在国际诗坛上产生了重大而深远的影响。"朦胧"诗人对现实主义的叛逆,开辟了中国诗坛个性主义的自觉时代。

"朦胧诗"虽然出现在 20 世纪 70 年代末 80 年代初,但其孕育期却是 60 年代末 70 年代初。当时国内正开展轰轰烈烈的"知识青年上山下乡运动",在"文化大革命"初期充当革命先锋和主力军的"红卫兵",突然发现自己革命的结果是被推到"接受贫下中农再教育"的位置上,于是对这场所谓的"革命"便产生怀疑。由怀疑而失望,由失望而悲观。"红卫兵"们不得不对自己的人生道路进行重新思考与选择。原来的政治理想、革命激情顿时蜕变褪色。"红卫兵"的先觉者食指 1968 年写的《我的最后的北京》,是"朦胧"诗人最早用诗歌对"文化大革命"进行反思的例证。作品描写了北京知青离开北京时的瞬间心情变化与反映。诗人写道:

北京站高大的建筑,
突然一阵剧烈地晃动。
我的心骤然一阵疼痛,一定是

妈妈缀扣子的针线穿透我的心胸。

这是"红卫兵"的心理失去平衡之后的"剧烈晃动"。突然离开自己"战斗"的都城，要到遥远的农村去"接受再教育"，心理上阵阵"疼痛"，前途如何，十分渺茫。

"知识青年到农村去"之后，由于思想上的困惑，曾经一度掀起"地下读书热"和"手抄体文学作品"，并因此而形成一些"知青聚集点"。北大荒、内蒙古、四川、云南、贵州、福建都有类似的"聚集点"。尤其是河北省白洋淀的北京"知青聚集点"最为突出。后来作为"朦胧"诗人主要代表的食指、江河、多多、芒克等人，就是在这个"知青聚集点"开始用诗来探索人生价值的。尽管他们是在一种秘密状态下写作，却饱含着对社会的沉重思考。如芒克 1974 年写的《十月的献诗》（18 首），多多 1972 年写的《啊，太阳》，都是对当时现实社会和人生的思考。当然，知青们写诗绝非想当诗人，仅仅是情感的倾诉，理想的寄托，表达知青生活的无聊和荒诞。芒克在《十月的献诗·土地》中写道：

> 我全部的感情
> 都被太阳晒过。

诗人表达的是"接受再教育"的劳动生活状况。全部感情都经历了农村太阳的考验，体力和汗水已经全部抛洒在这古老的土地上了。又如《十月的献诗·青春》：

> 在这里，
> 在有着繁殖和生息的地方。
> 我便被抛弃了。

知青并没有在"接受再教育"中获得什么，反而成了被抛弃的有思想的"孤独者"。

在残酷的现实面前，知青的信仰支柱已经动摇，只好抱着一种重新怀疑的态度，用诗歌创造真正有价值的理想主义的生活，这是"朦胧诗"产生的最早的社会基础。北岛、舒婷、顾城等人在 20 世纪 70 年代都已经开始新诗的创作，而且写的诗都是艺术上的"异端"。沉重的现实，民族的命运，成为他们思考的共同的诗歌话题。

知青返城后，为了寻求精神上的寄托，几个同仁在一起自办油印刊物，其中影响最大的是北岛、芒克等人于 1978 年 2 月创办的《今天》。《今天》聚集了一批年轻的具有叛逆精神的诗人，他们的诗歌是当时的文坛难以接受的，只有通过地下油印的方式投向社会。《今天》诗刊虽然只出了 9 期，但对当时的文坛却具有较大的冲击力，为"朦胧"诗派的登台准备了一批生力军。北岛、舒婷、顾城、江河、杨炼、芒克，这些"朦胧诗"的重要代表，都是《今天》诗刊的主要撰稿人。

"朦胧"诗人的另一支新生力量是来自大学生文学社团。这些社团纷纷效仿《今天》诗刊，办起了大学生刊物，如北京大学的《未名湖》、中国人民大学的《林园》、北京师范大学的《初航》、吉林大学的《赤子心》……尤其是《赤子心》诞生了徐敬亚、王晓妮、吕贵品三颗诗坛新星。

1979 年 3 月，《诗刊》发表了北岛的《回答》，这是"朦胧诗"第一次在公开刊物上亮相。之后，舒婷的《致橡树》、《祖国啊，我亲爱的祖国》也在《诗刊》相继刊出。1980 年 3 月，《星星》诗刊隆重推出顾城的《抒情诗 10 首》，而且在同一期配发了著名老诗人公刘的评论。1980年 4 月，《诗刊》又推出了 15 位青年诗人的组诗，同年 10 月又以"青春笔会"的专栏刊登了 17 位青年诗人的佳作。与此同时，《上海文学》、《星星》、《萌芽》、《青春》、《丑小鸭》、《福建文学》、《安徽文学》等刊物又以各种不同的形式刊载青年诗人的作品，"朦胧"诗潮从北京扩散到全国，并逐渐成为诗坛的话题和争论焦点。

关于"朦胧诗"的命名，是缘于《诗刊》1980 年第 8 期发表的章明的文章《令人气闷的"朦胧"》。这篇文章援引的例证是杜运燮的《秋》和李小雨的《海南情思·夜》，虽然不是直接针对北岛、舒婷等人的作品，但是这篇文章对诗坛当时出现的"朦胧"、"晦涩"、"怪癖"的现象进行了批判，于是，"朦胧"便成了这一诗歌潮流的代名词。

"朦胧诗"的出现，引起了一些诗评家的忧虑，谢冕的《在新的崛起面前》描述了这种状况：

> 对于这些"古怪"的诗，有些评论者则沉不住气，便着急着出来"引导"。有的则惶惶不安，以为诗歌出了乱子。这些人也许是好

心。但我却主张听听、看看、想想，不要急于"采取行动"。我们有
太多的粗暴干涉的教训（而每次粗暴干涉都有着堂而皇之的口实），
我们又有太多的把不同风格、不同流派、不同创作方法的诗歌视为异
端，判为毒草而把它们斩尽杀绝的教训。而那样做的结果，则是中国
诗歌自五四以来没有再现过的那种自由的、充满创造精神的繁荣。①

谢冕的文章从新诗发展的历史经验教训中，提出了应对青年诗人采取
"容忍和宽容"的态度，支持开拓、创新的"朦胧"诗潮。

1981 年孙绍振的《新的美学原则在崛起》在《诗刊》第 3 期发表。
这篇文章除了对谢冕的文章高度赞扬外，对具有叛逆精神的"朦胧诗"
作了热情的肯定和极高的评价。孙绍振这样写道：

> 与其说是新人的崛起，不如说是一种新的美学原则的崛起。这种
> 新的美学原则，不能说与传统的美学观念没有任何联系，但崛起的青
> 年对我们传统的美学观念常常表现出一种不驯服的姿态。他们不屑于
> 作时代精神的号筒，也不屑于表现自我情感世界以外的丰功伟绩。他
> 们甚至回避去写那些我们习惯人物的经历、英勇的斗争和忘我的劳动
> 场景。他们和我们五十年代的颂歌传统和六十年代战歌传统有所不
> 同，不是直接去赞美生活，而是追求生活溶解在心灵中的秘密。②

1983 年，《当代文艺思潮》等刊登了徐敬亚的长篇论文《崛起的诗
群》。该文全面论述了"朦胧"诗群产生的历史背景及艺术倾向。徐敬亚
写道：

> 不懂！——这是一些人对某些青年诗的审美判断。他们常常不明白，
> 为什么诗中跳出了很多无关的形象？为什么诗的结尾不点题而不了了之？
> 这，恰恰是反映了人们之间不同的诗论主张。青年们认为：诗是人类生
> 命的强辐射，是诗人情绪的扩张。一首重要的诗不是连贯的情节，而是
> 诗人的心灵曲线。一首诗只要给读者一种情绪的感染，这首诗的作用就

---

① 谢冕：《在新的崛起面前》，《光明日报》1980 年 5 月 7 日。
② 孙绍振：《新的美学原则在崛起》，《诗刊》1981 年第 3 期。

宣告完成——所以他们有时在诗中便割断了顺序的时间和空间,根据内心感情的需要,随意地选择没有事件性关联的形象。他们的诗往往情节清晰,整体朦胧,诗中的形象只服从于整体情绪的需要,不服从具体的、特定的环境和事件,所以跳跃感强,并列感也强。①

谢冕、孙绍振、徐敬亚的文章被称为"三崛起",并受到不同程度的批判,而且有的文章严重偏离学术讨论,从政治上乱下结论。然而,非常有趣的是,批判之风越盛,"朦胧"诗发展的势头越猛。批判"三崛起"的余波未尽,一些更具有先锋意识的青年人已经不满足于"朦胧诗"中的理性主义色彩,提出了"打倒北岛"的口号,并开始了更有现代意识的诗歌创作。

二 人性·自我形象·通感·暗喻

对人的描写,是"朦胧诗"的主体风格和审美特征,而且常常是伴随着诗人自我形象的显现完成的。"朦胧诗"之前的当代诗歌,提倡诗人是人民的代言人,不允许诗歌的表达中出现"自我形象"。"朦胧"诗人的诗则是通过自己的灵魂去透视社会,对重大的历史问题进行思考和认识。北岛在《宣告》中写道:

> 也许最后的时刻到了
> 我没有留下遗嘱
> 只留下笔,给我们的母亲
> 在没有英雄的年代里
> 我只想做一个人

叙述平实,但绝不是现实主义的手法,而是以一个即将走向刑场的真理追求者的内心世界的独白来实现对社会的注解。"朦胧"诗派的诗人们认为,"诗是一面镜子,能够照见自己","诗人创造的是自己的世界",诗是"人类心灵与外界用一种特殊方式交流的结果",而"反映表面上的

---

① 徐敬亚:《崛起的诗群》,《当代文艺思潮》1983 年第 1 期。

东西，成不了艺术"①。这是对现实主义的反叛。北岛说："诗人应该通过
作品建立一个自己的世界，这是一个真诚而独特的世界，真正的世界，正
义和人性的世界。"②"朦胧"诗人重视人性的普遍描写，反对现实主义诗
歌的再现说，诗人写诗仅仅是通过自己的艺术直觉描写生活。在作品中，
现实生活是通过诗人的主观意志加工、组合、重新创造出来的。诗人眼中
的社会与现实生活中的社会是截然相反的。顾城在诗中写道："黑夜给了
我黑夜的眼睛/我却用它寻找光明。"诗人从主观意志出发，对现实生活
进行双重否定。"黑夜→黑色→眼睛→光明"，现实是黑夜，黑色，但诗
人却用心灵的眼睛在布满黑暗的环境中寻找心中的光明，这是人与环境的
二律背反。诗人用生命的感官去重新选择一个属于诗人理想中的心灵社
会。现实是黑暗的，给诗人的视觉抹上了黑色，但诗人的心灵是明朗的，
决心用"黑色的眼睛"在黑暗的夜晚寻找光明。

"朦胧"诗人把诗的表现视觉转向人的自我表达世界，追求生活融解
在心灵的秘密，塑造诗中的自我形象。梁小斌在《中国，我的钥匙丢了》
的第一节中写道：

中国，我的钥匙丢了。

那是十多年前，
我沿着红色的大街疯狂地奔跑，
我跑到了郊外的荒野上欢叫，
后来，我的钥匙丢了。

诗中的"我"当然不仅指梁小斌，也隐含了与梁小斌有类似生活经
历的那一代人。而"钥匙"，也不仅仅是生活中开锁的"钥匙"，而是开
启人性、感化灵魂、塑造"自我"的"钥匙"。舒婷的《致橡树》、《祖
国啊，我亲爱的祖国》中的"自我形象"也是成功的。尤其是《致橡树》
中那个追求女性平等意识，表现女性做人的自由准则的女抒情主人公的形
象更为突出，表达了人的个体意识的彻底觉醒。此外，北岛的《回答》、

---

① 徐敬亚：《崛起的诗群》，《当代文艺思潮》1983 年第 1 期。
② 《百家诗会选编》，上海文艺出版社 1982 年版。

《迷途》,江河的《葬礼》,杨炼的《诺日朗》等作品,都以悲剧精神坚定不移地肯定人的价值和自我人性的创造力。

受西方现代派诗歌的影响,"朦胧"诗人打破了过去传统的现实主义诗歌的表现技巧,否定了现实主义诗歌的结构模式,以及形式服从主题的艺术主张。他们大胆借鉴欧美现代诗的表达形式,尤其是欧美浪漫主义诗歌的激情中渗透理性思考的创作手法,对"朦胧诗"具有强大的影响力。对外在物象的表达,不再是纯客观的描绘,而是把描写对象融解进自己的感情世界中,升华为诗性的理性思考。如北岛的《雨中纪事》,诗人对"雨"的描写不是从外象入手,而是从"自我"的理性世界入笔,把"雨"和人生联系起来思考。又如傅天琳的《心灵的碎片》:"我的笑转瞬间变成香蕉变成石榴/变成月亮和太阳挂在树梢。"直接从自我入笔,用"我的笑"比喻客观存在的香蕉、石榴、月亮、太阳。这是一种先入为主的主观意念对客观物象所进行的审美规范。

通感、变形、隐喻,是"朦胧"诗人常用的艺术手法。通感就是五官感觉的相互交替使用。由于"朦胧"诗人大胆地使用通感,因而他们的诗成了超感官或全感官的生命体。他们的诗,是一个纯粹的感觉世界。如舒婷在《在诗歌的十字架上》中写道:

> 就连我的黑发的摆动
> 也成了世界的一部分
> 红房子,老榕树,海湾上的渔灯
> 在我的眼睛里变成了文字
> 文字产生了声音
> 波浪般向四周涌去
> 为了感动
> 至今尚未感动的心灵

诗成了感觉的世界,成了心灵的萌动。在诗人的自我视觉中,"黑发摆动"的瞬间,是世界的有机组成部分。而"红房子"、"老榕树"、"渔灯"在世人眼里全都变成了有生命的文字,变成了会发出声音的文字。正是通感运用的成功,使"朦胧诗"具备了感情的穿透力。电影的"蒙太奇"结构,也是"朦胧"诗人常用的艺术手法。他们在诗中进行意象群的多层次组合，运用分割、组合、递进的方式，打破现实主义诗歌平面的抒情结构。顾城的《孤线》是并列式的，舒婷的《也许》则是递进式的。请看《也许》：

> 也许我们的心事
> 　　总是没有读者
> 也许路开始也错
> 　　结果还是错
> 也许我们点着一个个灯笼
> 　　又被大风一个个吹灭
> 也许燃尽生命烛照黑暗
> 　　身边却没有取暖之火

诗中的意象递进式的自由连接，后一个意象是前一个意象的补充。无论是并列、递进、复合，"朦胧诗"的意象的组合都打破了时间、空间的秩序。比如北岛的《红帆船》，是把自然现象中的几组无关联的意象组合在一起，用视觉化的语言来突出诗的理性启悟。

"朦胧诗"的审美价值还表现在诗人把诗歌从单一、明白的语言困境中解放出来，代之以"朦胧"、含蓄的美。"朦胧诗"的美是多义的而不是单义的；是暗示的而不是说明的；是隐喻的而不是再现的。"朦胧"诗人总是把表现的客体作为抒情的象征，用有限表现无限，用瞬间表现永恒，用简单暗示复杂。诗歌的意境包含了丰富的内容，可以作多种解释。如顾城的《远和近》：

> 你
> 一会看我
> 一会看云
>
> 我觉得
> 你看我时很远
> 看云时很近

这首诗的细节是精确的,用方位词"远"和"近"来表示距离,但整体感是"朦胧"的。人和人离得很近,但相互看时却很远;人和天空中的距离相隔万里,但"看云时却很近"。这是因为人的内心是无法破译的,而自然现象的云却一看即明白。这首诗用对比的意象结构,把人瞬间的印象感受诗意化、永恒化。诗歌所表现的哲理却十分深刻:在现实生活中,人和人的关系很疏远,很陌生,虽然近在咫尺,但心灵却不能相通;而人和自然呢,则很亲切,虽然远在天边,却如同近在眼前。

"朦胧诗"无论在思想上还是艺术上,都突破了新中国成立以来的中国当代新诗,是一场真正的诗歌革命。虽然诗坛曾经为此发生过旷日持久的论战,但经过历史的审美检验,"朦胧诗"已经在百年中国新诗史上占有一席地位,而且是毫不动摇的地位。

三 "今天"旗帜下的五位主力

"朦胧诗"的出现,为当代中国新诗提供了现代主义诗歌的艺术范例,拓宽了诗歌表达的审美领域,从文体上改变了新中国成立以来中国新诗的格局。之所以把这批诗人作为一个"流派"来考察,原因就是他们在诗歌探索上有着共同点。尤其是在突破旧的诗歌艺术规范,重视诗人的主观创造,表达人的内心情感等方面,"朦胧"诗派基本取得相同的审美共识。当然,我们在充分认识到作为一个流派的"朦胧诗"在诗坛的地位和作用的同时,也不能忽视他们各自的艺术探索的色彩。尽管他们有着大致相同的审美倾向,但作为个体的诗人,他们也显示了各自不同的审美追求。"朦胧"诗派的主要代表诗人北岛、舒婷、顾城、江河、杨炼,他们都是《今天》诗刊的主要创办者和撰稿人,以《今天》诗刊为聚集点,表现了某种共同的艺术思想,尽管其诗歌风格并不完全一致,但对主体意识的崇高和对现代主义诗歌审美多元化的追求,却是共同的。

北岛:原名赵振开,祖籍浙江,1949 年出生于北京。北岛自幼喜爱文学,中学时曾动笔写过文学作品。1969 年被分配到北京某建筑公司,当了 11 年的建筑工人。1970 年开始写诗,但只是在少数几个挚友之间传看。1978 年 12 月和芒克、江河等人创办地下刊物《今天》。曾先后在两家杂志社当过编辑,后自动退岗,现旅居国外。

北岛的诗入选多种诗歌选本。代表作有《北岛诗选》,由新世纪出版社 1985 年出版，曾再版三次，印数达 35600 册。可见北岛的诗在读者中影响较大。

北岛是"朦胧"诗群的典型代表。他的诗歌的历史背景是十年"文化大革命"，因而诗中总是弥漫着痛苦、忧郁、孤独、迷惘的冷色光亮。从《回答》到《触电》再到《白日梦》，北岛的诗都表现出了他所特有的冷酷的希望和孤独的梦幻。"对于世界/我永远是陌生人"，这是对现实的不可理解，"对于自己/我永远是陌生人"，这是自我价值的失落。《回答》是"朦胧"诗派第一首公开亮相的诗作，也是北岛早期的成名作。诗人在诗中强烈地宣告道：

> 告诉你吧，世界
> 我——不——相——信！

这是一代人对现实世界的怀疑，以及怀疑之后沉重的失落感和孤独感。《回答》中所出现的否定意义，是整整一代人在动乱之后反思的集体情结。"我——不——相——信"，这一倔强的声音，宣告了旧的幻想的破灭，新的希望的开始。

在艺术上，北岛的诗具有一定的先锋意义。诗中常用的手法是隐喻、象征、通感。他善于将瞬间的印象、感觉构成固定的象征体，让刹那间的随想表达深厚的文化积淀。如《古寺》、《船票》、《艺术家的生活》、《岛》，看似行云流水，晚夕古刹，却包含了深刻的理性思考。又如短诗《迷途》：

> 沿着鸽子的哨音
> 我寻找你
> 高高的森林挡住了天空
> 小路上
> 一棵迷途的蒲公英
> 把我引向蓝灰色的湖泊
> 在微微摇晃的倒影中
> 我找到了你
> 那深不可测的眼睛

以"鸽哨"、"蒲公英"、"蓝灰色的湖泊"象征人生的迷失,以"深不可测的眼睛"暗示迷惘的心情。"高高的森林"象征人生旅途中的障碍,"摇晃的倒影"则暗示前途的渺茫而不可预知。在意象的组合上,北岛的《船票》也有一定的新意。这首诗以"大海"作为中心意象,其余的意象如"湖泊"、"潮汐"、"礁石"、"灯塔"、"废墟"、"红帆船"、"沙滩"、"黑夜"、"黎明",都是"大海"衍生出来的子意象。两者组合成了一个完整的意象世界。诗中的"退潮中上升的岛屿/和人一样孤独",则暗示了人与自然的相通性。

北岛的诗理想主义的色彩比较重,他的诗所提供的思想深度和审美空间,值得认真研究和分析。

舒婷:原名龚佩瑜、龚舒婷。1952 年出生于福建省泉州市。1969 年初中毕业后到农村插队落户,1972 年返城后做过各种临时工。20 世纪 70 年代末认识了北岛、江河、芒克等人后,相同的生活经历和相似的艺术风格使她成为《今天》的主要撰稿者之一。

1979 年 4 月,《诗刊》发表了她的《致橡树》,尽管这首诗早已在读者中广泛流传,但诗坛对她的态度似乎还在犹豫。1980 年,《福建文学》开辟了"关于新诗创作问题"的专栏,该专栏围绕舒婷的作品展开了一年之久的讨论,无形中把舒婷推到了"朦胧"诗潮的核心。1982 年她出版了处女诗集《双桅船》,并获中国作协举办的全国新诗二等奖。之后与顾城合作出版了《舒婷顾城抒情诗选》和《会唱歌的鸢尾花》等诗集。

以自我内心世界为直接表现的抒情对象,是舒婷诗歌最为显著的特征。她总是以真实的自我抒情,表达对生活的真切感受,折射出十年动乱给一代人留下的心灵痕迹。《致大海》、《祖国啊,我亲爱的祖国》、《会唱歌的鸢尾花》分别代表了舒婷三个时期诗歌中的自我形象的意义。在《致大海》中诗人写道:

> 傍晚的海岸夜一样冷清,
> 冷夜的巉岩死一般严肃。
> 　从海岸到巉岩,
> 多么寂寞我的影。
> 　从黄昏到夜阑,
> 多么骄傲我的心。

　　这是诗人思考自己的人生位置时，所表现出的自我内心的忧伤和自
傲，是一种被社会遗弃之后的寂寞，一种不肯苟同现实的自尊。此外，
舒婷的《致橡树》、《神女峰》等作品中，诗人不倦地追求人的尊严及女
性的自主价值。这两首诗不是一般意义上的恋爱诗，而是女性独立人格
的实现。爱人虽然如同"橡树"一样高大，但"我"绝不做攀缘的冰霄
花，而要做"橡树"近旁的一株木棉，"以树的形象和你站在一起"。在
争取平等意识的基础上，找回女性的尊严。《神女峰》中背叛意识更加
明显：

　　　　沿着江岸
　　　　金光菊和女贞子的洪流
　　　　正煽动新的背叛
　　　　　　与其在悬崖上展览千年
　　　　　　不如在爱人肩头痛哭一晚

　　对传统文化观念的背叛，否定了几千年的性爱忠贞观念，批判了千百
年来那"盼郎归"的美丽而痛楚的梦幻。
　　《祖国啊，我亲爱的祖国》是一首社会意识比较强烈的诗。面对祖国
的贫穷与落后，诗中的抒情形象毫无怨言，而是希望伤痕累累的祖国
"从我的血肉之躯上"去获取"富饶"、"荣光"和"自由"。诗中的"自
我"形象，是一个富有献身精神，勇于承担历史责任的思考者。以个人
青春的失落来感应祖国的贫困命运，这在"朦胧"诗人中是少见的。
　　《会唱歌的鸢尾花》中，"自我"形象是宽容、典雅、端丽、含蓄的
传统文化的象征。单纯的外观中，蕴涵着温柔的宁静的情感层次，具有很
强的艺术力量。
　　顾城：1956 年出生于北京，10 岁开始写诗。1969 年随他的父亲、诗
人顾工下放到山东滩河岸边的沙滩上。1974 年回北京，在街道木工厂做
木工。1977 年开始发表诗歌，诗集有《黑眼睛》、《舒婷顾城抒情诗
选》等。
　　顾城是一位忧伤的童话诗人。舒婷在写给顾城的诗作《童话诗人》
中写道："你相信了你编写的童话/自己就成了童话幽兰的花。"顾城认

为,诗歌的任务是"要用心中的纯银,铸一把钥匙,去开启那天国的门"①,去表达内心深处的纯净的美。早在 12 岁时,顾城就写了《天外的光亮》、《烟囱》等富于童话色彩的诗歌。而他较早的优秀诗篇《生命幻想曲》美丽而晶莹,由意态而发生的想象十分奇异。诗人写道:

> 把我的幻影和梦
> 放在狭长的贝壳里
> 柳枝编成的船篷
> 还旋绕着夏蝉的长鸣
> 拉紧桅绳
> 风,吹起了晨雾的帆
> 我开航了

诗中的抒情形象是一个具有幻想色彩的少年追求者,以少年的直觉去感应大自然的温情。或苦闷、或奋发、或茫然、或欣喜,都抹上了一层淡淡的少年忧伤的色彩。

《我是一个任性的孩子》体现了顾城的艺术理想,诗人希望用自己的笔画一个"永远不会流泪"的天空,让人类安静地在这片天空下生活。这种童话色彩虽然最终要破灭,但诗人却"任性"地努力着。顾城的组诗《永别了,基地》是对动乱岁月的思索,显示了诗人对生活的独特见解和高度的艺术概括力。

杨炼:1955 年 2 月出生于瑞士,1974 年到北京市昌平县插队,1977年返城后考入中国广播艺术团创作室,1977 年开始发表作品。出版有诗集《太阳,每天都是新的》、《礼魂》、《黄》等。其组诗《诺日朗》影响较大。

在"今天"诗人群中,杨炼的诗与众不同,他一开始就注意诗的历史深度。杨炼说:"我的使命就是表现这个时代","具体地说,就是表现长期被屈辱、被压抑的中国人民争取彻底解放而进行的英勇斗争以及由此而带来的精神领域的巨大变革"②。诗人主张诗歌要介入历史,表现民族

---

① 《请听我们的声音》,《诗探索》1980 年第 1 期。
② 同上。

的苦难史和斗争史。他早期的诗歌基本上保持了这种基调。

20 世纪 80 年代后，杨炼连续发表了《诺日朗》、《半坡》、《敦煌》、《西藏》等组诗。这些诗或表现人类童年的生存现状、或探索人类古老的文化精神、或揭示人与自然的诸多关系，都具有强大的历史厚度。诗人注目于远古的文化背景，体现古先民的情感意绪。繁复的意象群、超经验的感觉色彩，都显示了一种东方史诗的辉煌。

江河：原名于有泽，1949 年出生，出版有诗集《从这里开始》等。在"今天"诗群中，江河的诗以历史感和悲壮感著称。早期的代表作有《纪念碑》、《祖国啊，祖国》。这些诗是对民族命运的思考，对历史的沉思，因此有一种庄严的力度感，一种"现代史诗"的精神。江河说："我认为诗人应当具有历史感，使诗走在时代的前面。"他认为："过去—现在—未来，在诗人身上同时存在，他把自己融入历史中。"① 诗人努力从历史的角度审视文化传统，因而诗中有一种悲壮的崇高。在《纪念碑》中，诗人写道：

> 我想
> 我就是纪念碑
> 我的身体里垒满了石头
> 中华民族的历史有多沉重
> 我就有多少重量
> 中华民族有多少伤口
> 我就流过多少血液

诗人将"自我"融会到一个民族的历史风雨中，从而完成了"人民—我"的统一。"我"是历史的见证人，是人民的代言人。对历史的深切体会，对现实的重新认识，使江河的诗显示出独特的主题思想。

《祖国啊，祖国》是一曲凝重的乐章。诗中的气势卓然不凡，崇高的悲壮色彩，理想主义的牺牲精神，使这首诗受到普遍好评。诗的第一段起句有力：

---

① 《请听我们的声音》，《诗探索》1980 年第 1 期。

在英雄倒下的地方

我起来歌唱祖国

　　气势磅礴，悲壮有力。这首诗以长城作为祖国的象征，回顾了中华民族痛苦、艰难的历史进程，"长城"既是民族的骄傲，同时也包含了苦难。人民创造了历史文明的万里长城，然而创造文明的过程却又是灾难深重的过程。"让帝王的马车在纸上压过一道车辙/让人民像两个字意义单薄瘦弱"，表现了诗人强烈的忧患意识和历史使命感。

　　1985 年，江河发表了组诗《太阳和他的反光》，诗歌的风格有所转变。诗中以上古神话为表现对象，但又不是把神话写成诗，而是进行大胆的再创造。像"夸父逐日"、"愚公移山"这些古老的神话传说都有了新的含义。其抒情方式，由过去的客体主观化转变为主体客观化。这是诗人艺术进步的明证。

第二十二章

"新边塞诗"派:大漠风度
和大漠气派

一 "新边塞诗"的含义

"新边塞诗"派,是指 20 世纪 80 年代初期以抒写西北风情为主题的现代诗群。这个诗派以昌耀、周涛、杨牧、章德益、林染、李云鹏为代表。他们是用现代意识去重新评价大西北独特的自然风土人情、风俗文化和现实人生,在苍茫、壮美、神奇的外部环境之中,抒写强悍、坚韧的力量之美的诗篇。故称为"新边塞诗"派。

所谓"新",是针对古典诗而言的。唐代的岑参、高适、王昌龄、王之涣创立了慷慨悲壮的"边塞诗"。西部的大漠风光作为古代诗人的审美客体,产生了神奇的美学力量,留下了许多千古绝唱。新时代的诗人吸收了古人的艺术营养,以拓荒者的气概,用现代意识去关注、评价新时期的大西北,写下了壮丽的诗篇。

最早对这个流派作出判断的是新疆部队的著名评论家周政保。他说:"是不是可以这样说,一个在诗的见解上,在诗的风度和气魄上比较共同的'新边塞诗派'正在形成。"① 周政保的观点不仅得到了西部诗人们的认同,也得到了内地评论家的支持。作为"新边塞"诗人的周涛是这样认识的:

> 新边塞诗不应该是题材上的狭窄河道,不应该是限制人们多方面探求、实验和发挥自己多方面感受的模式;而应该是促使人们更清醒

---

① 周政保:《大漠风度 天山气魄》,《文学报》1981 年 11 月 26 日。

地认识自己的位置和气度,从而更自觉地形成独特的风采的星座。①

诗人的自觉认识,是这个诗派形成的主观因素的原动力。他们用诗歌展示了西部高原阔大的自然境界和精神境界。在这块跃动着青春活力的古老土地上,诗人捕捉到一个个新鲜而古老的命题,从千变万化的西部现实生活中撷取人性的自然的美,完善自己的诗歌审美个性。他们的探索很快引起文艺界的广泛关注。

1982 年 3 月,新疆大学中文系就"新边塞诗"的现象专门召开了规模较大的学术研讨会,评论家们对这个刚刚诞生的当代诗歌流派进行了理论性的规范。谢冕在《阳光,那里有新的生命》一文中论述道:

> 新边塞诗的创立,题材的一致趋向是先决条件,但不是决定的条件。要是把写成了新边塞生活的诗等同于如今所提倡的新边塞诗,那么这种提倡就失去了意义。我理解,这是一种对于风格倾向的共有性的召唤,也是一种对于诗歌流派形成的呼吁,其实质,是共同素质的培育和提倡,而并非共同题材的简单的聚集……
>
> 西北地区和全国有志于此的人们均为此而努力,创作的实际业已提供了典型,并在这方面初步展现了它的生命力。一些旨趣相通风格相近的诗人正在集结,他们正试图展示他们的实力。这种努力是韧性的。新边塞诗,其含义字面已有示知,应该指现代的,即我们时代的抒写西北边疆风物的诗歌。"边塞诗",借用古典诗中的用语,所指的地区大体与今日我们所理解的一致,艺术上亦有继承和相通之处。但它们毕竟属于不同的时代,而有了质的变化。离开新边塞诗的具体实践,企图通过否定古典边塞诗(这断非简单的"否定"所能否定的)以否定新边塞诗,这种意图可以在某地某时暂时奏效,但新边塞诗的存在这一事实,却难以抹杀。我们重视的是诗歌实践,我们愿意探究这种实践的价值。今天欣悦的是,新边塞诗创作的实际已为这种探究提供了根据。②

---

① 《百家诗会选编》,上海文艺出版社 1982 年版。
② 谢冕:《谢冕文学评论选》,湖南文艺出版社 1986 年版,第 221、223 页。

谢冕的一系列探讨"新边塞诗"的文章发表后，立刻引起了诗歌界的重视。《当代文艺思潮》很快作出反应，刊登了何开伟的《试论"新边塞诗派"的形成及其特征》的文章。该文对这一诗派形成的历史进行了阐释，并通过对几位诗人风格相似性的探讨，归纳了该诗派的审美特征。之后，在《飞天》、《阳光》、《绿风》、《中国西部文学》的积极倡导下，"新边塞诗派"由新疆、甘肃扩充到宁夏、西藏、青海等省区，成为当代诗歌史上独具特色的一个诗歌流派。

与古代"边塞诗"相同的是，"新边塞诗"派的诗人们也都不完全是生活在这块古老土地上的当地人，他们来自全国各地。但与古人不同，这批诗人长期生活在西部边陲，他们将个人的命运熔铸在异域的风情文化之中，不是以外来者的角度去关注西部现实生活，而是把自己作为西部边塞的一员，以西部雄壮的自然景观和社会情致为表现对象，发掘新鲜的浪漫的悲壮的诗歌艺术气质。西部自然景观的辽阔旷远，已经深入到他们的生命之中，成为他们灵魂的有机组成部分，而不是异域风俗的简单比附。诗人与西部环境的和谐相处，构成了该派诗歌古朴、沉厚的大漠气度。

二 审美的崇高感：丰富而深厚的艺术风格

"新边塞诗"潮作为一个地域性很强的诗歌运动，其流派的意义不是由"宣言"和"纲领"之类的东西来体现，而是由这个流派的诗人的共同的创作风格来实现。这个诗群在艺术内涵和表现方法上，侧重于对西部原初的地理特征和生命力的发现与赞美。在对外部事物摹写的基础上，强调内心的抒情，强调诗歌的象征性和意象的丰富性，形成了粗犷的文体美感。周涛说："诗人应该是一棵树，根子深深扎进泥土，把枝叶举向空中。"① 西部诗人就是这样，把自己的人生命运楔入西部边陲，在历史与现实的碰撞中产生了具有当代意识的诗情。

每一个地域都有自己独特的文学，而且必定具备自己独到的、与众不同的品格。尽管这种品格充满了艺术的多样性色彩，但相似的审美倾向必然浸透在这个区域或这个流派的文学作品中。"新边塞诗"是力的文学，粗犷而深沉，苍凉而奔放，浑厚而阔远。由于诗人长期生活在大漠荒野、

---

① 周涛：《我们在中国西部想些什么?》，《当代文艺思潮》1985 年第 3 期。

冰川雪岭、日月苍穹的外部环境之中,辉煌灿烂的黄土文化、亘古如斯的
边塞世界,构成了他们诗歌的独特主题。诸如杨牧的《我骄傲,我有遥
远的地平线》,周涛的《荒原祭》、《野马渡》,章德益的《我应该是一角
大西北的土地》,昌耀的《边关:24 部灯》等作品,都将积极奋发的当
代精神融合进大西北的土地,对大西北的外部环境和内部文化意识作出历
史性的审美判断。章德益在《致新疆》中写道:

> 奇异的天地孕育奇异的人
> 你从沙漠站起来,拂去狂飙
> ……
> 骆驼已死了,你的嘴角咬不出血来
> 只有摇响心中的铃铛
> 然后把自己作为骆驼生命的延续
> 沿龙卷风遁去的狂野行进

刚健而悲壮的抒情升华为庄严、肃穆的美。"骆驼"的精神气概和献
身精神是新疆人乃至西部人艰苦创业的象征。

同样是写西部边塞,何来在《玉门:我不要衰老》中掷地有声地
写道:

> 玉门
> 裂变装置厉声宣告
> 我愿意停留在中年
> 我不要衰老

玉门,是一个古老的情深意切的话题,那"春风不度玉门关"的千
古绝唱,千百年来凝固在人们的内心深处,成为定型的审美模式。而何来
的这首诗却注入了新的思想和意识,在冷静与紧迫感交织的旋律里,发出
"我不要衰老"的呐喊。

"新边塞诗"派的诗人尽管有各自的诗歌艺术追求,但总体上却有着
共同的美学原则,即力的美和悲壮的美。面对西部神秘莫测的环境,他们
摆脱了表层的描述而注重整体象征的探求。由于都是来自内地,西部雄奇

的自然景观使他们获得了新鲜的艺术感受，因而其作品有一股浪漫主义的气势。虽然这个流派的大多数诗人都是外来者，但他们把自己的热血和这块土地凝结在一起，他们在西部的经历成了他们生命的一段重要历程。粗犷、质朴的大漠，背负天空的鹰，兀立荒原的马群，万吨冰雪劈空而来的雪崩，在诗人的笔下都具有内在的象征含义和独特的审美价值。他们的诗豪放中渗透着感慨，刚劲中糅进苍凉，沉思中表现出冷静，旷达中蕴涵着悲切。正如杨牧在《大西北是雄性的》一诗中写道：

　　　　大西北，是雄性的
　　　　没有柔软，只有亢奋
　　　　赤日，活跃着雄性的激素
　　　　清月，也带着青铜的光晕

　　感性的美和抽象的美交织在诗的旋律里。大西北的恢弘气势，在"赤日"、"清月"的光照下喷发而出，高扬这瑰丽壮观的艺术色彩。周涛在《角力的群山》中如此写道：

　　　　它们高大足以支撑天空
　　　　却拒绝人类的探视
　　　　仿佛不愿被人看到
　　　　阴云下峥嵘山峦所呈现的敌意
　　　　这一群被放逐的固执的巨人呵
　　　　倘若说这些山有一点柔肠
　　　　就是它会从身上取下一硬石
　　　　捐赠给它的牺牲者作碑

　　"群山"作为西部人的象征，体现了坚强的拓荒者所独具的激情与力量，是民族精神和民族气魄的整体寓托。"新边塞诗"派的主旋律是高昂的，悲怆的，机智而富有崇高的理想精神，狂放而又充满了浪漫主义的敏锐力。正如著名诗人公刘所说："他们的诗发展了唐代的边塞诗风，不仅仅是苍凉、慷慨、淳厚，而且明朗、健康、朴实。在他们身上，继承了《诗经》、《楚辞》以来的遗传基因，同时活跃着外来品种嫁接、杂交的勃

发的新鲜激素;他们具有革命者的昂首,而绝无崇洋者的低眉,他们有开
拓者的呐喊,而极少颓废者的呻吟。总之,他们有一种前所未有的强大者
的优势,前途未可限量。"① 公刘对这个诗群艺术特征的评价是正确的,
这个诗派的确开辟了一个充满活力的诗歌天地,他们博采了古今中外的诗
人优势,以自己的审美方式踏出了一条"新边塞诗"的道路。

他们的诗歌艺术视野是昂远而奇崛的,他们对意象的把握是新鲜的,
想象力是奇特的,他们的诗没有停留在外部事实的表象描写上,而是表现
出一种感觉、印象的复杂层次,不仅写出了西部地区历史变化的时空感,
而且赋予这块土地现实精神和现代意识。在这篇广漠、浩瀚的大地上,黄
浊色的河流,银白色的雪山不再是古老的画卷,而是充满了现代化的憧
憬。"新边塞诗"派不但在诗歌思想境界的开拓上有创意,在艺术表现和
抒情方式上也有突破。他们以西部生活现实作为抒写的契机,雕塑了思索
者与开拓者互为一体的诗化形象,写出了诗歌的悲壮之美。他们写戈壁、
写大漠、写不屈不挠的西部人,为的是传达热情奔放的抒情理想,凸显西
部人的奋进拓新精神,以强悍雄阔的力量与色彩,展现这个时代所推崇的
锐意进取精神。审美的崇高感,丰富而深厚的艺术光泽,是"新边塞诗"
的共同风格。

三 周涛、杨牧、章德益、林染等人的诗

"新边塞诗"派受到人们的注意,除了具有共同的风格和审美倾向
外,还在于这个流派产生了一批富有艺术个性的诗人群。每一个诗人的艺
术追求和探索,集结为一股诗歌潮流,丰富和发展了西部新诗,为中国当
代新诗增添了一道灿烂的光点。

周涛和他的西部军旅诗。

周涛:1946 年出生,9 岁随父亲进新疆,毕业于新疆大学中文系。
1972 年开始发表诗作,1979 年出版长诗《八月的果园》,并出版有诗集
《牧人集》、《神山》、《野马群》。近年倾心散文创作,并出版了散文集
《游牧长城》。

周涛的诗可以分为两种类型。第一种是写边塞戍边士兵的孔武果敢的

---

① 公刘:《序杨牧的〈野玫瑰〉》,《谁是二十一世纪的大师》,宁夏人民出版社 1986 年版。

气质和献身精神；第二类是对边塞神奇的探寻和思考。而两者又都以天山的雄浑，大漠的旷达，河谷的深沉，自然山川的古老为时空背景，形成了他奔放狂烈的诗歌精神。

周涛的诗，源自自我内心的感悟，在雕刻自然的同时，也塑造自我。如《马蹄耕耘的历史·一座名叫博格达的峰峦所塑的雕像》中这样写道：

> 披满白发的头颅伸进高空
> 在严寒统治的领域思索
> 身躯焊接在大地
> 以金字塔宽大的底座
> 保证思想的高度
> 沉默无言不等于死亡
> 冷峻也不意味爱的枯竭
> ……
> 只要胸中还有滚滚的岩浆
> 他就有不曾冷却的血液
> 说不定哪天
> 会唱灼热的歌
> 大地的雕像　永远是活的

周涛的诗有一种力的奔突感。严峻的边塞生活，苍茫的自然景观，富庶的草原绿洲，丰腴了诗人的创作主题。正如诗人在《伊犁河》中写道：

> 它把无与伦比的色彩给了我，
> 它把坦荡舒畅的旋律给了我，
> 它把古老的传统也给了我，
> 它把草原的气质也给了我。

边塞生活是诗人创作主题的灵感与气质产生的基础，也是周涛的诗中崇高感产生的前提条件。当生活转化为诗人的抒情主体时，外部环境在诗人的内心深处便找到了契合点，那些深沉的、充满崇高的生活信息，使诗人激情澎湃，诗的力度便由此而诞生。周涛的组诗《马蹄耕耘的历史·

历史与诗人》这样写道:"不仅仅我们在挖掘生活,不仅仅如此,/生活同时也在以它特殊的诱因挖掘着我们每个人蕴涵在内心的矿藏。"生活对于诗人来说,不仅是外界信息的来源,同时也是诗人性格与气质形成的基因。正如黑格尔所说:"诗人表现自己所用的情境也不应局限于单纯的内心生活,而且应该是具体的,因而也应显示出外在的整体,因为诗人就连在主体地位也还是一个客观存在的人。"①

周涛的诗虽然没有直接写军人的戎马生涯,但他的诗的气质中却弥漫着军人的情怀,诗的整体结构中升腾着军人的战斗激情和壮美的献身精神。周涛力图在广阔的边地生活环境中,奏响军人粗悍的、富有英雄主义的人格魅力。诗人写道:"我的襁褓是一件单薄的军大衣"(《我是我母亲的长子》),这说明部队是他的"根",是他赖以生存的故乡。作为一位边塞军旅诗人,周涛不仅熟悉边塞的军旅生活,而且把这种生活放在时代主潮的旋律中,开掘出新的军旅人生,感悟当代军人的气质。诗人在《军人素质》中描绘道:

> 那是渴望钢盔的头颅
> 敢于和死亡角逐的躯体
> 在爆炸和烈焰中
> 　　立即燃烧升腾的血液
> 在艰险和困境中
> 　　变得清澈冷静的眉宇

诗人打破传统的抒情方式,讴歌当代军人所具备的整体勇敢风格和气质。诗人不是为一个军人立言,也不是为一群士兵唱赞歌,而是为一代戍边的军人塑像。这种军人气质的灌注,使他的诗具有一种浪漫主义的崇高美学风格。

杨牧:一个自觉的"新边塞诗人"。

杨牧,1944年出生于四川省渠县。1964年只身流浪到新疆,在准噶尔盆地走完一段艰难的人生道路。先后当过农场工人、宣传干事。这段生活是滋养他的诗歌风格的历史背景。正如诗人自己所说:"我把痛苦交给

---

① 〔德〕黑格尔:《美学》第3卷(下),商务印书馆1984年版,第198页。

了土地，我把青春交给了土地。我渐渐成了土地的一分子。"① 20 多年的流浪人生的磨难，培养了诗人"准噶尔人的气质和追求"②。伊犁河、克拉玛依、大漠落日、塔尖、牧女，组合成诗人激越高亢的艺术边地生活的积累，使他狂热奔放的抒情个性得到了淋漓尽致的发挥。

杨牧从 1958 年发表诗作后，其间停留了很长一段时间。20 世纪 70 年代末，他的《我是青年》引起诗坛注意。此后，他写出了一系列有影响的以边塞自然风光和少数民族生活为题材的诗歌。如《我骄傲，我有辽阔的地平线》、《大西北，是雄性的》、《雄姿》、《鹰》等。出版有诗集《绿色的星》、《复活的海》、《野玫瑰》、《边魂》、《夕阳和我》及叙事长诗《塔格莱丽赛》。

杨牧的抒情方式是铺成排比，反复渲染诗人奔放而炽热的诗情。他用自己的生命主动拥抱生活，歌唱青春的人生。例如他早年的成名作《我是青年》：

> 我的秃额，正是一片初春的原野，
> 我的皱纹，正是一条大江的开端。
> ……
> 我是鹰——云中有志！
> 我是马——背上有鞍！
> 我是骨——骨中有钙！
> 我是汗——汗中有盐！

虽然过于直露，回味不足，但其抒情效果却透露出诗人青年拓荒者的气质和品格。

杨牧后期的诗具备了"大漠孤烟"的气势。他把自己的情感喷洒在边塞这块土地上，瀚海、戈壁、草原、骆驼都是他诗中经常出现的现象。通过西部风情的描绘，综合了对人生、对社会的哲理思考。在《我骄傲，我有辽阔的地平线》中，诗人写道：

---

① 杨牧：《农友情》，《新疆文学》1983 年 4 月。
② 《百家诗会选编》，上海文艺出版社 1982 年版。

于是我爱上了开放和坦荡
于是我爱上了通达和深远
于是我有准噶尔人发达的胸肌
每一团肌肉都是一座隆起的峰峦

诗人珍惜这一段边塞人生的苦难生活，他的诗情就是从这段生活中提炼出来的。辽阔的地平线蕴涵了人生悲怆与豪壮的情怀，使他的诗歌美好而厚实，粗犷而鲜妍。

章德益：西部拓荒者之歌。

章德益，1946年出生于上海，20世纪60年代初来到新疆生产建设兵团当农工。70年代开始诗歌创作，1975年与他人合作出版了诗集《大汗歌》。80年代后出版有诗集《绿色的塔里木》、《大漠和我》、《西部太阳》、《黑色戈壁石》等作品。

章德益的作品，习惯于运用想象将自然界幻化为意象，以利于抒发理想主义的激情。章德益诗歌的主题，主要是对西部人生价值的肯定和开掘。开拓者的雄心壮志与社会历史的进程，构成一种生命沉重的张力。在《地球赐给我这一角荒原》中，人格化的自然背景上，站立着一个伟大的开拓者的形象。此外，他的《我应该是一角大西北的土地》、《他向荒原走去，他的投影》、《他播完了，听了听大地的回声》、《他站在绿洲与荒原之间》等作品，都以深沉的目光来关注改造荒原的人群。拓荒者的创业精神被放在历史与现实交替的大潮之中，旋转在人类征服自然的阔大空间。这样，其审美形象更具有丰富的象征性。诗人写道：

他的头颅高昂着
给中国的过去
点了一个多么伟大的句点

章德益的诗中，西部拓荒者的舞台是雄壮而旷远的大自然。拓荒者在改造自然的同时，也被自然所改造。如《我与大漠的形象》：

大漠有了几分像我
我也有几分与大漠相像

> 我像大漠：雄浑、开阔、旷达
> 大漠像我：俊逸、热烈、浪漫
>
> 大漠与我
> 在各自设计中
> 塑造着对方的形象
> 生活说：我以我的艰辛设计着你的形象
> 我说：我以我的全部憧憬设计着世界的形象

诗人将大漠融入自己的内心体验，抒情主体本身直接化作大漠实体的一部分。"大漠"与"我"进行彼此塑造，创造出人与自然相融合的诗歌美学境界。

人与自然互为对立，又合为一体，社会化的人与诗化的自然互相转化，自然是拓荒者生命的一部分，拓荒者又成为自然的有机组成部分，两者弥合为一体，构成了血肉丰满的诗歌情感实体。这种自然环境与抒情形象互为转化的象征，正是章德益诗歌审美体验的特殊之处。

林染：边塞纯诗。

林染没有周涛雄性的大漠悲歌，缺少杨牧的睿智思考，也没有章德益的开拓者形象的宏阔气魄。林染的边塞诗是宁静、淡泊的纯诗。林染说："我爱边塞生活，我为它的现实和神奇歌唱。我的人生和艺术简介，我的美学观点，反映在我的一首短诗《敦煌的月光》里。我将永远待在这首诗的意境里。在冷酷的美里沉沦。"① 这首诗既然是诗人美学观点的表达，不妨引录如下：

> 当那些
> 裸着双肩和胸脯的伎乐天
> 那些瀚海里的美人鱼
> 起伏的手背摇动月光
>
> 我听见了他们的歌唱

---

① 曹剑：《寻找绿色的世界》，《当代文艺思潮》1985 年第 6 期。

银色的漠海情思澎湃

珊瑚形的红柳

一丛丛熊熊燃烧着

火焰是黑色的　浓黑色的

她们从沙丘舞向沙丘

飘带撩动星群

猩红色的星群在沉浮

我的三危山也在沉浮

她们会舞在我们的山岩上

把我带进波涛下的花园

永远沉寂的花园

永远动荡的花园

美丽而冷酷的夜色

你不要退去

这首诗创造了一种神秘的意境，在冷酷的质地之美中，深寓着浓厚的艺术哲理。清纯、空灵的格调，令古老而神秘的敦煌充盈着无限神往的传奇美。"永远沉寂的花园/永远动荡的花园"，这是对深藏于沙漠中的敦煌的诗情赞美，浓淡相宜，曲直适中，令人沉迷，令人心醉。

林染的诗具有一种天然的纯美，言辞意境自然贴切，色彩构图天衣无缝。没有人凿的痕迹，如同古老的羌笛迎风吹来，恰如大漠驼铃回响于身后，韵味悠远而淡漠。像《灵岩石画》、《银马花之恋》、《白毡房》、《西望瀚海》等诗作，如同一张张立体的边塞画，恬淡而静谧。他的诗中的边塞味，是一组组特殊的意象组合而成。如羌笛、大漠、野柳、驼铃、胡马、商旅、烽烟、塞草、秋风、小楼、玉门关……一系列的边塞图像，构成了林染诗歌纯然的艺术境界。即便是写来中国盗宝的英国博士斯坦因的《藏经洞的故事》，虽然写得令人不寒而栗，却同样是在忧愤的平缓情调中完成。诗人写道:

博士突然一阵悚惧

一轮殷红的夕阳

正从大泉河西岸的灵岩上

从九层阁美丽的胸脯

从一个民族深深的伤口里

沉重地滴落

血光飞溅着涌来

染红了他和满载的驼队

　　诗人对这个来东方大漠深处盗宝的博士进行心理刻画，绝妙之处在于诗人不抒情，不直接表示自己的态度。在忧伤的描述之中，完成了心理上的定向发射。那落日、那血光，是愤恨的象征，是耻辱的记录。

　　天然的冷酷美，是林染边塞诗的总体风格。之所以说天然，是因为诗人并不是刻意追求，而是荒凉的现实图景自然而然地娓娓道来。情在诗中，意在诗中，边塞的传奇和传奇的边塞不经斧凿地从诗歌里流出来，在随随便便中体现出诗人的独具匠心。

第二十三章

"新生代"诗群:分散的聚合体

一 "新生代"诗潮及其部分诗歌团体

经过 1979—1984 年的几次诗歌理论的激烈交锋之后,"朦胧诗"作为一种诗歌现象已经为更多的诗人和评论家们所理解和承认。同时,"朦胧诗"已经完成了它光荣的历史使命而逐渐沉寂下去。1985 年 3 月,《深圳青年报》一次性推出了 10 位"朦胧"诗人的作品,给这一诗歌流派画上一个光荣的句号。"朦胧"诗人虽然也有作品问世,但已经失去了当初的震撼力量。在这种背景下,另一种新的诗歌潮流的出现就势在必然。

"新生代"诗潮的发端和"朦胧诗"的诞生有相似之处,最初也是以由民间酝酿、自办诗刊的方式出现的。全国各地的各种实验性诗歌群体,纷纷打出自己的旗帜,到 20 世纪 80 年代中期,逐渐在诗坛上形成了一股强大的冲击波。

1986 年 10 月,两家当时影响较大的报纸《诗歌报》(现已改为月刊)和《深圳青年报》联合推出了"中国诗坛 1986·现代诗群体大展"。经过筛选,从数百家民间社团中选出 60 多个诗歌团体。这次现代诗群大展,不仅选出了每个团体成员的代表作,还刊登了它们的宣言、章程、理论主张等。这次大展,把散居全国的民间诗歌社团汇总在一起,形成了一股比当年的"朦胧诗"更强大的诗歌主流。它们宣称:

> 以往所有的审美判断、审美标准,在这儿都失去了作用,以往所有的理性原则,在这儿都无能为力。中国诗坛又一次发生了倾斜,感情突破了旧有理性的重要防线:体验诗,情绪诗,超前意识,超感觉

诗，纯情诗……如决堤的洪水，气势汹汹，滚滚而来。①

这次诗歌大展，标志着具有反叛力的又一次诗歌大潮的到来。当然，这一次所展示的民间诗歌团体可谓良莠不齐、鱼龙混杂。这些团体更关心的是向社会展示自己，而不是诗歌本身。很多社团宣言响亮，作品却十分脆弱。在60多个团体中，具备流派意义的并不多。

"新生代"诗人，除极个别外（如于坚、周伦佑），大多数人都出生于20世纪60年代，他们没有经历过"文化大革命"运动，也没有下乡当知青的人生经历。他们对社会对人性的审查，主要是凭个人的理智经验进行认识和探讨。他们与诗的关系非常直接，没有神圣感。如王小龙所云：

> 写诗的青年不是踞于人群之上的怪物。不比其他人更聪明、更愚蠢、更高尚、更卑鄙。仅仅因为活着，像其他人一样活着，仅仅因为敏感，甚至不比其他人更敏感，仅仅因为偶然，我们写诗。②

诗歌的"盗火"精神，诗人的崇高感和悲壮感在"新生代"诗人的身上几乎荡然无存。

在展出的众多社团中，影响比较大的有南京的"他们"；四川的"非非主义"、"莽汉主义"、"新传统主义"；江苏的"日常主义"、"新口语派"；上海的"海上诗群"、"撒娇派"、"主观意象派"、"情绪派"；北京的"情绪独白"、"生命形式"、"男性独白"；浙江的"咖啡夜"、"极端主义"；安徽的"世纪末"；云南的"黄昏主义"及"大学生诗派"等。在众多"新生代"诗人中，于坚、西川、韩东、李亚伟、尚仲敏等人的诗歌风格格外引人注目。

"新生代"诗群，散居全国各地，阵容庞杂，人员众多。有的社团仅两三个人就打出一面旗帜，成立一个流派。十多年之后，重新冷静地审视这一诗歌现象，最大的弊端就是理论响亮，创作则平常。尤其是持之以恒地坚持写诗的人很少，大有后劲不足的趋势。但他们的出现，却标志着中

---

① 吕周聚：《评"中国诗坛1986·现代诗群体大展"》，《诗歌报》1987年第1期。
② 王小龙：《自我谈话录：关于实验精神》，见《青年诗人谈诗》，北京大学五四文学社1985年印行，内部资料。

国新诗的现代主义进入了一个全方位的个人主义的自觉时代。

在这次由分散而聚合的诗歌大潮中,有几个重要的社团值得注意。

"他们"诗群:这个团体创立于1984年,成员分散在四面八方,有南京的韩东,昆明的于坚,上海的小君、陆忆敏、王寅,福州的吕德安。"他们"没有共同的章程,他们的艺术宣言是:

> 我们关心的是诗歌本身,是诗歌成其为诗歌,是这种由语言和语言的运动所产生美感的生命形式。我们关心的是作为个人深入到这个世界中去的感受、体会和经验,是流淌在他(诗人)血液中的命运的力量。①

"他们"追求诗的本体,认为诗歌是语言的运动,是诗人生命的体验形式,是语感产生的美学效果。该团体共印了三册《他们》刊物,虽然每一位诗人的艺术风格不同,但重视诗歌作品的语言效果却是"他们"共同的目标。

"非非主义":该社团是"新生代"诗潮中争论的中心。1986年4月创立于四川,代表人物有周伦佑、蓝马、杨黎、尚仲敏、梁晓明、刘涛。该派编印了《非非》诗刊、《非非年鉴》、《非非小辞典》。该派主张诗歌的"前卫化",并撰写了一系列理论文章来阐释自己的观点。如《前卫化导言》、《非非主义诗歌方法》、《人与世界的语言还原》等。在诗歌写作方法上,尚仲敏追求口语化,杨黎是可观物象的描述化,周伦佑则是解构性写作。

"莽汉主义":1984年6月创立于四川,代表人物有李亚伟、万夏、马松、胡冬。该派受美国"垮掉的一代"的影响,主张诗歌的"反文化"倾向,自称是"腰间挂着诗篇的豪猪","最天才的鬼现象,最武断的认为和最不要脸的夸张"就是最好的诗。该派常常以汗味、酒臭、喷嚏入诗,是最早以"审丑"衡量诗歌价值的"新生代"诗群。诗作《中文系》、《我想乘一艘慢船到巴黎去》影响较大。

"海上诗群":1984年8月诞生于上海。成员主要有王寅、郁郁、孟浪、陈东东、陆忆敏、刘漫流等人。"海上"显然是"上海"的倒装,既

---

① 《中国现代主义诗群大观:1986—1988》,同济大学出版社1988年版,第52页。

包含了这个群体的地理位置，还暗示了四周没有岸，他们是一群孤独的探索者。"海上诗群"的诗人生活在大都市里，天空的狭窄、城市的拥挤，使他们的诗歌表现出一种内心体验的焦灼。这种体验，在张小波、宋琳、孙晓钢等人的"城市诗"中表现得尤为突出。

"大学生诗派"：1984年3月创办于重庆大学，以尚仲敏、于坚为代表。出版有《大学生诗报》。"大学生诗派"用最新的现代派诗歌理论作为旗帜，提出了"打倒北岛"、"Pass舒婷"的口号，一开始就以咄咄逼人之势提出了告别"朦胧诗"的艺术主张。该派虽然有一定的艺术主张和组织原则，但随着于坚、尚仲敏大学毕业后，这个诗派便自行解散。该派代表尚仲敏的《关于大学生诗报的出版及其他》以口语入诗，夹杂公文套话，具有黑色幽默的戏谑揶揄情调。

除以上团体有较大影响外，以京不特、泡里根为代表的"撒娇派"，以宋渠、宋炜、石光华为代表的"整体主义"，以廖亦武为代表的"新传统主义"，也是"新生代"诗群中较有影响的诗群。

"新生代"诗潮是一次新诗的主体感觉，无论是从人性的视角，还是从文化的视角，都是当代新诗的一次拓张性进步。经过自我裂变和不断超越的最终指向，"新生代"诗群完成了由集体实验转化到个人实验的过程，这既增强了诗的主体自觉意识，同时也给文学史家提出了新的考验。

二　"新生代"诗潮的总体审美倾向

"新生代"诗人的艺术追求是多样化的，任何简单的概括都不能解释其审美特征。特别是这个大潮中的诗人各执一说，每一个团体都对诗歌有不同的认识。正如评论家唐晓渡所说："在今天，任何尝试建立新的诗歌偶像的企图都是不可思议的。这几乎是把握当代新诗潮的一个绝对起点。"①尽管如此，从"新生代"诗潮的创作实际和艺术宣言两个方面总结，还是能找到他们艺术思维的某些共同点。

（一）对传统文化的拒绝

"新生代"诗人面对丰厚的传统文化以及五四以来的新诗传统倍感苦

---

① 唐晓渡：《中国当代实验诗选·序》，春风文艺出版社1987年版。

闷,由于他们无法超越前人的文化积淀,内心深处产生巨大的精神失调。在"新生代"诗人看来,传统文化是阻碍他们创作自由和个性发挥的根源,是压迫艺术气质和艺术精神的思想武器。因此在无可奈何的情况下,只好作出"撒娇"的拒绝。由京不特执笔的《撒娇宣言》宣称:

> 活在这个世界上,就常常看不惯。看不惯就愤怒,愤怒得死去活来就碰壁。头破血流就想象别的办法,光愤怒不行。想超脱又舍不得世界。我们就撒娇。
>
> ……
>
> 写诗就是因为好受和不好受。如果说不该撒娇就得怨人不该出生。撒娇派其实并非自称只是因为撒娇诗会上撒了太多的娇,我们才被人称为撒娇诗人。我们的努力,就是说说想说的,涂涂想涂的。看见技巧是因为玩得熟了。写得容易,做人撒娇不一定容易。我们天性逢佛杀佛,逢祖杀祖,逢人就给人洗脑子。①

宣言话语背后的无奈和辛酸尽在不言中。面对诗歌价值的审美积淀,"撒娇"式的拒绝和"朦胧"诗人"我——不——相——信"的怀疑,并无多大区别。不同之处在于"朦胧"诗人的怀疑是建立在伤痕累累的人生之上,而"新生代"诗人却绝大部分没有这种痛苦的"历史"可以反抗。

"新生代"诗人对传统文化的拒绝还表现在以感觉还原、意识还原、前卫化思维对诗歌的审美话语进行解构,取消语言的价值判断,使诗歌创作以非经验性、非现实性、非历史性的存在来否定传统文化的因袭关系。比如韩东的《有关大雁塔》,李亚伟的《中文系》,都以语言的独创性来割裂文化与现实的关系。文化和传播文化的方式,都被他们进行了否定的判断。例如韩东的《有关大雁塔》:

> 有关大雁塔
> 我们又能知道些什么
> 我们爬上去

① 《中国现代主义诗群大观:1986—1988》,同济大学出版社1988年版,第175页。

　　　　看看四周的风景
　　　　然后再下来

　　这首诗和"朦胧"诗人代表杨炼的《大雁塔》形成鲜明的对比。杨炼笔下的"大雁塔"是历史文明的积淀，是文化思想的象征，而韩东笔下的"大雁塔"除了上去可以看看四周的风景外则一无所有。"大雁塔"不再是历史的见证，其文化的象征意义已经消解，仅仅是一个没有任何意义的建筑符号。

（二）对普通生命的认同

　　"新生代"诗人追求生命的原生状态，重视普遍人生的自在与潜欲，把"人"的主题深化到赤裸裸的生命底层。在他们的笔下，无论是伟人、英雄，还是富人、穷人，首先都是一个普通的人。于坚说：活着，故我写点东西。尚仲敏则认为：诗是诗人自身，是诗人的生命形式。"新生代"诗人把诗引向对人的生命的体验以及品味生命的过程，让诗歌"绘进对于生命的各个层次的感悟"①。"超前意识"派认为，"诗的极限是生命本身"。"情绪流"诗派则宣称："诗从属于生命过程，是对生命内涵的体验和深刻反省。"② 在"新生代"诗人看来，诗歌应该深入到生命的最隐秘的深层次，描绘生命的奥秘和构造，才能够闪现诗的最高审美价值。陆忆敏的《看美国妇女杂志》展示了生命的困惑与痛苦，蓝马的《圣诞节》描述了人生过程的瞬间忧虑，王小龙的《纪念》对"自我"生命的存在进行了选择性的规范，尚仲敏的《卡尔·马克思》把圣人降格为凡人，于坚的《尚义街六号》无情地扯下人格的面纱，以客观的冷漠语言揭示人的原生态状态。翟永明在《世界》中对生命的诞生是这样描写的：

　　　　从黄昏，呱呱坠地的世界性死亡中
　　　　白羊星仍在头顶闪耀
　　　　犹如人类的繁殖之门，母性贵重而可怕的光芒
　　　　在我诞生之前，就注定了

---

① 《中国当代实验诗选》，春风文艺出版社 1987 年版，第 39 页。
② 《中国现代主义诗群大观：1986—1988》，同济大学出版社 1988 年版。

通过女性的灵魂独白，体验生命的原始本真，主体的放逐改变了诗歌抒情的高雅和崇高，把"自我"放在诗中进行审视，感悟生命的内在价值。与翟永明相似，另一位女诗人陆忆敏在《看美国妇女杂志》中写道：

> 谁曾经是我
> 谁是我的一天，一个秋天的日子
> 谁是我的一个春天和几个春天
> 谁，曾经是我
> 我们不时倒向尘埃或奔来奔去
> 托着字典
> 翻到死亡这一页
> 我们剪贴这个词，刺绣这个字眼
> 拆开它的几个笔画又装上·

生存的荒谬，生命形式的别扭，甚至荒唐到"自我"的全部失落，发出"谁曾经是我"的诘问。

"新生代"诗人对于生命意识的体验是深刻的，把生命还原给生命，以普通人的"自我"情感，深入到生命的各种形式中，冷静客观地对原生态的生命进行解剖，这是百年新诗史上少见的。

（三）口语的再创造

从表达语言上说，"新生代"诗又是"口语派"诗。用普通而深刻的白话进行新诗的构造，从而达到冷抒情和叙事性的目的，是"新生代"诗人比较独特的审美意识。例如上海的小君在《日常生活》中这样写道：

> 某个朋友
> 她要出嫁了
> 另外一个
> 我很想最近去看看她
> 就这样
> 我的表情

> 一会阴郁
>
> 一会晴和
>
> 如外面的天空

排斥感情色彩是这首诗重要的表达手段。诗人以超脱冷漠的白话，描述自我与自我周围的生存形式和生存空间。类似的诗还有车前子的《三原色》、尚仲敏的《关于大学生诗报的出版及其他》、王小龙的《出租汽车总在绝望时开来》、贝贝的《默许》、陆忆敏的《可以死去就死去》、杨黎的《看水去》、于坚的《作品 52 号》等。

"新生代"诗人的口语化诗，并非简单的语言描述，而是追求日常口语的特殊语感，以期造成陌生的新奇的审美效应。李亚伟的《苏东坡和他的朋友们》如此写道：

> 他们这群骑着马
>
> 在古代彷徨的知识分子
>
> 偶尔也把笔扛到皇帝面前去玩
>
> 提成千韵脚的意见
>
> 有时采纳了，天下太平
>
> 多数时候成了右派的光荣先驱

口语的散淡性描写，达到了反讽的艺术效果。叙事性的加强和对历史文化进行冷处理，提高了诗的幽默感和阅读效果。

"新生代"诗人对诗歌语言优美和高雅的破坏是非常极端的。尽管有时候他们诗歌的语言显得粗俗和世俗化，但这种舍弃典雅而代之以口语的创作实践，至少拓宽了我国新诗语体和语感的表达层面。

三 于坚：个性化写作的顽强者

如果说"朦胧"诗潮产生了北岛、舒婷等优秀的诗人，那么，"新生代"诗潮的大幕落下之后，于坚以他坚强的个人化写作，毫不媚俗的反传统风格独立于中国诗坛。从 1984 年到现在的 20 多年间，"新生代"诗潮由地下浮出水面，文坛因"新生代"的出现而吵闹。然而，仅仅 20 余年的时间,当年轰轰烈烈、指点江山的"新生代"各团体烟消云散。昔日的诗人们或改写小说,或从政,或下海捞钞票,只有少部分诗人仍然毫不妥协地坚持诗歌创作,而于坚无疑是这少数人中的佼佼者。

于坚以其独树一帜的创作实绩而成为"新生代"诗潮的集大成者,他那些惊世骇俗的作品动摇了我们约定俗成的诗歌审美价值。于坚的诗是现代化的,于坚的创作行为则是反现代性的。这正是使于坚成为"20世纪末"诗人的内在契机。

于坚:1954 年 8 月 8 日出生于昆明市,1970 年初中毕业后分配到工厂当铆工。1971 年开始写古体诗,1973 年开始新诗创作。1980 年自学考入云南大学汉语言文学系。

1983 年,于坚在云南大学内创办了"银杏"文学社,任社长,并编印有油印刊物《高原诗辑》。同时参加各大学学生兴起的"大学生诗派"活动,被当时影响颇大的《大学生诗报》称为"大学生诗派"的旗手。1984 年,于坚与丁当、韩东、马原、朱文、吕德安等人组成"他们"诗群,并创办民间文学刊物《他们》。这个刊物聚集下的诗群,对"新生代"诗潮的形成产生了重大影响。

1986 年,于坚具有先锋性的作品开始被公开刊物接纳,其中发表在《诗刊》1986 年 11 月号上的组诗《尚义街六号》对"新生代"诗潮的口语化写作产生了重要影响。该诗被收入权威选本的北京大学出版社出版的《中国二十世纪经典作品》。此外,他的诗作还获过各类大奖,被翻译介绍到十多个国家和地区。已经出版的诗集和长诗有:《诗六十首》、《对一只乌鸦的命名》、《作为实践的诗歌》、《○档案》、《一枚穿过天空的钉子》等。此外,于坚还出版了随笔集《棕皮手稿》,散文集《人间笔记》。就诗歌的思想价值和审美效应而言,于坚的三首长诗《对一只乌鸦的命名》、《○档案》、《飞行》更具艺术个性。

于坚的写作是带着对"朦胧诗"的否定走向诗坛的。这种个性化的诗歌创作,使他抛弃了传统意义上的意境、形象、比喻之类的技巧,以一种先锋者的姿态,领导一个诗潮的走向。于坚的诗,正如唐晓渡所云:"深刻与浅薄、幽默与油滑、纯粹与简单、复杂与芜杂之间似乎消失了清晰可辨的表面界限,而诸如采用口语化、砥砺机锋、提炼警句、刻画'诗眼'与否,也统统成为第二义的问题。诗人如同走钢丝一样,在生命和语言之间保持着一种必要的张力。"① 这正是于坚的深刻。

于坚的诗歌对形容词是一种叛逆。于坚的深刻是一种来自生命深处、来自社会意识的实实在在的深刻。于坚说:"我只相信我个人置身其中的世界。我说出我对生存状态的感受。我不想去比较这种状况对另外一个世界意味着什么。这不是诗歌的事。天人合一,乃是今日现实之人生,自然的合一,而不是与古代或西方或幻想的人生。"② "自然合一"、"天人合一"是于坚诗歌的重要内容。他力求说出自己"对生存状态"的感受,这种感受就是对生命意识和生存哲理的思考。比如《河流》、《高山》、《横渡怒江》等诗中所包容的哲理性、悲壮性和人与自然和谐的深沉性便是很好的例证。于坚在《河流》中写道:

> 在我故乡的高山中有许多河流
> 它们在很深的峡谷中流过
> 它们很少见过天空
> 在那些河上没有高扬巨帆
> 也没有船歌引来大群的江鸥
> 要翻过千山万岭
> 你才听得见河流的声音
> 要乘着大树扎成的木筏
> 你才敢在波涛上航行

《河流》选择了意象的凋敝与变化来表现生存的艰难性。"河流"内化成特定的情绪,是人生直觉感受的产物。"河流"是原生态的河流,它所代表的是古朴、艰难、悲壮的生存方式。

于坚的个性化写作体现在他从未丧失自己的诗歌语言。一开始于坚的诗就被别人模仿,而他绝没有模仿别人的痕迹。没有自己语言的诗人绝不是真正的诗人。于坚创造了一套自己的诗歌话语,顽强地、孤独地以特有的感知方式去构造诗歌,因此,人们对于于坚的理解和误解都是从语言开

---

① 唐晓渡:《一种启示:于坚和他的诗》,参见《不断重复的起点》,文化艺术出版社 1989 年版,第 67 页。

② 于坚:《诗六十首·自序》,云南人民出版社 1989 年版。

始的。语言是文学作品的特殊符号,作为诗歌的现实,是诗歌审美价值的第一要素。于坚的诗歌语言所展现出的是深邃的包容,用貌似白话的深刻语感来表达人生哲理。从早期的《尚义街六号》到《○档案》再到《对一只乌鸦的命名》,于坚建构了一系列属于个性写作的诗歌话语。于坚对以北岛、舒婷为代表的"朦胧诗"的否定,绝非诗歌历史的代替,而是语言的全面发展,于坚以深沉的白话来矫正"朦胧诗"晦涩的语感,把口语化为警句,将平凡衍为深刻。语言在于坚的诗中不再是自我装饰的华贵外衣,不再是一种梦幻的色彩媒介,而是诗歌的直接现实。在《尚义街六号》中,诗人写道:

> 尚义街六号
> 法国式的黄房子
> 老吴的裤子晾在二楼
> 喊一声　胯下就钻出戴眼镜的脑袋
> 隔壁的大厕所
> 每天清晨排着长队
> 我们往往在黄昏光临

随心所欲,信手拈来,语言表现上的无所羁绊,正是于坚个性化写作的审美特征,这在长诗《对一只乌鸦的命名》中表现得更为顽强、更为彻底。于坚说:"如果我在诗歌中使用了一种语言,那么,绝不是因为它是口语或因为它大巧若拙或别的什么。这仅仅因为它是于坚的语言,是我的生命灌注其中的有意味的形式。"① 在使用语言之前,于坚并没有想达到什么目的,也不想通过语言去表现什么,而仅仅是把语言的过程看做是生命体验的一种方式。《尚义街六号》如此,《○档案》亦是如此,《对一只乌鸦的命名》、《飞行》更是如此。

---

① 于坚:《诗六十首·自序》,云南人民出版社 1989 年版。